btb

Aus Freude am Lesen

btb

Der jungen Lehrerin Cath Murphy kommt ihr Leben ereignislos und langweilig vor. Sie ahnt nicht, dass Eminem ihr einen Song auf den Leib geschneidert hat, Zeitschriften extra dafür erfunden werden, dass sie deren Kreuzworträtsel gewinnen kann, ihr Schwimmtrainer ein Star ist. Warum das alles passiert? Das ist eine lange und zauberhafte Geschichte …

Jaclyn Moriarty, geboren in Sydney, studierte Jura in Yale und Cambridge. Zu ihrem Abschluss schickte ihr ihr Englischlehrer Glückwünsche und ein PS: »Remember you are really a writer.« Noch am selben Tag begann sie zu schreiben. Ihre beiden Kinderbücher sind internationale Bestseller. Gemeinsam mit ihrem Mann, Colin McAdam, lebt sie abwechselnd in Australien und Kanada.

◊

»Es gibt Bücher, die sind einem vom ersten Moment an so sympathisch, dass man sie überallhin mitnimmt, um an den unmöglichsten Orten noch schnell ein paar Seiten weiterzulesen. Und wenn sie zu Ende sind, ist man einen Tag lang traurig. Jaclyn Moriartys Roman gehört dazu.«

Brigitte

JACLYN MORIARTY

Buttermilchküsse

Roman

Deutsch von Mo Zuber

btb

Für Colin in Liebe

1

Der Heißluftballon

Es war einmal ein Aquarellmaler, der glaubte, er könne einen Fallschirm erfinden.

Das war noch in den Kindertagen der Fallschirme.

Draußen in den Feldern, wo er seine Staffelei aufgestellt hatte, sah er einen dieser frühen Fallschirmspringer vom Himmel tröpfeln.

»Wie war's, wie war's?«, rief er, als er zu der versammelten Menge Schaulustiger rannte.

»Oje«, klagte der in seinen Fallschirm verwickelte Fallschirmspringer. »Mir ist speiübel.«

Da sich diese Szene in Paris abspielte, sprachen sie natürlich Französisch.

Damals hatten die Fallschirme noch einen Konstruktionsfehler: Sie schwebten nicht sanft dem Boden entgegen, sondern wirbelten mit Schwindel erregendem Tempo durch die Luft, so dass die Fallschirmspringer olivgrün waren, bis sie landeten.

Der Aquarellmaler ging nach Hause und legte die Füße hoch, trank einen Kaffee und überlegte. »Wie lässt es sich vermeiden, dass diesen mutigen, vom Himmel fallenden Männern schlecht wird?«

Nachdem er fünfunddreißig Jahre gegrübelt hatte, fand er die Lösung. Er stellte seine Kaffeetasse ab, nahm seinen Zeichenblock und rief nach seiner Frau.

»Sieh mal«, sagte er ruhig und stolz, als er ihr die Skizze hinhielt.

Seine Frau kniff die Augen zusammen, und ihre Brauen schnellten in die Höhe – sein Fallschirm stand auf dem *Kopf.* Statt ›n‹- war er ›u‹-förmig.

»Das soll funktionieren?«, zweifelte sie.

»Aber natürlich«, rief er. Um es ihr zu beweisen, bastelte er einen Fallschirm aus ihrem Stofftaschentuch. Das Taschentuch flatterte zu Boden, jedoch – wie er unbedingt betonen musste – ohne dabei ins Trudeln zu geraten.

So sehr war er überzeugt, die Erklärung für das Pendeln des Fallschirms gefunden zu haben, dass er beschloss, selbst einen zu bauen. Auf der Nähmaschine seiner Frau schneiderte er die Stoffbahnen zusammen. Dann überredete er einen Freund, ihn aus dem Korb von dessen Heißluftballon abspringen zu lassen.

Vor lauter Aufregung dachte er gar nicht daran, es zunächst mit einer sonst üblichen Puppe (oder einer Katze) zu versuchen. Er zurrte sich einfach fest und sprang.

Er stürzte geradewegs in die Tiefe – wie eine Vase, die jemand vom Regalbrett gefegt hat – und war tot.

Als sie zum ersten Mal diese Geschichte hörte, war Maude Sausalito (die zu diesem Zeitpunkt elf Jahre alt war) erschüttert von dem traurigen Los des Malers. Anschließend malte sie sich (sehnsüchtig) all die Dinge aus, auf denen er hätte landen können und die ihm das Leben gerettet hätten:

Ein Heuhaufen; ein Teich; ein ganz frisch umgegrabenes Gartenbeet!

Ein Fass voll Maulbeeren!

Ein saftiger Buttermilchkuss.

Ein Berg Blaubeermuffins.

(Sie hatte Hunger.)

Wenn dieser dumme, übereifrige Mensch – dachte sie damals und denkt sie auch heute noch oft – mit seinem nutzlosen Fallschirm doch bloß einen Aufwind erwischt hätte. Der Aufwind hätte ihn einfach davongetragen, hoch hinaus in den tiefblauen Himmel, über Hügel aus schaumig gerührter Butter, hinweg über einen Teich aus Ahornsirup. Und schließlich hätte er ihn sanft abgesetzt, auf einem Bett aus Buttermilchpfannkuchen.

Heutzutage haben Fallschirme oben einen Luftschlitz, der dafür sorgt, dass sie nicht ins Trudeln geraten.

Angesengte Fragmente aus dem Geräteschuppen der Zings

Stellen Sie sich vor, Sie hätten keine Knie!
Beim Bergabgehen neigt sich der Körper automatisch nach vorn. Unbewusst lehnt man sich zurück und beugt die Knie, indem man die vier vorderen Oberschenkelmuskeln anspannt. Die Knie sind dazu da, dass man nicht hinfällt.
Und jetzt nehmen Sie mal an, Ihre Oberschenkelmuskulatur wäre so schwach, dass sie den sich beugenden Knien keinen Widerstand bieten könnte. Würden sich die Knie ungehindert immer weiter beugen, würden Sie mitten aufs Gesicht stürzen.

INSTITUT FÜR ARTHROSKOPISCHE CHIRURGIE, SOUTH DAKOTA

Die Sportveranstaltung

Cath Murphy (Lehrerin der Klasse 2B) hält ein Ende des Zielbandes fest und sucht dabei die Zuschauerreihen nach den Zings ab.

Aha. Da auf der Picknickdecke liegt eine der Zings und probiert ihre Handyklingeltöne durch.

Und drüben! Eine kleine Zing, die sich zum Rennen bereit macht.

Diese pummelige Frau dort mit dem Preiselbeermuffin könnte auch eine von ihnen sein –

Nein.

Das ist keine Zing.

Es ist Miss Heather Waratah (Lehrerin der 4C).

Vor einem Jahr hatte sie noch nicht einmal gewusst, dass es Zings gibt. Heute fängt ihr rechtes Auge jedes Mal unwillkürlich an zu zucken, wenn sie eine von ihnen erblickt. (Der Buchstabe ›V‹ löst übrigens die gleiche Reaktion bei ihr aus.)

Außerdem ist ihr ihre Identität abhandengekommen.

Es ist jetzt schon ein paar Monate her, dass ihr ihre Identität abhandenkam.

Um es genauer zu sagen, sie ist im Geräteschuppen der Zings zu Asche verbrannt.

Na das war's dann wohl, denkt sie verbittert, als ihr das Zielband vom Handgelenk rutscht, einem Knäuel aus Kindern vor die Füße.

⊰○⊱

Fancy Zing hält in der südöstlichen Kurve des Sportplatzes einen Moment lang inne. Sie hatte Heftpflaster aus dem Handschuhfach ihres Autos geholt. Von hier aus kann sie sehen, dass ihre Tochter sich gerade zum Rennen aufstellt. Die Startpistole knallt, und Cassie sprintet los. Die anderen Kinder bewegen sich wie wild gewordene Marionetten, denkt Fancy. Cassie zieht mühelos an ihnen vorbei.

Fancys Blick wandert hinüber zum Ziel, wo Cath Murphy wartet: die Haare im Nacken akkurat geschnitten, ihre Haltung einwandfrei, mit leicht verzweifelter Miene. Fancy spürt eine Woge der Zuneigung für das Band in Caths Hand. Es birgt so viel Macht! Kaum, dass ein Kind es berührt, müssen es die Erwachsenen sofort loslassen. Ihr Blick folgt der Bahnmarkierung bis hinter die Ziellinie zum anderen Ende des Sportplatzes, wo vier bunte Farbflecken zu sehen sind, offenbar handelt es sich um riesige Blumenbeete.

Verblüfft wendet sich Fancy wieder dem Lauf ihrer Tochter zu.

⊰○⊱

Marbie Zing lauscht den Anfeuerungsrufen der Kinder. Sie haben sich in den vier Farben ihrer Teams versammelt, um für den Cheerleader-Wettbewerb zu proben. Sie sitzt nicht weit von ihnen auf einer Picknickdecke und hält sich ab und an die Ohren zu.

Ihre Nichte ist soeben durchs Ziel gelaufen und schnappt ein paar Meter hinter Cath Murphy nach Luft. Cath behauptet, sie habe ihre Identität verloren. Als Marbie davon erfuhr, rief sie Cath an und empfahl ihr, mit dem Auto durch die Gegend zu fahren. »Mir passiert das öfters«, sagte sie, »meine Identität habe ich schon bei Vorstellungsgesprächen und auf Polterabenden verloren. Wenn ich dann nach Hause fahre, kommt sie allerdings immer wieder zurück.« Cath legte sofort auf.

Auf dem Sportfeld macht sich gerade ein Mädchen zum Weitsprung bereit. Das Mädchen ist so zierlich, dass es kaum vorhanden zu sein scheint, soweit Marbie das beurteilen kann. Ihre Arme und Beine wirken fast durchsichtig, dermaßen schmal sind sie. Wenn sie etwas sehen will, muss sie das Kinn recken, weil ihr der Sonnenhut tief im Gesicht sitzt. Die Erwachsenen in der Nähe grinsen sich gegenseitig zu. Doch das Mädchen schüttelt ihre Gelenke aus. Sie geht in die Hocke und dehnt die Knie. Sie wirft einen abschätzenden Blick auf die Sandgrube.

Marbie beobachtet die Szene und denkt: Wie

oft doch Kinder in die Welt der Erwachsenen eintauchen, und dann – als ein Lehrer herbeieilt, um den Sprung des Mädchens zu messen –, wie häufig wir uns in ihrer Welt wiederfinden.

Sie wird von zwei Paar Füßen, die direkt neben ihr auf der Decke zum Stehen kommen, aus ihren Gedanken gerissen. Es handelt sich um ihre Schwester Fancy, zurückgekehrt vom Auto, und um Cassie, die aus der anderen Richtung aufgetaucht ist mit einem flatternden blauen Band in der Hand.

2

Cath Murphy

Noch vor einem Jahr hatte Cath Murphy auf dem Laubengang vor den Räumen der 2. Klassen gestanden, die Morgensonne angelächelt, ihre Hände tief in die Taschen ihrer neuen weiten Hose vergraben, mit einem warmen Gefühl im Nacken unter ihren kurzen blonden Haaren.

Es war der erste Unterrichtstag des neuen Schuljahrs, und die Kinder versammelten sich unten. Am anderen Ende der Brüstung vor dem Klassenzimmer der 2A stand Warren Woodford, der neue Lehrer. Er neigte sein Kinn zum Geländer und nickte Cath knapp und ernst zu: *Ja, da sind sie, da sammeln sie sich.*

Sie reagierte darauf mit einem feierlichen Nicken ihrerseits.

Der Neue würde gut bei den Kindern ankommen. Er war so groß, dass er die Decke berühren oder die Zeichnungen oben an die Wand hängen konnte. Außerdem schaffte er es, einen Mundwinkel herab- und gleichzeitig die gegenüberliegende Augenbraue hochzuziehen. Kinder hielten diese Grimasse, ganz besonders, wenn man sie damit veralbern wollte, für den Inbegriff des Erwachsenenhumors schlechthin.

Als Cath wieder zu Warren hinübersah, hatte er genau dieses Gesicht aufgesetzt.

Es sah tatsächlich witzig aus, und sie ertappte sich dabei, ihn nachzuahmen. Er lächelte sanft, wandte den Blick ab und rief dann etwas, das klang wie: »... schon lange.«

»Wie bitte?«

»Doch schon so lange?«

»Ja«, gestand sie zögernd. Dann wollte sie es genauer wissen und ging ein paar Schritte an der Brüstung entlang auf ihn zu. »Was sagten Sie?«

Er winkte ab. »Ich fragte nur, ist Ihnen bange? Haben Sie Angst?«

»Na klar. Sie etwa nicht?«

Sie lief zurück auf ihren Posten, wo sie weiter wartete und sich dabei linkisch und dämlich vorkam, aber zugleich auch frech, klein, keck, verrucht und extrem blond.

In Wirklichkeit hatte sie gar keine Angst, sondern war eher aufgeregt. Wie ihre Mutter immer sagte: Die Begegnung mit Fremden, selbst wenn es nur Schlosser oder siebenjährige Kinder sind, kann schon Furcht einflößend sein.

Cath unterrichtete bereits seit zwei Jahren und hatte bei den Kindern den Ruf weg, sehr nett und hübsch zu sein, manchmal etwas streng, aber vor allem nett. Sie war dafür bekannt, dass sie großzügig goldene Sternchen und PRIMA ARBEIT-Stempel verteilte. Unter den Lehrern galt sie als ruhig und gewissenhaft, vielleicht ein bisschen schüchtern, doch mit einem Hang zu Kicheranfällen.

Sie aß jeden Mittag einen Granny-Smith-Apfel und glaubte an ein Lächeln, das noch mindestens fünf Sekunden nach einer flüchtigen Begegnung auf dem Flur anhielt. Ihre Augen funkelten wie die von Mary Poppins, aber sie hatte keine roten Flecken auf den Wangen und trug auch nicht wie Mary Poppins eine Reisetasche.

Jetzt, wo die Kinder aufgeregt drängelnd die Treppe hinaufmarschierten, miteinander und mit ihr schwatzend, antwortete sie ihnen ebenfalls im Plauderton: *Guten Morgen!* und *So ist's richtig!* und *Stell deine Tasche einfach ins Fach, ja, super!* und *Hoppla, ist es nicht ein wenig früh am Tag, um über seine eigenen Schnürsenkel zu stolpern? Hey, alles in Ordnung?*

Dabei fiel ihr auf, dass Warren, der Neue, seine Klasse wortlos empfing. Einen Arm hielt er hoch, den anderen benutzte er, um sie ins Klassenzimmer zu winken. Er benahm sich wie ein echter Polizist. Und die Kinder gehorchten ihm mit großen verwunderten Augen.

Später am Morgen, den sie mit pädagogisch wertvollen Begrüßungsspielen verbrachte (*Lukes Name beginnt mit dem gleichen Buchstaben wie Löwe! Direkt unheimlich!*), bemerkte Cath die langen Phasen der Stille im Klassenzimmer nebenan. Hin und wieder wurde dieses Schweigen von lautem Gelächter durchbrochen.

Am nächsten Tag, Dienstag, erhielt Cath Gelegenheit, mit ihren Freundinnen, Lenny D'Souza (Klassenlehrerin der 6B und Schulrätin) und Suzanne Barker (Klassenlehrerin der 1A) zu reden. Das war in der großen Pause.

Cath erzählte ihnen, seit Anfang der Sommerferien sei mit ihrem Freund von letztem Jahr Schluss. Lenny und Suzanne ließen ein trauriges »Ooch« hören, aber Cath lachte nur und sagte, sie könne sich nicht mal mehr an seinen Namen erinnern. Suzanne half ihr auf die Sprünge. »Danke«, antwortete Cath. »Ich fand noch nie, dass ihr zusammenpasst«, kam ihr Suzanne entgegen. »Du hattest nämlich nicht die Aura von jemandem, der *wirklich* geliebt wird.« »Danke«, wiederholte Cath. Lenny erzählte ihnen, dass sie essen war mit – ratet, wem? Und Cath fragte: »Mit wem denn?«, und Lenny antwortete: »Rate mal«, usw., bis Lenny gestand, dass sie mit *Frank Billson* (dem Rektor) aus war.

Cath und Suzanne kreischten. Doch als Lenny losging, um ihr Pausenbrot zu holen, steckten sie die Köpfe zusammen und raunten: »Ach du *liebe* Güte!«, und zogen die Brauen hoch: »Was *denkt* sie sich bloß dabei?« Lenny kam zurück, und sie richteten sich auf und zeigten wieder Unschuldsmienen.

Lenny fragte Cath nach dem Neuen, diesem Warren Woodford. Als Cath gerade antworten wollte, unterbrach sie Suzanne, die gehört hatte, dass er *Schauspiel* studiert hatte, bevor er Lehrer wurde.

Cath ertappte sich dabei, wie sie dachte: *Der Neue gehört MIR, Suzanne.*

Sie unterrichtete ja schließlich die 2. Klasse.

Als sie am Mittwochabend spät von einem klassenübergreifenden Evaluationstreffen nach Hause kam und Schlüssel und Sonnenbrille auf den Tisch warf, streifte ihr Blick ihr eigenes, geschäftiges, gedankenverlorenes Gesicht, das sich im Esszimmerfenster widerspiegelte. Sie hielt inne, um dieses Gesicht genauer zu betrachten. »Kaum zu glauben, dass mir noch vor kurzem jemand das Herz gebrochen hat«, sprach sie zum Fenster.

Es war ihr Freund von letztem Jahr, der ihr das Herz gebrochen hatte, ganz gleich, was sie Lenny und Suzanne darüber erzählt hatte. Er hatte sie wegen eines Jobs in New Orleans verlassen. Eines Abends kam er bei ihr vorbei und brachte die Zusage für die Stelle mit, in einem schmalen weißen Umschlag, und das Schreiben klang ausgesprochen begeistert von seinem Hochschulabschluss in Ökologie. »Wann geht's denn los?«, fragte sie, sehr darum bemüht, ähnlich erfreut und aufgeregt zu klingen wie er. »Nächste Woche!« »Und für wie lange?« *»Die Stelle ist unbefristet!«*

Den Rest des Abends verbrachte er an Caths Esstisch, wo er mit dem Finger auf der Landkarte die landschaftlich schönen Strecken von Louisiana nachfuhr.

»Bist du sicher, dass du bei diesem Licht etwas sehen kannst?«, fragte Cath frostig.

Aber er war zu sehr mit den Alligatoren beschäftigt. Cath nahm er erst wieder am Flughafen wahr. Da war es längst zu spät. Sein Gepäck hatte er bereits aufgegeben.

Kann er dir wirklich das Herz gebrochen haben?, fragte Caths Spiegelbild skeptisch. Dann fielen ihr all die Nächte danach ein, wie sie sich in ihrer leeren Wohnung in den Schlaf geweint, das Telefon durch das Zimmer gefeuert, die Blumen, die er ihr aus New Orleans schickte, misshandelt hatte (sie verwelkten einfach in ihrem Papier). Cath ließ sich die Haare kurz schneiden und immatrikulierte sich nebenbei für einen Hochschulabschluss in Jura. Ob er es nun wert war oder nicht, er hatte ihr auf jeden Fall das Herz gebrochen. (An seine Blumen war eine ›Kopf hoch!‹-Notiz geheftet gewesen.)

»Aber jetzt«, verkündete sie ihrem Kater Violin, der um ihre Knöchel strich, »hab ich's hinter mir!« Das Glöckchen an Violins Halsband bimmelte leise.

Sie starrte ihr Spiegelbild im Fenster an und dachte darüber nach, wie gut es doch war, Single zu sein. Erst gestern hatte sie zum Beispiel um Mitternacht noch Schokokekse gebacken, um den Beginn des neuen Schuljahres würdig zu begehen! Heute Abend sollte es Käsetoast mit Vegemite, einem Brotaufstrich aus Hefeextrakt, geben. Dann wollte sie so lange *MTV* gucken, wie sie Lust hatte. (Die meisten Freunde wurden nach einer Weile unruhig und wollten lieber Kricket sehen.) Und anschließend ab ins Bett mit einem Roman und bis in die Puppen lesen. Herrlich!

Außerdem, sagte ein feines, verstohlenes Stimmlein in ihrem Hinterkopf, *außerdem bin ich mir sicher, dass ich bald einen neuen Freund finden werde, jetzt, wo ich so drauf bin! Immer wenn ich in diesem Zustand glücklichen, unabhängigen Alleinseinseins angelangt bin, GENAU DANN treffe ich jemand Neues! Es wirkt anziehend auf andere, wenn ich mit mir SELBST zufrieden bin. Ich bin kurz davor –*

»SEI STILL«, sagte sie entschlossen zu ihrem Spiegelbild und wandte sich ab. Da merkte sie, wie überdreht sie war, und musste erst einmal ausgehen, zum Laden an der Ecke.

Am Donnerstag beschloss sie: *Ich bin gern allein!*, während sie durchs Klassenzimmer ging und die Kinder für ihre selbst gebastelten Bommeln lobte. *Ich werde nebenher noch Jura studieren!* Einige der Kinder erwiderten ihr Lächeln. Ein Mädchen namens Lucinda hörte gar nicht mehr auf zu grinsen, so dass Cath sie fragte, ob alles in Ordnung sei. »Nein. Weil ich die Lehrerin nicht so nennen darf«, entgegnete Lucinda.

»Nicht wie?«, fragte Cath.

Aber Lucinda lächelte nur immer weiter, schüttelte den Kopf und murmelte vor sich hin. Cath hockte sich neben sie, um zu verstehen, was sie leise vor sich hinsagte.

»Miss Murphy«, hauchte sie.

»Du darfst mich nicht Miss Murphy nennen?«, fragte Cath erstaunt.

Lucinda nickte, dass ihr Pferdeschwanz auf und ab wippte.

»Aber Lucinda, so heiß ich doch!«

»Ich kann nicht Msss sagen«, erklärte Lucinda und schüttelte sich, als ob sie sich in Spinnweben verfangen hätte. »Verlangen Sie nicht von mir, dass ich das ausspreche! Ich kann diesen Laut nicht, dieses sss ...« Sie japste nach Luft und schüttelte wieder den Kopf.

Zum Glück setzte in dem Moment Lucindas Nachbarin mit »Vagina, Vagina, Vagina« ein.

Wie hieß das Mädchen gleich noch mal? Ihr Namensschild war auf den Boden gefallen.

»CASSIE HAT VAGINA GESAGT!«, rief Marcus Ellison.

Genau, Cassie. Sie war heute Morgen fünf Minuten zu spät zur Schule gekommen, und ihre Mutter hatte ihr eine Entschuldigung geschrieben, was sehr aufmerksam gewesen war. *Dafür hätte ich mir wenigstens den Namen ihrer Tochter merken können,* dachte Cath streng.

Der Gerechtigkeit halber: Cassies Namensschild war selten an seinem Platz, weil sie dazu neigte, ihren dramatischen Ausführungen mit Händen und Füßen Nachdruck zu verleihen, und dabei Bleistifte und das Namensschild vom Tisch fegte.

»Vagina, Vagina, Vagina«, verkündete Cassie weiter.

»Das reicht jetzt, Cassie«, sagte Cath bestimmt.

Cassie sah verwundert auf. »Aber ich muss es fünfhundertmal sagen.«

»Wer sagt das denn?«

»Ich.«

»Na, dann sag dir doch einfach selbst, dass du das nicht zu tun brauchst.«

»In Ordnung.« Sie nickte und machte sich wieder an ihre Bommel.

Am Freitag wartete Cath auf einer Bank auf Warren Woodford. Sie wollten den Lehrplan für die 2. Klassen besprechen, aber Cath hatte Spielplatzaufsicht. Also verlegten sie ihr Treffen nach draußen in die Sonne. Sie wippte mit den Beinen und spielte ihr geheimes Spiel, bei dem sie sich vorstellte, sie könne sich zum Himmel hochschwingen. Als Teenager hatte sie einen Skiunfall gehabt, und um die Knie wieder aufzubauen, wurden ihr Metallgelenke eingesetzt. Seitdem betrachtete sie ihre Knie als magische Hebebühne. Während sie also emporstieg, rief sie einem Jungen, der ein Sandwich mit Salat in den Müll warf, verärgert »he da!« zu, einem Mädchen, das einem anderen in die Nase kniff, streng »hey du« und einem Jungen, der mit einem aufgeschürften Ellbogen ankam, zärtlich »hallo du«. Als sie den Ellbogen verarztet hatte, lehnte sie sich zurück, um sich einen Überblick zu verschaffen – heute war hauptsächlich Gummitwist angesagt, und woanders fand ein lautstarker Austausch statt über ein neues Computerhaustier, das *Mr Valerio* hieß und per Fernbedienung gefüttert wurde –, aber auch um nachzudenken.

Es ist einfach genial, Single zu sein! Aber etwas störte sie dennoch daran. Sie hörte auf, mit den Beinen zu wippen, weil sie herausfinden wollte, was es war. Das schätzte sie am meisten an einem festen Freund: die entspannte Atmosphäre, in der man auf andere Männer zugehen konnte. Bei Gesprächen mit potenziellen Freunden flachste Cath gern herum, manchmal flirtete sie sogar ein bisschen, aber oft reagierten die Jungs misstrauisch darauf und suchten nach einer Gelegenheit, ihre Freundin zu erwähnen. Das verärgerte Cath, verwies sie in ihre Schranken, und sie hatte das Gefühl, sich erklären zu müssen: Ich bagger dich nicht an, ich will doch bloß deine Freundschaft.

Es war etwas ganz anderes, wenn sie selbst einen Freund hatte. Dann konnte sie mit *ihrem* Freund kontern. Dadurch wurde das Gleichgewicht wiederhergestellt, und sie setzten das Gespräch unbekümmert fort. Oder noch besser – sie konnte als Erste ihren Freund ins Spiel bringen.

»Mit Milch, ohne Zucker, richtig?«

Sie hörte Warren Woodfords Stimme hinter sich, und als sie sich umdrehte, stand er höchstpersönlich da. Unter den linken Arm hatte er umständlich eine ganze Latte Ordner geklemmt, und mit den langen schmalen Fingern seiner rechten Hand hielt er gleich zwei Becher Kaffee. Er starrte grimmig auf die beiden Becher, als ob er damit verhindern konnte, dass sie überschwappten.

Er hat sich gemerkt, wie ich meinen Kaffee trinke! Oder vielleicht trinken einfach alle Leute ihren Kaffee so.

Sie half ihm mit den Unterlagen und den Bechern. Dann setzte er sich rittlings auf die Bank, was irgendwie komisch war, weil sie geradeaus sah, während er jetzt auf ihre Schulter blickte, als ob sie sich für ein Foto-Shooting positioniert hätten. Oder wie wenn er normal auf einem Pferd säße und sie im Damensattel. Er hatte eine recht lange Nase, und sein Mund war fast ein wenig zu groß für sein Kinn.

»Ich habe gehört, Sie studieren Jura?«, sagte er, und es schien ihn kein bisschen zu stören, dass sein Mund für sein Kinn zu groß war.

Er hat von mir gehört!

»Noch nicht«, erklärte Cath. »Ich habe mich erst eingeschrieben. Nächste Woche geht's los.«

»Aha.« Er nickte vor sich hin, als ob er sich so etwas schon gedacht hätte. »Warum wollen Sie so etwas tun? Ich meine, Jura studieren?«

»Zum Zeitvertreib.« Cath zuckte mit den Schultern.

»Zum Zeitvertreib«, wiederholte er gedehnt. Dann verfiel er in einen Singsang: »Zum Zeitvertreib, zum Einverleib, zum Rechtsentscheid. Mhmm. Entscheid? Verzeihen Sie mir.«

Er stellte den Becher ab und sagte: »Der Kaffee schmeckt scheußlich. Und noch was, ich glaube kaum, dass ich mit dem Rektor hier klarkommen werde. Wie heißt er noch mal? Billson. Er wirkt ein wenig, ich weiß auch nicht wie, ein wenig langsam?«

»Ich finde ihn brillant«, erwiderte Cath.

»*Brillant* also, Frank Billson, was? Na klar. Eine bemerkenswerte Person.« Nachdenklich trank er einen Schluck Kaffee. »Und der Kaffee schmeckt ausgezeichnet.«

In den fünf vergangenen Schultagen und während dreier kurzer Gespräche auf dem Laubengang der 2. Klassen hatte Warren nicht ein einziges Mal von seiner Freundin gesprochen. Cath wusste es zu schätzen. Entweder hatte Warren keine Freundin, oder er sah keine Notwendigkeit, sie zu erwähnen. Wie auch immer, es war sehr nett von ihm.

Cath genoss es, allein zu sein, aber sie wollte unbedingt die Freundschaft dieses Mannes, dieses wundervollen Warren Woodford. (In seinen Augen lag dieser wünschenswerte, wehmütige Blick.) Sie wollte sich unbedingt mit ihm anfreunden. Und dazu musste sie gegebenenfalls mit ihm flirten.

Fancy Zing

Das Telefon kikerikiete wie ein junger Hahn, der gerade Krähen lernt.

Es war Grandma am Handy. »Da ist ja meine Cassie dran! Wie geht's denn meiner Cassie?«

Es ging ihr gut.

»Und wie war dein erster Tag in der 2. Klasse? Ganz aufregend?«

Ein bisschen.

»Und wer sind deine neuen Freunde? Bist du noch mit diesem netten kleinen Jungen mit dem komischen krummen Bein befreundet? Wie hieß er noch? Joey? Kaminsky? Kaminska?«

Nein, nicht wirklich. Schon seit der 1. Klasse nicht mehr.

»Und was sagst du zu deiner neuen Lehrerin, Cassie? Miss Murphy? Ist sie nett? War sie heute nett zu dir, meine Süße?«

Mhm.

»Und du, warst du denn nett zu ihr?«

Mhm.

»Und waren die anderen auch nett zu ihr?«

Ging so.

»Na gut Cassie, kann ich bitte mal deine Mum sprechen, ist sie da?«

Mhm.

Cassie trug Grandma behutsam wie ein weiches Entenküken in ihrer Armbeuge durch den Flur ins Arbeitszimmer zu ihrer Mutter. Ihre Mutter war nicht da. Sie legte das Telefon aufs Gästebett, setzte sich an den Schreibtisch ihrer Mutter und las ein paar Worte auf dem Computerbildschirm.

Dann erinnerte sie sich und nahm das Telefon mit Grandma wieder hoch, flog mit ihr durch den

Flur, wie mit einem schnurlosen Drachen. Einmal kollidierte Grandma mit der Wand, dann entdeckte Cassie ihre Mutter beim Spülen und sagte: »Grandma ist dran.«

»Okay«, sagte ihre Mutter und zog sich die Gummihandschuhe aus. »Leg sie einfach da drüben hin.«

Cassie setzte Grandma sanft zwischen Teekanne und Topfdeckel ab.

Cassies Mutter, Fancy Zing, nahm das Telefon von der Arbeitsplatte auf und verkündete: »Mum, heute war der Himmel ganz besonders blau.«

Woraufhin ihre Mutter ausrief: »Ja, das war er! Ein wunderschöner Schulanfangstag! Cassie scheint ganz begeistert zu sein von der 2. Klasse, ich kann's kaum erwarten, mehr darüber zu erfahren, ich wette, es war schwer, sie heute Morgen aus den Federn zu kriegen, sie schläft gerne etwas länger, die kleine Cassie. Hör zu, so ausgefallen das auch klingen mag: Ich überlege, zum Abendessen Erdbeerrisotto zu machen.«

Sie erörterten die Vorzüge von Erdbeerrisotto, aber Fancy bemerkte, wie ihre Gedanken abdrifteten zu einem Tag am Meer, vor Jahren, als sie mit einem Seemöwen-Paar geschimpft hatte. Die Möwen reckten ihre Hälse, um sich gegenseitig einzuschüchtern. »Hört auf!«, rief sie, »seid nett zueinander!« Die Vögel hatten sie neugierig von unten beäugt, erschrocken und reuig zugleich, und Fancy hatte sich danach gesehnt, sie in die Arme zu schließen und zu sagen: »Tut mir leid, dass ich mit euch gemeckert habe, meine Lieben, aber ihr solltet euch wirklich nicht zanken.«

»Und danach«, fuhr ihre Mutter fort, »gibt es Bœuf Stroganoff. Das ist doch eine altbewährte Sache, oder?«

»Stimmt«, pflichtete Fancy ihr bei, »Mum, ich muss jetzt auflegen – Ich glaube, Radcliffe kommt gerade nach Hause.«

Radcliffe war Fancys Mann, und genau in diesem Moment hörte sie ihn von der Veranda aus rufen: »Ein Fan von Fancy ist da – und Fancy selber ist auch da!« So begrüßte er sie jedes Mal von der Veranda aus, noch bevor er die Haustür öffnete.

»Ich bin im Arbeitszimmer!«, rief Fancy. Sie lief schnell von der Küche in ihr Arbeitszimmer und setzte sich an den Schreibtisch. Sie nahm ein Notizbuch aus der Schublade und schrieb als erste Zeile:

Was mich an meinem Mann nervt

Dann nahm sie ein Lineal und zeichnete einen Kasten.

Ihr Mann öffnete die Tür und schmatzte »Mmmhhha« – seine Art, sie mit einem Luftkuss zu begrüßen.

»Hallo«, antwortete sie und zeichnete wütend weitere Kästen. Da bemerkte sie, dass er immer noch im Türrahmen lehnte, und sah ihn an. »Hallo«, sagte sie ein zweites Mal und tippte sich an ihr Brillengestell. Er nickte ihr stillschweigend zu, ging den Flur hinunter und rief dabei: »Was hast du denn mit Cassie gemacht?«

Fancy ignorierte ihn und begann den ersten Kasten mit Worten zu füllen.

Was mich an meinem Mann nervt #1

Also, morgens rasiert er sich immer am Waschbecken im Badezimmer, während ich dusche. Er benutzt einen Valerio *Glatt-Rasierer!*, den er in einer mit Zahnpasta verschmierten Ablage aufbewahrt und alle naselang am Waschbeckenrand ausklopft. *Tock, tock, tock* und gleich darauf wieder: *tock, tock, tock.* Selbst unter dem Rauschen des Duschwassers und über das Klacken des Shampoodeckels hinweg höre ich sein ewiges *tock, tock, tock.* Auch dann noch, wenn ich mich in das Handtuch wickle (das er mir von der Handtuchheizung herüberreicht, ohne dabei sein eigenes Spiegelbild aus den Augen zu lassen), selbst dann macht er: *tock, tock, tock.* Am Ende dreht er den Hahn weit auf und wäscht sein Gesicht und spült die kleinen Härchen runter. Das ganze Getue macht mich wahnsinnig.

Am Dienstagmorgen fuhr Fancy Cassie zur Schule und kehrte in ihr schmuckes, leeres Haus zurück. Sie seufzte und schlenderte durch seine Flure, seinen Flur, verbesserte sie sich. Es gab nur einen.

Dann zog sie wieder ihren Schlafanzug an und setzte sich mit einer Tasse Tee und einer Honigstulle an den Schreibtisch. Sie wollte einen preisträchtigen Roman schreiben, und sie hatte vor, ihn in Kursivschrift zu verfassen. Kursivschrift, dachte sie, wirkte schnittig und gleichzeitig sinnlich. Dazu kam noch, dass ihr seit Tagen ständig ein bestimmter Satz in Kursivschrift durch den Kopf ging:

Wie schmeckt dir dein Tarakihi, mein Liebling?

Sie war sich nicht ganz sicher, was es mit diesem Satz auf sich hatte, aber er berührte sie eigenartig. Vermutlich würde er in einem Restaurant fallen.

Was mich an meinem Mann nervt #2

Seine Familie besaß einmal einen Rhodesian Ridgeback, der Fancy hieß, genauso wie ich, und er schafft es einfach nicht, mich damit in Ruhe zu lassen.

Mittwochabend saßen Fancy und Radcliffe vor dem Fernseher, als Cassie in ihrem Sommernachthemd, das Haar noch feucht vom Baden, hereinkam.

»O-oh, jetzt gibt's Ärger!« Das sagte Radcliffe jedes Mal, wenn Cassie ins Zimmer kam. Sogar wenn Cassie bloß im Restaurant auf die Toilette ging und wieder zum Tisch zurückkehrte: »O-oh, jetzt gibt's Ärger.«

Cassie schaute daraufhin immer etwas besorgt aus der Wäsche, ein wenig misstrauisch, aber Radcliffe bemerkte das gar nicht. Fancy fragte sich, ob es ihm überhaupt jemals auffallen würde. Sie betrachtete ihren Mann eingehend, und ihre Gedanken wanderten zu seinem Heiratsantrag zurück.

Jetzt war sie vierunddreißig; damals war sie einundzwanzig gewesen. Es ereignete sich, während sie etwas außerhalb von Blackheath einen schlammigen Pfad durch die Blue Mountains entlangstapften. Der Schlamm war schwarz wie Schuhcreme, und Fancy hing diffusen, düsteren und zugleich wollüstigen Gedanken nach.

Radcliffe war offenbar mit Fotografieren beschäftigt. Er hatte zwar keine Kamera dabei, aber er wich vor Wildblumen und schlammigen Ästen sorgsam ein paar Schritte zurück, bildete aus Daumen und Zeigefingern einen Kasten, linste hindurch und sagte dazu »klick!«.

Nach einem dieser Fotos ließ er plötzlich die Arme sinken und verkündete mir nichts dir nichts: »Ich möchte dich heiraten, Fancy.«

»Wirklich?« Fancy klang überrascht und vielleicht sogar argwöhnisch.

»Ich möchte dich heiraten«, bestätigte er. »Mit allem Drum und Dran.«

Ich möchte dich heiraten, mit allem Drum und Dran.

Fancys Gedanken kehrten ins Wohnzimmer zurück, und sie nahm die Fernbedienung auf, um die Werbung vorzuspulen. Sie guckten eine Folge *Law & Order: Die Aufrechten.* Aber während sie spulte, fiel ihr auf, dass der Film schon zu Ende war. Sie hatte den Schluss verpasst und bis zur nächsten Sendung vorgespult. Radcliffe und Cassie saßen nur da und ließen sich nichts anmerken.

»Jetzt ist gut«, sagte Fancy und drückte auf Stopp.

»Nein!«, empörte sich Cassie. »Sag nicht einfach so ›*Jetzt ist gut*‹! Ich kann es nicht ausstehen, wie du das sagst.«

»Wie soll ich es denn sagen?«, fragte Fancy sanft, »vielleicht: Jetzt ist *gut*? *Jetzt ist gut? Jetzt* ist gut!« Sie probierte verschiedene Betonungen. »Such dir was aus, Cass.«

»Ich will nicht, dass du es überhaupt sagst«, erklärte Cassie. »Es bedeutet, ich soll ins Bett gehen.«

»Oho!« Radcliffe drehte sich auf seinem Hinterteil um. Er saß im Schneidersitz auf dem Boden. »Casso-tobacco leidet an Klinophobie, stimmt's?«

»Wie bitte?«

Radcliffe lächelte seine Tochter an.

»Klinophobie«, sagte Cassie leise und starrte vor sich hin. Und dann zu ihrer Mutter: »Sag es einfach nicht mehr in diesem heiteren Tonfall, okay?«

»In Ordnung, mein Liebling. Sag deinem Vater Gute Nacht.«

»Meine kleine Klinophobe!« Radcliffe umarmte Cassie.

»Das ist die Angst vorm Zubettgehen«, vertraute er Fancy später an, an die Tür ihres Arbeitszimmers gelehnt.

»Ich versuche zu arbeiten, Radcliffe«, entgegnete Fancy kühl.

Was mich an meinem Mann nervt #3

Beim Sex setzt er diese tiefe, raue Stimme ein, die so ganz anders klingt als seine eigene, eher wie die von jemandem, der sich während eines Einbruchs in der Vorratskammer versteckt und die Polizei anruft.
Er sagt damit *mach's mir, Baby*, was ja noch geht, auch wenn es nicht nach meinem Geschmack ist. Aber er benutzt sie auch für ganz gewöhnliche Dinge, wie *Nimm mal kurz dein Bein hoch, Schatz, du quetschst mir die Eier ab*.
Ich räuspere mich ständig beim Sex, um ihn dazu zu bringen, dasselbe zu tun.

Fancy verfasste erotische Literatur. Natürlich arbeitete sie parallel dazu an ihrem preisträchtigen Roman: erotische Literatur war das Buttermesser; der Roman würde die Axt werden.

Mit vierzehn hatte sie in einem Haushaltswarenladen gejobbt, und sie dachte immer noch gern daran zurück, wie sie dort das Wechselgeld herausgegeben hatte.

»Zwanzig Dollar? Danke. Das sind elf, dreizehn, fünfzehn und zwanzig. Möchten Sie eine Tüte?«

Die Männer sagten immer: *nein danke*. Aber manchmal ließ Fancy ihnen keine Wahl und packte ihre Schraubenzieher direkt in die Plastiktüte. Sie benutzten dann nie die Henkel, sondern fassten die Tüte oben um den Hals, als griffen sie sich ein Huhn.

Am Donnerstagmorgen beschloss Fancy, dass es völlig in Ordnung wäre, wenn sie ihre Tochter im Schlafanzug zur Schule führe. Außerdem wäre es völlig in Ordnung, wenn sie auf dem Rückweg schnell aus dem Auto springen und zwei Müllsäcke mit abgelegter Kleidung in die Blaue Tonne der St-Vincent-de-Paul-Gemeinde werfen würde. Daran gab es überhaupt nichts auszusetzen.

Außer dass der Nachbar von nebenan gerade auf seiner Veranda frühstückte, als sie im Schlafanzug heraustrat und »CASSIE, BEEIL DICH, WIR

SIND *SEHR* SPÄT DRAN!« rief und dabei die alten Klamotten aus zwei Müllsäcken, die sie hektisch unter die Arme geklemmt hatte, herausrutschten und herunterfielen.

Der Nachbar war einer dieser etwas schwerfälligen Kanadier, die gedehnt sprachen und dabei immer höflich und leicht belustigt klangen.

»Da ham Se aber alle Hände voll zu tun«, stellte er mit seinem typischen Schmunzeln von der Veranda aus fest, während Messer und Gabel über dem Schinkenspeck schwebten. Ihre Häuser standen eng beisammen.

»Ja«, bestätigte Fancy, und dann gebot ihr die Höflichkeit, einen Moment abzuwarten, bevor sie wieder nach Cassie rief.

Der Nachbar machte sich wieder an seinen Speck mit Pfannkuchen – *Speck mit Pfannkuchen!* –, und Cassie kam heraus mit einem Kamm und einem Haargummi im Mund, den Autoschlüssel am Finger, die Haare im Gesicht, einen riesigen Müllsack hinter sich her schleifend.

»Was um Himmels willen machst du da – Cassie, Liebling, das ist der Sack mit den Büchern! Den brauchen wir jetzt nicht.«

Cassie nahm Kamm und Haargummi aus dem Mund: »Warum denn nicht?«

»Liebling, der ist für die Schulfeier und nicht für die Gemeinde. Trotzdem danke, es war bestimmt ein Akt, ihn die Treppe runterzukriegen.«

Cassie hob die Augenbrauen, wandte sich um und wollte den Sack wieder zurückbringen.

»Nein!«, rief Fancy panisch. »Lass ihn einfach bei der Tür stehen. Du musst ihn jetzt nicht wieder hochschleppen.«

»Okay.«

»Hast du dein Pausenbrot eingesteckt?«

»Was ist denn drauf?«

»Erdnussbutter. Im Kühlschrank im zweiten Fach, renn schnell rein und hol es.«

»*Erdnussbutter!*«, zeterte Cassie und stampfte mit dem Fuß auf. Erst gestern hatte ihr Erdnussbutter noch vorzüglich geschmeckt, aber manchmal nahm ihr Geschmack eine unvorhersehbare Wende.

»In Neufundland«, sagte der Kanadier nebenan auf der Veranda, »da tauschen die Kinder einfach 'n Hummersandwich gegen 'n Erdnussbuttersandwich ein.«

Cassie starrte ihn an.

»Ach du meine Güte«, sagte Fancy höflich.

»Da gibt's massig Hummer«, erläuterte der Kanadier, »da in Neufundland.«

»Cassie«, fuhr Fancy nach einer angemessenen Pause fort, »schnell, Süße, hol dein Pausenbrot.«

Die pompöse Erkennungsmelodie der Nachrichten hatte bereits eingesetzt, als sie an der Bushaltestelle von Cassies Schule hielten. »Vagina, Vagina,

Vagina«, sagte Cassie und zählte dabei mit den Fingern ab. »O-oh.« Sie zeigte auf das Autoradio. »Die Nachrichten fangen an.«

»Hier –«, Fancy verrenkte den Hals, um in den Rückspiegel zu sehen, und schob dann Cassie die Haare ordentlich hinter die Ohren. »Reich mir mal den Kuli aus dem Handschuhfach. Ich schreibe dir lieber eine Entschuldigung.«

Liebe Ms Murphy,

bitte entschuldigen Sie meine Tochter Cassie Zing-Mereweather (besser bekannt als Cassie Zing – ihr eigener Wunsch!) für ihr Zuspätkommen.
Ich musste noch ein paar Säcke für die Altkleidersammlung der St-Vincent-de-Paul-Gemeinde abgeben.

Mit freundlichen Grüßen und alles-alles Gute!
Fancy Zing

Freitagabend fuhren Radcliffe und Fancy zur Familiengeheimnisversammlung der Zings. Cassie saß hinten mit all den Errungenschaften aus der ersten Woche der 2. Klasse um sie herum.

»Sie werden ganz schön staunen, was, Mum?«

Cassie beugte sich durch die Mitte nach vorn, wedelte ihnen mit einem Schmetterlingsbild vor den Augen herum, wobei sie zeitweilig Radcliffes Sicht verdeckte.

»Das werden sie«, stimmte ihr Fancy zu.

»Um Himmels willen«, stieß Radcliffe zugleich hervor.

Das ließ Cassie einen Moment lang in ihren Sitz zurückschnellen. Aber dann berappelte sie sich wieder.

»Zuerst zeige ich ihnen meinen Hefter mit dem Goldenen Stern, dann meine Bommel, dann mein Bild und dann – nee, halt –«

»Es müsste bald an der Zeit sein für das Essen mit den Samsons und den Bellamys, was?«, sagte Radcliffe zu Fancy und trommelte mit den Fingern aufs Lenkrad. Er hatte die Angewohnheit, Cassie zu ignorieren, wenn er sie langweilig fand.

»Ja«, bestätigte sie. »Und außerdem hat Cassie bald Geburtstag.«

»Also, als Sechstes werde ich vorsingen – und hast du gerade von meinem Geburtstag gesprochen, Mum?«

»Hey, Cass-Kindchen«, Radcliffe sah Cassie im Rückspiegel an. »Hoffentlich leidest du nicht an Alektorophobie, was?«

Eine Zeit lang herrschte Schweigen auf der Rückbank. »Wie bitte?«

»Alektorophobie.«

»Krieg ich das zum Geburtstag?«

Radcliffe kicherte. Er hielt an einer roten Ampel, während Cassie still dasaß und abwartete.

»Die Angst vor Hühnern«, erklärte Radcliffe Fancy leise. »Alektorophobie. Angst vor Hühnern. Heute Abend gibt es bestimmt Brathühnchen, was?«

»Na, dann sag das doch Cassie! Cassie, Süße, mach dir keine Gedanken über das, was Dad gesagt hat. Er redet nur Blödsinn, okay?«

»Lass mich doch«, sagte Radcliffe und trat aufs Gaspedal, als die Ampel auf Grün schaltete. »So lernt sie was.«

»Was denn lernen?«

»Elektra«, murmelte Cassie von hinten. »Alektro? Elektro.«

Fancy fühlte sich, als hätte sie gerade eine Mücke ins Kinn gestochen. Sie beschloss, ganz ruhig zu bleiben: Schick deine Gedanken auf eine Reise zum Meer, besänftige die zankenden Möwen, lass die Seele baumeln, Fancy! Treibe. Treibe.

Radcliffe stellte das Radio an.

Marbie Zing

Es war nach Mitternacht, und die Wohnung lag wartend im Mondschein und der Hitze. Sie verlagerte ihr Gewicht ein wenig, um eine kühlere Position zu finden. Eine Motte strich mit dem Flügel über das Licht auf der Terrasse, und die Wohnung räusperte sich empört.

In der Wohnung herrschte ein schläfriger Wirrwarr aus Kartons, Farbdosen, Sandpapier, Eimern und Bananen. Eine Holzleiter lag lang ausgestreckt im Flur.

Eine junge Frau, vielleicht achtundzwanzig Jahre alt, trat aus einem Schlafzimmer am Ende des Flurs. Sie stieg vorsichtig über die Sprossen der Leiter, eine nach der anderen, und schien dabei in einem Dunst aus langen Haaren und weißem Nachthemd zu schweben. Am Eingang zum Wohnzimmer blieb sie stehen. Sie hatte eine Narbe auf der Stirn, die wie ein Krokus aussah.

Fasziniert folgte ihr das Mondlicht in die Küche.

Als Nächstes trat ein junger Mann in den Flur. Er hatte einen Wuschelkopf, verquollene Augen und trug nichts außer Boxershorts. Auch er blieb am Eingang zum Wohnzimmer stehen, aber nur um zu gähnen und sich zu recken. Seine Arm- und Brustmuskeln kräuselten sich, als ob sie sich speziell für diese Dehnung aufgereiht hätten. Er verschwand in der Küche.

Als er wieder herauskam, hielt er die junge Frau untergehakt und redete sanft auf sie ein. »Nein, Marbie, da ist keine grüne Schildkröte in der Küche.«

Die Frau sah zu ihm auf, und er nickte ihr aufmunternd zu. »Ist alles in Ordnung? Gehen wir wieder ins Bett?« Aber die Frau starrte an ihm vorbei auf die gegenüberliegende Wand.

»Ich kann es einfach nicht glauben«, murmelte sie. »Schon wieder. Die wievielte Nacht ist das jetzt?«

»Was denn?«, fragte der Mann verunsichert, »bist du wach?«

»Pass auf deine Augen auf, Vernon«, befahl sie ihm. »Ich kümmere mich darum.« Sie lief im Zimmer umher und knurrte vor sich hin. »Oh ihr glaubt wohl, ihr könnt hier einfach so vorbeikreuzen, ihr kleinen außerirdischen Raumschiffe! Wenn ihr eure Aufzugschächte auf unsere –« Sie hielt an der Wand inne und starrte auf die glatte blasse Fläche.

»Gerade war er noch da –«, sie drehte sich zu ihrem Freund um, der geduldig wartete.

»Ja?«, erwiderte er. »Der Aufzug?«

»Hmmm«, sagte sie langsam. »Da ist kein Aufzugschacht.«

»Bist du jetzt endgültig wach?«, fragte der Mann.

»Tut mir leid«, sagte die Frau.

»Schon in Ordnung.«

Sie standen ruhig da im Mondlicht.

»Es ist heiß, nicht wahr?«, sagte die Frau nach einer Weile. »Ich frage mich, ob wir nicht vielleicht –«

»Das hängt davon ab, ob Listen wach ist«, stimmte der Mann ihr zu und sah den Flur hinunter.

»Ja«, sagte die Frau etwas lauter. »Ich frage mich, ob sie nicht wach ist?«

»KÖNNTE SIE ETWA WACH SEIN?«, dröhnte der Mann jetzt.

»ICH HOFFE, WIR HABEN SIE NICHT GEWECKT«, brüllte die Frau.

Beide hielten erwartungsfroh inne.

Endlich erschien ein zwölfjähriges Mädchen in der Wohnzimmertür und blinzelte ins Dunkel.

»Oh nein!«, entsetzte sich die Frau. »Wir haben dich doch nicht etwa geweckt, Listen?«

»Ziemlich heiß, was?«, sagte das Mädchen.

»Genau«, antwortete der Mann.

Kurz danach verließen die drei die Wohnung, liefen über die Veranda die Auffahrt hinunter, dann die Straße entlang. Geräuschlos auf nackten Füßen bewegten sie sich unter den Straßenlaternen und dem kohlrabenschwarzen Sternenhimmel. Der Mann strich eine Mücke von der Schulter der

Frau. Das Mädchen stieß sich den Zeh, hüpfte ein paar Schritte auf einem Bein, fing sich dann aber.

Nach etwa zehn, fünfzehn Minuten kamen sie an einer Reihe von Einfamilienhäusern vorbei, jedes mit einem kleinen Vorgarten. Bei einem besonders unauffälligen hellen Backsteinhaus duckten sich alle drei und huschten daran entlang. Direkt hinter diesem Mauerblümchenhaus gingen die kleinen Vorgärten in eine dunkle hohe Hecke über. In der Hecke befand sich ein schmiedeeisernes Tor, an dem ein schwarz-weißes Schild befestigt war.

BELLBIRD HIGH SCHOOL
Wer strebend sich bemüht, wird Erfolg haben.
Das Tor bitte immer schließen.

Die Frau spähte die Straße auf und ab und nickte dann den anderen zu. Die drei kletterten über das Tor. Sie rannten über den Rasen vor der Schule, der im Dunkeln lag, überquerten den Hof und den Parkplatz. Sie liefen über das Netzballfeld und an den Mauern der Schulgebäude entlang. Hier und da sprang die Sicherheitsbeleuchtung an.

Hinter der Schule fiel der Rasen steil ab und verlor sich in Wiesenstreifen und dichtem Gestrüpp. Ein schmaler Trampelpfad führte durch das Gebüsch bis zum Tor. Sie kletterten über das Tor und blieben stehen.

Sie waren am Rand des Schwimmbeckens angelangt. Auf der anderen Seite des Beckens standen mehrere Bänke, daneben lagen ordentlich gestapelte gelbe Schwimmbretter, auf jedem davon stand in fluoreszierendem Weiß: »Trainingsgerät – liegen lassen«.

Ein Hinweisschild auf einem Gestell mahnte:

SCHWIMMBADREGELN

- NICHT LAUFEN
- NICHT SPRINGEN
- KEINE A-BOMBEN
- NICHT SPRITZEN
- DAS SCHWIMMEN OHNE AUFSICHT IST VERBOTEN
- (AUSGENOMMEN FÜR FORTGESCHRITTENE MITGLIEDER DES SCHWIMMVEREINS)

Wie auf ein stummes Kommando hin tauchten sie alle gleichzeitig ein.

Marbie Zing war die Frau im Schwimmbecken. Der Mann war ihr Freund Vernon. Die Zwölfjährige, die auf dem Rücken zu den Sternen hochsah, war Vernons kleine Schwester Listen. Die drei waren gerade zusammengezogen.

Später in der Nacht lagen Marbie und Vernon träge im Bett, die nassen Haare auf dem Kissen, das

Herz noch laut pochend vom mitternächtlichen Schwimmausflug. Marbie sagte: »Ich glaube, ich sehe mal nach den Topfpflanzen.«

Vernon drehte sich zu ihr um und starrte sie an: »Du bist wach?«, fragte er.

»Ich bin wach«, bestätigte sie.

»Hör auf, so unverschämt hübsch zu sein«, sagte er und schlief ein.

Listen Taylor saß unterdessen auf den Holzdielen vor ihrem Bett. Ihr Nachthemd war auf dem Nachhauseweg in der Luft getrocknet, aber gelegentlich tropfte noch Wasser aus ihren Haaren den Nacken hinunter.

Es war drei Uhr nachts, doch sie war hellwach und dachte über ihren Namen nach. »Listen Taylor«, sagte sie, und dann versuchte sie es stattdessen mit »Listen Zing«, nur dass es als Frage herauskam: Listen Zing?, weil sie überlegte: *Bin ich jetzt eine Zing?*

Wenn du und dein Bruder mit einer Zing zusammenziehen, mit einer Zing einkaufen gehen, mit einer Zing die Wände streichen, mit einer Zing mitten in der Nacht schwimmen gehen, mit einer Zing jede Woche zur Familiengeheimnisversammlung der Zings gehen – wird man dann nicht allmählich selbst eine Zing?

Vielleicht.

Um genau zu sein, kannte nur Vernon das Geheimnis – Marbie hatte es ihm vor einem Monat anvertraut, als sie zusammen die Wohnung gekauft hatten. Also ging auch nur Vernon zur Familiengeheimnisversammlung der Zings im Geräteschuppen. Listen hielt sich derweil im Haus von Grandma Zing auf und sah mit der kleinen Cassie fern.

Außerdem harmonierte *Listen* besser mit *Taylor.* Taylor ließ »Listen« entspannter klingen, man konnte auch sagen, es machte es akzeptabler.

»Wie heißt du?« »Listen Taylor.« »Oh. Okay. Na dann, hi.«

»Wie heißt du?« »Listen Zing.« Die Unbekannte, die schon bei Listen ins Schleudern geraten war, würde an der Klippe des Zing scheitern. »*Wie bitte?*«

Es war wichtig, sich über so etwas Gedanken zu machen, wenn man nächste Woche in die Highschool kam.

Die Grundschule hatte bereits wieder angefangen – die Zings waren ganz aufgeregt gewesen, weil für Cassie die 2. Klasse begann – Listen hatte jedoch noch eine Woche frei. Nur noch eine Woche, dachte sie, dann wird alles anders.

Aber es hatte sich ja bereits etwas verändert: Sie und ihr Bruder waren aus dem Wohnwagen aus- und bei einer Zing eingezogen.

Sie richtete sich auf und sah sich die Umzugskartons an. Es war unmöglich, sie zu öffnen, weil sie so gut zugeklebt waren, dass man dafür ein Messer oder eine Schere brauchte. Die Messer und Scheren allerdings befanden sich in den Kartons.

Listen fragte sich, welcher davon wohl ihre neue Schuluniform enthielt. Es würde lustig werden, wenn sie bis nächste Woche immer noch nicht herausgefunden hätten, wie sie die Kartons auspacken sollten. Vernon müsste ihr dann eine Entschuldigung schreiben:

An die zuständige Stelle

Es tut uns sehr leid, aber Listen Taylor wird dieses Jahr nicht die 7. Klasse besuchen können. Ihre Schuluniform versteckt sich in irgendeinem Karton.

Mit lieben Grüßen
ihr großer Bruder
Vernon,
XXX

Genau in diesem Moment, als Listen bei der Vorstellung schläfrig vor sich hin lächelte, entdeckte sie das Buch. Es lag auf einem der Kartons obenauf.

Es war ein dünnes Buch, mit lindgrünem Einband, auf dem mit riesigen weißen Buchstaben ZAUBERBUCH geschrieben stand. Es sah aus wie eines dieser frühpädagogischen Arbeitshefte, in denen man HEISS und KALT oder REGE und RUHIG durch Linien zu Paaren verbinden musste. Aber als sie die erste Seite aufschlug, stand da nichts dergleichen.

Herzlichen Glückwunsch! Du hast dieses Zauberbuch gefunden! Bravo!

Skeptisch betrachtete Listen das Buch. Dabei fiel ihr ganz unten auf der Seite eine Klausel auf:

Haftungsausschluss

Damit die Zauberformeln auch wirken, musst du dich GANZ GENAU an die Anweisungen halten. Du darfst nur umblättern, wenn man es dir erlaubt. Wenn du es zu früh tust, wird es NICHT FUNKTIONIEREN. Lege das Buch sofort unter dein Kopfkissen. Die nächste Seite darfst du erst am Mittwoch um 17 Uhr ansehen.

Genau da zuckte Listen zusammen, weil Marbie an ihr Fenster klopfte und »Listen, kannst du mich reinlassen?« rief.

Marbie Zing war die Sorte von Mensch, die mitten in der Nacht nach den Topfpflanzen draußen sah und dabei vergaß, ihren Schlüssel einzustecken. Außerdem war Marbie jemand, dem die ganze Zeit dieser Satz im Kopf herumging:

Es war eine Entscheidung, die sie für den Rest ihres Lebens bereuen sollte.

Weil Marbie so überwältigt war von ihrem Glück, Vernon und seine kleine Schwester kennen gelernt zu haben, hatte sie ständig Angst, sie könne irgendeine klitzekleine Kleinigkeit falsch machen und sie dadurch wieder verlieren.

Zum Beispiel: Mal angenommen, Marbie will zur Arbeit und ist spät dran. Sie öffnet den Kleiderschrank und sieht das kurze blaue Kleid neben dem langen geblümten Rock hängen. *Es war eine Entscheidung, die sie für den Rest ihres Lebens bereuen sollte* – weil sich später, auf dem Weg zur Arbeit, der Rock in ihren Sandalen verfängt und sie deswegen stürzt. Und sie bricht sich den Knöchel und muss ins Krankenhaus! Und Vernon kommt sie besuchen und bringt ihr Blumen mit, und die Schwester sagt zu ihm: »Was für hübsche Narzissen«, und er erwidert: »Eigentlich sind es Tulpen«, und dann treffen sich ihre Blicke, und *sie verlieben sich, und Vernon verlässt Marbie wegen der Krankenschwester.*

Am nächsten Tag, Dienstag, als Marbie schon spät dran war, griff sie nach dem langen geblümten Rock (*Es war eine Entscheidung, die sie für den Rest ihres Lebens bereuen sollte*), hängte ihn schaudernd in den Schrank zurück und wählte das blaue Kleid.

»Vernon«, sagte sie und weckte ihn mit einem Kuss auf die nackte Schulter. »Vernon, was würdest du von einer Frau halten, die keine Narzissen von Tulpen unterscheiden kann?«

Vernon öffnete die Augen und sagte: »So eine Frau gibt es nicht.«

Marbie arbeitete bei einer Versicherung in der Abteilung für Regressansprüche Dritter und stellte gerade mit ihren Kolleginnen auf dem Schreibtisch einen Autounfall nach. Das zweite Auto biegt genau hier in den Kreisverkehr ein, da parkt das Auto der dritten Partei rückwärts aus. Eine Herde Elefanten lenkt sie ab, genau dort (die Donuts wären jetzt einmal die Elefanten), unser Auto fährt mittendurch und krachbumm! Kleine Plastikfiguren fliegen durch die Luft.

Sie kannte alle Erklärungen für diese erbärmlichen Auffahrunfälle.

»Ich musste niesen, verlor die Kontrolle und fuhr gegen einen Zaun.«

»Ich musste niesen, fuhr in ein Schlagloch und gegen den Baum.«

»Ich musste niesen und prallte auf das Hinterteil eines Elefanten.«

Marbie hetzte ihnen die Eintreiber auf den Hals, die um Mitternacht an ihre Tür klopften (die Inkasso-Unternehmen bekamen nie auch nur einen Cent zu sehen); sie drohte ihnen mit Gerichtsklagen. Sie beschwichtigte verärgerte Klienten und versuchte ihren Feindseligkeiten auszuweichen: »Wie reden Sie denn mit mir?... Ich lege jetzt auf. Ich lege jetzt sofort den Hörer auf.«

Dienstagabend bestellten sie beim Thailänder etwas zu essen und saßen dabei auf den Kartons im Wohnzimmer. Dann grub Vernon die Stereoanlage aus, und Listen zeigte Marbie, wie man heute tanzt, während Vernon Schokobananen zum Nachtisch zubereitete. Listen hatte die Haare zu einem Zopf zusammengebunden, der hoch oben auf ihrem Kopf hin und her schwang. Sie trug T-Shirt und Trainingshose und erwies sich als geduldige und geschickte Tanzlehrerin.

Später am Abend rief Marbie vor Listens Schlafzimmertür Gute Nacht, und Listen setzte sich mit müden Augen im Bett auf. Die offenen Haare reichten ihr bis zu den Schultern, der Kragen ihres Nachthemds war abgetragen. Marbie trat ein und setzte sich auf die Bettkante wie eine Mutter.

Bevor sie einschlief, schrieb Marbie in Gedanken einen ihrer *Briefe an den Herausgeber*.

Sehr geehrter Herr,

ich schreibe Ihnen wegen meines Freundes. Er hat eine jüngere Schwester, Listen heißt sie, und wir drei, das sollte ich vielleicht erwähnen, wohnen zusammen.
Um ehrlich zu sein, es fällt mir nicht leicht, den Zauber, den die Geschwister Taylor auf mich ausüben, (in Worte) zu fassen: Sie haben Augen wie Bernstein! Sie sind sehr ruhig und betrachten die Welt mit diesen bernsteinfarbenen Augen, dennoch sprüht es hin und wieder unvermutet aus ihnen heraus, wie aus einer Fontäne. Außerdem sind sie musisch begabt: Vernon kann jedes einzelne Lied im Radio mitsingen, gleich welche Stilrichtung, und Listen tanzt gerne.
Noch dazu – und jetzt komme ich zu meinem eigentlichen Punkt – ist Vernon ein außergewöhnlicher Liebhaber. Wenn wir uns lieben, finde ich mich in Räumen voller winziger pulsierender Reiche wieder. Ganz im Ernst, Orgasmen überfallen mich aus sämtlichen Richtungen.

Hochachtungsvoll
Marbie Zing

Marbie Zing war eine schlüpfrige Person. Bei Restaurantbesuchen rutschten ihr die Servietten vom Schoß. Haarspangen hielt es nie lang in ihren Haaren, sie glitten ihr auf die Schultern, wo sie wie silberne Schmetterlinge liegen blieben. Und die Schuhe fielen ihr ständig von den Füßen (deshalb wurde sie mit sechs Jahren das erste Mal von einer Biene in den Zeh gestochen. »Du bist neben den Riemen gelaufen«, schimpfte ihre Mutter, die immer gereizt reagierte, wenn eine Zing sich wehtat).

Als Marbie am Mittwochmorgen wieder spät dran war, rutschte sie aus einem ihrer hochhackigen Schuhe. Ein Fahrradkurier musste ihr die Aufzugtür aufhalten, während sie in ihrer Strumpfhose nach dem Schuh angelte.

Als sie später am Morgen Wasser für ihren Ingwertee aufsetzte, starrte Marbie mit zusammengekniffenen Augen und einem hitzigen Blick den noch ruhig vor sich hin blubbernden Kessel an (er begann immer übergangslos sofort zu kochen, auch wenn sie noch so aufpasste). Sie lauschte, wie er immer aufgeregter knatterte, und ganz besonders, als er still wurde und das Stadium erreicht hatte, in dem er tief in sich selbst zu versinken schien. Auf diesen Moment der Stille folgte der Siedepunkt wie eine Explosion. Und dann der Klick! Als er sich selbst abschaltete. *Ich weiß genau, wie du dich fühlst*, dachte Marbie.

Es wurde ein hervorragender, betriebsamer Tag, den sie mit Aktenstempeln verbrachte. Sie trank Tee und benutzte ausgiebig den ENTWURF- und den VERTRAULICH-Stempel. Dann machte sie Fotokopien und brauchte auch noch den KOPIE-Stempel. So verging der gesamte Tag, unterbrochen von gelegentlichen Pausen, in denen sie den anderen erzählte, wie gerne sie Akten stempelte (sie dachten, es sei ironisch gemeint, und lachten darüber), so dass es, als Marbie auf die Uhr sah, schon fast fünf war.

Um die letzten Minuten rumzukriegen, rief sie Listen an.

Listen plauderte ausführlich darüber, wie es ihr dabei ging, dass nächste Woche die Highschool anfing. Sie empfand es wie eine fundamentale Erdverschiebung, aber Donna Turnbull und die anderen alten Freundinnen aus der Grundschulzeit hatten einen Bund geschlossen, in dem sie sich ewige Freundschaft schworen, damit die Welt nicht aus den Fugen geriet.

»Hey!«, unterbrach Listen ihren eigenen philosophischen Diskurs. »Wie spät ist es denn, Marbie?«

»Fünf Uhr, Schluss für heute.«

»Ich muss auch Schluss machen«, sagte Listen, »ich hab noch was zu erledigen«, und legte auf.

Bravo! Du hast bis Mittwoch 17 Uhr gewartet! Das beweist, dass du dich an die Regeln gehalten hast, und genau das ist nötig, sonst funktionieren diese Zauberformeln nicht!
Hier kommt die Anleitung:

1. **Du musst *jeden einzelnen* Zauber im Buch ausführen. Streng der Reihe nach. Du darfst keinen auslassen!**
2. **Meist wirst du gar nicht erfahren, ob der Zauber gewirkt hat. Aber das hat er, keine Bange, da musst du mir einfach vertrauen.**

Jetzt darfst du umblättern.
Okay!
Lege das Zauberbuch unter das Kopfkissen zurück und HOLE ES NICHT VOR FREITAG 16 UHR wieder hervor.
DANN DARFST DU DEINEN ERSTEN ZAUBER AUSFÜHREN!!!
(Hinweis: Vermeide es bis dahin tunlichst, das Wort »Walnuss« auszusprechen.)

Als Marbie am Donnerstagmorgen wieder spät dran war, wäre sie fast von einem Sattelschlepper überrollt worden. Ein Bleistiftverkäufer auf der Straße konnte sie gerade noch rechtzeitig warnen.

Später wählte sie Vernons Nummer in der Banana Bar, um ihm davon zu berichten. Sie rief Vernon gerne bei der Arbeit an, besonders wenn er alle Hände voll zu tun und unzählige Besucher zu bedienen hatte. Dann bekam seine Stimme diesen leisen, schmelzigen Klang, wie zu der Zeit, als sie sich kennen gelernt hatten.

Eigentlich hatte er sich beim ersten Mal begeistert und atemlos angehört, wie jemand, der gerade Tennis spielt. Sie waren sich in Melbourne im Hotelaufzug begegnet und tranken seitdem ihren Kaffee zusammen. Listen tanzte dabei immer um den Tisch herum.

Erst als alle wieder zu Hause in Sydney waren, begann er sie anzurufen.

Bei diesen Gesprächen senkte er seine Stimme, ließ sie weicher und ruhiger klingen, was sie dazu brachte, ihre Stirn gegen die Wand zu lehnen und ihren Atem flach zu halten, damit sie ihn hören konnte.

»Bist du noch dran?«, fragte er dann jedes Mal in seiner lässigen Art.

»Mhm«, machte sie und verstummte augenblicklich wieder, um weiter seiner Stimme zu lauschen.

Am Freitag traf Marbie den Luftfahrtingenieur. Tabitha, Marbies Vorgesetzte, hatte es in die Wege geleitet, dass ein Luftfahrtingenieur einen Vortrag in dem kleinen Sitzungssaal hielt, in dem Schalen voller Drops auf den Sideboards standen und man eine Aussicht über Darling Harbour hatte. Er war gekommen, um zu demonstrieren, wie Autos üblicherweise durch die Luft flogen.

Bei ihrer Arbeit hatten sie es ständig mit fliegenden Autos zu tun. Schon beim geringsten Anlass schienen PKWs abzuheben: ein kleiner Schubs von einem Sattelschlepper, ein bellender Hund am Wegesrand. Eine Antragstellerin behauptete sogar, dass ihr Auto in die Luft gegangen war, als sie den Radiosender verstellte.

Marbie und ihre Kolleginnen fanden diese Forderungen generell fragwürdig, *aber vielleicht lagen sie ja falsch mit ihren Vermutungen*, räumten sie immer wieder ein. Freitags waren immer alle aufgekratzt und gut gelaunt bei der Arbeit und machten mit schiefgelegtem Kopf witzige Bemerkungen. Als der Luftfahrtingenieur mit seiner Paisleykrawatte und dem rundlichen blütenrosa Gesicht eintraf, hatte er sofort die Freitagnachmittagsstimmung erfasst. Er legte die Hände auf seine Fastglatze (tatsächlich war sie mit feinen Stoppeln übersät) und sagte: »Fangen wir mal an. Das Flugzeug!« Dann bat er Marbie um ein Blatt von ihrem Block und zeigte ihnen, wie man Papierflieger faltet.

Sie verbrachten den Nachmittag mit Papierflugzeuge, -schwäne und -fächer basteln und tranken dabei den Wein aus dem kleinen Kühlschrank im Sitzungssaal leer, während der Luftfahrtingenieur die Hände hinter dem Rücken verschränkte und zwischen ihnen auf und ab ging. Marbies Fächer lobte er besonders überschwänglich.

Toni holte den Schlüssel vom großen Schulungsraum und kam mit sieben kleinen Flaschen Weißwein zurück, und als der Luftfahrtingenieur *sie* dafür lobte, reagierte Marbie leicht eifersüchtig. Deshalb zeigte sie ihm die Papierschildkröte, die sie gerade bastelte. Er kapierte zwar nicht, was es sein sollte, bewunderte sie aber trotzdem. Dann brachte Rhamie eine Hand voll Spielzeugautos an, und plötzlich fiel dem Luftfahrtingenieur wieder ein, warum er hier war. Er forderte sie auf, sich gegenseitig mit Autos zu bewerfen, und demonstrierte daran die Eigenschaften fliegender PKWs.

Es war großartig.

Um 16 Uhr beschlossen sie, dass sie für heute genug getan hatten, und luden den Luftfahrtingenieur ein, sie in den Night Owl Pub zu ihrem gewohnten Freitagnachmittag-Umtrunk zu begleiten. Er sagte, er müsse schnell sein Auto wegfahren, denn er stand in einer 1-Stunden-Parkzone. *Oh, nein*, riefen sie, *Sie hätten doch bei uns parken können*! Sie wollten, dass er wenigstens jetzt sein Auto bei ihnen abstellte, aber er fragte sich, ob das Zweck hatte, weil er später noch einen Termin in Chatswood wahrnehmen musste und vielleicht gar keine Zeit mehr für einen Drink blieb. Dennoch wollte er versuchen, sie für fünf Minuten im Pub zu treffen, nachdem er seinen Wagen umgesetzt hatte.

Marbie rief Vernon an und sagte ihm, dass sie noch auf einen Drink mitging, aber rechtzeitig zur Familiengeheimnisversammlung der Zings kommen würde.

»Lass dich unterwegs nicht von einem Sattelschlepper überfahren«, riet ihr Vernon.

»Geht in Ordnung«, erklärte sich Marbie bereit. »Wo ist Listen?«

»Ich schätze mal zu Hause«, sagte Vernon.

HALLO DU! DU HAST ES GESCHAFFT! ES IST FREITAG, 16 Uhr!
Jetzt kannst du den ersten Zauber ausführen. Der erste Zauber geht ganz einfach. Wahrscheinlich kennst du ihn schon, aber du musst ihn trotzdem zaubern, tut mir leid. Weißt du, worum es geht?

Es ist der Zauber, der jemanden dazu bringt, ein Taxi zu nehmen.

Genau! Ein echter Klassiker. Du kennst die Übung. Nimm zwei Zitronen und halbiere sie, nimm fünf Bananen und schäle sie. Fülle die Badewanne mit lauwarmem Wasser, wirf die Zitronen und Bananenschalen hinein. WARTE, BIS ES FÜNF UHR IST, DANN sprich die magischen Worte – »et voilà!« – und voilà!, fertig ist der Zauber.
Jetzt lege das Zauberbuch wieder unter dein Kopfkissen. Blättere nicht vor Donnerstag in einer Woche weiter!

Alle im Night Owl Pub waren ein wenig geknickt, weil der Luftfahrtingenieur nicht mehr aufgetaucht war. Sie hatten aus bierdurchtränkten Untersetzern Flugzeuge gebastelt, um sie ihm zu zeigen. Jetzt mussten Tabitha und Toni los zum Steppkursus, und auf Abi und Rhamie warteten zu Hause ihre Männer, also sagte Marbie allen *Tschüss*. Sie wollte nur noch ihr Bier austrinken und ihre Bierdeckelflugzeuge entsorgen und dann ebenfalls los.

»Sind ja schon alle weg!« Es war der Luftfahrtingenieur. Er stand plötzlich neben ihr im Night Owl Pub.

»Bin ich weg?«, fragte Marbie rhetorisch.

»Darf ich?«

Er hielt ein kleines Bier in der Hand und wies mit dem Kinn auf den Platz ihr gegenüber.

»Natürlich.«

Er setzte sich und nickte vor sich hin, als ob er sich selbst zustimmte.

»Sie haben meinen Wagen abgeschleppt«, sagte er geknickt. »Deshalb bin ich so spät dran. Jetzt muss ich mit dem Zug zu dem Termin fahren. Und sehen Sie, ich hab alle verpasst.«

Traurig betrachtete er die leeren Biergläser und die aufgeweichten Flugzeuge.

»Bin ich vielleicht niemand?«, wollte Marbie wissen.

»Wie spät ist es denn?«, fragte er.

»Fünf Uhr.«

»Schon so spät«, rief der Luftfahrtingenieur. »Ich muss mich beeilen.«

Aber er zog seinen Stuhl näher heran und lächelte.

Cath Murphy

Einmal, als Cath noch klein war, wachte sie früh an ihrem Geburtstagsmorgen auf und fand einen Haufen Geschenke vor ihrem Bett. Eines davon hatte die Form eines kurzen dicken Zylinders und war in pinkfarbenes Geschenkpapier eingewickelt.

Ich weiß genau, was das ist. Sie setzte sich mit einem Anflug von Aufregung im Bett auf. *Ein Paar Rollschuhe!*

Nur Rollschuhe verpackte man in kurzen dicken Zylindern. Unter dem pinkfarbenen Papier würde sich also ein Zylinder befinden, und der Zylinder wäre silbern. Mit den Fingern würde sie den Deckel aufwuchten und, in Blasenfolie gewickelt, mussten darin stecken: schwarz glänzende Rollschuhe.

Cath war noch nie Rollschuh gelaufen und malte sich noch im Bett aus, wie sie es angehen würde. Zuerst auf dem Rasen vorm Haus. Vielleicht würde ihr Vater den Rasen mähen und Streifen von frisch gemähtem Gras liegen lassen, aus denen sie Grasburgen bauen könnte, die ihren Fall dämpfen würden.

Als sie an diesem Morgen die Geschenke auspackte, hob sie sich das Geschenk mit den Rollschuhen bis zum Schluss auf. Ihr Vater aß seine Kleieflocken, und ihre Mutter schälte eine Orange und wischte sich zwischendurch die klebrigen Finger an einer Papierserviette ab. Sie sahen Cath dabei zu, wie sie ein Geschenk nach dem anderen öffnete, bis nur die Rollschuhe übrig waren. Sie hatte ihre Begeisterung die ganze Zeit zurückgehalten, um noch genügend Energie für dieses ganz besondere Geschenk zu haben. Jetzt betrachtete sie die pinkfarbene Verpackung. Wie würde sie reagieren, wenn die Rollschuhe zum Vorschein kamen? Sie würde einen schrillen Schrei ausstoßen. Sie würde kreischen: DAS GIBT'S JA GAR NICHT! Sie würde aufspringen und tanzen.

Sie spürte, wie die Spannung stieg, während sie die Verpackung aufriss. Dann fiel das Papier ab.

Es waren keine Rollschuhe. Es gab noch nicht mal einen silbernen Zylinder.

Es war ein Papierkorb mit rosa Schmetterlingen auf dem Korbgeflecht.

Cath hielt den Papierkorb einen Moment lang fest. Er hatte die Form eines Zylinders. »Schmetterlinge«, flüsterte sie. Sie erlebte einen Augenblick vollkommener Losgelöstheit: *Kann das wirklich wahr sein? Bin ich tatsächlich hier? Ist das ein Traum?*

Dann sammelte sie sich wieder. »Schmetterlinge! He Mummy, weißt du, ich hab doch diese Vögel auf dem Vorhang. Weißt du, was passieren wird? Die Vögel werden vom Vorhang herunterfliegen und mit den Schmetterlingen auf meinem neuen Papierkorb spielen!«

Ihre Eltern lachten zufrieden.

Cath setzte sich mit zitternden Knien zu ihnen. »Bist du in Ordnung?«, fragte ihr Vater. »Du siehst blass aus.«

Ihre Mutter erklärte, das käme von der Aufregung.

Cath saß still da und fühlte sich auf sonderbare Art klug und weise. Das war eine Prüfung gewesen. Und sie hatte sie bestanden. Eine wichtige Lektion für das Leben, eine, mit der sie nicht gerechnet hatte:

Manchmal erfährt man eine böse Überraschung, aber man muss trotzdem die Ruhe bewahren und so tun, als wäre nichts passiert.

In der ersten Woche des neuen Schuljahres fühlte sich Cath wie im Rampenlicht. Sie schirmte ständig mit der Hand die Augen gegen die Sonne ab und korrigierte die zusammengekniffenen Augen zu einem Lächeln. Sie warf öfter lachend den Kopf in den Nacken oder reckte das Kinn, als wäre ihr gerade etwas Inspirierendes eingefallen. Sie lächelte den Kindern herzlich oder ironisch zu und erzählte Lenny und Suzanne eine witzige, spritzige Anekdote nach der anderen, und die zeigten sich begeistert, indem sie »Cath, hör doch auf!« quiekten.

Während die Kinder johlten oder während Cath die Augen abschirmte oder das Kinn reckte, ihr Auto aufschloss oder den Rückspiegel einstellte, warf sie jedes Mal einen verstohlenen Blick in die Gegend, und manchmal sah sie ihn:

Warren Woodford.

Er beobachtete sie.

Dabei hatte er oft eine Augenbraue nach oben gezogen.

In diesen ersten Wochen des Schuljahres freundeten Cath und Warren sich an. Das war vollkommen normal, schließlich unterrichteten sie beide in der 2. Klasse und trafen sich anschließend noch zu Lehrplanbesprechungen. Bei ihren Treffen rannte meist einer von beiden über die Schnellstraße, eisgekühlte Café Latte gegen die Hitze holen. Dann legten sie eine Pause ein, und Warren fragte Cath beispielsweise um Rat bei besonders schwierigen Kindern. Für ihn war es das erste Jahr als Lehrer, für sie das dritte, also hatte sie ihm einiges an Erfahrung voraus, die sie bereitwillig weitergab. Er befragte sie auch gern zu ihrem Jurastudium, und sie merkte sich die besten Fälle und gab sie für ihn wieder. Bei besonders ungewöhnlichen Fakten schnaubte er kurz und stellte naive Fragen. Sie erklärte ihm daraufhin das Gesetz und kam sich dabei wortgewandt und geistreich vor. Außerdem war es gut zur eigenen Überprüfung, wenn man auf diese Art und Weise die Einzelheiten der Fälle durchging.

Warren hatte unter den Lehrern inzwischen einen Ruf als charmanter und unbeschwerter Spund, der gerne mal bohrend herüberguckte, wenn jemand etwas Dummes sagte. »Er hat den Durchblick«, erklärte Lenny, und Cath nickte zustimmend und war stolz, mit Warren befreundet zu sein.

Die Kinder fanden ihn sagenhaft komisch. Man wusste nie, was ihm als Nächstes einfallen würde, und manchmal war es nur Unsinn. Wenn sich aber jemand wehgetan hatte, war er immer nett und hilfsbereit.

Lenny und Suzanne respektierten beide, dass allein Cath für Warren zuständig war, wenn es um den Informationsfluss ging. »Hey, hat Warren vielleicht mal als Schauspieler gearbeitet, bevor er Lehrer geworden ist?«, fragte Lenny beispielsweise. »Er schneidet immer so komische Grimassen bei der Personalversammlung.« Und Cath erklärte: »Er hat nur zwei Jahre Theaterwissenschaften studiert, dann ist er direkt zu den Pädagogen übergewechselt.« »Wieso denn?«, fragte Suzanne bescheiden.

»Also, eines Tages«, sagte Cath, »bei einer Theateraufführung für Kinder, da wurde ihm klar, wie viel Spaß ihm die Arbeit macht, und er hat sich überlegt: *Was könnte ich noch für sie tun, als ihnen immer nur den Entertainer zu geben?*«

»Aha.« Lenny und Suzanne zeigten sich beeindruckt und gingen dann zu einem anderen Thema über.

Manchmal suchte Cath nach Hinweisen darauf, dass die beiden eine Liebesaffäre zwischen ihr und Warren erwarteten. Hatten sie nicht bemerkt, dass er sie *beobachtete?* Dachten sie etwa, sie wäre nicht *gut genug* für ihn?

Aber es gab nie auch nur den geringsten Anhaltspunkt dafür. Stattdessen unterhielten sie sich über Lennys Affäre mit Frank Billson, dem Rektor. Suzanne schlug Lenny eine neue Haarfarbe vor, die die Beziehung vorantreiben sollte, und riet dringend zu einem tiefen Dunkelrot, das Lennys Wangenknochen zur Geltung bringen würde, aber Lenny wollte blond sein, und sie wollte einen bonbonfarbenen Lippenstift. Manchmal dachte Cath wehmütig: *Soll ich mich zu Tode langweilen*? Aber sie freute sich natürlich für Lenny.

Spätnachmittags war es meist heiß und drückend, und wenn die anderen Lehrer schon gegangen waren, stöhnten Cath und Warren noch über die Hitze im Lehrerzimmer, steckten tief in ihrer Arbeit, die Ellbogen nach außen abgewinkelt, mit dem Kinn fast auf dem Tisch. Sie wischten sich den Schweiß von der Stirn und öffneten alle Fenster oder waren einer Meinung, dass es draußen noch heißer war, und schlossen sie wieder.

Einmal kühlte Warren Cath den Nacken mit Eiswürfeln.

Unter der Woche bestritten sie den Musik- und Kunstunterricht gemeinsam und versammelten dazu alle Kinder der 2. Klassen in einem Kreis in der Aula. Warren sang unerwartet tief, was die

Kinder zum Staunen und manchmal zum Kichern brachte.

An einem sonnigen Donnerstag saß Cath auf ihrem Pult, wippte mit den Beinen, sah sich im Klassenraum mit all den quirligen kleinen Personen um und dachte: *Eigentlich geht's mir ziemlich gut*. In ihrem Leben war sie die Königin! Sie besaß so viele kleine Königreiche: das Klassenzimmer, das Lehrerzimmer, ihr Auto, ihre Wohnung! Und zwischen all ihren Königreichen lagen die Seminare in Rechtswissenschaften oder die eisgekühlten Café Latte mit ihren Freunden.

»Lasst uns über unsere Umwelt reden«, sagte sie fröhlich zur Klasse. »Weiß jemand von euch, was die Umwelt ist?«

Alle nickten, viele sagten »Ja«. Anthony McMasters fragte verächtlich: »Die Uuu-welt?!«, und hielt sich die Ohren zu.

»Nimm die Finger aus den Ohren, Anthony.«

Lucinda Coulton sagte: »Ich weiß es, Msssss Murphy. Wollen Sie wissen, warum? Mein Dad ist Umwelttechniker.«

»Melde dich, Lucinda«, tadelte Cath. »Tatsächlich?«

Marcus Ellison sagte: »Mein Dad ist Astronaut.«

»Stimmt ja gar nicht.« Cassie Zing drehte sich wütend zu Marcus um.

»Du brauchst nicht beide Hände hochzuhalten«, erklärte Cath Lucinda.

»Mein Dad ist *wirklich* Astronaut. Er war schon auf der Venus, reicht euch das?«

Cassie Zing hob den Deckel ihres Pults an und ließ ihn zuknallen. Durch den Luftstoß flogen ihre Haare hoch, und sie kniff die Augen zusammen.

»Wollen wir dann vielleicht lieber über Berufe reden?«, fragte Cath besänftigend und stellte sich dabei vor, wie ihre Stimme durch die Wand drang, wie sie im anderen Klassenzimmer sanft und empfindsam ankommen würde. »Wir hatten schon den Umwelttechniker und den Astronauten. Kennt jemand noch einen anderen Beruf?«

Während die Kinder Berufe aufzählten, fuhr Cassie im Hintergrund fort, ihren Schreibtischdeckel knallen zu lassen, und Cath redete sich ein, dass es klopfte. Sie stellte sich Mr Woodford vor, wie er sich zur Tür hereinlehnte und sich den Kopf am Rahmen stieß (er war so groß). Er würde ein leises »Autsch!« von sich geben und fragen: »Kann ich Sie mal eben sprechen, Ms Murphy?« Sie würde ihm zunicken und ihrer Klasse bestimmt, aber beiläufig zu verstehen geben: »Verhaltet euch ruhig, ich bin gleich wieder da.« Dann würde sie zur Tür hinaustreten, zu Warren aufsehen mit ihrem pfiffigen Kurzhaarschnitt und »Hi« sagen.

Was würde er ihr antworten?

Cassie Zing ließ ihren Schreibtischdeckel zuknallen und verkündete: »Meine Mum schreibt erotische Literatur.«

»Anthony«, sagte Cath, »nimm den Finger aus der Nase.«

Auf der Nachhausefahrt fragte sich Cath abermals, warum Lenny und Suzanne Warren nie als ihren möglichen Liebhaber betrachteten. Sahen sie wirklich nicht, wie gut er aussah? Und wie sexy er war?

Oder warteten sie ebenfalls einfach ab? Vielleicht ahnten sie, daraus könnte eine ungewöhnliche Liebesaffäre erwachsen – eine feinfühlige Romanze, zerbrechlich wie Kristall, zart wie eine Seidenblume oder so delikat wie die schlüpfende Brut im Storchennest, die man nur von fern mit ruhiger Hand durch ein Fernglas beobachten konnte.

Beim Gangwechseln schien Caths Hand auf dem Schaltknüppel zu zittern. Vielleicht tauschten Lenny und Suzanne hinter ihrem Rücken lange, vielsagende Blicke aus, an denen abzulesen war, wie froh sie für die junge Cath waren.

Abends rief Cath ihre Mutter auf der anderen Seite des Kontinents an, und ihre Mutter rief »Liebling!« und weinte ein bisschen. Es hatte erst kürzlich eingesetzt, dieses Weinen, und hatte anscheinend etwas mit Hormonen zu tun. Schließlich war es ja nicht Cath gewesen, die weggezogen war und nun ohne Zuhause, Mum, Dad, Kinder-

respektive Arbeitszimmer, Sonntagsbraten und Sonntagsnachmittagskaffee auskommen musste.

Nachdem ihre Mutter sich ausgeschnieft hatte, rief sie: »Dad, geh mal ran, es ist Cath.«

Caths Eltern nannten sich »Mum« und »Dad«, auch wenn sie nicht da war. Ihre eigenen Namen waren abgenutzt, und nun existierten sie nur noch so lange wie ihre Tochter. *Zu viel Macht für ein einzelnes Kind*, stellte Cath manchmal grimmig fest.

»Ich habe gerade gelesen, dass man das Kind, das am weitesten weg ist, am liebsten hat«, sagte Mum. »Und bist du nicht sehr weit weg, Cath, mein Liebling?«

»Ja«, gab Cath zu. »Und deshalb magst du mich am liebsten.«

Cath war ein Einzelkind. Sie hatte keine Geschwister. Aber egal.

»Cath! Geht's dir gut, mein Schatz? Wie läuft's im neuen Schuljahr? Hast du irgendwelche kleinen Monster in der Klasse?«

Das war Dad am anderen Apparat, seine Stimme klang etwas näher als Mums.

»Ja genau«, sagte Mum, »außerdem habe ich gelesen, dass man das kranke Kind immer am liebsten hat.«

»Was sagst du?«, fragte Dad.

»Tja, mir geht es aber wunderbar. Was heißt das dann?«

»Wer weiß das schon!«

»Hast du irgendwelche Herzen gebrochen?«, fragte Dad.

»Irgendwelche jungen Männer in Sicht?«, stimmte nun auch Mum ein und klang dabei wieder mehr wie sie selbst, sachlich-nüchtern.

Irgendwelche Herzen gebrochen, wie witzig. Caths eigenes Herz war so oft gebrochen worden, dass man es fast abschreiben konnte. Aber sie hielt trotzdem weiterhin Ausschau und folgte brav dem Wunsch ihrer Eltern – und da, am Rand eines Sonnenuntergangs, tauchte er vor ihr auf: der wundervolle Warren Woodford, ein wenig befangen, schaumgeboren, noch feucht von der Gischt des Meeres.

»Nein«, erwiderte sie. »Nicht wirklich.«

Sie brachte den Horizont zum Wanken, und er kippte hintenüber. Irgendwann würde er schon wieder auftauchen.

»Hey Cath«, flüsterte Warren, als er am Montagmorgen zu spät kam, sich in die Aula schlich und neben ihr Platz nahm. Mr Billson hielt gerade einen Vortrag über Pünktlichkeit, und eine Menge Kinder zeigten auf Warren und sagten: HAHHAH!

»Hi, wie war'n dein Wochenende?«, nuschelte sie.

»Oh gut, gut. Etwas stressig, weißt du. He, lasst

das mal«, ermahnte er ein paar Kinder, die einfach nicht aufhörten, auf ihn zu zeigen, und versuchten, die Aufmerksamkeit des Rektors zu gewinnen.

»Stressig?«

Er nickte, abwesend, und sie hob die Augenbrauen und musterte ihn. Sein Hemd war jetzt schon schweißdurchnässt; er war anscheinend vom Auto bis zur Aula gerannt. Offenbar hatte er irgendwelchen Ärger – etwas stressig –, und da er es angesprochen hatte, wollte er wahrscheinlich darüber reden. Sie würde später noch mal darauf zu sprechen kommen. Jetzt sah sie auf den Papierkram auf ihrem Schoß herab; bei der Montagsversammlung tat sie immer so, als würde sie mitschreiben, was Billson sagte, tatsächlich aber trug sie ihre Unterrichtsprotokolle nach. Sie ging den Lehrplan der letzten Woche durch, bis sie auf *Umwelt / Lebensraum* stieß.

Sie setzte einen Haken dahinter. Dann überlegte sie, machte »hmm«, änderte ihn in ½ Punkt und fügte am Ende der Liste *Berufe*: ½P hinzu.

»Wusstest du schon«, fragte sie Warren leise, »dass Cassie Zings Mutter erotische Literatur schreibt?«

»Wer denn nicht?«, entgegnete Warren.

»Und dass Marcus Ellisons Dad Astronaut ist?«

Jetzt wurde sein Nicken zu einem langsamen, beeindruckten Kopfschräglegen: »*Astronaut?*« Er sah Cath so bewundernd an, als wäre sie selbst Astronautin.

Sie wandte sich wieder ihrem Unterrichtsplan zu und blätterte weiter. Diese Woche würde sie mit den Kindern C. S. Lewis, *The Lion, the Witch & the Wardrobe: Der König von Narnia* anfangen, und sie würden ihren eigenen Schrank bauen und über die Welten sprechen, die man durch diesen Schrank erreichen sollte.

In diesen Welten könnten sie zum Beispiel verschiedenartige Umwelten entdecken: Meere, Berge und so weiter. Außerdem gäbe es da noch unterschiedliche Berufe: Seemänner, Kieferorthopäden und und und – na also, dann könnte sie ½ Punkt zu einem Haken umwandeln.

In diesem Moment beugte sich Warren zu ihr herüber, nahm ihr den Kuli aus der Hand, blätterte ihren Notizblock um und schrieb:

DIE CAROTID STICKS SPIELEN AM FREITAG IM BORROWED CAT.

1. Mag Cath die Carotid Sticks:
   a. Ja O
   b. Nein O
   c. Kenn ich nicht O

2. Wird Cath Warren zu den Carotid Sticks begleiten:
   a. Ja O
   b. Nein O
   c. Kenn ich nicht O

Sie beugte sich vor und kreuzte »Ja« und »Ja« an. Warren betrachtete ihre Antworten und setzte dann einen Haken hinter jedes »Ja«. Darunter schrieb er: *ausgezeichnet*.

Am nächsten Tag, Dienstag, wandelte Cath wie eine Königin durch die Stuhlreihen, bis ihr einfiel, dass sie die »Carotid Sticks« gar nicht kannte. Sie hatte sie mit den »Clotted Creams« verwechselt.

Irgendwie war ihr das peinlich, aber zugleich hatte es auch seinen Reiz, so als ob man bei einer Prüfung gemogelt hätte. Dazu bekam sie noch rasendes Herzklopfen, weil ihr einfiel, dass ihre Schwindelei beinahe aufgeflogen wäre – fast hätte sie Warren erzählt, wie sehr sie den Goldfisch in dem kleinen Glas mochte, den der Drummer immer zu den Auftritten mitbrachte. (Sie hatte die Clotted Creams vor ein paar Jahren einmal gesehen.) Beinahe hätte sie noch einen Goldfisch auf ihren Notizblock gezeichnet und ihn Warren gezeigt! Um ihn zu beeindrucken. Man stelle sich vor, sie hätte es getan! Warren hätte die Stirn gerunzelt, und sie hätte es ihm erklären müssen, und dabei hätte sie ihren Irrtum bemerkt und versucht, ihn zu vertuschen, und es wäre völlig daneben gewesen.

Sie musste unbedingt bei HMV nach den Carotid Sticks suchen und sich eine CD von ihnen anhören, um für das Date vorbereitet zu sein. Kein Date. Du weißt doch gar nicht, ob das ein Date ist. Wer sagt denn, dass es ein Date ist?

»Skrotum, Skrotum, Skrotum.«

»Cassie?«

Cassie Zing malte nach Zahlen und murmelte dabei *Skrotum*.

»Cassie? Kannst du damit aufhören? Oder dir vielleicht ein anderes Wort aussuchen?«

Cassie sah hoch und blinzelte. Sie stützte sich auf den Ellbogen und sprach in ihre geballte Hand weiter.

Über diese Angewohnheit sollte ich wirklich mal mit ihren Eltern reden. Das geht jetzt schon seit Wochen so. Und immer schickt ihre Mutter diese Briefe! Eine wirklich eindrucksvolle Menge an Briefen von Mrs Zing. Es wäre mir kaum aufgefallen, dass Cassie zu spät kommt, wenn ihre Mutter nicht jedes Mal eine Entschuldigung schreiben würde. Vielleicht hätte ich ihr neulich doch nicht antworten sollen? Wahrscheinlich hat sie das noch ermutigt. Vielleicht ist sie durchgeknallt. Aber sie verteilt schöne Komplimente.

Hoffentlich komme ich Freitag nicht zu spät. Ich

muss direkt vom Jurakurs aus ins Borrowed Cat. Ich warte bis Freitagabend und frage ihn dann, was er unter einem stressigen Wochenende verstanden hat. Nach ein paar Drinks wird er mir bestimmt sein Herz ausschütten, und ich werde ihm voller Anteilnahme lauschen und ihn mit kleinen Anekdoten füttern. Vielleicht weint er sich ja an meiner Schulter aus!

Kann alles passieren, aber es ist kein Date.

Welche Farbe soll ich anziehen? Wie sieht's im Borrowed Cat aus? Bloß nichts tragen, was sich mit der Farbe der Wände beißt.

Es war eine merkwürdige Woche für Cath, die sie damit verbrachte, auf Freitag und die Clotted Creams zu warten. Dann fiel ihr wieder ein, dass es ja gar nicht die Clotted Creams, sondern die *Carotid Sticks* waren. (Sie hatte sie bei HMV gefunden. Sie klangen nach Blues. Cath mochte zwar keinen Blues, aber was sollte es.) Sie bewegte sich wie unter einem Scheinwerfer, aber einem persönlichen, geheimen Scheinwerfer, weil sie niemandem von der Einladung erzählt hatte.

Auch nicht Lenny und Suzanne, und selbst dann nicht, als Suzanne sie fragte, ob sie Freitagabend mit ihr ins Kino ginge. »Freitag habe ich schon was vor. Wie wär's mit Samstag?«, hatte sie nur gesagt. Denn da war sie: die Einladung. Der erste zaghafte Schritt zur weiteren Entfaltung.

Sie würde seinen Namen noch nicht einmal hauchen.

⊸o⊷

Mittwochnachmittag arbeiteten Cath und Warren gemeinsam an einem Unterrichtsplan.

»Ich habe einen Mordshunger«, stellte Warren fest und sah sich im Lehrerzimmer um.

Cath öffnete den Kühlschrank und holte ihr Käse-Gurken-Sandwich heraus. Mittags hatte sie stattdessen eine Wurst mit Brötchen gekauft und gegessen. »Kannst du haben«, bot sie ihm großzügig an. Warren freute sich und packte das Brot aus dem Papier aus, als wäre es ein Geburtstagsgeschenk. Aber dann hielt er inne und sagte: »Stell dir mal vor, es wäre getoastet.« Er streckte ihr das Sandwich entgegen.

»Willst du damit sagen, ich soll es für dich toasten?«, wollte Cath wissen. »Das werde ich garantiert nicht tun.«

»Es ist zehn vor fünf.« Warren schob seinen Stuhl zurück und sprang auf. »Lass uns einen Toaster kaufen gehen. Komm, schnell!«

Gemeinsam rannten sie über die Castle Hill Road, durch den mehrspurigen Verkehr; huschten ins Kaufhaus; suchten auf der Orientierungstafel nach Küchengeräten; stürzten aus Versehen die Aufwärtsrolltreppe hinunter und schafften es gerade noch rechtzeitig.

Sie teilten sich die Kosten für einen Breville-Sandwichtoaster und trugen ihn stolz im Karton zurück. Sie waren verschwitzt von der Hitze und der Aufregung, und das Licht der untergehenden Sonne blitzte in ihren Augen.

»Hier stellen wir ihn hin«, sagte Warren und zeigte auf das zweite Regal des Eckschranks. »Und er gehört uns, uns ganz alleine. Nur wir kriegen zum Mittagessen getoastete Sandwiches. Ist das nicht faktisch? Ist das nicht taktisch? Ist das nicht praktisch?«

Donnerstagabend war sie ganz kribbelig und musste zum Laden an der Ecke. Das Mädchen im Geschäft hatte derart lange Zöpfe, dass sie um ihre Hüften baumelten. »He hallo da!«, sagte sie immer zu Cath, die jedes Mal das Gefühl hatte, sie würde für so eine Begrüßung nie eine passende Antwort finden.

»Wissen Sie, was ich gestern Nacht geträumt habe?«, verkündete das Mädchen, während sie nach der 60-Watt-Birne für Cath angelte. »Ich träumte, ich liege in der Badewanne, okay? Mit einer Antilope! Und was haben Sie geträumt?«

»Hmmm«, machte Cath, »ich kann mich nicht daran erinnern.«

»Los, erzählen Sie schon! Sie haben immer die irrsten Träume! Und es war verdammt heiß in letzter Zeit. Regt Sie das nicht zum Träumen an? Mich schon. Sehen Sie mal auf die Uhr! Es ist schon so spät, und es hat immer noch, na, wie viel, sechsunddreißig Grad? Irgendwelche Albträume?«

»Also gut. Ich hatte diesen großartigen Traum, in dem mich Dr. Carter aus *Emergency Room* von dieser Krankheit heilen will, die mich blass und schön gemacht hat. Und ich hoffte, dass ich blass und schön bleiben würde, auch nachdem ich geheilt war. Außerdem träume ich oft von mehr Zimmern in meiner Wohnung.

In diesen Träumen entdecke ich immer wieder neue Türen im Flur, hinter denen sich ein Nähzimmer oder eine Sauna verbirgt. Ich bin jedes Mal ganz glücklich dabei. Vielleicht ist mir meine Wohnung unbewusst zu klein? Na ja, Albträume sind das nicht gerade.«

»Wie geht es Ihnen überhaupt, Cath? Ich habe gesehen, dass Sie eine Packung Lutschpastillen ausgesucht haben. Haben Sie Halsschmerzen?«

»Nur Heuschnupfen«, erklärte Cath. »Das kratzt mich im Hals. Und selbst?«

Manchmal platzte das Mädchen im Eckladen vor Plauderlaune, aber oftmals, wenn man sie ansprach, blieb sie diffus, mit einem undurchdringlichen Blick.

Als Cath nach Hause kam, war sie immer noch fahrig, also nahm sie einen Eimer, Glasreiniger und eine Küchenrolle und putzte Fenster.

Freitagnachmittag beaufsichtigte sie verträumt Kinder, die zur Strafe nach der Schule Apfelgriebsche, Orangenschalen, Papiertüten, Eisverpackungen – kurzum sämtlichen Müll – auflesen mussten. Sie konnten bald aufhören, weil Cath nach Hause, duschen, ein Sommerkleid anziehen, zum Juraseminar gehen und dann im Borrowed Cat Warren treffen wollte.

Warren, der gerade vorbeikam und dessen Arme und Beine sich dabei wie die Speichen eines Rades drehten, verlangsamte seine Gangart zu einem Helikopterschweben.

»Kommst du heute Abend?« Sein Blick durchbohrte Cath.

Sie spürte ein Flattern im Bauch. »Verlass dich drauf«, sagte sie.

»Könnte sein, dass Breanna sich etwas verspätet«, erklärte Warren.

Da kam gerade Cassie Zing an, die Schultasche im Kreis schwingend, und sagte: »Ms Murphy?«

»Ja, Cassie?«, sagte Cath und zu Warren: »Breanna?«

»Ich wollte Ihnen was Wichtiges erzählen«, sagte Cassie.

»Breanna«, entgegnete Warren, »meine Frau, wieso?«

»Tatsächlich, Cassie?« Cath wandte sich ihr in aller Seelenruhe zu. »Was wolltest du mir erzählen?«

»Dass ich morgen Geburtstag habe«, hauchte Cassie.

»Falls sie nämlich ihren Zug verpasst«, erklärte Warren, »und sie hat gesagt, das wär gut möglich.«

Cath hatte sich vorgebeugt, so dass sie Cassie Zing verstehen konnte. Sie sah Cassie weiter an und wiederholte: »Du hast morgen Geburtstag! Was machst du? Feierst du? Herzlichen Glückwunsch! Das ist ja aufregend.«

Cassie nickte. »Ja, nicht wahr? Und ich feiere morgen bei meiner Tante.«

»Wunderbar!«, rief Cath aus, die immer noch krumm stand. »Am Montag müssen wir für dich unbedingt ›Happy Birthday‹ singen, aber weißt du, das hätten wir auch schon heute machen können. Warum hast du denn nicht schon früher was gesagt?«

Dann hupte es, und Cassie rief: »Meine Mum!«, und hüpfte davon.

Cath richtete sich auf und schaute Warren an. »Deine Frau?«, sagte sie freundlich lächelnd.

»Unter der Woche lebt sie oben an der Küste«, antwortete er. »Wir sehen uns nur an den Wochenenden. Und das ist stressig, gar nicht lässig, eher gehässig.«

Cath betrachtete ihn schweigend.

»Der hat jetzt nicht so richtig gezündet, hm?«, stellte er fest. »Schade. Wie auch immer, ich hoffe, wenigstens du hast nicht vor, zu spät zu kommen.«

»Nein, Warren, habe ich nicht vor.«

»Prima!«, sagte er. »Dann sehen wir uns.«

Fancy Zing

Als Fancy noch ein Teenager war, saß sie im Licht eines späten Sommernachmittags auf ihrem Strandhandtuch und beobachtete Radcliffes Zeh. Der Zeh wuchs aus seinem Fuß hervor wie ein winziger runder Tischtennisschläger. Zusätzlich wucherten darauf Haare und erinnerten an eine ungepflegte Hecke. Er schrieb gerade mit diesem Zeh in den Sand:

Radcliffe Mereweather

LIEBT

Fancy Zing

Der Zeh brauchte dafür eine ganze Weile.

Dann wurde Fancy von Radcliffes Händen abgelenkt. Die Hände waren schmal und knotig und umklammerten ihre sonnenverbrannten Schultern fest. *Ich sollte sie eincremen*, dachte Fancy. Aber jetzt war nicht der richtige Zeitpunkt dafür. Tränen standen ihm in den Augen. »Ich will dir nicht wehtun«, sagte er. »Ich wollte dich niemals verletzen.« Sie starrte ihn an. Ihre Schultern schmerzten, doch davon abgesehen tat nichts wirklich weh.

»Finde ich jedenfalls gut, dass du mir davon erzählt hast«, sagte sie, stolz auf ihre Abgeklärtheit.

Radcliffe hatte eine andere geküsst. Am Abend zuvor war er alleine zur Party im Surf Club gegangen, während Fancy mit einem Asthmaanfall zu Hause bleiben musste.

»Hast du jemanden kennen gelernt«, neckte sie ihn am nächsten Tag, als sie nebeneinander in der Sonne saßen.

»Na ja, so ungefähr«, gestand er nervös.

»Hast du sie geküsst?« Sie glaubte keinen Moment daran.

»Also ...« Dann war er still, und dieses seltsame Gefühl machte sich breit, ihre Gesichtsmuskeln spannten sich an, und sie dachte: *Vielleicht ja doch!*

Und er hatte.

Radcliffe! Ihre erste wahre Liebe! Der Typ mit den langen Wimpern, den Turnschuhen und der Gitarre. Radcliffe, der ihr Marzipan und Schokolade kaufte, hatte ein anderes Mädchen geküsst! Sie waren erst seit einem Monat zusammen.

»Ich will dir nicht wehtun!«, wiederholte er inbrünstig, und das hatte sein Zeh gerade bekräftigt, indem er *Radcliffe Mereweather LIEBT Fancy Zing* in den Sand geschrieben hatte.

Sie saßen da, betrachteten ernst die Worte und streckten die Beine in der Sonne aus. Ein Mann rief: »Truthahn! Gewinnen Sie einen Truthahn bei der Tombola!« Marbie schüttelte in der Nähe ihr Handtuch aus, und Dad brummte: »Marbie! Der Sand!« Mummy rief: »Seht mal, ein Himmelsschreiber!« Und ein rauchiger Schriftzug warnte vor den Gefahren der Strömungen in der Bucht.

»Wenn du mir nur vergibst«, stammelte Radcliffe, »werde ich dich immerzu lieben. Auch falls du, mal angenommen, alt und schrumpelig sein wirst, werde ich dich noch lieben. Selbst wenn du so fett wie deine Mutter wirst.«

Fancy ging auf Radcliffe los: »Nenn meine Mutter nicht fett!«

»Entschuldigung.«

»Das meine ich ernst. Es ist blöd, so was zu sagen.«

»Tut mir leid. Konnte ja nicht ahnen, dass du auf das Gewicht deiner Mutter empfindlich reagierst.«

»Darum geht's nicht. Du kennst meine Mutter kein bisschen.«

»Was meinst du denn jetzt damit? Was sollte ich denn von ihr wissen?«

Merkwürdig, wie in diesem Moment die Geschichte wie eine Flutwelle aus ihr herausdrängte. Radcliffe starrte vor sich hin, die Sonne brannte Sommersprossen auf Fancys Schultern, und das Familiengeheimnis der Zings verschmolz mit den Buchstaben:

Radcliffe Mereweather

LIEBT

Fancy Zing

Die ersten Wochen des neuen Schuljahres waren heiß, und wie immer, wenn die Sonne weiß vom Himmel glühte, erinnerte sich Fancy an den Tag am Meer, als Radcliffe ihr offenbarte, dass er eine andere geküsst hatte. Dafür hatte Fancy ihn mit dem Familiengeheimnis der Zings ausgestochen.

In den ersten Wochen des neuen Schuljahres schrieb Fancy außerdem siebzehn Briefe an die Lehrerin der 2. Klasse ihrer Tochter. Sie war eben dabei, die dritte dieser Mitteilungen zu beenden –

Liebe Ms Murphy,

vielen Dank, dass Sie Cassie (und den anderen in der Klasse selbstverständlich auch) dieses nette Lied über den Spatz und den Baum mit der Rinde aus Eisen etc. etc. beigebracht haben. Sie hat es ihrem Vater und mir die ganze Woche lang immer wieder vorgesungen, und es ist ein wirklich außergewöhnliches Lied. Ich dachte, Sie sollten das wissen.

Mit freundlichen Grüßen
Fancy Zing

–, als Radcliffe, ihr Mann, von der Arbeit nach Hause kam.

»Ein Fan von Fancy ist da! Und Fancy selber ist auch da!«

Fancy richtete sich auf und wartete geduldig darauf, dass er aufschloss, die Schuhe auf der Matte abtrat, sie wartete auf diesen kleinen kieksenden Ausruf, wenn er seinen Schirm in den Ständer stach. Er hatte Fancy den Schirmständer zum Geburtstag geschenkt und benutzte ihn seitdem fleißig, nahm seinen Schirm sogar extra jeden Tag mit zur Arbeit und zurück, selbst während der Hitzeperioden.

Die Schritte kamen näher. Fancy zupfte eine Strähne aus ihrem Haarknoten.

»Mmmah!«, machte Radcliffe vom Flur aus.

»Hallo«, sagte sie. »Wie war dein Tag?«

Radcliffe beugte sich ins Zimmer und schenkte dem Regal, dem Scanner und der Pinnwand ein Lächeln. Dann war der Drucker dran, und er kicherte. »Was hast du denn mit Cassie gemacht?«, fragte er und schlenderte durch den Flur davon.

»Gar nichts habe ich mit ihr gemacht«, murmelte Fancy. Sie öffnete die Schreibtischschublade und holte ihr geheimes Notizbuch hervor.

Was mich an meinem Mann nervt #4

Ganz am Anfang, als wir noch Teenager waren, berührte er mich immer überall. Knie, Nase, Fingernägel, fuhr die Linie vom Hals zwischen den Brüsten nach und beendete sie mit einem Sprung über den Bauchnabel. Aber im Laufe der Jahre hat er seine Berührungen auf die offensichtlichsten Stellen reduziert. Als ob er mich auf drei Punkte zusammengestrichen hätte:
Die rechte Brust
Die linke Brust
Die gewisse Stelle zwischen den Beinen.

Zum Abendessen gab es tiefgefrorene Quiche, und sie guckten *Hot Auctions!* Als Fancy am nächsten Morgen erwachte, kam ihr Folgendes in den Sinn: *Man kann einen Menschen ändern.*

Daran hatte Fancy immer geglaubt, auch wenn die Leute sie ständig ermahnt hatten: *Denk bloß nicht, du könntest jemanden ändern, Menschen ändern sich nicht.* Dann erzählten sie immer die

Geschichte vom Leoparden und den Flecken und vergaßen dabei ganz die Chamäleons. Oder dass Tintenfische auf dem Meeresgrund ihre Gestalt verändern und sich nach Lust und Laune in einen Rochen, eine Seeanemone oder sogar eine Muräne verwandeln können.

Außerdem überlegte Fancy, dass sie sich selbst auch verändert hatte. Früher hatte sie, wenn sie nach dem Duschen auf die Badematte trat, immer den Vorhang hängen lassen, wo er war: zusammengezogen an die Wand gequetscht.

Radcliffe hatte ihr, etwa einen Monat nachdem sie geheiratet hatten, erklärt, wie unhygienisch das war. »Der Duschvorhang sollte immer auseinandergebreitet werden«, sagte er und zog dabei demonstrativ den Vorhang über die Metallaufhängung, als ob jemand dahinter duschen wollte. So würde man Schimmel vorbeugen.

Fancy hatte sich von einem Tag auf den anderen verändert und zog den Duschvorhang jetzt immer auf.

Als sie an diesem Morgen unter der Dusche hervortrat und den Vorhang hinter sich langzog, betrachtete Fancy ihren Mann, der sich am Waschbecken rasierte.

Tock, tock, tock, machte der Rasierer.

»So kriegt man also die Stoppeln aus dem Rasierer.«

Er wandte sich zu ihr um. Er hatte ein weißes Handtuch um die Hüften, einen weißen Schmierfilm Rasierschaum um das Kinn herum, und versuchte durch den Dunst der Dusche hindurchzuspähen.

»Könntest du die Stoppeln nicht auch anders rauskriegen?«, fragte sie.

»Ja, wir sollten unsere Gewohnheiten ändern.« Er drehte sich zu dem beschlagenen Spiegel um. »Mein Rasieren und dein Duschen zur gleichen Zeit, was? Schau dir mal den Spiegel an. Man kann überhaupt nichts erkennen.«

Sie langte um ihn herum und schaltete den Ventilator an, so dass der Raum von lautem Rauschen erfüllt wurde.

»Was hast du denn da für einen Ausschlag auf dem Arm?«, rief er über das Dröhnen hinweg.

»Ich weiß.« Sie griff nach ihrer Hautcreme. »Ich fühle mich wie ein Fisch. Es ist nur trockene Haut. Ich hatte als Kind zu oft Sonnenbrand.«

»Das kann es doch nicht sein, oder? Das ist ein Ekzem, oder ist das vielleicht Schuppenflechte?«

»Nein«, sagte Fancy abweisend, »ist es nicht.« Aber Radcliffe packte ihren Arm, drehte ihn mal so, mal so herum, um ihn im Licht zu betrachten, und pfiff durch die Zähne.

»Hier Cassie, vergiss nicht, deiner Lehrerin den Brief zu geben, okay? Und wo steckst du ihn hin, damit du ihn nicht vergisst?«

»In meine Tasche.«

Cassie stand auf dem Gehweg neben der offenen Beifahrertür und zeigte ihrer Mutter die Tasche.

»Braves Mädchen. Denkst du dran?«

»Ja, weil ich irgendwann niesen muss, und dann hole ich mein Taschentuch raus, und dann finde ich ihn, und dann denke ich, ICH MUSS DRAN DENKEN, IHN MS MURPHY ZU GEBEN.«

»Gutes Kind«, sagte Fancy.

»Sieh mal da drüben«, Cassie zeigte auf eine Bank, beim Schultor. »Da ist Lucinda.«

»Ja, richtig! Wir sollten sie bald mal wieder zu uns einladen. Was meint du?«

»In Ordnung«, willigte Cassie nickend ein. Sie ging durchs Schultor und winkte ihrer Mutter zum Abschied, ohne sich noch einmal umzudrehen.

»Ekzem, Ekzem, Ekzem.«

Cassie hatte ein neues Wort. Es war eine Krankheit, bei der die Haut abfiel und das Blut nur so herausschoss, wie bei einem Leck in der Waschmaschine. Danach wurde man zum Fisch. Und dann starb man.

»Ekzem, Ekzem, Ekzem.« Cassie sang ihr Wort

und aß ihr Vegemite-Sandwich auf, bevor die Schule überhaupt angefangen hatte.

»Ekzem?« Lucinda stieß Cassie mit dem Ellbogen an. »Ich habe Ekzeme.«

»Hast du nicht«, Cassie verdrehte die Augen und sah dabei eine imaginäre Person auf der Bank neben Lucinda an. Sie blickte von dem Nachbarphantom wieder zu Lucinda und stellte fest, dass Lucinda ebenfalls ihr Mittagessen noch vor der Schule aß. Sie hatte matschige Tomaten auf ihrem Vollkornbrot. Es war eklig.

Um das Thema zu wechseln, zeigte Cassie auf den Boden und sagte: »Siehst du das? Eine Stabheuschrecke.«

»Nein«, sagte Lucinda, »das ist nur ein Stück Holz.«

Aber es war eine Stabheuschrecke.

Lucinda zeigte auf ihr Handgelenk. »Siehst du das? Das ist ein Ekzem.«

»Diese Diskussion ist sinnlos«, verkündete Cassie.

»Oh nein.«

»Und überhaupt, Ekzem bedeutet, dass man sich in einen Fisch verwandelt, Lucinda.«

»Sehe ich aus wie ein Fisch? Nein.« Lucinda schlenkerte mit den Beinen und aß ihr Tomatensandwich.

Das Wort war jetzt nicht mehr zu gebrauchen, erkannte Cassie.

»Ekzem, Ekzem, Ekzem«, wiederholte sie lustlos. Sie behielt die Stabheuschrecke im Auge, aber die schlief und rührte sich nicht.

Als Fancy nach Hause kam, war ihr klar, dass sie dringend an ihrem erotischen Roman arbeiten musste. Sie hatte ihrer Lektorin bis morgen dreißigtausend Wörter versprochen, und sie hatte gerade mal zehn. Explizit waren das:

Sein Penis roch nach Pappadam: schweißig, salzig, exotisch und intensiv.

Ihre Lektorin würde diese Zeile ohnehin streichen.

Sie griff nach dem Telefon und drückte die Taste für MARBIE ZUHAUSE.

»Hallo«, antwortete Marbie.

»Du bist ja da! Warum bist du nicht bei der Arbeit? Ich wollte dir nur was aufs Band sprechen. Aber wenn du sowieso da bist, lass uns doch zusammen Kaffee trinken gehen.«

Marbie war einverstanden und erklärte, dass sie und Listen heute frei genommen hatten, weil sie beide ein Kratzen im Hals spürten, was möglicherweise auf eine Erkältung hindeutete.

»Oder auf Heuschnupfen«, schlug Fancy vor. »Ich rufe eben noch Radcliffe an und sag ihm Bescheid, falls er vorhat, zum Mittagessen nach Hause zu kommen, und dann fahr ich los.«

Marbie sah gut aus, nur Listen wirkte angeschlagen. Außerdem benahm sie sich sonderbar: Sie trug im Einkaufszentrum eine Sonnenbrille und lief rückwärts.

Marbie wollte unbedingt einen Tennisschläger kaufen und sich über das unterhalten, was dieser Tennisschläger so Besonderes an sich hatte und *Sweet Spot* genannt wurde.

Nach der Kaffeepause hatte Fancy noch keine Lust, wieder nach Hause zu fahren, also sah sie sich nach Geburtstagsgeschenken für Cassie um, obwohl es erst in einem Monat so weit war. Zu Hause stand sie dann vor ihrem Rechner und beschloss, sie sollte besser erst einmal die Hausarbeit erledigen.

»Ach, Cassie«, sagte sie, als sie sich die Spülhandschuhe überzog. Cassie steckte immer ihre seifigen Hände in die Gummihandschuhe und ließ sie nass und kalt und noch glitschig innen herumliegen.

Zum Glück war es Zeit, Cassie von der Schule abzuholen, als sie mit Spülen fertig war (in einem frischen Paar Gummihandschuhen).

Liebe Ms Murphy,

nur eine kurze Notiz, um mich bei Ihnen dafür zu bedanken, dass Sie gestern auf meine Tochter (Cassie) aufgepasst haben. Mir war

aufgefallen, dass Sie Hofaufsicht hatten, und Sie haben es wirklich gut hingekriegt, dabei alle Kinder im Blick zu behalten. Beim Warten auf Cassie habe ich das beobachtet, und als Mutter war ich sehr beruhigt.
Ich hoffe, dass Cassie sich ordentlich benimmt. Ich weiß, dass sie manchmal etwas sprunghaft ist, aber sie hat ein gutes Herz.

Mit freundlichen Grüßen
Fancy Zing

Wenn Fancy nachts an ihrem erotischen Roman schrieb, hatte sie manchmal Angst, ins Badezimmer zu gehen. Während sie beispielsweise ihre Hände wusch, schielte sie hin und wieder zur Duschwanne mit dem zugezogenen Vorhang und hatte das Gefühl, es verstecke sich jemand dahinter.

Wahrscheinlich hätte jeder hinter dem Vorhang eine Gestalt erkennen können, aber er war aus einem dichten dunkelgrünen Material. Außerdem war Fancy kurzsichtig, und im Bad trug sie selten die Brille (in Spiegeln blieb sie lieber unscharf und unauffällig).

Manchmal riss sie den Vorhang beiseite, um den Eindringling bloßzustellen. Aber bis heute hatte sie noch nie jemanden dahinter vorgefunden.

Kapitel 2

»Schönheitsflecke« nannte er die zwei, drei kleinen Muttermale auf ihrem Arm und legte dabei den Kopf schief. Er räusperte sich leicht, so dass seine Stimme energisch und kraftvoll klang, richtete seinen erigierten Schwanz auf diese gewisse pulsierende Stelle zwischen ihren Beinen und sagte: »Schönheitsfleck.« Sie zog eine Augenbraue hoch und sprach zu seinem Schwanz. »Kommst du rein?« »Du machst wohl Witze?«, antwortete er für seinen Schwanz. Er bestieg ihren nackten Körper, aber ohne in sie einzudringen. Er streichelte ihre Stirn, ihre Schultern, ihren Bauch, die Hüften, die Schienbeine. Einfach alles an ihr! »Da verstehe ich heute aber keinen Spaß, nicht heute!«, empörte er sich. Sie lachte und stöhnte und spürte seinen harten Schwanz fast beiläufig auf ihrem Oberschenkel, wie den Griff eines Tennisschlägers. Sie hoffte, er meinte es nicht ernst.

Um drei Uhr morgens bemerkte sie, dass Radcliffe das Schlafzimmerlicht für sie angelassen hatte und im Hellen schlief. Entweder wollte er sie darauf aufmerksam machen, wie spät es schon war, oder er war aus Versehen eingeschlafen.

Als sie ins Bett kroch, öffnete er seinen Mund ein wenig und schien etwas sagen zu wollen, aber es kam nur ein schwacher Schnarcher heraus.

»Sie sehn müde aus«, bemerkte der Kanadier von nebenan. Heute Morgen aß er Mangoscheiben und Kiwi.

»Komisch, dass Ihnen das auffällt«, sagte Fancy. »Ich meine, dass ich müde aussehe. Weil ich mich gerade ohne Brille im Spiegel im Flur gesehen habe und dachte ›ich sehe ja furchtbar aus‹, und dann dachte ich: ›Was für ein Glück, dass ich eine Brille trage, dann sieht wenigstens niemand meine Augen.‹ Ich habe die Brille aufgesetzt und mich sicher gefühlt. Und nun komme ich hier heraus, und Sie durchschauen es sofort.«

Der Kanadier trank nachdenklich einen Schluck Kaffee.

»Cassie, Schätzchen!«, rief Fancy wie gewöhnlich durch das Fliegengitter.

»Mum, ich finde meine Schuhe nicht, wo sind sie? Was hast du damit gemacht?«, rief eine schon leicht panisch klingende Stimme von oben.

»Ich habe gar nichts damit gemacht. Sie stehen hier neben der Eingangstür, wo du sie abgestellt hast.«

»Genau genommen«, sagte der Kanadier auf seiner Veranda, »ist mir nicht aufgefallen, dass Sie *furchtbar* aussehen. Falls Sie denn *furchtbar* aussehen«, fuhr er fort und zog den Deckel von seinem Boysenbeerjoghurt ab. »Ihre Brille tarnt das ganz gut.«

Fancy sah auf den großen weißen Frühstücksteller mit den dekorativen Obstschmetterlingen und versuchte sich etwas anderes einfallen zu lassen als *Ist es nicht unglaublich heiß heute?*

»Kiwis sind sehr gesund«, dozierte sie. »Vitamin C plus Zink.«

»Was Sie nicht sagen.«

Cassie kam die Treppe heruntergepoltert und stellte sich auf die Türmatte, um sich die Schuhe anzuziehen.

»Ich schnür den einen und du den anderen«, bot ihr Fancy an.

»Nein, Mum, ich mach das schon.«

»Also dann auf Wiedersehen!«, rief Fancy dem Nachbarn zu, während sie den Riemen von Cassies Schultasche festzog und gleichzeitig den Schlüssel für die Autotür bereithielt.

»Wär ja auch möglich«, rief der Kanadier durch die Autoscheibe, »zugleich hübsch und müde zu sein. Schlafende Schönheit sozusagen. Verstehn Sie?«

Fancy stellte den Rückspiegel ein und stieß zurück mit dem gewohnten Rums des Schutzblechs auf der steil abfallenden Auffahrt. Cassie kurbelte dabei das Fenster ein Stück herunter und starrte den Kanadier an.

Liebe Ms Murphy,

bitte entschuldigen Sie Cassies Zuspätkommen. Es ist meine Schuld! Ich hatte bis spät in die Nacht gearbeitet und heute Morgen verschlafen.

Mit freundlichen Grüßen
Fancy Zing

Liebe Ms Zing,

vielen Dank für Ihren Brief!
Ich bin sicher, dass Cassie nicht mehr als fünf Minuten zu spät kam – einige der anderen Kinder treffen noch viel später ein, und wir kommen trotzdem miteinander aus. Es ist sehr nett von Ihnen, dass Sie es mir erklären wollen, aber Sie brauchen sich nicht diese Mühe zu machen.
Ich freue mich darauf, Sie beim Elternsprechtag später in diesem Jahr zu treffen und ausführlich mit Ihnen über Cassie zu reden. Sie hat mit Sicherheit ein gutes Herz und ist auch sehr beliebt (ich sehe oft, wie die anderen Kinder sich um sie scharen, während sie ihnen lustige Geschichten erzählt – ich frage mich manchmal, worum es dabei geht!).

Alles Gute,
Cath Murphy

Als Fancy eines Tages in ihre Auffahrt einbog, warf sie einen Blick auf die Veranda des Nachbarn, und plötzlich saßen da zwei von der Sorte. Ihr Nachbar hatte sich vermehrt.

Sie stieg aus und warf einen raschen Blick hinüber. Tatsächlich, da saßen zwei Männer am Frühstückstisch, schnitten Kiwis und tranken aus ihren Kaffeetassen. Sie straffte den Rücken und eilte von der brennend heißen Auffahrt auf das kühle weiche Gras. Sie trug nie Schuhe beim Autofahren.

»– Kojotenfuck«, vernahm sie von der Veranda nebenan, als sie gerade die Haustür öffnen wollte, und dann folgte ein Glucksen.

Sie konnte nicht anders. Sie drehte sich um und starrte.

»Fancy«, bemerkte ihr Nachbar, »hallo. Das hier is 'n Freund aus Kanada, besucht mich für ein paar Tage. Bill, das ist Fancy.«

»Hab ich Sie geschockt?«, fragte Bill mit einem freundlichen Nicken. »Ham Sie mitgekriegt, was ich grad gesagt habe? Kojotenfuck?«

Wie unverblümt die Kanadier doch waren. »Also …«, fing sie an.

»Ist so eine Redensart – *Kojotenfuck*«, erklärte er. Ihr Nachbar schnitt derweil eine Kiwi auf. »Wissen Sie, wenn man zum Beispiel 'n Mädchen in einer Kneipe trifft – oder in Ihrem Fall einen Typen – egal, man baggert jemanden in einer Kneipe an, es ist schon ziemlich spät, und Sie sind stinkbesoffen und wissen nicht mehr so genau, was Sie tun. Man nimmt sie mit nach Hause, bumst mit ihnen, und am frühen Morgen findet man sie ratzend auf seinem Arm liegend neben sich im Bett, und man denkt *what the fuck?* Man denkt: Wie komm ich hier raus, ohne das Mädel aufzuwecken? Was macht man also?«

Fancy legte den Kopf schief und fragte: »Was machen Sie also?«

»Man beißt sich den Arm durch.«

Der Besucher nickte nachdenklich und nahm sich eine Scheibe Kiwi.

Fancy wartete.

»Genau das, was die Kojoten machen, wenn sie in 'ne Schnappfalle geraten«, erklärte er und lutschte an der Frucht. »Sie beißen ihr eigenes Bein durch, um freizukommen. Verstehn Sie?«

Ihr Nachbar bot ihr eine Tasse Kaffee an.

»Nein danke. Und vielen Dank für die Geschichte, Bill. Schön, Sie kennen gelernt zu haben.«

Als sie die Fliegengittertür ihres Hauses öffnete, quietschten die Scharniere ganz erbärmlich.

Liebe Ms Murphy,

wie nett von Ihnen, mir zu antworten! Ich freue mich auch schon darauf, Sie beim Elternsprechtag zu treffen.

Ich bin froh, dass Cassie so beliebt ist. Ich hoffe, sie macht Ihnen keine Probleme.

Wissen Sie, ich wollte Ihnen nur mitteilen, dass ich mich letztens mit Barbara Coulton unterhalten habe – Lucindas Mutter –, und sie erzählte mir, Lucinda gehe es in der Schule besser als je zuvor. Barbara ist begeistert von dem Niveau und der Vielfalt der Arbeiten, die Lucinda mit nach Hause bringt, und es gefällt ihr ganz besonders, dass Sie Lucindas Rechtschreibfehler verbessern – eine eher seltene Sache heutzutage.

Passen Sie auf sich auf und
Alles Gute!
Fancy Zing

»Notier das bitte«, sagte Fancy am Sonntagnachmittag zu Radcliffe: »*Klopapier.*« Radcliffe schrieb es hin. »Komm mal mit«, wies sie ihn an und holte den Staubsauger aus dem Besenschrank. Radcliffe folgte ihr gehorsam und schrieb dabei an seiner Liste weiter.

»Der Staubsauger ist kaputt, weißt du noch?«

»Ich brauche den Staubsauger nicht«, sagte Fancy geduldig. »Ich will den Eimer, der dahinter steht. *Küchenrolle*. Ich habe beschlossen, die Glastüren zu putzen. Oder rennt Cassie dann einfach durch sie durch? Okay, *Butter, Backpulver, Känguruh-Kekse, Valerio-Kuchen.*«

»Ja, ich glaube, sie wird durchrennen«, bestätigte Radcliffe ihre Vermutung und schrieb alles genau auf. »Also putz sie lieber nicht. Lass uns stattdessen spazieren gehen. Sonst noch was?« Er hielt den Kuli bereit.

»*Spaghetti.* Okay, also gut. Machen wir einen Spaziergang. Radcliffe? Was meinst du mit ›er ist kaputt‹.«

»Was ist kaputt?«

»Der Staubsauger. Du hast gerade gesagt, dass er kaputt ist. Seit wann denn?«

»Oh«, sagte er vage, »seit letzter Woche. Ich kam mittags nach Hause und wollte dich überraschen, aber du warst nicht da. Ich habe ein Glas zerdeppert, und als ich versucht habe, die Splitter aufzusaugen, hat der Staubsauger blockiert, und jetzt scheint er kaputt zu sein.«

»Du hast ein Glas zerbrochen, weil ich nicht hier war? Wo soll ich denn da gewesen sein?«

»Ganz so war es nicht. Ich glaube, du warst mit deiner Schwester in Castle Hill Kaffee trinken. Erinnerst du dich? Und Marbie brachte Alissa mit, hast du mir erzählt. Sie waren beide erkältet. Oder wenigstens Alissa, so hast du es ausgedrückt.«

»Sie will lieber Listen genannt werden, weißt du?«

»Wie auch immer. Lass uns einen Spaziergang machen, und ich sag dir was, ich nehme den Staubsauger mit und gebe ihn bei der neuen Reparaturannahmestelle in dem Haushaltswarenladen ab.«

Was mich an meinem Mann versöhnlich stimmt #1

Er kann einen Kirschkern von der vorderen Veranda unseres Hauses bis zur Straße spucken. Ich dagegen schaffe es gerade mal bis zum Rand der Veranda.

Cassie hatte am Samstag Geburtstag. Es war eine mysteriöse, fast unheimliche, wunderbare Tatsache, die sie Tag für Tag mit sich herumtrug wie ein breites Grinsen, das sich allmählich ausdehnt.

Aber Cassie wurde auch und gerade heute (Donnerstag) bewusst, dass sie es früher, als sie noch klein war, mehr genossen hat. Mit ungefähr fünf oder sechs Jahren war es nicht nur ein Grinsen gewesen, sondern so, als ob alles um sie herum tuschelte und gleich loshüpfen würde. Jetzt, wo sie sieben wurde, schien ihre Aufregung merkwürdig unangebracht.

Es liegt daran, dass ich inzwischen weiß, was Enttäuschung ist, erklärte sie es sich. Einmal an ihrem Geburtstag war sie vor lauter Aufregung auf den Tisch gesprungen, an dem die Erwachsenen saßen. Zuerst hatten sie noch gelacht, aber als sie die Sektflasche umkippte und der Sekt ihrem Vater über die Hose lief, gab es Ärger. Sie weinte, und an seinem Geburtstag sollte man nicht weinen.

Es war bereits Donnerstag, und morgen hatte sie schon genug für die Familiengeheimnisversammlung der Zings am Freitag zu tun, und Samstag hatte Cassie Geburtstag, also blieben nur noch heute und Sonntag, um weitere dreißig Kapitel erotischer Literatur fertig zu stellen. Fancy starrte fragend auf ihren Bildschirm, als wüsste er, wie das gehen sollte.

Sie beschloss, Cassies Lehrerin zu schreiben.

Liebe Ms Murphy,

ich wollte Ihnen nur mitteilen, dass Cassie einen Wackelzahn hat.

Dann klopfte jemand an die Haustür.

Sie öffnete. Im Gegenlicht der Sonne stand ein gutaussehender Fremder. Fancy schossen die Tränen in die Augen. Sie blinzelte sie weg.

Der Fremde hielt einen Teller, der mit einem Geschirrhandtuch bedeckt war. Er trug ein weites T-Shirt, Jeans und Turnschuhe ohne Socken. Er hatte breite Schultern, sein Gesicht war tief gebräunt, und seine Augen funkelten hinter den Brillengläsern im Drahtgestell.

»Hallo«, sagte er.

Und damit verwandelte er sich wieder in den Kanadier von nebenan.

Sie war so verwirrt, dass sie ganz vergaß, die Fliegengittertür zu öffnen. Sie stand einfach nur da und starrte ihn an.

»Ich will Sie auf gar keinen Fall stören«, fuhr er etwas steif fort. »Aber ich habe Ihnen einen Entschuldigungskuchen gebacken. Mein Kumpel aus Kanada. Bill. Der von neulich. Wollt mich für ihn entschuldigen. Er ist schwer in Ordnung, nur nicht grad der Feinfühligste, und ich wär fast gestorben, als er Ihnen diese Geschichte erzählt hat. Wär fast gestorben, und drum bin ich jetzt hier, um mich zu entschuldigen.«

»Oh«, rief Fancy ganz durcheinander. »Die Kojotenfuckgeschichte! Ich hab's nicht persönlich genommen. Sie hat mir sogar gefallen! Ich schreibe erotische Romane. Das ist mein Broterwerb. Deshalb stört mich so etwas überhaupt nicht.

Mein Beruf! Es klingt bestimmt seltsam für Sie, ich, eine Vorstadt-Mutti, die erotische Literatur schreibt und die noch nie mit jemand anderem als mit ihrem eigenen Mann geschlafen hat.«

Einen Moment lang herrschte Stille.

Fancy öffnete die Fliegengittertür, und wie immer quietschte sie.

»Ich könnt das für Sie in Ordnung bringen.« Er schaute sich die Tür an.

»Nein! Nein, das kriege ich schon selber hin! Sie muss nur ein bisschen geölt werden. Mit WD40.«

»Seh ich auch so«, sagte er mit einem seltsamen Grinsen. »Trotzdem find ich, mein Freund hat sich danebenbenommen. Also, bitte nehmen Sie diesen Kuchen. Mit Ahornsirup. Ist das okay?«

Er reichte ihr den Kuchen, sie hielt den Teller fest, und er zog seine Hände mit den Handflächen nach oben zurück. Sie sah, dass sie voller Schwielen waren. Dann salutierte er mit dem gleichen Funkeln in den Augen und lief die Verandastufen hinab.

Anstatt einfach über die Grundstücksgrenze zu seiner eigenen Veranda zu wechseln, ging er die Auffahrt hinunter, über die Straße, seine eigene Auffahrt hoch. Sie fand das sehr rührend.

Kapitel 3

Die Innenseite seiner rechten Hand war voller Schwielen, als sie sie umdrehte, um sie zu küssen. »Vom Tennis?«, riet sie. Er nickte und schlug ihr vor, ihr Kleid auszuziehen. »Gefällt's dir nicht?«, neckte sie ihn. Er gluckste und knurrte dann spielerisch: »Ab mit dir ins Schlafzimmer, du Luder.« Sie griff nach einem Wischlappen und wollte erst das Eigelb, das auf den Rand der Küchentheke zufloss, entfernen – Überbleibsel ihrer Kuchenbackbemühungen –, aber er hielt sie zurück, indem er ihr Handgelenk packte. ~~»Lass laufen«, sagte er ruhig. »Lass es einfach liegen. Ich will dich und zwar jetzt.«~~ »Lass mal, ich mach das schon«, sagte er ruhig. »Gib mir den Lappen.« Als er die Küche komplett geputzt hatte, wiederholte er mit diesem eigenartigen Blitzen in den Augen: »Ab ins Schlafzimmer, du Luder.«

Unterwegs zur Familiengeheimnisversammlung der Zings am nächsten Abend war Fancy glücklich. Sie freute sich auf das Abendessen – Brathühnchen, wie immer – und auf die Zusammenkunft hinterher (es gab jede Menge zu besprechen, und sie hatte dazu einen Diavortrag vorbereitet). Außerdem war sie aufgeregt wegen Cassies Geburtstag morgen. Wie wunderbar, dass Marbie und Vernon alle zu sich eingeladen hatten! Vielleicht würde sie vor der Party noch ins Fitnessstudio gehen. Wie schlank sie inzwischen war, jetzt, wo sie regelmäßig trainierte. Sie lehnte sich in ihrem Sitz zurück und summte die Melodie mit, die Cassie auf dem Rücksitz sang.

Und dann sagte Radcliffe, was er sagte.

»Kannst du dich an Gemma aus dem Lohnbüro erinnern?«, fragte er, während er die Spur wechselte.

»Nein«, antwortete Fancy.

»Komm schon, du wirst dich doch noch an Gemma erinnern! Sie hat auf der Weihnachtsparty im Büro ihren Drink verschüttet.«

»Nein«, wiederholte Fancy.

»Na dann«, er zuckte die Schultern. »Du kannst mir glauben, bei uns im Lohnbüro gibt es eine Gemma. Sie arbeitet nur nachmittags, die Glückliche. Jedenfalls hatte sie eine Art Laserbehandlung wegen ihrer Leberflecke. Du weißt schon, du nennst sie Sommersprossen, aber in Wirklichkeit sind es Leberflecke. Und was soll ich dir sagen, etwa zehn davon sind wie weggeblasen.«

Fancy konnte es nicht fassen. Sie senkte den Blick, um die Sommersprossen auf ihren bloßen Schultern zu betrachten: schön gleichmäßig verteilte, attraktive Sommersprossen. *Schönheitsflecken,* oh ja.

»Was willst du eigentlich damit sagen?«, fragte sie kühl nach einer Weile.

Radcliffe warf ihr rasch einen verletzten, verstörten Blick zu. Dann sah er wieder auf die Straße.

Marbie Zing

In der sengenden Mittagshitze eines Sommertages wurde Marbie, damals neun Jahre alt, fast von einem Sonnenschirm erschlagen.

Mit ihren Gedanken war sie gerade ganz woanders gewesen.

Am Tag davor hatte ihre Schwester Fancy bei Sonnenuntergang im Strandhaus lauthals verkündet, dass sie soeben etwas Unglaubliches getan hätte.

Marbie sollte sich am Meer den Sand von den Füßen waschen gehen, aber nachdem sie das gehört hatte, lief sie wieder ins Haus. Sie machte sich unsichtbar, indem sie sich seitwärts in den engen Spalt zwischen den beiden Glasschiebetüren zwängte. Sie musste sich den Hals verrenken, um etwas zu sehen.

Fancy stand mitten im Wohnzimmer, die Hände in die Hüften gestemmt, und wartete auf ihre

Eltern. Mummy streckte den Kopf aus der Küche, wo sie einen Rote-Beete-Salat zubereitete. Daddy lugte aus dem Badezimmer, er hatte gerade geduscht.

»Was hast du so Unglaubliches angestellt, meine Süße?«

»Was ist denn los, Fance?«, sagte Daddy.

»Ich habe Radcliffe das Geheimnis verraten.«

Plötzlich gerieten ihre Eltern in Bewegung – Mummy fuchtelte wild mit ihren violetten Fingern umher, Daddys Handtuch rutschte herunter – und sie umringten Fancy.

Daddy wickelte sich das Handtuch wieder ordentlich um die Hüfte.

»Das hast du nicht getan«, rief Mummy.

»Habe ich wohl«, sagte Fancy trotzig. »Ich hab doch gesagt, dass es unglaublich ist.« Sie sah zu ihren Eltern auf und verschränkte die Arme, aber ihre Lippen zitterten. Marbie, in der Türnische, dachte an die Folge von *Charles in Charge*, wo die gute Schwester auch einmal versucht, wider ihre Natur böse zu sein, es ihr aber einfach nicht gelingt.

»Wann?«, schrie Daddy.

»Oh, Liebling«, sagte Mummy sanft. Fancy ließ die Arme sinken und setzte sich an den Tisch.

Es stellte sich heraus, dass sie ihm *alles* erzählt hatte. Sie wusste selbst nicht, warum.

»Sag uns noch mal ganz genau, was du verraten hast«, forderte sie Daddy immer wieder auf.

»Wie konntest du denn bloß, wie konntest du?«, wiederholte Mummy murmelnd, bis es Marbie zu langweilig wurde und sie sich an einer der Schiebetüren entlang ins Zimmer schob, um sich unauffällig ins Spiel zu bringen.

»Marbie«, bellte Daddy, »geh und zieh deinen Badeanzug aus.«

»Okay«, warf Marbie bereitwillig ein und sah an sich herunter auf den Boden, wo sich kleine Pfützen mit Meerwasser gesammelt hatten. Sie trat schweigend ein und setzte sich auf die Couch.

»Oh Fancy«, sagte Mummy mit leiser, zitternder Stimme.

»Sag uns haarklein, was du ausgeplaudert hast«, befahl Daddy. »Wir müssen jede Einzelheit wissen.«

»Also, ich habe ihm von Irland erzählt und von den Kirschkuchen –«

»Lass gut sein«, brummte Daddy.

Er schaute Mummy an, und sie erwiderte seinen Blick. Es war sehr still.

Marbie auf der Couch brabbelte vor sich hin: »Soll ich ihnen sagen, dass ich noch nie jemandem von dem Geheimnis erzählt habe? Soll ich das laut sagen?«

Die anderen drehten sich nach ihr um. »RUNTER VON DER COUCH!«, schrie Daddy.

»Radcliffe wird es nicht weitererzählen.« Fancys Arme dämpften ihre Stimme, und die nächsten Worte waren von Schluchzern begleitet: »Er at vasproch dass s niemann erdsäl.«

Mummy und Daddy schwiegen und versuchten herauszufinden, was sie gerade gesagt hatte. Nach einer Weile sagten beide »achso«. Sie hatten verstanden.

»Also dann«, sagte Daddy. »Wenn er versprochen hat, es nicht weiterzuerzählen, müssen wir ihm wohl vertrauen.«

»Aber Himmel hilf, wenn ihr euch trennt«, sorgte sich Mummy.

»Wir werden nie auseinandergehen«, heulte Fancy. »Er liebt mich. Er hat gesagt, er liebt mich für immer und ewig.«

»Ist ja gut«, sagte Mummy versöhnlich. »Selbstverständlich liebt er dich.« Sie legte die Arme um Fancy. »Selbstverständlich, beruhige dich, natürlich, meine Süße.«

Deshalb war Marbie am nächsten Tag in der sengenden Mittagssonne so abgelenkt gewesen.

Fancy saß auf ihrem Strandtuch unter dem Sonnenschirm, einen Arm um die Knie geschlungen, und starrte trübsinnig in den Sand. Daddy versuchte einen Radiosender zu finden, der das Kricketspiel übertrug. Mummy saß in ihrem Campingstuhl und las die *New Idea*. Das Meeresrauschen, das Radioknistern, das Umblättern der Zeitschrift dienten alle nur zur Untermalung der Stille, die zwischen ihnen herrschte.

Von ihrem Handtuch aus, das ein paar Meter entfernt in der Sonne lag, konnte Marbie ihre Familie und besonders Fancy gut beobachten. Marbie kam es so vor, als ob Fancy, die normalerweise ziemlich schlau war, es gleich doppelt verbockt hätte. Erstens war es dumm gewesen, ihrem Freund das Geheimnis zu verraten, und zweitens war es dumm gewesen, ihren Eltern zu erzählen, dass sie ihrem Freund das Geheimnis verraten hatte. Tatsächlich sprach der zweite dumme Akt für ein bisher nie gekanntes Ausmaß an Dummheit, und das war es, was Marbie so beschäftigte.

Sie starrte hinaus auf das Meer und zerbrach sich den Kopf über die verschiedenen Ebenen der Dummheit. Bald begannen die Ebenen, in der Luft zu flimmern. Kurz über dem Horizont lag die erste Ebene; etwas weiter oben, hinter den Wolken, befand sich die zweite. Marbie visierte die erste Ebene an und sah dann zu der zweiten auf, wieder zurück zur ersten, hinauf zur zweiten, hoch und runter, hoch und runter, bis ein Sonnenschirm sie mitten in die Stirn traf.

Es war ein Schirm vom Strandverleih, den eine plötzliche Windböe aus dem Sand gerissen hatte. Wie ein Speer war er über den Strand geflogen, während ein paar Männer ihm hinterherhechteten und »HO!« riefen. Das spitze Ende schlug Marbie bewusstlos.

Als sie im Krankenhaus lag, gab es jede Menge Diskussionen darüber, wie viel Glück sie gehabt hatte, dass es sie nicht ein wenig weiter rechts erwischt hatte. Oder geringfügig weiter oben, oder ein ganz kleines Stück weiter unten. Oder ein klitzekleines bisschen weiter links. Und stellt euch mal vor, es wäre ins Auge gegangen! Sie war gerade noch dem Tod von der Schippe gesprungen und kam nichtsdestotrotz mit nur zehn Stichen, zwei Veilchen und einer Nacht unter Beobachtung davon.

Fancy ging das alles sehr nahe, so dass Radcliffe, um ihr beizustehen, ihre Hand hielt und seine Nase an ihrer Schulter rieb. An jenem Freitag fuhr Radcliffe das erste Mal mit zur Familiengeheimnisversammlung der Zings und verhielt sich ruhig und rücksichtsvoll, aber konnte nicht umhin, Marbie anzustarren, die von Kissen umringt auf der Couch lag. Ihre Stirn glich einem regelrechten Farbgewitter aus Lilatönen.

In der darauffolgenden Woche hatte er sich wieder so weit auf der Reihe, um zu bemerken, dass sie mit den schwarzen Ringen um die Augen aussah wie ein Waschbär. »Bis später, Waschbärmädchen«, rief er ihr zu, als er an diesem Abend den Geräteschuppen der Zings verließ. Alle lachten.

Seitdem war Marbie dafür verantwortlich, den Familiensonnenschirm aufzustellen. Sie alleine kannte das volle Risiko. Sie hielt sich streng an die Vorschrift: Zuerst buddelt man ein armtiefes Loch, noch tiefer; man gräbt so tief, dass man sich auf die Seite legen muss, um den Grund zu berühren, und dann kratzt man mit den Fingerspitzen den Sand weiter heraus. Als Nächstes nimmt man die untere Stange des Schirms und versenkt sie darin; dann legt man sein ganzes Gewicht darauf und dreht und bohrt nach rechts. Anschließend schüttet man das Loch mit Sand zu und klopft ihn fest. Zum Schluss türmt man noch Sand um den Stiel, schraubt jetzt das Oberteil des Schirms darauf und vergräbt drei Meertrauben, die Glück bringen sollen, an verschiedenen Stellen.

Zurück blieben eine krokusförmige Narbe auf ihrer Stirn und die lebenslange Angst vor spitzen Gegenständen (etwa Schirme oder Zaunpfähle), die irgendwie in ihren Augen landen könnten.

Eines Freitagmorgens stand Marbie auf der Terrasse ihrer neuen Wohnung, trank ihren Beeren-Bananen-Shake und verabschiedete sich von Listen.

»Lauf nicht so schnell«, legte ihr Marbie nahe. »Du brauchst deine Kraft noch für den Walkathon. Warum nimmst du nicht das Skateboard zur Schule? Oder ich könnte dich hinfahren, wenn du willst.«

Listen lachte nur und ging wie sonst auch mit schnellen Schritten los.

»Du siehst gut aus«, rief Marbie ihr hinterher. »Du siehst super aus. Wie eine richtig coole Läuferin siehst du aus.«

Listen lachte wieder, probte ein paar Schritte in einem angesagt coolen Laufstil und ging dann wieder normal. Weil heute der Wohlfahrts-Walkathon war, trug sie ausnahmsweise keine Schuluniform, sondern Hüfthosen und ein bauchfreies ärmelloses Top.

Marbie schloss ab und ging zu ihrem Auto die Straße hinunter. Auf halbem Weg kreuzte die schwarze Katze der Nachbarn ihren Weg. Seit sie eingezogen waren, hatte die schwarze Katze keine Gelegenheit ausgelassen, täglich ihren Weg zu kreuzen. Manchmal gab sie sich dabei außerordentlich viel Mühe: ein dreifacher Rückwärtssalto von einem Baum, gefolgt von einem hohen Sprung über Marbies Kopf hinweg, zum Beispiel. Aber an diesem Freitagmorgen strengte sie sich nicht einmal an, sondern lief Marbie einfach vor die Füße.

»Oh Herrgott noch mal«, sagte Marbie laut. »Du machst mir keine Angst, Gary.«

Die Katze hieß Gary, und in Wahrheit ängstigte sie alleine schon der Name.

Trotzdem wurde es ein richtig netter Arbeitstag: mit Geplauder, Aktenstempeln und einem Tablett voll übrig gebliebenem Sushi von einer Konferenz auf einer anderen Etage. Toni ging ins Materiallager und kam mit Mitbringseln beladen zurück. Marbie verbrachte viel Zeit damit, ihren neuen magnetischen Büroklammernbehälter zusammenzusetzen.

Einige Büroklammern landeten auf dem Teppich. Sie hob ein paar davon auf und beschloss, dass die anderen ruhig dort liegen bleiben konnten. *Es war eine Entscheidung, die sie für den Rest ihres Lebens bereuen sollte.* (Angenommen, sie wirft eines Tages eine Blumenvase um. Das Wasser läuft in den Teppich, und die Blumen rollen unter den Schreibtisch. Auf allen vieren krabbelt sie unter den Tisch, um die Blumen aufzuheben, und ohne dass sie es bemerkt, bleibt eine Büroklammer an ihrem Knie kleben. Sie ist sich dessen nicht bewusst, fährt nach Hause, trifft dort Vernon und rammt ihm spaßeshalber ihr Knie in den Oberschenkel. Irgendwie bleibt diese Büroklammer in seiner Haut stecken, und er kriegt eine Blutvergiftung und stirbt daran!) Ihre Augen füllten sich mit Tränen bei dem Gedanken.

Also krabbelte sie unter den Tisch, sammelte sämtliche Büroklammern ein und strich sich hinterher sorgfältig über die Knie. Dann schrieb sie E-Mails an alle Freunde in ihrem »FREUNDE-ANTWORT STEHT NOCH AUS«-Ordner.

An diesem Abend im Night Owl Pub, als die anderen gerade gegangen waren und Marbie noch ihr Bier austrank, tauchte der Luftfahrtingenieur wieder auf.

»Meine Zeit reicht gerade für ein Bier«, informierte er sie und setzte sich ihr gegenüber.

»Und Sie gehen einfach davon aus, ich hätte Zeit für ein Bier?«

»Aber sicher doch. Warum haben Sie es denn eilig?«

Die Familiengeheimnisversammlung der Zings trieb sie zur Eile.

»Na gut. Nur eins.«

»Wo sind sie denn alle?«, fragte der Luftfahrtingenieur und runzelte beim Blick auf die leeren Stühle die Stirn.

»Würden Sie vielleicht damit aufhören«, sagte Marbie.

Der Luftfahrtingenieur ging zur Bar und kam mit einem Krug Bier zurück, den sie sich teilten.

»Die Tragflächen von Flugzeugen sind so gebaut, dass sie wackeln können«, sagte der Luftfahrtingenieur nach einer Gesprächspause.

»Okay«, sagte Marbie. Er musste es ja wissen.

Da fragte der Luftfahrtingenieur: »Haben Sie Lust auf ein wenig Tennis?«

Auf dem Nachhauseweg im Zug fragte sich Marbie, warum sie sich darauf eingelassen hatte, mit einem Fremden Tennis zu spielen. Sie hatten sich für nächsten Samstag auf einem Platz bei ihr in der Nähe verabredet.

Als sie am Bahnhof ausstieg und durch die laue

Abendluft zu ihrem Auto hinüberschlenderte, fragte sie sich weiter, ob sie zum Fahren nicht zu betrunken war. Sie ging zum Parkplatzzaun, stellte sich auf ein Bein wie eine Balletttänzerin und hielt diese Position eine ganze Weile lang, bevor sie umfiel. Das war ein gutes Zeichen.

Sie fuhr zu ihren Eltern und stellte sich vor, gerade rechtzeitig zum Nachtisch zu kommen, hoffentlich Kirschkuchen, und außerdem stellte sie sich ihre Ausreden vor: *Tabitha erzählte diese ewig lange Geschichte über ihre schwangere Schwester, die plötzlich Anfälle kriegt, schrecklich, sie war total fertig. Der Zug war einer von diesen Bummelzügen, die an jeder Milchkanne halten. Mein Auto stand nicht mehr da, wo ich es heute Morgen geparkt habe. Ich bin mir absolut sicher, dass es jemand verstellt hat.* All dies entsprach der Wahrheit, auch wenn nichts davon wirklich ihre Verspätung erklärte.

Bis sie ankam, war das Abendessen vorüber, und die Zusammenkunft hatte bereits begonnen. Listen und Cassie sahen wie immer im Wohnzimmer fern. »Hallo«, rief Marbie, als sie an ihnen vorbei zum Geräteschuppen eilte. »Wie war denn der Walkathon, Listen?«

»Gut«, sagte Listen, die Augen auf den Fernseher gerichtet.

Im Geräteschuppen setzte sich Marbie neben Vernon und beugte sich zu ihm, um ihm ins Ohr zu flüstern, dass sie sich gerade mit einem Fremden zum Tennisspielen verabredet hatte. Bevor sie es jedoch flüstern konnte, küsste Vernon sie. Er reichte ihr wortlos eine der Kopien, die ihre Mutter verteilt hatte, und sie faltete sie sofort zu einem Flieger. Vernon nahm ihr das Flugzeug aus der Hand, hielt es hoch und äußerte ein abfälliges »*pff!*«, was Marbie zum Kichern brachte und dazu führte, dass ihre Mutter vorne sie mit einem »psst« strafte.

Sie und Vernon handelten sich bei den Familienzusammenkünften regelmäßig Ärger ein.

Dann fasste Vernon unter seinen Stuhl und holte einen Teller mit Kirschkuchen und einen Löffel hervor.

Nach dem Treffen fuhren sie in Vernons Auto heim. Marbie auf dem Beifahrersitz war schläfrig, sie holte den Papierflieger aus ihrer Tasche, glättete die Knitterfalten und sagte: »Was heißt denn hier »*pff*«?«

»Er wird niemals fliegen«, erklärte er und warf einen Blick auf den Flieger. »Abstürzen und in Flammen aufgehen wird er.«

»Er wird fliegen.«

»Lass mal sehen«, sagte Listen und beugte sich vor. Dann lehnte sie sich wieder zurück und sagte: »Vernon hat Recht, Marbie. Der fliegt niemals.«

»Ein Luftfahrtingenieur hat mir gezeigt, wie es geht. Der fliegt.«

»Der stürzt ab und verbrennt«, wiederholte Vernon. »Was für ein Luftfahrtingenieur hat dir gezeigt, wie es geht?«

»Weiß ich auch nicht, einfach so ein Typ.«

Der Papierflieger hatte eine scharfe Spitze, die Vernon mitten in die Wange traf.

»Er ist geflogen«, rief Marbie aus.

»Im Leben nicht.«

»Er hat dich in die Backe getroffen.«

»Er ist niemals *geflogen*.«

»Wie kam er denn sonst zu deiner Backe?«

»Du hast ihn nach mir geworfen. Werfen und fliegen ist nicht dasselbe.«

Marbie rutschte auf ihrem Sitz nach hinten und schnallte sich an. »Hmm«, sagte sie.

»Hey Listen, wie war der Walkathon heute? Wir haben vergessen, das Geld für deine Unterstützung von den Zings einzusammeln.«

»Gut«, sagte Listen. »Es war gut.« Sonst sagte sie nichts weiter.

Der Walkathon ging über fünfundfünfzig Runden um das Oval des Sportfeldes. Damit sollte Geld gesammelt werden für eine international agierende Wohlfahrtsorganisation, die sich für Minenräumung einsetzte. Jede einzelne Runde wurde auf der lilafarbenen Unterstützungskarte abgehakt. Alle fünf Runden gab es einen Becher Orangensaft, und alle zehn Runden durften sie anhalten und einen Müsliriegel essen, und die Lehrer lachten und feuerten sie an mit »Los jetzt! Nicht müde werden! Eins-zwei, eins-zwei!«

Das Walking fand in Gruppen von Freunden statt, und Listen ging mit Donna Turnbull und den anderen aus der Grundschule.

Nach acht Runden sagte Donna: »Geld für Minen sammeln, ey? Was denkt ihr, was man mit Minen machen sollte?«

»Hängt von der Minensorte ab«, antwortete Sia. »Sind's Diamantenminen, sollten wir die Diamanten rausholen. Sind's Goldminen, sollten wir das Gold rausholen. Wenn's aber Silberminen sind …«

Alle lachten. Sie hatte erreicht, was sie wollte, und brach ab.

»Wir sollten sie im Labor vergraben«, schlug Caro vor, »damit wir nie mehr Naturkunde-Unterricht haben.«

»Dann gerade erst recht«, sagte Gabrielle. »Es wäre sogar richtig cool, weil Naturkunde dann wie ein Minenfeld wäre. Einer müsste immer vorgehen und den Weg zu meinem Platz testen.«

»Das wäre dann Caro«, sagte Donna.

»Wäre ich nicht!«, schrie Caro, und alle lachten wieder.

»Los, lasst uns mal rennen«, forderte Donna sie auf, nachdem sie aufgehört hatten zu lachen. »Wollen wir mal so richtig laufen?«

Sie benutzte den Finger zum Abzählen. »Eins, zwei, drei, vier«, sie zeigte auf Joanne, Caro, Gabrielle, Sia und dann auf sich selbst, »fünf.«

Sie zeigte nicht auf Listen.

»Nur wir fünf«, sagte sie, ohne Listen dabei eines Blickes zu würdigen. »Los geht's.«

Ihre Augen sprühten Funken, sie grinsten heimtückisch, und dann rannten sie alle los.

Einen Moment lang war Listen bloß irritiert. Sie dachte, Donna habe einfach vergessen, sie aufzuzählen, und rannte hinterher, aber dann merkte sie, dass die anderen noch schneller rannten und sich dabei Blicke zuwarfen, als wollten sie sagen: »Sie kommt hinterher, was sollen wir jetzt machen?«

Listen drosselte kurz ihre Geschwindigkeit, um zu sehen, ob sie anhalten würden.

Sie warteten nicht. Sie entfernten sich immer weiter von ihr, weit über die Kurve des Ovals hinaus. Dann verfielen sie in einen Dauertrott, ohne sich noch einmal umzusehen. Anschließend rannten sie wieder, schnell.

Okay, wahrscheinlich wollen sie mich in der nächsten Runde einholen.

Listen lief also alleine, siebenundvierzig Mal um das Oval, langsam, um ihnen eine Chance zu geben, aber sie schlossen nicht mehr auf.

Am Montag nach dem Walkathon beobachtete Listen Donna und die anderen aus den Augenwinkeln und wartete ab, was passieren würde. Zuerst dachte sie: *Wenn sie mich nicht in ihrer Nähe haben wollen, was soll's*, und ging über Mittag in die Bücherei. Dort durfte man nicht essen, also hob sie ihr Brot auf und aß es während des Nachhausewegs. Im Unterricht versuchte sie sich auf das zu konzentrieren, was die Lehrer erzählten. *Es ist sowieso ganz interessant*, sagte sie sich, aber eigentlich glaubte sie es selbst nicht so recht.

Am Dienstag passierte genau das Gleiche, aber am Mittwochmorgen wachte Listen auf und dachte: *Das ist einfach ein schreckliches Missverständnis! Sie denken, ICH würde sie ignorieren!* Wie furchtbar! Aber was für eine Erleichterung, und sie rannte beinahe zur Schule, um alles aufzuklären.

Caro kam mit ihr zusammen am Tor an und Listen rief »Hi!«.

Caro sah sich um und sagte »Hi-i-i«, merkwürdig lang gezogen, etwa so, wie man es zu einem fetten Tintenkäfer sagen würde, der sich beim Picknick auf dem Tellerrand niederlässt. Man lachte dann, nahm den Teller, wedelte damit, und der Käfer flog weg.

»Was ist denn los?«, fragte Listen und lief neben Caro her.

»N-n-nichts«, sagte Caro und legte einen Zahn zu.

»SIA!«, schrie Caro plötzlich und winkte Sia auf

dem Lehrerparkplatz zu. Die wirbelte herum und stierte in Caros Richtung, und Caro rannte ihr entgegen, die Auffahrt hinunter. Listen hielt inne und beobachtete, wie Caro Sia erreichte und sich nach vorn beugte, nach Luft schnappte und hastig redete, bis Sia sie in den Arm nahm, als ob Caro getröstet werden musste.

Listen ging schnell weiter, in die andere Richtung.

Später, als Listen einpackte, sprach sie Donna freundlich an. »Kann ich dir mal was erklären?«, fragte sie.

»Wenn du meinst.«

»Über die Sache sind wir uns einig, okay? Es ist nicht als Beleidigung oder so gemeint. Weißt du, wir haben beschlossen, dass im 7. Schuljahr alles etwas anders wird, und da muss man irgendwie knallharte Entscheidungen treffen. Wenn man überleben will. Und wir finden, dass du nicht so unbedingt zum Überleben geschaffen bist, okay? Nur mal ein Beispiel: der Walkathon. Wo wir alle Witze über Minen gemacht haben und du zwar gelacht hast, aber selbst keine Witze erzählt hast. Du hast was genommen, weil du mitgelacht hast, aber du hast nichts gegeben. Und du weißt ja, die Dinge ändern sich, und wir sind uns da alle irgendwie einig. Okay?«

»O-kay-ay«, entgegnete Listen und versuchte, ihr »okay« entwaffnend fröhlich klingen zu lassen.

Am nächsten Tag machte Listen blau. Marbie blieb mit Halsschmerzen zu Hause und empfahl Listen, auch eine Pause einzulegen. Nachdem sie sich mehrmals geräuspert hatte, beschloss Listen, dass sie ebenfalls ein Kratzen im Hals spürte. »Ich schreibe dir eine Entschuldigung wegen Lungenentzündung«, bot Marbie ihr an. Das war dann also geritzt.

Marbie las einen Roman im sonnigen Teil der Küche, und Listen ging in ihr Zimmer und starrte die Wand an, bis ihr einfiel: *Heute ist Donnerstag! Zeit für den nächsten Zauber!*

Es war ein »Zauber, der dafür sorgen sollte, dass ein Staubsauger kaputtging«.

»Na ja«, sagte sie zu sich selbst, »ein ziemlich blöder Zauber.« Aber dann fiel ihr ein, dass *ihr* Staubsauger schon kaputt war. Er war beim Umzug beschädigt worden: Mr Zing hatte hinten im Lieferwagen einen Schrank darauf fallen lassen. Vielleicht würde ein »Zauber, der dafür sorgen sollte, dass ein Staubsauger kaputt ging« die umgekehrte Wirkung auf einen kaputten Staubsauger ausüben. Man konnte nie wissen.

Die Anweisungen lauteten folgendermaßen:

1. **Trage den ganzen Tag über eine Sonnenbrille. Ab jetzt. Hole schnell die Sonnenbrille und setze sie auf.**
2. **Gehe rückwärts. Alle naselang**

hüpfst du ein bisschen und sagst »oh!«, als ob dir gerade etwas eingefallen wäre.

3. **Rufe bei einer Taekwondo-Schule an und lass dich als neues Mitglied eintragen. Zehn Minuten später wählst du dieselbe Nummer noch einmal und meldest dich ab.**
4. **Schäle fünfzehn Kartoffeln und klebe die Schalen mit Tesafilm wieder zusammen.**

UND JETZT MUSST DU SECHS WOCHEN UND EINEN TAG WARTEN, BEVOR DU WEITERBLÄTTERN DARFST! (Schreibe dir das Datum lieber in den Kalender.)

Das waren echte Herausforderungen, aber Listen bewältigte sie alle, obwohl sie und Marbie losgingen, um Fancy zum Kaffeetrinken im Castle-Hill-Einkaufszentrum zu treffen. Es war gar nicht so ohne, drinnen eine Sonnenbrille zu tragen und rückwärts zu laufen, aber sie erklärte ihnen ihre Theorie von der Grippe, dass sie sich nämlich verkleiden und weglaufen müsse, damit die Grippe sie nicht erwische. Marbie und Fancy waren beeindruckt.

Als sie am nächsten Morgen in der Besenkammer nach dem Staubsauger schaute, war er immer noch kaputt, als ob sie es nicht schon vorher gewusst hätte.

Am Samstagmorgen erklärte Marbie Vernon durch die Badezimmertür, dass sie bei ihren Eltern vorbeigehen würde und dort die Wohnidee-Zeitschriften durchstöbern würde.

»Na, Sportsfreundin?«, sagte Vernon, als er unter der Dusche hervortrat und Marbie erblickte. Er täuschte einen Boxkampf mit ihr an, aber Marbie hatte keine Zeit dafür.

Auf dem Weg kaufte sie eine Büchse Tennisbälle. Sie blieb etwa zehn Minuten bei ihren Eltern und fuhr dann weiter zum Tennisplatz. Den neuen Schläger hatte sie im Kofferraum ihres Wagens versteckt.

Nichts regte sich unter dem von tiefhängenden Wolken bedeckten Himmel bis auf gelegentliche Pollenansammlungen und schwarz gefleckte Käfer. Als sie zum Tennisplatz lief, spürte Marbie, wie das vertrocknete Gras unter ihren Turnschuhen knisterte, und dann erkannte sie drüben den Luftfahrtingenieur. Er war schon da, packte seinen Schläger aus und starrte sie an. Er war komplett in Weiß gekleidet, mit kurzen weißen Tennissocken und strahlend weißen Strandschuhen. Die einzige andere Farbe an ihm war die schwarze

Behaarung auf seinen Armen und Beinen. Die einzelnen Haare waren offenbar recht kräftig.

Sie selbst trug Folgendes: schwarze, glänzende Lycra-Shorts, ein neongelbes T-Shirt, auf dem in verwaschener blauer Schrift KUSCHELBÄR stand, ein rosafarbenes Haargummi aus Frottee in ihrem Pferdeschwanz und *Reeboks*.

Aus dieser Entfernung wirkte der Luftfahrtingenieur verstört und kugelrund.

Sobald sie auf gleicher Höhe mit ihm war, sagte er: »Ich mach Schlägerdrehen.«

»Aha!« *Warum will er seinen Schläger drehen?!*

Der Luftfahrtingenieur ließ den Schläger wirbeln und fragte: »Hart oder zart?«

»Hart«, entschied Marbie fahrig. Sie verscheuchte einen Fliegenschwarm und nieste: einmal, zweimal, dreimal, viermal, fünfmal.

»Puha!«, kommentierte er (ihre Niesattacke), und der Schläger landete mit einem dumpfen Krachen. »Also hart.«

Marbie schlug auf und traf zweimal das Netz, versuchte ungeduldig, ihre Kehle vom Juckreiz zu befreien, und hätte zu gerne die Nase geputzt. Die Fliegen stürzten sich auf ihre Zunge und die Nasenspitze, und sie kratzte sich an Ohren und Knien.

»Love – fünfzehn«, rief der Luftfahrtingenieur hilfsbereit.

»Danke.« Sie stampfte mit dem Fuß auf, um

den Juckreiz zu bekämpfen und die Fliegen abzuwehren, und stimmte ihm zu: »Love. Ach ja.«

Der Luftfahrtingenieur fragte »Wie bitte?« und lachte dann einmal kurz auf: »Ha!«

Als Marbie schweißnass zu Hause ankam, erklärte sie Vernon, dass sie sich spontan entschlossen hatte, einmal ums Sportfeld zu rennen, nachdem sie bei ihren Eltern gewesen war. Deshalb schwitze sie so und jetzt würde sie duschen gehen.

»Listen ist einkaufen«, sagte Vernon und kam ihr im Flur hinterher, »aber ich sollte dir etwas ausrichten, sobald du zurück bist. Sie wollte, dass ich dir von ihrer Idee erzähle. Lass mich mal kurz nachdenken, was die Idee war. Okay: Sie meint, wir sollten Cassies Geburtstag bei uns feiern, als Einweihungsparty. Sie sagt, Cassie hätte in ein paar Wochen Geburtstag.«

»Das hat sie dir also aufgetragen?«, fragte Marbie, stieg aus ihren klammen Sportsachen und stellte sich unter die Dusche. »Ich halte das für eine großartige Idee, und ich finde Listen sehr hübsch und dich ebenfalls.« Letzteres vermischte sich mit dem Rauschen des Duschstrahls.

»Danke«, sagte Vernon, zog sein T-Shirt über den Kopf, knöpfte die Jeans auf, schob sie die Beine hinunter, zog sie über die Füße und trat zu ihr unter die Dusche. Marbie starrte auf seine feine hellbraune Brustbehaarung und seine wundervoll muskulösen Schultern und Arme. Sein Körper war gut durchtrainiert, weil er ständig Bananenkisten schleppte.

Als er sie in dieser warmen nassen Duschwasserweise küsste, setzte Marbie in Gedanken einen Brief an den Herausgeber auf:

Sehr geehrter Herr,

ich schreibe Ihnen, um Sie davon in Kenntnis zu setzen, dass ich heute Morgen ein Rendezvous mit einem Luftfahrtingenieur hatte.
Ich hatte Ihnen schon einmal geschrieben, um die glücklichen Umstände darzulegen, die dazu führten, dass ich die Taylor-Geschwister kennen lernte, und um auszuführen, was für ein erstklassiger Liebhaber Vernon ist. Ich kann nur noch einmal bekräftigen, just in diesem Moment, dass Vernon ein sensationeller – wirklich, bemerkenswerter –
Wie dem auch sei, das Rendezvous verlief in Form eines Tennisspiels. 6:0, 6:1. Ich habe verloren. Und die Tatsache, dass ich im zweiten Satz einen Punkt gemacht habe, ist nur auf seine Doppelfehler zurückzuführen. »Verflucht!«, sagte der Luftfahrtingenieur nach jedem Doppelfehler und wischte sich den Schweiß von den Koteletten.
Ich war entsetzt, mit solch einem Mann ein

Rendezvous zu haben. Tatsächlich langweilte ich mich sehr, deshalb bin ich umso verdutzter über das, was als Nächstes passierte.
Als Nächstes passierte nämlich, dass ich mich darauf einließ, ihn noch einmal zu treffen. Ich habe die Verabredung für den kommenden Mittwoch in meine Mittagspause gelegt, auf dem Tennisplatz der Sydney University. Aber lassen Sie mich trotzdem besonders hervorheben, weil mir eben das so rätselhaft erscheint, und es ist wirklich eine Ironie – also lassen Sie mich noch einmal betonen, dass Vernon wirklich ein himmlischer –

In der nächsten Woche schloss sich Listen einer neuen Gruppe an, der von Angela Saville, und sie verbrachte den Montag und Dienstag mit ihnen und fragte sie aus. Zum Beispiel erkundigte sie sich bei jeder von ihnen, was sie am Wochenende machten, ob sie gestern Abend im Fernsehen den Valerio-Film gesehen hatten, ob er ihnen gefallen hatte, welches Fach sie nach dem Mittagessen hatten, ob sie das Fach mochten und so weiter und so fort. Sie hörte sich ihre Antworten aufmerksam an.

Mittwoch bestellte sie ihr Mittagessen beim Süßwarenladen. Es wurde in den Korb, der vorn im Klassenzimmer stand, geliefert und kam in einer braunen Papiertüte mit ihrem Namen: LISTEN TAYLOR, KLASSE 7A. Es war eine mit Hackfleisch gefüllte Teigtasche, heiß und fettig, dazu eine Dose Sprite und ein Freddo-Frog-Schokoriegel.

Die Papiertüte war prallvoll und ausgebeult, und Listen hielt sie am zerknitterten Falz oben fest und schlenderte damit an den Geländerstangen der 7. Klassen entlang. Der Rasen war übervölkert mit Ringen, Ketten und Trauben von Mädchen.

Sie fand die Gruppe um Angela Saville und ging behutsam über den Rasen auf sie zu und lächelte schon in Vorbereitung. Der Kreis kam ihr komisch vor. Als Angela und die anderen sie kommen sahen, steckten sie die Köpfe zusammen und grinsten sich hämisch zu.

Listen war jetzt nah genug dran, um zu erkennen, dass der Kreis perfekt war und komplett geschlossen. Sie blieb stehen. Sie würde nicht weitergehen.

Sie stand auf dem Rasen umringt von Girlanden von Mädchen, und einen Moment lang kam sie sich vor wie ein welker Weihnachtsbaum Wochen nach dem Fest, unnütz und sperrig mitten im Raum. Sie war grotesk auffällig und zugleich vollkommen unsichtbar. Sie fühlte sich, als ob an ihren Beinen bunte Lichterketten blinkten und sich locker um ihre Taille kringelten. Ihre Arme waren die Äste, von denen rostige Kugeln baumelten, und aus ihren Haaren hingen vertrocknete Popcornketten.

Sehr geehrter Herr,

ich schreibe Ihnen, um Sie auf dem Laufenden zu halten.
Heute ist Mittwoch, und ich hatte das zweite Rendezvous mit dem Luftfahrtingenieur.
Es passierten drei bemerkenswerte Dinge.
Erstens: Als der L.I. auf dem Uni-Tennisplatz ankam, erzählte er, dass er Madame Bovary im Original gelesen habe. »Stimmt das?«, fragte ich ihn. »Ja«, antwortete er.
Zweitens: Mitten im Spiel hielt der L.I. inne und zog sich den rechten Schuh und die Socke aus, um nach einer Blase zu sehen. Die Blase war so schlimm, dass er die Socke quasi vom Fuß SCHÄLEN musste. Es war widerlich. Seine Zehen sind über und über behaart.
Drittens, und vielleicht am wichtigsten: Nachdem er ein Pflaster auf die Blase geklebt, Schuh und Socke wieder drübergezogen (und den Schnürsenkel zugebunden) hatte, richtete er sich auf und wandte sich mir zu. »Kommst du mit zu mir, na ja du weißt schon, rummachen?«
Rummachen!
Ich sagte: »Ich habe einen Freund.«
Er zuckte mit den Achseln, und ich bin mir nicht sicher, ob dieses Zucken »na und?« heißen sollte, weil ich einen Freund habe, oder ob

es »na dann« bedeutete, weil ich nicht rummachen wollte.
Was auch immer, wir spielten einen Satz, ich habe keinen einzigen Punkt geholt, und dann bin ich natürlich zurück zur Arbeit.

Hochachtungsvoll
Marbie Zing

In der folgenden Woche war Listen auf der Hut.

In den meisten Fächern hatte sie einen anderen Platz gefunden, weg von Donna und den anderen, aber in Naturkunde war es nicht erlaubt, den Platz zu wechseln. Also musste sie weiterhin neben Donna und Caro sitzen. Sie gingen sehr förmlich miteinander um, wenn sie gemeinsam Experimente durchführten.

Zum Mittagessen lungerte sie vor der Imbissbude herum, wie ein Wachtposten. Sie stellte sich auf Zehenspitzen und suchte die Menge an der Theke ab. *Wo bleiben denn bloß all meine Freunde?*, sagte ihr Gesicht. *Warum brauchen sie so lange?* Während sie ihr Vegemite-Sandwich auspackte und aufaß, musste sie die ganze Zeit die Tür im Auge behalten, als ob sie gleich kommen würden. Nachdem sie aufgegessen hatte, gab sie es endgültig auf und verbrachte die restliche Zeit bis zum Unterrichtsbeginn in der Bücherei.

Sehr geehrter Herr,

darf ich offen mit Ihnen sein? Mir steht Tennis bis hier. Ich spiele so schlecht. Was sollen wir Ihrer Meinung nach tun? Sollten wir vielleicht Squash probieren oder immer mal wieder was Neues? Sollte unser nächstes Rendezvous eine Verlagerung in eine andere Sphäre mit sich ziehen? So etwas wie ein Abendessen oder ein Zoobesuch? Aber ich hasse den Zoo. Dort gibt es so viele Tiere.
Wir hatten noch zwei weitere Verabredungen, seit ich mich das letzte Mal gemeldet habe. Beide Male zum Tennisspielen und beide Male mit demselben Ergebnis: 6:0, 6:0.
Sie erinnern sich vielleicht, dass mein Luftfahrtingenieur vorgeschlagen hatte »rumzumachen«? Und Sie erinnern sich vielleicht außerdem, wie ich höflich abgelehnt habe?
Also, seit meinem Korb gab es nicht mal die leiseste Andeutung in dieser Richtung. Ich probe immer wieder den passenden Tonfall meiner Zurückweisung (vorwurfsvoll; empört aber verständnisvoll; außer mir, aber leicht amüsiert dabei; und so weiter), allerdings umsonst.
Warum hat er mich nicht noch einmal gefragt? Meinen Sie, er hat das Interesse verloren? Und falls dies der Fall ist, warum will er

dann immer wieder mit mir Tennis spielen?
An meinem Spiel kann es nicht liegen.

Hochachtungsvoll
Marbie Zing

»Meinst du, wir sollten uns Gedanken machen, weil Listen gar nichts mehr von der Schule erzählt?«

»Nein«, antwortete Vernon. »Sie war schon immer sehr verschlossen.«

»Bei mir ist sie nicht so verschlossen«, sagte Marbie. »Im Allgemeinen nicht und bei meiner Familie auch nicht.«

»Vielleicht wird sie ja morgen gesprächiger, wenn die ganze Familie zu Cassies Geburtstag kommt«, meinte Vernon.

»Weißt du noch, ihre erste Woche in der 7. Klasse? Sie hörte gar nicht mehr auf zu quasseln«, sagte Marbie mit einem wehmütigen Unterton. »Erinnerst du dich? Sie hat vom Geografielehrer erzählt, der im Zimmer umhersprang und so tat, als sei er der Monsunregen, und vom Naturkundelehrer, der sagte, sie müssten Frösche sezieren, und wie Caro daraufhin sagte, sie würde eine Entschuldigung von ihrer Mutter mitbringen, dass sie nicht daran teilnehmen müsste, und wie der Lehrer antwortete: ›Entschuldigungen gelten nicht‹, und Caro erwiderte ›Entschuldigungen gelten *immer*‹, und der Lehrer darauf: ›Hast du …‹«

In diesem Augenblick kam Listen herein, setzte sich an den Tisch und sagte: »Cool. Kürbissuppe.«

»Hast du jemals *Madame Bovary* gelesen?«, fragte Marbie Vernon, »im Original?«

»Nein«, entgegnete Vernon. »Ich habe nur den Film gesehen.«

»Ich habe *Charlie und die Schokoladenfabrik* gelesen«, bot sich Listen an, »aber den Film noch nicht gesehen.«

»Du kennst den Film nicht!«, riefen Marbie und Vernon gleichzeitig, und Vernon führte den Regentanz um den Tisch herum auf. Das Telefon klingelte, und er baute das Gespräch in seinen Tanz mit ein, so dass er dabei die meiste Zeit den Kopf falsch herum hielt.

»Ja, … ja, es gibt hier eine Listen Taylor, lassen Sie mich – … okay, klar doch, von wo aus rufen Sie an? … von der Kenthurst-Schule für – tatsächlich? Aha. Aha. Hat sie? Also nein, habe ich nicht … Also, ich meine, natürlich! Also, das tut mir leid. Wissen Sie was? Ich rufe Sie in fünf Minuten zurück. In Ordnung. Könnten Sie mir Ihre Nummer geben? Okay, okay. Ich rufe Sie zurück.«

Er schrieb eine Nummer auf die Rückseite der Stromrechnung, die er unter einem Magnet am Kühlschrank vorgezerrt hatte, und dann drehte er seinen Kopf wieder richtig herum, um den Hörer aufzulegen.

»Hey Listen«, sagte er und setzte sich wieder an den Tisch. »Warum hast du uns nicht gesagt, dass du Taekwondo machen willst?«

»Weil ich gar nicht Taekwondo machen will.« Listen biss in ihr Brötchen.

»Also der Typ am Telefon sagte, du hast vor ein paar Wochen bei ihm angerufen und dich zu seinem Kurs angemeldet und zehn Minuten später noch mal angerufen und wieder abgesagt.«

Sie beobachteten Listen. Die stippte ihr Brötchen in die Kürbissuppe und studierte dabei die Suppe. Als sie unter ihrem Pony hervorlugte, sah sie, dass sie sie immer noch anstarrten, und fragte kleinlaut: »Was denn?«

»Könnte es sich vielleicht um eine andere Listen Taylor handeln?«, schlug ihr Marbie vor. »Es gibt bestimmt eine Menge davon. Listen ist ja ein ziemlich geläufiger Name.«

»Okay, hör auf damit. Du hast gut reden, Marbie Zing. Ich wollte Taekwondo machen. Aber dann eben nicht mehr. Ich habe meine Meinung geändert.«

»Innerhalb von zehn Minuten.«

»Ich habe eben beschlossen, dass es zu teuer ist. Hey, soll ich heute Abend die Küchenschränke mit Sandpapier anschleifen und sie zum Streichen vorbereiten?«

»Versuch nicht, das Thema zu wechseln. Vernon, ruf den Mann zurück und melde Listen für den Kurs an.«

»Was meinst du, was ich gerade vorhatte?« Vernon griff nach dem Telefon.

»Oh, nein, das geht schon in Ordnung. Ich hatte einfach meine Meinung geändert. Mal im Ernst, ich will nicht Taekwondo machen. Haben wir genug Sandpapier da?«

»Weil es zu teuer ist?!«, rief Marbie entsetzt. »Listen! Du solltest wirklich alles tun, wozu du Lust hast. Du solltest Portugiesisch lernen und Automechanik, Kerzen ziehen und ganz sicher Taekwondo! Fancy hat trommeln gelernt, als sie so alt war wie du, und jetzt steht sie viel imposanter da als ich jemals. Weil ich *nicht* trommeln kann! Geld ist unwichtig, wo es um Interessen geht. Würdest du gerne trommeln lernen?«

»Aber ich habe wirklich kein Interesse –«

»Psst, Listen, die Verbindung.«

»Du musst nicht wieder den Kopf verdrehen, Vernon!«

»Ist dort die Kenthurst-Schule für Taekwondo? Ja, wir hatten gerade miteinander gesprochen. Ich habe da ein neues Mitglied für Sie. Ich weiß. Ich weiß! Ich weiß.«

Sehr geehrter Herr,

es ist nach Mitternacht, und ich liege wach und schaue Vernon an und denke darüber nach, wie nett er zu seiner kleinen Schwester ist und dass ich Madame Bovary noch nicht mal als Film kenne, ganz zu schweigen von dem Buch. Und wie Sie natürlich schon wissen, war das alles nicht ernst gemeint. Ich hatte keine Affäre. Ich habe nur mit einem Fremden ein paar Mal Tennis gespielt. Ein absolut bedeutungsloser Fremder. Er hat mich zwar gefragt, ob wir ein bisschen rummachen wollen, aber vielleicht meinte er ja an seiner Playstation. Der einzige Grund, warum ich von »Rendezvous« gesprochen habe, war der, dass ich Vernon nichts von den Tennisspielen erzählt habe. Paradoxerweise ist der einzige Grund, warum ich Vernon nichts davon erzählt habe, der, dass es keine Affäre ist. Es ist überhaupt nichts, rein gar nichts, und vielleicht wollte ich einfach nur etwas Geheimniskrämerei.

Morgen werden Vernon und Listen den ganzen Tag mithelfen, Cassies Party vorzubereiten. Dabei weiß ich, dass Vernon unser Familiengeheimnis für gefährlich und unrecht hält, aber er akzeptiert es als Teil meines Lebens und kommt jeden Freitag mit und ist viel pünktlicher als ich.

Und stellen Sie sich vor: Er ist gerade aufgewacht und fragte mich, ob alles in Ordnung sei und ob ich nicht schlafen könne. Ob wir vielleicht in der Bellbird Highschool schwimmen gehen sollen und das, obwohl er morgen früh zeitig raus muss.
Ich erzählte ihm, dass ich einen Brief an den Herausgeber schreibe, und er hat meinen Ellbogen geküsst.
Ich würde mit dem L.I. nie etwas anderes machen als Tennis spielen.
Ich habe beschlossen, ihn nicht mehr zu treffen.

Hochachtungsvoll
Marbie Zing

Cassies Geburtstagsparty

Die Kinder aus der Nachbarschaft spielten ein Hüpfspiel auf der Straße. Hin und wieder legten sie Pausen ein, weil der sonnenbeschienene Asphalt dem einen oder der anderen zu heiß wurde. Dann schrie und hüpfte dieses Kind auf der Stelle, bis eines der anderen Kinder mit einem Gartenschlauch die glühenden Fußsohlen abspritzte. Danach ging es weiter.

Auf der anderen Seite der Straße machte Marbie »hmmm«, Vernon trank einen Schluck Bier, und Listen schüttelte den Kopf und murmelte: »Warum tragen sie keine Schuhe?« Sie saßen nebeneinander auf der Veranda und warteten auf ihre Gäste.

»Wenn die vordere Auffahrt uns allein gehören würde und nicht dem gesamten Häuserblock, was würdet ihr damit anfangen wollen?«

»Ich würde einen Ententeich anlegen«, sagte Listen, »und eine Weide für ein paar schöne friedliche Pferde.«

»Ich würde eine Universität darauf bauen«, sagte Vernon, »die Jugend hier ausbilden.«

Zwei Autos hielten, und die Kinder aus der Nachbarschaft mussten das Feld räumen.

»Seht doch mal«, rief Grandma Zing, »wir sind alle gleichzeitig angekommen!«

Grandpa Zing brauchte etwas länger beim Aussteigen und begrüßte jeden der Gastgeber einzeln.

»Wir sind da!«, rief Fancy aus dem zweiten Wagen, »und wir haben das Geburtstagskind mitgebracht!«

Das Geburtstagskind öffnete die hintere Tür und schnitt so lange Grimassen, bis sie ihr Gesicht wieder ganz im Griff hatte.

Sie stieg aus und strich sich das Kleid glatt.

»HAPPY BIRTHDAY, CASSIE!«, riefen Vernon, Marbie, Listen und Grandma Zing gemeinsam, und Cassie sah mit einem strahlenden Lächeln auf.

»Ich habe Lucinda mitgebracht!«, fiel ihr ein, und alle machten »Oh«, als noch ein kleines Mädchen aus dem Wagen stieg.

»Was hat Radcliffe denn?«, fragte Grandma Zing und sah durch die Scheibe von Fancys Auto. »Warum steigt er nicht aus? Radcliffe, was tust du da drinnen?«

»Er untersucht die Klimaanlage«, erklärte Fancy. »Er hat es nicht geschafft, sie zum Laufen zu bringen.«

»Fancy, meine Süße, heute Abend ist es günstig, zwischen sieben und zehn. Ich habe den neuen Code; er ist im Safe.«

»In Ordnung«, sagte Fancy, aber ihre Mutter hatte sich schon abgewandt und klopfte mit ihrem Schlüssel ungeduldig gegen die Autoscheibe. »Zu spät dafür, Radcliffe. Du bist doch schon hier!«, rief sie.

Im Wohnzimmer zeigten sich alle begeistert über die bunten Sitzsäcke und den Tisch voller Leckereien. Es gab gebackene Bananen, Bananenkuchen, Bananenbrot, eine Pavlova-Baisertorte mit Bananendecke und Krüge mit Bananenshakes, außerdem eine große Schüssel Punsch, in dem Bananen und Erdbeeren schwammen.

»Seht euch nur mal die vielen Erdbeeren im Punsch an!«, rief Grandma Zing begeistert. »Cassie, weißt du, dass ich beinahe deine Geschenke vergessen hätte. Kannst du dir das vorstellen?«

»Nicht so richtig«, entgegnete Cassie.

»Eure neue Wohnung ist toll«, sagte Fancy.

»Parterre mit Garten ist wirklich etwas Besonderes!«, erklärte Grandma Zing.

»Was für eine Alarmanlage habt ihr denn?«, fragte Radcliffe.

»Gibt es auch ein Badezimmer?«, fragte Cassies Freundin Lucinda höflich.

»Ihr habt doch eine Ungezieferanalyse durchführen lassen, nicht wahr?«, wollte Radcliffe wissen.

»Was du da siehst, ist kein Termitenschaden, Radcliffe«, sagte Grandpa Zing, »sondern ganz einfach Abnutzung.«

»Haben sie das nicht hübsch gemacht?«, fragte Grandma Zing. »Sie haben alle Steckdosen silbern eingefasst. Ist das nicht ein netter Einfall?«

»Hübsche Malerarbeiten«, sagte Radcliffe. »Von einem Profi, oder …?«

»Also ich glaube, das hier ist mehr als eine Einweihungsparty«, unterbrach Cassie. »Dies ist auch eine *Geburtstagsparty*, soweit ich mich erinnere.«

Nachdem Cassie ihre Geschenke ausgepackt hatte, gingen sie durch die Wohnung und hielten dabei mehrmals fest: dass es in dem Gebäude sechs

Apartments gab, dass dieses ebenerdig lag, dass sie mit Renovieren fast fertig waren und dass Marbie nur Spaß gemacht hatte mit ihrer Bemerkung, die Badezimmerwand nach außen hin einreißen zu wollen und ein Freibad daraus zu machen. Dann schlug Cassie vor, *Ringlein, Ringlein, du musst wandern* zu spielen.

Sie spielten *Ringlein, Ringlein*, die *Reise nach Jerusalem* und *Wer bindet dem Esel den Schwanz an*. Grandpa Zing war der Esel, und Cassie hatte zu diesem Zweck ein Bild von ihm gemalt. Grandpa Zing ließ es stillschweigend über sich ergehen.

Später, noch außer Atem vom Spielen, setzten sie sich und aßen von den Bananenköstlichkeiten.

»Ich komme hier nie wieder hoch«, sagte Grandma Zing mehrfach aus ihrem Sitzsack.

Vernon ging mit Grandpa Zing und Radcliffe aufs Dach und zeigte ihnen die Entlüftungsschächte der Klimaanlage. Grandma Zing fiel ein, dass sie ein Geschenk zum Einzug mitgebracht hatte, ging zum Auto und kehrte mit einem Feigenbaum zurück. Auch Fancy fiel ein, dass sie ein Einweihungsgeschenk hatte, sie ging ebenfalls zum Auto und kam mit einem Cocktail-Shaker wieder. Marbie goss den Baum, und Fancy mixte Cocktails. Sie kippte Wodka, Wermut, Apfelsaft und geriebenen Apfel zusammen und hängte einen Apfelschalenkringel an jeden Glasrand.

»Seht mal«, sagte sie und brachte vorsichtig die fast überschwappenden Gläser herein, »ich habe den Apfelmartini erfunden.«

Listen nahm Cassie und Lucinda mit in ihr Zimmer und spielte mit ihnen das neue Valerio-Rock-Spiel. Man komponierte abwechselnd eine Melodie, sang sie ins Mikrofon, wartete, bis der Computer Rhythmus und Backup-Gesang hinzugefügt hatte, und für einen Moment war man ein Rockstar. Danach wurde es kompliziert, man musste buchstabieren, mimen, Bilder malen und Hokey-Pokey spielen.

»Sekunde mal«, sagte Cassie und lief ins Wohnzimmer, wo sie im Raum verkündete: »Listen kann super tanzen!« Dann rannte sie wieder ins Kinderzimmer. »Tanz weiter, Listen«, befahl sie, »bis alle es gesehen haben.«

Im Schlafzimmer bewunderte Grandma Zing die Vorhänge und hängte sie dann ab, um sie noch einmal ordentlich zu säumen.

Das Valerio-Spiel ging zu Ende, und Listen sagte: »Cassie, du blutest aus der Nase.«

»Das hört gleich wieder auf«, meinte Cassie. »Das liegt am Sommer.«

»Sie braucht nur ein Taschentuch«, erklärte Lucinda, »und ich muss ihr einen Schlüssel in den Nacken legen.«

Listen gab Cassie ein Taschentuch und den Haustürschlüssel und ließ die beiden mit dem Nasenbluten allein.

Im Wohnzimmer legte Marbie die Red Hot Chili Peppers ein und fragte Listen, ob sie Fancy tanzen beibringen konnte. Listen sprang auf der Stelle passend zur Musik und schüttelte wild den Kopf, und Fancy ahmte sie gehorsam nach.

Grandpa Zing und Radcliffe zogen sich auf die Veranda zurück.

Im Badezimmer lehnte sich Cassie über den Wannenrand und ließ das Blut aus ihrer Nase tropfen. Sie versuchte ihren Namen damit zu schreiben, aber es kleckerte nur pitsch-pitsch-pitsch in alle möglichen Richtungen.

Lucinda saß auf dem Rand, hielt Cassie den Schlüssel in den Nacken und betrachtete interessiert das Blut. Hin und wieder beugte sie sich vor und drehte den Wasserhahn auf, um es hinunterzuspülen.

Später fragte Grandma Zing Listen, wie sie die neue Schule fand und ob sie dort schon neue Freunde hätte.

»Sie hängt noch an den alten, stimmt's, Listen?«, antwortete Vernon fürsorglich für sie, als Listen zögerte. »Erzähl mal von den Lehrern, Listen. Sie hat ein paar lustige Lehrer-Geschichten auf Lager.«

»Also«, sagte Listen, »es gibt da einen Lebensmittelkunde-Lehrer, der hat uns beigebracht, wie man Lamington-Kokoskarrees herstellt. Das ist nicht wirklich eine lustige Geschichte, aber ich kann eben schnell welche backen.« Sie lief rückwärts in die Küche.

»Brauchst du dafür nicht Eier?«, fragte Marbie. »Die stecken alle in der Pavlova-Torte.«

»Ja«, sagte Listen und zögerte wieder. »Eier.«

Fancy sah auf die Uhr. »Oh Schreck«, sagte sie, »es ist schon acht. Lass uns im Eckladen ein paar Eier für Listen kaufen gehen, Marbie.«

»Erzähl uns was von der 2. Klasse, während sie weg sind, Cassie«, sagte Grandma Zing. »Wie ist denn deine neue Lehrerin, meine Süße? Wie findest du sie?«

»Ich mag Mr Woodford lieber als unsere Lehrerin«, schwatzte Lucinda. »Er ist der Lehrer der Parallelklasse, und er ist richtig lustig. Ich wäre lieber bei ihm in der Klasse.«

»Tatsächlich?« Grandma betrachtete Lucinda und wandte sich wieder Cassie zu.

»Ich mag meine Lehrerin«, erklärte Cassie. »Sie ist wirklich nett.«

»So ist es richtig«, sagte Grandma Zing. »Komm mal her und lass dich umarmen.«

Cassie ließ sich von ihrer Großmutter umarmen.

»Es dauert vielleicht etwas länger, okay?«, sagte Fancy und zog einen schwarzen Chiffonschal aus ihrer Handtasche. »Ich finde, wir sollten für die Eier nach Baulkham Hills fahren, oder, Marbie?«

»Finde ich auch«, stimmte Marbie ihr zu.

»Seid vorsichtig, okay?«, sagte Vernon und nahm eine Hand voll Erdnüsse.

⊰o⊱

»Hier drüben hinter dem Kombi«, wies Fancy sie an, und Marbie fuhr rechts ran.

»Hast du es?«, fragte Marbie.

»In meinem Schal.«

»Und der neue Code?«

»Er ist offenbar im Safe.« Fancy öffnete die hintere Wagentür und tastete in einem Weidenkorb herum. »Ich habe ihn.« Sie ging im Gleichschritt neben Marbie her.

»Letzte Kontrolle«, sagte Marbie, holte ihren Pieper hervor und gab eine Nummer ein. Sie gingen nebeneinander weiter, bis ein schwaches Miauen aus Marbies Tasche drang. »Da ist es«, sagte Marbie. »Bei dir alles in Ordnung?«

»Darauf kannst du wetten«, sagte Fancy, und sie lösten sich voneinander. Nach ein paar Schritten waren von Fancy nur noch ihre Ohrringe zu sehen, die im Mondlicht glitzerten.

Als Marbie und Fancy zurückkamen, war Lucinda im Sitzsack eingeschlafen.

»Wir sind wieder da«, sagte Fancy, als sie die Haustür öffnete.

»Alles klar?«, fragte Radcliffe.

»Alles klar«, antwortete Fancy.

Listen nahm ihr die Eier ab.

3

Der Heißluftballon

Damals, als Maude mehrere Wochen ans Bett gefesselt war, erreichten Verlust und Schmerz eine neue Dimension. Gebrochene Herzen, Blasen, Papierschnittwunden, Verbrühungen – alles kleine Sandkörner, die in regelmäßigen Abständen durch ein Stundenglas rieselten. Sie hatte sich an sie gewöhnt.

Aber da gab es diesen spitzen Stein, der im Hals des Stundenglases feststeckte und den Fluss hemmte. Keine Zeit, kein Atemzug zählte mehr, nur dieser gigantische Schmerz, der alles außer Gefecht setzte. Wenn sie einmal das Glas nehmen und schütteln, den Stein lösen könnte, den Schmerz loswürde, so, wie sie dieses Leben losgeworden war.

Manchmal flüchtete sie träumend aus dem Stundenglas in den Korb eines Heißluftballons. Aber dann musste sie hilflos mit ansehen, wie ein umgedrehter Fallschirm aus dem Korb fiel, die Luft durchbrach und zu Boden stürzte.

Auch noch Jahre, nachdem sie die Geschichte vom Aquarellmaler gehört hatte.

4

Cath Murphy

Es war an der Redwood-Grundschule kein Geheimnis, dass Warrens Frau an der Küste wohnte. Er hatte es nur einfach Cath gegenüber nicht explizit erwähnt.

Tatsächlich kam es Cath so vor, als ob in den Wochen, nachdem sie im Borrowed Cat gewesen waren, »Warrens Frau Breanna« andauernd Thema bei sämtlichen Unterhaltungen in der Redwood-Grundschule war, sogar unter ihren Freundinnen. Suzanne fragte Lenny beispielsweise: »Was machst du am Wochenende, Len?« »Ich glaube, ich fahr die Küste hoch nach Terrigal.« Woraufhin Suzanne ausrufen würde: »Terrigal! Wohnt da nicht Warrens Frau Breanna?« Und Lenny würde sofort wissen: »Aber nein, Warrens Frau Breanna wohnt in Avoca. Das ist die nächste Bucht.«

Oder Mr Bel Castro (Lehrer der Klasse 5A) könnte beispielsweise sagen »Die Muffins sind köstlich!«, und Ms Waratah (Lehrerin, Klasse

4C) würde erwidern: »Oh vielen Dank, ich habe das Rezept von Warrens Frau, Breanna!« Mr Bel Castro würde daraufhin »Menschenskind!« entgegnen.

So kam es Cath in den Wochen nach dem Borrowed Cat vor. *Warrens Frau Breanna* war wie eine dieser Redensarten: Sobald man sie gelernt hat, findet man heraus, dass sie schon seit Ewigkeiten in Umlauf sind.

An dem eigentlichen Abend im Borrowed Cat wusste Cath natürlich nur, dass Warren seine Frau vor ihr verschwiegen hatte, sie dann fröhlich auf sie losließ und sie blindlings in die Falle getappt war. Als sie an diesem Nachmittag nach Hause fuhr, war sie entsetzt darüber, wie naiv sie gewesen war. Aus dem Entsetzen wuchs eine tiefe Selbstverachtung, wegen ihrer grenzenlosen Dummheit.

Das Schamgefühl dauerte an, bis sie schon fast zu Hause war, und flammte erneut auf, als sie ihr Lieblingskleid dekorativ ausgebreitet auf dem Bügelbrett entdeckte und dazu ihre Kette aus schwarzen Opalen, die sie salopp um den Kühlschrankgriff geschlungen hatte, damit sie nicht vergaß, sie umzuhängen. Sie öffnete die Kühlschranktür und knallte sie so fest zu, dass die ganze Küche wackelte.

Dann öffnete sie sie erneut und goss sich ein

Glas Apfelsaft ein, um sich zu beruhigen. »Na und? Ist er eben verheiratet. Pah!« Sie irrte ziellos ins Esszimmer, wo sie mit dem Fuß aufstampfte und den Apfelsaft gegen die Fensterscheibe schleuderte. Er rann über ihr Spiegelbild.

Im Jurakurs war sie kurz vorm Heulen. Sie kritzelte traurige kleine Schnörkel in ihr Notizbuch und stellte sich dabei vor, dass es heute Abend keine schüchternen, bedeutungsschwangeren Blicke zwischen ihnen geben würde, keine romantische Unterhaltung. Nichts davon! Stattdessen würden da Warren-und-seine-Frau-Breanna sein. Die beiden würden ihr Händchen haltend gegenübersitzen.

Und wahrscheinlich, das fiel ihr jetzt ein, wären dort nicht nur Warren-und-seine-Frau-Breanna, sondern *alle*!

»Komm doch mit«, hatte er zu seinem Fragekatalog in der Versammlung am Montag geschrieben. »Komm doch mit zu den Carotid Sticks, *wo wir auf die fröhliche Runde meiner Freunde treffen werden, meine Frau ist übrigens auch dabei!*«

Das hatte er ursprünglich gemeint. Es war so offensichtlich – ihr schossen die Tränen in die Augen, und ihr Atem stockte. Dr. Carmichael, der Dozent, beugte sich vom Podium aus so weit zu ihr herunter, dass ihm fast der Turban vom Kopf gefallen wäre.

Sie stellte sich vor, wie Warrens fröhliche

Freunde bei ihrem Eintreffen polternd aufstehen würden, auf den Tischen ein Chaos aus Drinks und Aschenbechern. Eine eher kleine Frau in einer Bluse mit ausladendem Kragen würde die Zigarette von der rechten in die linke Hand nehmen und durch den Rauch hindurch Cath ein Lächeln zublinzeln. Zwei hagere Männer in Cordhosen würden sie belustigt und zugleich freundlich mit »Hi« begrüßen. Etwas später, außer Atem von der Zugfahrt, würde sich dann Warrens Frau Breanna dazugesellen.

Als Cath beim Borrowed Cat ankam, war sie stinkwütend auf Warren und seine Clique. *Blast mir bloß keinen Rauch ins Gesicht*, befahl sie, als sie die Tür aufstieß. Und als die Bedienung sie begrüßte, höhnte sie: *Was ist jetzt mit den Cordhosenjungs?*

Das Borrowed Cat lag im Keller. Ein Scheinwerfer kreiste sporadisch und willfährig durch den Raum, aber ansonsten war es duster wie bei abgedunkeltem Kerzenlicht. Die Bedienung führte Cath zu einem Ecktisch, wo Warren alleine saß. Sie schenkte ihm ein boshaftes, undurchdringliches Grinsen, auf das er mit einem strahlenden Lächeln reagierte und ihr die Arme zur Begrüßung entgegenstreckte.

»Du bist kein bisschen zu spät!«, sagte er.

»Quatsch. Ich bin fünfzehn Minuten zu spät.«

»Macht nichts. Sie fangen sowieso erst in einer Stunde an«, beschwichtigte er sie.

»Wo ist deine-Frau-Breanna?«, fragte sie spitz. »Und all die anderen?«

»Sonst kommt niemand«, entschuldigte er sich. »Bree hat gerade angerufen. Sie schafft's doch nicht und ist ziemlich enttäuscht. Sie wollte dich unbedingt kennen lernen und lässt dich grüßen.«

Cath war so verdattert, dass sie Warren die Speisekarte aus den Händen zupfte.

An diesem Abend berührten sich ihre Knie mehrmals unterm Tisch, und jedes Mal riss sie sich wieder von ihm los. Sie trank einen ganzen Krug Sangria, unglaublich, und knetete ein kleines Monster aus Warrens Brötchen, damit er es nicht essen konnte. Außerdem schilderte sie ihm minutiös die Details brutaler Mordfälle, funkelte ihn an und blickte möglichst finster, während er ihr gebannt lauschte.

Als die Carotid Sticks anfingen, drehte sie ihren Stuhl so, dass sie die Band sehen konnte, und schlief mit dem Kopf an seiner Schulter ein.

Als sie aufwachte, erzählte sie Warren, dass sie die Band scheiße fand, ein Wort, das sie sonst nie benutzte. »Ich bin nur gekommen, weil ich sie mit den Clotted Creams verwechselt habe«, sagte sie. Er schüttete sich aus vor Lachen und schlug vor, das nächste Mal zu den Clotted Creams zu gehen.

»Nein«, sagte sie, »deine Schulter ist viel zu knochig und unbequem, und ich hab kein Auge zugetan.« Er lachte wieder lauthals und entschuldigte sich aufrichtig.

Während die Band einpackte, stellte sie jede Menge ironische Fragen über die Ehefrau. *Womit verdient sie denn ihre Brötchen? Oh, und warum wohnt sie an der Küste? Aha, und wo habt ihr euch kennen gelernt?*

Seine Frau war Psychologin und hatte in Sydney bisher keine Arbeit gefunden, deshalb wohnte sie unter der Woche an der Küste. Sie machte dort Paarberatung. Sie hatten sich über gemeinsame Freunde kennen gelernt oder irgendetwas ähnlich Langweiliges. Breanna hatte abends spät noch einen Termin und würde am nächsten Tag mit dem Frühzug kommen. Normalerweise kam sie freitagabends mit dem Zug um 19 Uhr 53.

»Oha«, meinte Cath, »der 19.53-Zug.« Sie fühlte sich wunderbar schnippisch.

Am nächsten Tag, Samstag, war sie so böse und rachegelüstig, dass sie Suzanne anrief und ihre Verabredung zum Kino absagte. Aber Suzanne rief zurück und erzählte ihr, wie sehr sie sich auf den Abend ohne Kinder gefreut hatte, außerdem spiele ihr Mann heute bereitwillig den Babysitter und habe schon die Findet-Nemo-DVD eingelegt. Deshalb ließ sich Cath doch noch umstimmen.

Während des gesamten Films hielt sie die Augen halb geschlossen, drückte ihre Fingernägel in die Handflächen und stellte sich vor, es wäre Warrens Gesicht. Suzanne neben ihr aß ein Eis mit Schokoladenhaube.

Aber während der nächsten Woche in der Schule entdeckte sie, wie allseits bekannt Breanna war, und spürte Reue. Es war nicht Warrens Schuld gewesen. Er musste davon ausgehen, dass Cath längst von seiner Frau wusste! Er hatte sie bei ihren Unterhaltungen nur nicht erwähnt.

Das Wetter wechselte allmählich, der Himmel war trübe und bedeckt, und es wurde merklich kühler. Cath hüllte sich in Wolljacken und in ein dumpfes privates Schamgefühl.

Warren gegenüber verhielt sie sich freundlich und höflich, als ob sie herausgefunden hätte, dass er eine tödliche Krankheit hatte anstatt einer Ehefrau. Manchmal versuchte er sie aufzuheitern, etwa indem er auf dem Spielplatz auf der Stelle trat und rief: »Cath, was ist bloß mit meinen Beinen los? Sie bewegen sich zu schnell!« Cath lächelte nur müde und schenkte ihm kaum Beachtung, während die Kinder vor Vergnügen quietschten. Einige versuchten Warrens Knie festzuhalten, um ihm beim Anhalten zu helfen.

Oft sah er sie verwirrt und enttäuscht an, als wolle er sagen: Was ist nur mit meiner Freundin passiert?

Aber, schrie sie mitten in der Nacht auf, *er ist verheiratet! Wie soll ich mich jetzt als seine »Freundin« benehmen?* Zugleich fragte sie sich, was denn bloß aus ihnen geworden war. Konnte das alles so ohne weiteres enden?

Zufällig besuchte Cath nach einer dieser schlaflosen Nächte ein Juraseminar zu:

Regeln der Gesetzesinterpretation: Lektion 1

Im Juraunterricht verlieh sie ihren Notizen immer pompöse Überschriften: Beginne, wie du weitermachen willst. Nach einer Weile jedoch wanderte die Stimme des Dozenten auf einem ganz eigenen sich dahinwindenden Pfad, und ihre Notizen wurden immer nachlässiger. Heute passten Caths Notizen auf, wenigstens bis zur ersten Regel der Gesetzesinterpretation.

> *Generalia specialibus non derogant*: Wenn auf ein außerordentliches Gesetz ein allgemeingültiges Gesetz folgt, hat das außerordentliche Gesetz als Ausnahme des allgemeingültigen Gesetzes weiterhin Bestand.

Dr. Carmichael erläuterte: »Zum Beispiel. Nehmen wir an, das Parlament erlässt ein *Gesetz zur Schweinehaltung*. Ein Gesetz, das verlangt, dass alle Hausschweine leuchtend orange gekennzeichnet werden.«

Er hielt kurz inne, aber bei den Juravorlesungen lachte nie jemand.

»Z.B.«, notierte Cath also: »Gesetz zur Schweinehaltung. Schweine müssen orange gefärbt werden.«

»Und einen Monat später«, fuhr Dr. Carmichael fort, »erlässt das Parlament ein *Gesetz zur Tierhaltung*. Dieses Gesetz verlangt, dass alle Haustiere blau gefärbt werden. Nun, nehmen wir einmal an, Sie hätten ein Hausschwein. Wie müsste es gefärbt sein?«

»1 Mon. sptr.«, notierte Cath, »Gesetz zur Tierhaltung. Haustiere müssen blau gefärbt werden.«

Sie hielt den Füller bereit und wartete auf die Antwort des Dozenten.

»Los, kommen Sie schon«, forderte Dr. Carmichael sie auf. »Raten Sie doch mal! Färben wir unser Schwein jetzt orange oder blau?«

Fragen Sie doch das Schwein, dachte Cath, *was es lieber hätte.*

»Orange«, sagte Dr. Carmichael ruhig. »Sie müssen Ihr Schwein orange kennzeichnen.«

»Schwein orange färben«, schrieb Cath und krakelte ein Schweinchen dazu.

»Verstehen Sie?« Dr. Carmichael hatte leuchtend blaue Augen, und unter dem Rand seines Turbans zeigten sich ein paar rote Haarsträhnen. »Das erste Gesetz war ein spezifisches, deshalb gilt es als Ausnahme auch weiterhin vor dem zweiten Gesetz. Ihre Hunde, Katzen und Schildkröten müssen blau gefärbt werden, aber Ihr Schwein muss orange bleiben.«

Ab diesem Punkt verschwammen Caths Aufzeichnungen zu halbfertigen Wörtern: »Katzen, Hund, Schilk, bla.« Dann schrieb sie: *Ist es überhaupt rechtens, ein Schwein zu färben?*

Sie kringelte das Fragezeichen ein und malte Blütenblätter drum herum. Die Blütenblätter erinnerten sie an Warren. *Wir haben zusammen einen Breville Sandwichtoaster gekauft,* erinnerte sie sich traurig. *Wenn es schon keine erblühende Liebesaffäre wird, warum bleibt es dann nicht wenigstens bei der Freundschaft?*

Aber ihr war klar, dass die spezifische kleine Geste, der Kauf eines Breville Sandwichtoasters, durch die Ankündigung »meine Frau« in den Schatten gestellt worden war. Sie würden nie mehr Freunde sein.

Generalia specialibus non derogant.

Aha!, fiel Cath auf, und ihr Herz pochte schneller: *Wenn auf eine Ausnahmeregelung ein allgemeingültiges Gesetz folgt, hat das spezifische Gesetz weiterhin Gültigkeit als Ausnahmeregelung des allgemeinen Gesetzes.* Also ist es in Ordnung! Ihr Gesicht glühte. Der Sandwichtoaster gilt weiterhin: als *Ausnahme* zu der Ehefrau!

Damit nahm sie ihre flapsige Art Warren gegenüber frohen Herzens wieder auf, und er schien ebenfalls erleichtert, ihre Freundschaft wiedergewonnen zu haben. Sie gingen wieder gemeinsam über der Straße, Café Latte holen, und manchmal auch heiße Schokolade mit Marshmallows. Und sie verbrachten wieder viel Zeit auf den Knien bei dem Versuch, die Heizung im Lehrerzimmer höher zu drehen.

Da während ihrer Sandwichtoaster-Freundschaft die Ehefrau nie erwähnt worden war, ließ Cath sie auch jetzt außen vor, genauso wie Warren.

Eines Mittwochnachmittags arbeiteten sie im Lehrerzimmer, bis es draußen fast dunkel war. Als sie über das leere, widerhallende Schulgelände zum Parkplatz gingen, wallte kalter Nebel um ihre Füße. »Fühlt sich an wie meine Katze«, meinte Cath. Warren kicherte und kickte ihr einen Kieselstein vor die Füße. Sie kickte ihn ohne zu zögern zurück.

»Wirken unsere Autos nicht einsam?«, fragte Warren. »Wenn wir das nächste Mal wieder so lange arbeiten, sollten wir sie nebeneinander parken.«

»Ja, dann könnten sie sich kennen lernen«, stimmte Cath zu.

Sie waren auf dem Parkplatz angelangt. Caths

weißer Mercedes Sportwagen blitzte am rechten Rand, Warrens rostiger Corolla schimmerte am linken.

»Heiliger Strohsack, was für ein Flitzer!«, hauchte Warren ehrfurchtsvoll. »Wie bist du noch mal dazu gekommen? Irgendein reicher ehemaliger Liebhaber?«

»Ich habe es bei einem Preisausschreiben gewonnen.«

»Du Glückskind«, sagte Warren und pfiff durch die Zähne. Rasch fügte er hinzu: »Wann wolltest du gleich noch mal 'ne Runde mit mir drehen?«

»Jetzt«, sagte Cath und klatschte einmal in die Hände, wie Mary Poppins. »Oder hattest du eventuell etwas anderes vor?«

»*Vorhaben?*«, fragte Warren traurig. »Ich bin so einsam wie unsere beiden Wagen heute Abend. Ich wollte eigentlich ins Kino. Aber welcher Idiot würde ein Kino einer Fahrt in deinem Wagen vorziehen, Cath? Welcher Idiot, welcher Pilot, welcher dämliche Despot, he?«

»Ich könnte mit dir zum Kino fahren und mitkommen in den Film, wenn du willst.«

Warren machte einen Freudensprung. Er war ja ohnehin schon groß. Cath stellte sich vor, wie ihn dieser Sprung bis zu den Sternen katapultierte.

Plötzlich stand Katie Toby (Lehrerin der Vorklasse A) neben ihnen. Cath schrie auf, und Warren sagte »Heiliger Jacarandabaum, wo kommst du denn her, Frau?«

Sie stierten beide auf Katie Toby hinunter, die sehr klein war, mit einem rundlichen Gesicht voller Grübchen und einem Ruf, der unter Eltern, Lehrern und Kindern gleichermaßen galt: *süß wie ein Liebesapfel.*

»Hallo Leute«, kicherte sie. »Tut mir leid, wenn ich euch erschreckt habe. Ich komme gerade aus dem Klassenraum. Ihr wollt ins Kino?«

Cath nickte unsicher.

»Welcher Film?«

»Äh, im Chauvel gibt es gerade die Valerio-Retrospektive«, sagte Warren. »Heute läuft *Pie in the Sky.*«

»Oh tatsächlich, prima. Den würde ich gern noch mal sehen. Seid ihr auf dem Sprung? Wann fängt er denn an?«

»Na ja«, sagte Warren, »um neun.«

Dann herrschte einen Moment lang Stille, während Katie mit ihren Grübchen sie anlächelte, bis Warren schließlich fragte: »Willst du mitkommen?«

»O nein!«, rief Katie. »Ich habe schon was vor! Da drüben steht mein Fahrrad. Haltet die Ohren steif!«, und damit verschwand sie in der Dunkelheit.

Cath und Warren näherten sich stillschweigend Caths Wagen, aber sobald sie die Autotüren hinter sich geschlossen hatten, sagte Warren: »Gott sei Dank hat sie abgelehnt.« Und Cath spürte solch eine Erleichterung, dass sie einen Kicheranfall bekam. Sie kriegte den Schlüssel nicht in das Zündschloss, so sehr schüttelte es sie vor Lachen. Warren saß neben ihr, lachte ebenfalls zufrieden und betrachtete das Wageninnere.

Als sie sich gerade so weit beruhigt hatte, dass sie sich schnäuzen und die Tränen aus den Augen wischen konnte, klingelte Warrens Handy.

»WO STECKST DU?«, tönte eine blecherne Stimme.

Es war Breanna, in Caths Auto. Cath erschauderte.

»Ich sitze neben der lieben Cath in einem wunderschönen Mercedes Sportwagen, und wir fahren zum Kino«, erklärte Warren offenherzig. »Und du?«

»Ich bin hier! Zu Hause! Ich wollte dich überraschen! Ich habe Kerzen und alles besorgt.« Breanna plapperte schnell und aufgeregt weiter. Sie war unnötig laut, und ihre Stimme erfüllte das gesamte Auto. Cath kurbelte das Fenster herunter.

»Du machst Witze«, sagte Warren, und er sprach auf einmal tiefer und sanfter. »Du bist hier? Meine wunderschöne Bree, nur Minuten entfernt? An einem Wochentag?«

»Ich mache mir langsam Sorgen um dich! Was hat er bloß für einen Job, habe ich mich gefragt.

Ich dachte, er ist Lehrer! Lächerlich! Da war ich wohl schief gewickelt. Komm nach Hause, mach schnell, ich habe was vom Inder geholt!«

»Ich bin in fünf Minuten da.«

Er steckte das Handy wieder ein. »Tut mir leid, Cath. Vielleicht ein anderes Mal?«

Als er zu seinem Wagen ging, warf er ihr eine leidenschaftliche Kusshand zu, die sie schon für sich selbst beanspruchen wollte, bevor ihr aufging, dass sie ihrem Mercedes galt.

Auf dem Nachhauseweg kam Cath an dem Eiswagen vorbei, der immer gegenüber von ihrem Wohnhaus parkte, und dachte: *Dieser Lieferwagen hat nie geöffnet*. Was, wenn sie jetzt ein Eis wollte? Auch wenn es schon nach acht war, kalt, neblig und stürmisch. Sie hätte trotzdem gern ein Eis gegessen.

Sie betrat ihre Wohnung und fühlte sich von der Stille festgenagelt.

Ich mag es, wie er geht, dachte Cath eines späten Nachmittags, als sie Warren beim Überqueren des Spielplatzes beobachtete. *Ich mag es, wie er mit ausholenden Schritten durch das Laub schlurft. Wie sein Kopf da ganz weit oben auf seinem Körper thront. Das mag ich. Der Leinenanzug mit dem offenen Kragen steht ihm auch vorzüglich. Ich frage mich, wann ich wohl sein Schlüsselbein küssen darf.*

Aber das meine ich natürlich nicht ernst. Es wird

nichts dergleichen passieren. Er ist ja mit der wunderschönen Bree verheiratet.

Kurz vor dem Schulgebäude war er stehen geblieben und beugte sich hinunter, um ein Spielzeugauto aufzuheben.

Trotzdem, ich glaube nicht, dass es falsch ist, einfach nur daran zu denken, wie es wäre, ihn zu küssen. Wahrscheinlich ist das sogar gesund. Irgendeiner muss einen ja zu sexuellen Fantasien anregen, oder? Es könnte ja zum Beispiel Brad Pitt sein, und dabei weiß man ja von vornherein, dass man nie sein *Schlüsselbein küssen wird. Also warum nicht von Warrens träumen?*

Warren stürmte soeben die Treppe zum Gang der 2. Klassen hinauf, und Cath beschwor ihn insgeheim: *jetzt rechts, jetzt rechts zu meinem Klassenzimmer.*

Er bog nach rechts. Er beugte sich zur offenen Tür herein und sagte: »Da bist du! Ich hab dich überall gesucht.«

»Wieso denn?« Sie bewegte sich rasch vom Fenster weg. »Ich hänge nur eben die Bilder von den Eisbären ab.«

»Weil ich dich heute Abend zum Essen einladen will«, erklärte Warren. »Ich habe im Tetsuya einen Tisch reserviert, und Breanna wollte extra herkommen, aber sie hat gerade abgesagt, wenn du das für möglich hältst, also du darfst jetzt nicht auch noch Nein sagen, okay?«

Cath betrachtete ihn.

»Außerdem«, sagte Warren, »habe ich heute Geburtstag.«

»Gut«, sagte Cath. »Ich komme mit.«

Nachdem sie im Tetsuya gegessen hatten, fuhren sie mit dem Taxi zum Cocktailtrinken ins Shangri-La. Das Taxi schob sich unter den sich zusammenbrauenden Regenwolken durch den dichten Verkehr, der wundervolle Warren Woodford streckte seinen langen hageren Körper, und er dehnte seine Worte (»Wie viel?«, zum Fahrer), und sowohl sein Körper als auch seine Worte breiteten sich aus wie ein Banner oder ein langer königlicher Teppich, dachte Cath aus dem Taxifenster starrend.

Während sie nach ihrer Handtasche langte, öffnete er ihre Tür, und der Verkehrslärm und die Kälte drangen herein. Sie ging still neben ihm her, ihre Beine bewegten sich wie die Räder eines Karrens zwischen den fächelnden Farnwedeln eines Waldes hindurch. (Im Tetsuya hatten sie das neungängige Feinschmecker-Menü bestellt, mit jeweils einem anderen Wein zu jedem Gang.)

In der Cocktailbar war es so voll, dass sie eng aneinanderrücken mussten, um sich zu verständigen. Sie unterhielten sich eine Zeit lang darüber, wie gemein es von Breanna war, zu seinem Geburtstag abzusagen, selbst dann noch, wenn sie einem dringlichen Anruf von einem Patientenpaar gefolgt war, das einen gemeinschaftlichen Selbstmordpakt geschlossen und nun dummerweise ein Problem mit einem klemmenden Pistolenabzug hatte. »Geburtstag hat man nur einmal im Jahr«, bemerkte Cath vorwurfsvoll, »aber Selbstmordabsichten?« Sie zuckte missbilligend die Achseln. »Die gibt's wie Sand am Meer«, stimmte Warren ihr zu.

»Hey«, sagte Cath, um das Thema zu wechseln, und sah von ihrem eisgekühlten Erdbeerdrink auf (sie stellte sich vor, wie ihre Augen in diesem Licht leuchteten). »Ich brauche deinen Rat als Lehrer. Du kennst doch Cassie Zing?«

»Wie könnte man Cassie Zing nicht kennen.«

»Also heute hat sie das M-Wort fünfhundertmal wiederholt.«

»Das was?«

»Das *M-Wort.*«

Warren beugte sich zu ihr und flüsterte: »Möse?«

»Warren! Das flüstert man einer Frau nicht ins Ohr!«

»Du willst doch nicht, dass ich es laut sage, oder? Also ...«

»Schon gut«, gab Cath klein bei. »Was soll ich denn mit Cassie machen? Ständig sucht sie sich ein Wort aus, das sie fünfhundertmal sagen muss, und manchmal denke ich, es ist vielleicht das

Beste, sie einfach zu ignorieren, dann vergisst sie es, aber nein. Und heute ist das Ganze in einer Art Krise ausgeartet, und ich hab's vermasselt.«

»Was denn noch für Wörter?«

»Na, eben Ausdrücke. Wie Ekzem oder Skrotum oder das M-Wort – halt dich von meinem Ohr fern – und jetzt, wo ich darüber nachdenke – möglicherweise legt sie ja damit einen Bann auf die Klasse, einen guten Zauber, ich meine, mit dem sie das ganze Übel aus der Welt nimmt, indem sie es wegsingt, so dass für uns das Gute übrig bleibt, deshalb sollte ich sie vielleicht einfach ihren Zauber ausführen lassen. Oder glaubst du, dass ich nur betrunken bin?«

»Also entweder zaubert sie, oder sie ist zwangsneurotisch, und du bist köstlich, wenn du betrunken bist. Möchtest du, dass ich Bree nach Cassie frage? Sie hat mit Kindern gearbeitet, bevor sie mit der Paarberatung anfing.«

Für ihren Geschmack war Bree heute Abend etwas zu oft Thema, dachte Cath verstimmt.

»Oh nein«, sagte sie. »Ich frage Lenny. Prima Idee! Professionelle Hilfe! Ich vergesse immer, dass Lenny nicht nur die 6. unterrichtet, sondern auch Schulrätin ist.«

»Sie wird nicht bei der Sache sein«, sagte Warren und verlangte die Rechnung. »Es kann ziemlich verstörende Auswirkungen haben, wenn man es mit Frank Billson treibt.«

»Das kannst du nicht auch noch bezahlen, Warren. Das geht auf mich. Es ist mein Geburtstagsgeschenk für dich. Guck, ich zahle, okay? Und außerdem, WOHER WEISST DU VON LENNY UND BILLSON? DAS IST EIN GEHEIMNIS.«

Warren zog ihr die Rechnung unter der Hand weg und sagte: »Dass du heute Abend mitgekommen bist, das ist dein Geschenk an mich. Und über Lenny und Billson weiß ich deshalb Bescheid, weil es vollkommen offensichtlich ist. Alle wissen davon, Cath Murphy.«

»Tatsächlich?«, wunderte sich Cath, genoss es, wie er sie gerade bei ihrem vollen Namen genannt hatte, und kratzte mit ihrem Strohhalm am Glasrand.

»Vielleicht nicht alle«, gestand Warren. »Heather Waratah weiß wahrscheinlich nichts von Lenny und Billson. Sie ist zu sehr mit Muffinbacken beschäftigt. Vergiss deine Jacke nicht, eh? Lass mich dir unter die Arme greifen.«

Als sie von der Schule zum Juraseminar und im Anschluss daran zur Feministischen Diskursgruppe hetzte, hatte Cath das Gefühl, ein ausgefülltes Leben zu führen. Die Scheibenwischer ihres Autos schwenkten vor und zurück und versuchten mit ihrem randvollen Leben mitzuhalten.

Sie rannte durch den Regen zum Café und ließ

sich in den bequemen pflaumenfarbenen Sessel fallen. »Hi«, flüsterte sie, »tut mir leid, dass ich zu spät komme«, woraufhin Leonie stumm mit den Lippen formte: »Kein Problem!«

Leonie Marple-Hedgington war eine alte Freundin von Cath, noch von der Uni her. Sie hatte lila Haare, eine Haut so weiß wie ein Eisbär und war fälschlicherweise der festen Meinung, dass Cath sich brennend für feministische Theorien interessierte. Cath wollte sie nicht eines Besseren belehren und erschien deshalb regelmäßig zu den Treffen.

Leonie beugte sich vor, knochig, die Strickjacke bis zu den Ellbogen hochgeschoben, und sagte: »Ich dachte, heute«, (noch etwas verhalten), »ich dachte, wir finden heute vielleicht eine Methode, zur Analyse der rational / irrational-Dualität.«

Alle nickten, einschließlich Cath, aber dabei fiel ihr unmittelbar Warren Woodfords Art zu nicken ein. Sein ganz eigenes schräges Grübel-Nicken, sein spezielles rasches Begeisterungs-Nicken, sein besonderes langsames Zweifel-Nicken, sein nickendes Nick-Nicken.

»Wie wir alle wissen, gibt es eine Kritikergruppe, die sich die Irrationalisten nennen, die das Wort *irrational* zurückgewinnen und ihm etwas Starkes und Gutes verleihen wollen«, fuhr Leonie fort.

Irrational, dachte Cath, und sofort schoss ihr das Wort *Affäre* durch den Kopf.

Wie irrational solch eine Affäre wäre, selbst wenn, mal angenommen, Warren etwas in dieser Richtung plante. Ich würde es NIE geschehen lassen! Es wäre falsch, aber, noch zutreffender: IRRATIONAL. Ich kenne die Bücher, habe die Filme gesehen, die Problemseiten der Illustrierten gelesen! Mach dir keine Sorgen. Er verspricht ständig, seine Frau zu verlassen, und er tut es doch NIEMALS.

»Und dabei machen sie natürlich nichts anderes, als die Grenzen der zugegebenermaßen nebulösen Vorstellung von Vernunft zu erforschen.«

Und ich WOLLTE selbstverständlich gar nicht, dass er seine Frau verlässt! Das ergibt keinen Sinn. Denn wenn er der Typ wäre, der seine Frau verlässt, wäre er nicht nett, und was will ich mit einem nicht-netten Typen? Außerdem wollte ich niemals eine andere Frau verletzen. Ich sitze hier ja schließlich in der Feministischen Diskussionsgruppe! Wenn ich eine Affäre mit Warren hätte, wäre das Verrat an der EIGENEN Sache!

»Was wir noch erledigen müssen, ist das Macht / Wissen-Paradigma abzustecken und Foucault zu unseren Zwecken zu kolonialisieren. Dabei dürfen wir natürlich auf keinen Fall die Balkanisierung der Angelegenheit aus den Augen verlieren«, schloss Leonie.

»Hmhm«, pflichtete ihr Cath einhellig mit den anderen bei.

In der letzten Woche vor den Ferien saß Cath auf dem Wohnzimmerboden in eine Decke gewickelt und spielte mit der Zunge im Loch ihres Zahns. Es war so kalt, dass die Fenster beschlugen. Die kleine Elektroheizung wusste nicht mehr, was sie noch tun sollte, und zischte nur hysterisch.

Cath brauchte einen Zahnarzttermin. Sie beugte sich in ihrer Quiltdecke nach vorn, um es in ihrem Filofax zu notieren, und wählte den zweiten Dienstag in den Ferien: *Zahnarzttermin machen.* Dann schloss sie den Terminkalender. Erledigt.

»Ich bin sicher, Ihnen ist schon aufgefallen, dass in Sydney in diesem Winter rekordverdächtige Tiefsttemperaturen herrschen«, unterbrach sie der Wettermann. Sie sah zum Fernseher auf und nickte: »Mhm.«

»Und Sie haben vielleicht schon das Gerücht gehört, dass es in Sydney schneien soll. Wissen Sie was? Ich wette sogar meine Ostereier darauf.«

»Schnee!«, höhnte Cath verächtlich. »In Sydney schneit es doch nicht!«

Aber trotzdem, man stelle sich vor, es würde tatsächlich schneien! Der Wettermann fegte mit dem Arm über die Karte und sprach von Bodenfrost und einer Kaltfront, die Feuchtigkeit mit sich brachte. »Oder«, sagte er gerade, »lassen Sie mich eine Prognose wagen – es tät mich gar nicht wundern, wenn sich das hier in *Eisregen* verwandeln würde.«

»Eisregen«, überlegte Cath und stellte sich den

Himmel voller langer dünner Eiszapfen vor. Gefährlich. Aber wie sah »Eisregen« eigentlich wirklich aus?

»Falls Sie nicht wissen sollten, was das ist«, kam ihr der Fernseher zu Hilfe, »schauen Sie sich doch mal diese Bilder aus dem Film *Der Eissturm* an. Sehen Sie das Eis und die Eiszapfen überall? Für die Aufnahmen hat man Haargel benutzt, aber wenn das hier in Sydney passiert, werden es keine Filmtricks mehr sein – sondern das Resultat von Temperaturen um den Gefrierpunkt, die hier herrschen. Das passiert folgendermaßen: Regen fällt aus dem wärmeren Himmel auf die kältere Erdoberfläche und gefriert auf der Stelle. Das kann im Prinzip jede Oberfläche sein – Autos, Briefkästen, Dächer, Bäume, was auch immer.«

»Null Grad!«, sagte Cath. »Kein Wunder, dass mir kalt ist.«

»Brrr«, stimmte ihr der Wettermann zu.

Sie zappte weiter, wählte MTV und wartete auf ein Lied, das sie zu Tränen rühren würde. Weinen würde sie möglicherweise aufwärmen. Sie aß einen Apfel, aber essen brachte sie noch mehr aus dem Gleichgewicht, ihre linke Backe schmerzte von dem Gekaue, und ihre rechte verlangte ebenfalls nach etwas Apfel. Wenn sie jedoch nachgab und der rechten Seite auch etwas Apfel gab, würde sie bestimmt den Zahn mit dem Loch erwischen, und der würde schreien.

Sie legte den Apfel auf den Boden.

Um sie herum türmten sich alle möglichen Dinge, die sie erledigen musste, und ihr Kater Violin streifte von einem zum anderen, ungerührt und willkürlich, wie das Wetter. Sie hielt Violin unter dem Arm fest, wobei das Glöckchen an seinem Halsband bimmelte, und musterte ihre unerledigten Aufgaben.

1. Ein wackeliger Stapel Eierkartons für den Kunstunterricht in der Schule (Löcher in die Vertiefungen der Eierkartons schneiden, damit die Kinder sie anmalen und sie an Eisstiel-Flöße kleben konnten. Denk dir einen Grund dafür aus).
2. Fälle und Materialsammlung zu Delikten (Kapitel 7 lesen: Eigentumsdelikte und tätliche Bedrohung).
3. Briefe aus ihrem Fach im Lehrerzimmer (öffnen).

Sie beschloss, mit der Post anzufangen. Der erste Brief war in einer ausladenden Handschrift in Rosa adressiert:

Cath Murphy, Lehrerin, Klasse 2B.
Redwood-Grundschule, Hillside Street,
Mount Montmart

Liebe Ms Murphy,

danke für Ihren Brief, in dem Sie sich nach dem Wackelzahn meiner Tochter (Cassie) erkundigen. Der Zahn ist inzwischen ausgefallen. Und die Zahnfee war da gewesen.
Ich hoffe, Sie verzeihen mir, dass ich Ihnen schon wieder schreibe, aber ich wollte Sie um einen kleinen Gefallen bitten. Ich habe gerade erfahren, dass Cassies »Kusine« nach den Ferien die Redwood-Grundschule »besuchen« wird – sie ist eine der Siebtklässlerinnen der katholischen Mädchenschule, St Carmel, wo es, wie Sie vielleicht gehört haben, eine Überschwemmung gegeben hat. Also werden sie und ihre Klassenkameradinnen nach den Ferien für ein bis zwei Monate an Ihre Schule »versetzt«.
Ich schreibe übrigens »Kusine« in Anführungszeichen, weil meine Schwester Marbie mit einem Mann namens Vernon zusammenlebt und sie sich gemeinsam um seine kleine Schwester kümmern. Verstehen Sie? Um diese kleine Schwester handelt es sich (Alissa Taylor, besser bekannt als »Listen« Taylor) – sie ist die »Kusine«, die ich meine.
Jedenfalls wollte ich Sie fragen, ob Sie ein Auge auf Listen haben könnten. Sie ist eine sehr stille und freundliche Natur. Wenn Sie einfach

ein-, zweimal nach ihr sehen könnten, ob sie zurechtkommt, wäre ich Ihnen sehr dankbar. Und wieder vielen Dank, dass Sie Cassie so eine reizende Lehrerin sind, und abermals, ich freue mich darauf, Sie beim Elternsprechtag zu treffen.

Mit freundlichen Grüßen
Fancy Zing

Na dann, sagte Cath und las die Stelle, wo stand, was für eine reizende Lehrerin sie war, noch einmal. Sie hatte davon gehört, dass die Siebtklässlerinnen nach den Ferien in den neuen Containern untergebracht werden sollten, aber sie war von alleine darauf gekommen, dass Billson nie zugestimmt hätte, wenn er nicht geistig umnachtet gewesen wäre, weil er so sehr in Lenny verliebt ist.

Sie setzte schnell eine höfliche Antwort an Fancy Zing auf, in der sie sich bereit erklärte, auf Listen zu achten, merkte an, dass sie selbst gerade Zahnschmerzen hatte (nur um etwas zu schreiben zu haben), und wünschte, die Zahnfee würde auch noch zu ihr kommen. (*Wer BIST du denn, Cath Murphy?*, rügte sie sich selbst, während sie schrieb.) Dann nahm sie den nächsten Brief vom Stapel.

Cath Murphy
c/o Redwood-Grundschule

Sehr geehrte Ms Murphy,

Betrifft: Harvey-K.-Whatsmeyer-und-Dorothy-P.-Ruckleman-Stipendien für Teilzeitstudiengänge der Rechtswissenschaften

Wir freuen uns, Ihnen mitteilen zu dürfen, dass Ihnen das Harvey-K.-Whatsmeyer-und-Dorothy-P.-Ruckleman-Stipendium für das Teilzeitstudium der Rechtswissenschaften gewährt wurde.
Das Stipendium umfasst die gesamten Semestergebühren bis zur Erlangung des Teilzeitabschlusses der Rechtswissenschaften und bietet pro Semester einen Zuschuss für Lehrmaterialien und Fotokopien.
Es wird Studenten an der Barhill Universität der Rechtswissenschaften verliehen, die einen Teilzeitstudiengang belegen und außerordentliche Leistungen erwarten lassen. Herzlichen Glückwunsch! Wir freuen uns, Sie in der renommierten und exklusiven Runde der Inhaber eines Harvey-K.-Whatsmeyer-und-Dorothy-P.-Ruckleman-Stipendiums für das Teilzeitstudium der Rechtswissenschaften begrüßen zu dürfen!

Die Gebühren werden direkt an Sie ausbezahlt. Ein erster Scheck für Lehrmaterialien liegt bei.

Hochachtungsvoll

Die Kuratoren
Harvey K. Whatsmeyer und Dorothy P. Ruckleman, Stipendien für Teilzeitstudiengänge

Cath las den Brief fünf-, vielleicht auch sechsmal, registrierte das schwere Papier, die elegante Schriftart und den Scheck, der auf die Rückseite geheftet war. Vor lauter Lächeln bekam sie einen Krampf in den Wangen. Sie drehte MTV laut, tanzte mit ihrer Katze in die Küche, um Schokokekse zu backen und das Ereignis gebührend zu feiern. Es war wunderbar, so wunderbar!, tanzte sie.

Trotzdem, dachte sie, wieder etwas zur Vernunft gekommen, *eigentlich ist es gar nicht so verwunderlich.*

Die Schokokekse purzelten zu Boden. Was meinte sie denn damit? Warum sollte das nicht wirklich überraschend gekommen sein? Sie wusste mit Sicherheit, dass sie sich nie für ein Harvey-K.-Whatsmeyer-und-Dorothy-P.-Ruckleman-Stipendium für Teilzeitstudiengänge der Rechtswissenschaften beworben, geschweige denn jemals davon gehört hatte.

Aber sie musste sich eingestehen, dass sie tatsächlich in jedem Jahr auf der Highschool und in jedem Jahr ihrer pädagogischen Ausbildung ein vergleichbares Stipendium erhalten hatte. Schon vor ein paar Tagen, als sie mit Warren und Suzanne über ihre Sorgen um die Kosten des Studiums gesprochen hatte, war sie im Prinzip mehr ungeduldig als besorgt gewesen.

Violin schlich zwischen den Schokokeksen hin und her, während Cath sich klarmachte, dass ihre Haltung – *ungeduldig darauf wartend, ein Stipendium zu erhalten!* – arrogant und verwöhnt war. Außerdem drohte eine solche Haltung – *nicht überrascht zu sein, wenn es denn tatsächlich eintraf* – wirklich jedem schönen Ereignis den Reiz zu stehlen. Also besann sie sich wieder auf das ursprüngliche aufgekratzte Gefühl, tanzte die Schokokekse auf das obere Blech im Backofen und sich selbst wieder vor den Fernseher.

Ein letzter Brief war noch übrig, ein schulinterner Brief, ein Umschlag, auf dem schlicht und einfach CATH MURPHY stand, in einer Handschrift, die sie kannte. Sie hatte von vornherein gewusst, dass er da lag. Das sorgfältige Stapeln von unerledigten Dingen und die aufgedrehte Schokokeks-Laune wegen ihres Stipendiums – all dies diente zum Teil nur dazu, um die selbst auferlegte Spannung noch zu steigern.

Cath,

dies ist etwas Albernes, das ich für dich gebastelt habe, um mich bei dir für den besonders schönen Geburtstagsabend zu bedanken.
Was hältst du davon, wenn wir am Donnerstagabend zusammen essen gehen? Zur Feier des Halbjahresendes. Mein Lieblings-Marokkaner wäre genau richtig dafür. Der 442er hält direkt vor der Tür, falls du nicht mit dem Mercedes fahren möchtest.

Warren

Cath betrachtete den Brief als ein rechteckiges Stück Papier. Sie betrachtete den Brief als Geometrie, die Handschrift als Kurven und Schnörkel, und dann sah sie sich die Beilage an. Es war ein besticktes Lesezeichen (mit einer Mondsichel und drei Sternen, alles in Mitternachtsblau).

Da kann ich natürlich nicht hingehen. Ein marokkanisches Restaurant! Was für eine Idee! Dieser Warren Woodford hatte derart lange dünne Beine, dass sein Kopf in den Wolken steckte. Einen Moment lang war sie wütend auf ihn. Was tat er da, was machte er mit ihrem Gesicht, ihren Wangen, ihren Unterarmen und ihren Kniekehlen, WAS BILDETE ER SICH EIN, als er ihr *Mond und Sterne* schickte?

Sie würde selbstverständlich ablehnen. Bestimmt und überzeugt NEIN sagen.

Aber der wundervolle Warren Woodford hatte lange dünne Beine, und in seinen nachdenklichen Augen tanzten diese reizenden goldenen Flecken. Der wundervolle Warren Woodford, der so gut wie Gold war, hatte mit seinen langen schmalen Fingern eine Nadel und ein Stück Tuch aufgenommen. Diese langen schmalen Finger hatten sie, Cath Murphy, wie ein Stückchen Garn durchs Nadelöhr gefädelt. Er hatte sie (Cath Murphy) einfach in das Tuch gestoßen (sie hatte die Augen vor Schreck fest geschlossen gehalten), und dann hatten seine langen schmalen Finger sie sanft auf die andere Seite gezogen. Wieder hindurch und zärtlich auf der anderen Seite aus dem Tuch hinaus, immer sanft, aber bestimmt hatten diese Finger Cath Murphy eingewickelt und sie in Mond und Sterne verwandelt.

Cath Murphy hatte einen Sitzsack und eine geschmeidige Katze. Sie hatte ein Harvey-K.-Whatsmeyer-und-Dorothy-P.-Ruckleman-Stipendium für Teilzeitstudiengänge der Rechtswissenschaften, sie war bezaubernd und brillant, sie war ein echter Glückspilz, und das alles stand da in Mitternachtsblau geschrieben.

Sie griff nach ihrem Kugelschreiber, um zu antworten.

Donnerstagabend beim Essen mit Warren beugte Cath sich vor und erzählte ihm, dass es ihre Bestimmung war, Rechtsanwältin zu werden. Er schenkte ihr Wein nach, und sie erklärte ihm, dass sie jedes Jahr in der Highschool eine besondere Auszeichnung erhalten hatte, und *jedes Mal* war es ein Buch gewesen, in dem es um Gerechtigkeit oder das Gesetz ging.

»Jedes Mal?«, fragte Warren.

»Jedes Mal.«

»Na ja«, sagte Warren, »wer hat denn die Bücher ausgesucht? Wahrscheinlich war es der Lehrer für Rechtslehre oder so gewesen.«

»Ich weiß es nicht«, sagte Cath verwirrt. »Ich habe keine Ahnung, wer sie ausgesucht hat, aber warte, wenn du das erst hörst.«

»Was hörst?« Er goss sich Wein ein und hielt die Flasche über das Glas, bis der letzte Tropfen heraus war und der Kellner aufmerksam wurde und fragte: »Möchten Sie mehr davon?«

»Ja, bitte«, sagten beide wie aus einem Munde.

»Praktisch jeder Berufsberater, mit dem ich je gesprochen habe, hat mir nahegelegt, unbedingt Jura zu studieren.«

»Hmm«, machte Warren nachdenklich.

»Und einmal, einmal sagte mir eine Wahrsagerin, die aus meiner Hand las, dass ich Anwältin werden würde. Und in meinem Horoskop steht das auch sehr oft. Und in den chinesischen

Glückskeksen – nein … Aber ich hatte mal eine Schwimmtrainerin, ich glaub, sie hieß Ella, sie war mal Olympionike gewesen oder so was, auf jeden Fall sagte mir Ella, ich würde rückenschwimmen wie ein Rechtsanwalt. ›Vergiss schwimmen‹, hat sie gesagt, ›du gehst direkt auf die juristische Fakultät, Kleine.‹ Da war ich gerade mal zehn oder elf. Und außerdem, fällt mir gerade ein, in der letzten Klasse der Highschool haben sie mir ein Stipendium für ein Jurastudium angeboten! Ohne dass ich mich dafür beworben hatte. Was hältst du *davon*?«

Sie aß einen Löffel von ihrem Couscous.

»Und trotzdem bist du Lehrerin geworden«, sagte Warren bewundernd. »Weißt du, was du bist? Du bist eine *Schicksalsanfechterin*.«

»Danke.« Sie errötete.

»Also, was ist dann passiert, warum hast du dann doch noch dieses Jahr mit Jura angefangen, Cath Murphy?«

»Das zählt nicht«, erklärte sie. »Mein Herz war gebrochen, und da war diese Broschüre in der Post von einer neuen juristischen Fakultät. Der Unterricht lag zeitlich ganz passend, und es war kinderleicht, sich anzumelden. Aber, du weißt ja, mein Herz war gebrochen, also zählt es nicht wirklich.«

»Man kann nicht gegen das Schicksal ankämpfen, wenn das Herz nicht dabei ist«, stimmte Warren ihr zu. »Jetzt wüsste ich zu gerne, was für ein hirnloser Trottel dir das Herz gebrochen hat. Sieh dich doch mal an, sieh dich einfach selbst an. Und jetzt sag mir, wer könnte dieses Herz brechen?«

Sie lachte und schaute auf ihr Essen. »Glaubst du an Omen?«, fragte sie, um das Thema zu wechseln.

»Ja«, sagte er. »Du etwa nicht?«

Ihre Blicke trafen sich, und sie hielten einen Augenblick lang den Kontakt. Cath spürte, wie sie am ganzen Körper zu zittern begann.

»Warum?«, fragte Warren.

»Nur so, wir sind heute mit dem 442er gefahren, und der freundliche Busfahrer hatte Dienst.«

»*Der freundliche Busfahrer?*«

»Ja hast du denn nicht mitgekriegt, wie er beim Einsteigen mit mir geplaudert hat?«

»Cath, verzeih mir, aber wer bitte ist das?«

»Du kennst den freundlichen Busfahrer nicht? Er hält jeden Nachmittag vor der Schule – er fährt den Bus nach Glenorie. Und er lehnt sich immer aus dem Fenster und hält mit mir ein Schwätzchen, während die Kinder einsteigen, und er ist sooo liebenswert, Warren.«

»Und deshalb«, sagte Warren und starrte sie erwartungsvoll an, »und deshalb ist es ein Omen, dass wir heute Abend mit ihm gefahren sind. Ein Omen wofür?« Auf die Ellbogen gestützt lehnte er sich nach vorn, starrte sie erwartungsvoll an, und sie starrte zurück.

»Stell dir vor«, sagte sie plötzlich panisch. »Ich schneide immer die Preisausschreiben aus den Zeitschriften aus.«

»Ehrlich?«, höhnte Warren, lehnte sich in seinem Stuhl zurück und rückte die Serviette auf seinem Schoß zurecht.

»Ja, und rate mal, was noch? Ich gewinne so gut wie immer.«

»Was denn? Was denn für Preisausschreiben?«

»Letztes Jahr habe ich zum Beispiel einen Flug nach Perth gewonnen, wo ich meine Eltern besucht habe, und das war ein Gutschein, den ich aus einer Zeitschrift ausgeschnitten habe. Du solltest sie immer ausschneiden, Warren, okay? Ich meine nicht aus den großen Tageszeitungen wie dem Herald – da gewinne ich nie etwas, aber die in den kleineren Zeitschriften wie *Eisen-Reisen*. Oder *Katzentatzen*.«

»Ich habe in meinem ganzen Leben noch nie von einer Zeitschrift *Eisen-Reisen* gehört.«

»Oder *Katzentatzen?*«

»Auch nicht von *Katzentatzen*, wenn ich ehrlich bin.«

»*Journal der wetterfesten Fensterkästen?*«

»Cath Murphy, du bist unbezahlbar. Komm heute Abend mit zu mir.«

»Und was ist mit der *Elfenepistel*? Da habe ich gerade vor ein paar Tagen einen Mixer gewonnen.«

»Cath, du bist wunderschön. Komm mit zu mir. Bitte.«

Am nächsten Tag, dem letzten Schultag vor den Ferien, beobachtete Cath Warren vom Fenster aus und spürte ein Ziehen in ihrer Brust, wie von der Kälte des herannahenden Eissturms. Was, wenn dies ihre einzige Chance gewesen war?

Sie war nicht mit ihm nach Hause gegangen. Sie hatte seine Einladung ignoriert. Zum Schluss hatte sie erhobenen Hauptes ein Taxi genommen, während er ihr mit zusammengekniffenen Augen dabei zusah. Dann schob er langsam die Autotür hinter ihr zu, trat einen Schritt beiseite, drehte sich in den Wind und hielt ebenfalls ein Taxi an.

Zuerst war sie stolz auf sich gewesen, alleine im Taxi, aber ihre Stimmung schlug schnell in Entsetzen um. Ihre Lippen brannten von Nicht-Küssen. Zum Trost umarmte sie sich selbst. Morgen war Freitag, Breanna reiste von der Küste an. Dann drohten zwei lange Ferienwochen, die Cath alleine mit einem Vakuum anstelle seines Körpers verbringen musste. Ganze zwei Wochen, in denen Warren ihren Flirt vergessen und sich auf seine Frau besinnen würde.

Cath, du bist wunderschön. Komm mit zu mir. Bitte. Es war ihre letzte Chance gewesen. Wenn sie nur einen Schritt vom Taxi zurückgetreten wäre und ihn geküsst hätte, nur das, der Kuss hätte vielleicht genügt, um ihn für die Ferien zu halten.

Durch die vereisten Scheiben des Klassenzimmers beobachtete sie ihn während der Mittagspause bei der Spielplatzaufsicht. Er schien sich bereit erklärt zu haben, den Schiedsrichter bei einer Runde Kricket zu stellen.

Marcus Ellison nahm den Schläger, und Severino stellte sich mit dem Tennisball auf, und dann wirbelte plötzlich aus dem Nichts Cassie Zing heran. Sie kam über den gefrorenen Asphalt wie ein Lauffeuer auf Marcus zugeschlittert. Auf der anderen Fensterseite stockte Cath der Atem.

Aber Warren Woodford ging seelenruhig mit zwei langen Schritten auf dieses Lauffeuer zu. Er beugte sich hinunter, fing Cassie im Rutschen auf, stellte sie auf die Beine und klopfte ihr das Eis aus den Haaren. Dann drehte er sich schräg aus der Hocke heraus Marcus zu und redete auf ihn ein. Cassies Fäuste entspannten sich, sie ließ die Arme sinken. Marcus zuckte die Schultern und widmete sich wieder dem Spiel. Cassie hüpfte auf ihre Freundin Lucinda zu, die sie auffing, kurz bevor sie fast hingefallen wäre. Vom Fenster aus sah Cath, wie Warren Woodford sich aufrichtete, lächelte wie ein gerechter König und einmal in die Hände klatschte, was so viel heißen sollte wie: »Alles in Ordnung, weiterspielen.«

Als sie später gemeinsam Busaufsicht hatten, die Schultern gegen die Kälte aneinander gelehnt, ballte Cath die Finger in den Handschuhen zu Fäusten und überlegte krampfhaft, was sie sagen sollte. Was könnte ihn dazu bewegen hierzubleiben, bis die Schule wieder anfing?

»Was machst du mit Breanna heute Abend?«, versuchte sie es verzagt.

Warren rief aus: »Sag mir jetzt nicht, dass du keine Ahnung hast!«

»Was denn?«

»Lenny D'Souza verlässt uns. Warte, es kommt noch dicker – heute!«

Während Cath ihn immer noch verständnislos anstarrte, erklärte ihr Warren, dass Lenny und Billson vor versammelter Mannschaft im Lehrerzimmer am Ende der großen Pause einen Riesenkrach gehabt hatten, bei dem es um rein gar nichts ging.

»Und sie hat gekündigt?«, sagte Cath leise.

»Gekündigt. Aber sie hat eine Nachricht hinterlassen, dass sie heute Abend zu Hause eine Abschiedsparty gibt, und alle sind eingeladen.«

»Billson auch?«

»Nein Cath, Billson nicht.«

»So was!«, empörte sich Cath. »Lenny ist meine Freundin. Sie fragt sich sicher schon, wo ich bleibe. Und anscheinend ist ihr nicht klar, dass man nicht einfach eine Abschiedsparty schmeißen und es sich dann anders überlegen kann mit der Kündigung. Ich muss sie davon abbringen!«

»Tu's nicht«, sagte Warren. »Ich habe Lust auf eine Party.«

»Du kommst auch?«, rief Cath verblüfft und fast ein wenig fröhlich. »Dann bringst du bestimmt Breanna mit, und ich kann sie endlich kennen lernen.«

»Cath Murphy«, sagte Warren, »wo hast du dich den ganzen Tag herumgetrieben? Hast du noch nicht mitgekriegt, dass das Wetter ziemlich schräg ist, dass in Sydney zurzeit der erste jemals verzeichnete Eissturm herrscht? Dass der gesamte öffentliche Verkehr lahmgelegt ist? Sieh dir mal die Schulbusse an, Cath, und erzähl mir, was mit den Reifen passiert ist. Sie haben Ketten drauf, Cath. Schulbusse sind die Einzigen, die heute fahren dürfen, damit die Kinder nach Hause kommen, und das war's dann auch schon. Glaubst du im Ernst, Züge dürften fahren? Wie sollte Breanna hierherkommen? Und noch was, wie hast du es denn geschafft, dass *deine* Klasse von was anderem als dem Wetter geredet hat? Du bist eindeutig die bessere Lehrerin.«

Cath kicherte und sagte: »Ich frage mich, wie wir zu Lenny kommen.«

Dann erwähnte sie nebensächlich, sie wohne um die Ecke von Lenny, Warren könnte sich mit ihr ein Taxi teilen. Nach der Party könnte er dann eins nach Hause nehmen, und sie würde die paar Meter zu Fuß gehen.

Warren gefiel der Vorschlag offensichtlich.

Lenny schluchzte an Caths Schulter. »Oh Gott, Cath, ich hab meine Arbeit *geliebt*! Ich hab diesen *Mann* geliebt! Ich werde dich *so vermissen*!«

Cath versuchte neben Lenny auf der Couch, einen Gin Tonic über ihre Ausheul-Schulter zu balancieren. Außerdem saß auf der Couch noch Heather Waratah (Lehrerin der 4C), trank eine Tasse Tee und blätterte in Lennys Fotoalbum.

»Lenny«, murmelte Cath, »du weißt doch, dass du deine Meinung einfach ändern und zurückkommen könntest. Willst du, dass ich Billson für dich anrufe?«

»Ich kann nicht«, schniefte Lenny und schüttelte den Kopf. »Aber du musst unbedingt in Kontakt bleiben.« Sie schluchzte wieder, trank einen Schluck Bier und ließ das Bier zusammen mit den Tränen herunterlaufen. »Du musst mir versprechen, dass du Kontakt hältst.«

»Ha!«, rief Miss Waratah aus und zeigte auf das Foto von Lenny und ihren Brüdern, die alle als Rentiere verkleidet waren.

»Okay, das versprech ich dir«, sagte Cath.

Warren warnte sie, er sei sturzbetrunken. Cath sagte, sie auch.

Sie hatten sich beide in der Küche zusammengefunden und bildeten aus den Kühlschrank-Buchstabenmagneten wilde Sätze. Katie Toby (Lehrerin der Vorklasse A) und Jo Bel Castro (Lehrer der Klasse 5A) kamen herein, und Katie fragte: »Eis! Wo ist das Eis?«

Jo Bel Castro legte freundschaftlich den Arm um Katies Schulter und verkündete: »Na, was meint ihr, wo findet man Eis?«

Warren öffnete den Geschirrspüler und holte den Besteckkorb heraus. »Hier ist es nicht.« Er zuckte die Achseln und stellte den Korb wieder zurück.

Katie Toby starrte sie an und runzelte die Stirn. »Vielen Dank auch«, sagte sie und ging hinaus. Jo Bel Castro hob eine Augenbraue und machte sich in die andere Richtung davon.

Cath kicherte und fiel mehr oder minder mit Absicht auf Warren, der am Kühlschrank lehnte. Warren hielt sie fest und legte die Arme um ihre Schultern, vergrub sein Gesicht in ihren Haaren. Er sagte etwas.

»Was?«, fragte sie und wollte ihn nicht loslassen. »Was sagst du?«

»Danke«, murmelte er. »Ich bedanke mich für gestern Abend. Dafür, dass du nicht mitgekommen bist. Cath, ich trau mir selbst nicht mehr in deiner Nähe.«

Cath blieb regungslos. Seine Nase war dicht an ihrem Ohr, und sie spürte die Wärme seines Gesichts in ihren Haaren. »Naja«, sagte sie schließlich. »Was soll das bedeuten?«

»Es bedeutet«, sagte Warren, »dass ich mich auf dich verlasse. Du musst stärker sein, okay?«

»Richtig«, sagte Cath. »Richtig.«

Einen Moment lang drückte sie sich mit aller Kraft an ihn und wich dann zurück.

»Richtig«, sagte sie. »Ich muss mal.«

Lennys Badezimmer war apricotfarben, und ein Jugendstilmuster schmückte die Kacheln. Cath betrachtete sich im Spiegel und sah sofort, dass sie betrunken war, genau wie sie vermutet hatte.

»Neun mal sieben ist dreiundsechzig«, sagte sie zum Spiegel. So blau war sie nun auch wieder nicht. Ihr Kopf rechnete immer noch die Neunerreihe. *Aber diese Frau da im Spiegel, wer ist das? Cath Murphy, wer ist das?*

Sieben mal neun ist –

Andersherum ging es nicht so gut.

»Bei dem Wetter kriegst du niemals ein Taxi.«

Draußen schneite es.

»Abgedrehtes Wetter«, flüsterte Katie Toby und starrte aus dem Fenster. Dann wandte sie sich dem Raum zu: »Schnee in Sydney! Ich meine, ein paar Flocken alle Jubeljahre einmal, okay! Aber so richtig heavy Schnee. Ich meine, er ist wirklich irgendwie heavy, wisst ihr noch, hippiemäßig heavy. Haha!«

»Versprich mir etwas«, bat Warren sie mit dem Ohr am Handy. »Dass du nie deinen Humor verlierst.«

»Okay«, sagte Katie, und ihre Grübchen kamen zum Vorschein. »Ich werd's versuchen. Danke schön.«

Cath erklärte es für alle deutlich hörbar: »Warren nimmt sich ein Taxi.«

»Bei dem Wetter kriegt er keins«, bemerkte Lenny.

Warren hatte beschlossen, nach Hause zu fahren, und probierte es geduldig über das Handy. Lenny blickte zu ihm auf und wiederholte: »Bei dem Wetter kriegst du niemals ein Taxi.«

Sie sahen aus dem Fenster auf das weiße Leuchten draußen, und Cath drehte sich um und beobachtete Warren. »Da geht niemand ran«, formten seine Lippen lautlos. Sie nickte feierlich, und sowohl ihr Kopf als auch ihr Herz sangen: *Nicht rangehen, nicht rangehen, nicht rangehen.*

Caths Stiefel steppten den vereisten Weg nach Hause. Der eine Stiefel machte *plumps*, der andere *klack*.

»Ich habe eine Schlafcouch«, berichtete sie Warren stolz. »Sie steht im Wohnzimmer. Bettzeug gibt es auch, aus hundert Prozent Baumwolle. Vielleicht handelt es sich sogar um ägyptische Baumwolle, man kann nie wissen. Außerdem habe ich eine Gäste-Daunendecke.«

Schneeflocken wirbelten um sie herum. Warren hatte den Kopf eingezogen. »Ich habe Hunger«, sagte er. »Lass uns was zu essen holen.«

»Es ist Mitternacht«, sagte Cath, »und du hast immer Hunger.«

»Der Laden an der Ecke«, schlug Warren vor.

»Die werden wohl kaum auf haben«, erklärte Cath.

Aber es war noch geöffnet. Sie kauften Chips und Salsa für einen Mitternachtssnack, und das Mädchen hinter der Theke mit den Zöpfen bis zur Hüfte sagte: »He hallo da!«, wie immer zu Cath und zu Warren freundlich: »Hey!«

»Hey«, antwortete Warren ebenfalls freundlich – und Cath dachte, ich mag also einen Mann, der zu Fremden freundlich ist und auch zu Mädchen in Eckläden!

»Genau«, sagte sie laut und verwirrt. Warren und das Mädchen sahen sie an.

In diesem Moment begann Warrens Handy zu klingeln, und Cath geriet in Panik, weil sie dachte, es könnte die Taxizentrale sein, die versuchen wollte, ihn nach Hause zu bringen. Sie und das Mädchen beobachteten gespannt, wie er antwortete: »Bree! Hey! Mach dir keine Sorgen. Ich hab kein Taxi gekriegt, also übernachte ich heute bei Cath, okay? Wir sind gerade unterwegs zu ihr. Geht's dir gut? Ist dir warm? Bis morgen ist der Schnee weggeschmolzen, das garantiere ich dir.«

»Meine Frau«, erklärte Warren, als er zu Ende telefoniert hatte, und lächelte dem Mädchen zu.

»Verrückt, was?« Cath wies mit der Schulter zum Fenster, während sie bezahlte.

Das Mädchen warf sich die Zöpfe über die Schultern und sagte: »Verdammt richtig! Aber wissen Sie was: Ich hau hier ab.« Es stellte sich heraus, dass sie ab morgen eine Woche Urlaub in Byron Bay machen würde.

»Sie Glückliche!«, sagten Cath und Warren wie aus einem Mund, und das Mädchen nickte, dass die Zöpfe flogen, und sah aus, als ob sie noch mehr erzählen wollte, doch dann hielt sie inne und wurde wieder distanziert und ihr Blick undurchdringlich. Warren und Cath packten schweigend ihre Sachen ein und wollten gerade gehen, aber an der Tür rief das Mädchen ihnen hinterher: »Hey ihr, wollt ihr mal was hören? Ich bring von dort Salzwasser mit.«

»Tatsächlich?«, fragte Warren.

»Für mein Aquarium«, erklärte sie.

»Sieh mal!«

Cath war plötzlich wie besessen davon, ihm alles zu zeigen. Fotos von ihrer Mutter, ihrem Vater, dem Schäferhund der Familie. Fotos von ihrem Kater Violin. Dazu Violin in echt (*Violin, komm her. Das ist Warren. Warren, das ist Violin*). Eine neue Auflaufform aus Keramik, die sie vor einem Monat gekauft hatte. Den Rücklaufknopf vom Videogerät, der verkantet war. Und den neuen DVD-Player, den sie erst letzte Woche bei einem Preisausschreiben gewonnen hatte. Warren bewegte vorsichtig seine Beine zwischen ihren Büchern und Stühlen. Bei jedem Ding, das sie ihm zeigte, machte er fasziniert »mmmm« und knabberte einen Mais-Chip.

»Das Fenster ist total verschmiert«, bemerkte Warren, als sie nebeneinander im Esszimmer standen.

»Stimmt«, gab sie zu. »Ich habe vor ein paar Wochen Apfelsaft draufgekippt.«

Sie standen beide da und starrten die klebrigen Saftspuren an.

»Warte mal«, sagte Warren. Er ging in die Küche und kam mit einem Glas Wasser wieder, schüttete das übers Fenster und wischte es dann mit einem Lappen sauber. Es quietschte, aber bald war die Scheibe blitzblank und klar, und ihre Spiegelbilder sprangen ihnen scharf entgegen. Verschwommen erschien dahinter die unheimliche weiße Schneewelt.

»Oh Mann!«, sagte Cath andächtig. »Sollten wir jetzt nicht einen Schneemann bauen?«

Sie sah durch die Spiegelungen zu Warren. Dann lief sie zurück ins Wohnzimmer, setzte sich aufs Sofa und ließ Platz für Warren. Aber er nahm den Armsessel.

Sie hob ihren Fuß hoch, um nachzuprüfen, warum ihre Stiefel immer abwechselnd plumpsten und klackten. »Guck dir das an!«

Ein Kiesel hatte sich tief in ihrem Gummiabsatz festgesetzt. Cath zeigte ihn Warren und versuchte dann, den Stein mit dem Fingernagel herauszubohren.

»Lass mich mal probieren«, sagte Warren.

Er dippte einen Mais-Chip in die Salsa, stopfte ihn sich ohne abzubeißen in den Mund und legte ihren Fuß in seinen Schoß. Er kratzte eifrig an dem Kieselstein.

»Warte«, sagte Cath nach einer Weile. Sie zog den Fuß zu sich heran, schnürte den Stiefel auf und streifte ihn ab.

»So ist es besser. Das hätte ich sowieso gleich machen sollen. Ich habe überall Schnee vertrampelt.«

Sie reichte ihm den Stiefel, den er mit der einen Hand griff, mit der anderen setzte er die Bierflasche an und nahm einen tiefen Zug.

Er stellte das Bier ab, den Stiefel daneben, fasste ihren Fuß und legte ihn in seinen Schoß.

»Ja«, sagte er, »besser ist das«, und massierte ihre Fußsohle.

»Nein«, sagte Cath. »So war das nicht gemeint.« Aber sie ließ ihren Fuß in seinem Schoß liegen, geschützt durch die kurze schwarze Socke, und trank ebenfalls einen Schluck Bier.

»Warte mal!«, rief sie plötzlich, riss ihren Fuß zurück und sprang auf. »Willst du meine Abhandlung zum Strafrecht lesen, Warren?«

»Ach, weißt du«, entgegnete Warren und runzelte die Stirn. »Gib mir lieber deinen Fuß wieder.«

Cath blätterte durch die Unterlagen auf dem Esszimmertisch. »Warren, sieh dir mal meine Abhandlung zum Strafrecht an.«

»Also gut«, willigte Warren ein. Er las.

RECHTSWISSENSCHAFTEN: EINFÜHRUNG
(SEMINAR: STRAFRECHT)

»DIE ABHÖRVORRICHTUNG UND DAS TELEOBJEKTIV: DIE AKZEPTANZ ILLEGALEN BEWEISMATERIALS BEI KRIMINELLEN STRAFTATBESTÄNDEN«
VON CATH MURPHY (STUDENT NR. 7893332)

»Neben den großen Technologien der Fernrohre, der Linsen, der Lichtkegel, die mit der Gründung der neuen Physik und Kosmologie Hand in Hand ging, entstanden die kleinen Techniken der vielfältigen und überkreuzten Überwachungen, der Blicke, die sehen, ohne gesehen zu werden; eine lichtscheue Kunst des Lichtes und der Sichtbarkeit hat unbemerkt in den Unterwerfungstechniken und Ausnutzungsverfahren ein neues Wissen über den Menschen angebahnt.«

1. Foucault, Michel,
Überwachen und Strafen:
Die Geburt des Gefängnisses
(Übersetzt von Walter Seitter,
Frankfurt, 1976), S. 221

»Wunderbar«, sagte Warren. »Und wo ist der Rest?«

»Das war's. Ich habe bisher nur die Titelseite. Die aber schon seit Wochen.«

»Dann war's das.« Warren warf das Blatt zur Seite. »Gib mir deinen Fuß wieder.«

Cath setzte sich und reichte ihm ihren Fuß. Warren begann mit dem Rist und machte mit ihren Zehen weiter. Einer nach dem anderen.

»Kannst du den Punkt massieren, der meinem Knie entspricht?«, regte Cath an. »Du weißt schon, man kann sich selbst heilen, wenn man bestimmte Fußpunkte massiert. Wie es den Punkt für die Leber und den Darm und so gibt, gibt es bestimmt auch einen Punkt für das Knie.« Sie knabberte an einem Chip und sagte: »Bitte.«

Als er sie einfach ignorierte und mit ihren Zehen fortfuhr, erklärte sie es ihm: »Weil ich ein Problemknie habe. In der Highschool wurde ich zweimal operiert, und seitdem habe ich Metallteile im Knie, aber bisher haben sie im Sicherheitsbereich am Flughafen noch keinen Alarm ausgelöst.«

»Hmm«, machte Warren. »Also, pass auf. Ich massiere einfach jede Stelle deines Fußes, und du sagst Bescheid, wenn du das Gefühl hast, dass es deinem Knie besser geht.«

»Okay. Aber lass uns weiter von meiner Abhandlung sprechen.«

»Es ist nur die Titelseite, worüber sollen wir denn reden?«

»Foucault«, erwiderte Cath. »Hast du nicht gesehen, dass ich ein Foucault-Zitat benutzt habe? Ich muss nichts weiter hinzufügen. Kein einziges Wort mehr. Das alleine genügt schon. Es geht um die kleinen Dinge, weißt du? Wie mein kleiner Zeh. Drück meinen kleinen Zeh, und mein Knie ist geheilt.«

Warren hörte nicht hin und streifte ihr die Socke ab. »Wahrscheinlich muss man ihn sowieso küssen«, schlug er vor und küsste den Zeh.

»Warren! Ich hab den ganzen Tag *Stiefel* getragen. Du kannst doch nicht meine Zehen küssen. Zieh mir die Socke wieder an.«

»Vielleicht muss man das Knie selbst küssen«, sagte Warren. »Vielleicht reicht der Fuß nicht.«

»Ich weiß es nicht«, gab Cath zu.

»Ich schon«, sagte Warren. Er hielt einen Moment lang inne und sah sie eindringlich an. Er stellte ihren Fuß auf den Boden, setzte sich neben sie auf das Sofa und küsste sie.

»Das ist mein Mund«, sagte Cath und blinzelte ihn an, »nicht mein Knie«, aber sie erwiderte seinen Kuss mit großer Genugtuung.

Fancy Zing

Was mich an meinem Mann nervt #5

Nehmen wir mal den Abend eines ganz normalen Wochentags. Ich trimme die Küche auf Hochglanz und bin fast fertig – der Geschirrspüler ist eingeräumt, das Spülmittel im Fach, nur noch das große Backblech ist zu schrubben – genau dann wird Radcliffe wie aufs Stichwort die Küche betreten und verkünden: »Lass alles stehen«, (großspurig), »ich mach den Rest.«

Fancy schloss ihr geheimes Notizbuch und lehnte sich im Schreibtischstuhl zurück. Sie würde jetzt zwanzig Minuten mit ihrem preisträchtigen Roman zubringen. Es war 10.23 Uhr.

Nachdem Fancy schon mehrere preisgekrönte Romane gelesen hatte, meinte sie nun, das Rezept dafür zu kennen:

1. Schreibe eine einfache Geschichte.
2. Erstelle eine lange Liste.
3. Verteile die einzelnen Punkte dieser Liste über die Geschichte.

In dem preisgekrönten Roman, den Fancy gerade gelesen hatte, zum Beispiel war der Autor folgendermaßen vorgegangen:

1. Er hatte eine einfache Geschichte verfasst, in der zwei Menschen sich verlieben, die Frau plötzlich von dem Mann verlassen wird und weint.
2. Er hatte eine lange Liste mit verschiedenen Möglichkeiten des plötzlichen Verlassens erstellt.
3. Er hatte diese verschiedenen Arten des plötzlichen Verlassens verstreut in seine Geschichte eingebaut.
   So wurde aus »Die Tränen rannen ihr über die Wangen« jetzt:

»Tränen schossen ihr wie losgelassene Pfeile (gleich den Formel-1-Wagen aus ihren Renn-Boxen) über ihre Wangen.«

Et voilà!, war daraus ein umfangreicher (und preisgekrönter) Roman über Liebe und Verlassen geworden.

Es schadete sicher nicht, wenn man das Rezept etwas abwandelte (sie hatte ein Händchen fürs Kochen). Sie würde mit der Liste anfangen und dann die Geschichte drum herum schreiben. Obwohl sie noch nicht so weit war, ihre Liste zu erstellen, hatte sie doch schon eine Menge Punkte gesammelt.

Sie hatte sie auf der Rückseite einer alten Telefonrechnung notiert, die sie immer in ihrer Handtasche trug. Der Zettel war voller Cranberrysaftflecken.

LISTE DER POTENZIELLEN LISTEN

- Geräusche
- Sehr heiße Dinge
- Leckere Getränke
- Ausländische Währungen
- Fische

»Hmm«, machte sie und ging mit dem Fingernagel die Liste durch. »Fische?« Sie verspürte ein leichtes, nervöses Kribbeln, nahm schnell den Füller und kritzelte:

»Tränen so flink wie Forellen liefen ihr (gleich den Schwärmen blitzschneller durchsichtiger Fische in tropischen Gewässern) über die Wangen.«

Zufrieden wandte sie sich ihrem Computer zu und gab »Fisch« in den Thesaurus ein. Sofort spuckte er »Angeln« und »Hochseefischen« aus. »Nein, nein«, schimpfte sie leise. »Ich brauche Fischarten.«

Sie lehnte sich zurück, runzelte die Stirn, murmelte »na klar« und probierte es mit »Fische« bei Google. Ein paar Minuten lang notierte sie aufgeregt die Namen von Fischen – Zwergbarsch, Kugelfisch, Clownfisch, Doktorfisch –, bis sie eine umfangreiche Website entdeckte. Diese unterteilte die Fische in Kategorien (etwa Salz- und Süßwasserfische). Aber dann spaltete sie jede Kategorie noch einmal in weitere auf. Unterart zerfiel in Unter-Unterart, und diese wiederum wurde in Unter-Unter-Unterarten aufgedröselt. Es gab eine wahrhafte Flut von Fischen. Kein einziger Fisch blieb, wo er war. Sogar Goldfische wurden in Schwarzschwanz, Schleierschwanz, Löwenkopf und Rotkäppchen aufgeteilt. Um Himmels willen! Ganz zu schweigen von den lateinischen Namen. *Carassius auratus*, schrieb sie sorgfältig ab, machte dann *tsss!* und legte den Stift weg. Wirklich! Das waren viel zu viele Fische für die Rückseite einer Telefonrechnung.

Es gab außerdem eine Unzahl von Querverweisen auf Wasserläufe, Moore, Buchten und Aquarien, was sie an etwas erinnerte. Sie nahm das Telefon und wählte die Nummer des Castle Hill Fitness Centers. Am anderen Ende meldete sich ein Mann mit einer Reibeisenstimme. *Räuspere dich doch mal*, dachte Fancy. Laut sagte sie jedoch: »Hallo, ich rufe an, weil ich gern die Öffnungszeiten des Schwimmbades gewusst hätte. Könnten Sie mir vielleicht sagen, wann es am ruhigsten ist?«

»Am ruhigsten«, sagte der Mann krächzend, »ist es sicher freitagmorgens zwischen 9.30 und 11.30, aber da …«

Während er sprach, machte Fancy einen Kringel um das erste Wort in der Liste (Geräusche), klopfte mit dem Ende ihres Kulis darauf und zog die Stirn kraus. Diese Kategorie, genau wie die der Fische, war viel zu breit gefächert.

Der Mann am Telefon lachte unangenehm heiser.

»Also dann«, sagte sie kurz, »danke.«

Sie legte auf, strich »Geräusche« durch und schrieb stattdessen »UNANGENEHME GERÄUSCHE«. Die Uhr des Computers zeigte 10.42. Nachdem Fancy sie eine Weile betrachtet hatte, sprang die Zahl auf 10.43.

»Das wär's dann«, verkündete sie zufrieden.

Cassie saß angeschnallt in der Mitte der Rückbank, damit sie sich zwischen den Vordersitzen nach vorn beugen und sich mit ihrer Mum oder ihrem Dad unterhalten konnte.

Ihre Mutter fuhr, und ihr Vater suchte einen Radiosender. Dad legte den Kopf schräg und konzentrierte sich auf die Nachrichten. Mum hatte ihre Brille auf, und es war nicht erkennbar, ob sie ebenfalls Nachrichten hörte.

Cassie betrachtete die Lebensmittel im Karton neben sich, die sie gerade bei Coles eingekauft hatten. Sie waren extrem langweilig. Staudensellerie, Milch, Blumenkohl. Dazu Klopapier.

»Mum?«, sagte Cassie.

»Psst«, machte ihr Vater mit schiefgelegtem Kopf.

»Radcliffe«, sagte Mum. »Es ist doch bloß das Wetter.«

»Ich wollte eigentlich wissen, ob es dieses Wochenende gutes Segelwetter gibt«, sagte Dad in seiner tonlosen Stimme.

»Wir können am Wochenende unmöglich segeln gehen!«, antwortete Mum entsetzt. »Am Samstag kommen die Bellamys und die Samsons zum Abendessen. Und am Sonntag deine Eltern.«

»Wir müssen die Bellamys und die Samsons nicht empfangen«, sagte Dad. »Wir können einfach absagen.«

»Ich glaube, da täuschst du dich.«

»Du weißt, dass ich diese eingefahrenen Sitten hasse, Fancy.«

»Es geht hier nicht um alte Sitten, sondern um gutes Benehmen, Radcliffe. Du kannst nicht jemanden einladen und dann einfach wieder ausladen, weil du lieber segeln gehen möchtest. Und außerdem, was meinst du denn mit Sitte, bitte? Es ist ewig her, dass wir die Bellamys und die Samsons eingeladen haben!«

»Das reimt sich, Mum«, stellte Cassie auf dem Rücksitz fest. »Sitte, bitte?«

»Ich kann es nicht ausstehen, wenn man mir sagt, was ich zu tun und zu lassen habe«, stellte ihr Dad frostig fest.

»Radcliffe, mach dich bitte nicht lächerlich.«

»Diese Diskussion ist zwecklos«, sagte ihr Dad und zuckte mit den Achseln. »Ich tue und lasse, was ich will. Vielen Dank auch.« Es stellte das Radio aus, damit er sich in aller Ruhe ärgern konnte.

»Welche Diskussion ist zwecklos?«, murmelte ihre Mum.

Cassie ahnte, dass es besser wäre, jetzt leise zu sein, aber zuerst musste sie ein paar Mal »Sitte, bitte, Sitte, bitte, Sitte, bitte« vor sich hinsprechen.

»Die Ampel ist grün, Mum«, bemerkte Cassie.

»Danke, Cassie«, und ihre Mutter ließ das Auto vorwärtshüpfen.

Was mich an meinem Mann nervt #6

Einmal angenommen, dass am Samstag die Bellamys und die Samsons zum Abendessen da waren. Einmal angenommen, nach einem solchen Abend voller lauter feucht-fröhlicher Geschichten, gestärkter Hemden und knisternder Röcke usw. ziehen die Bellamys und die Samsons ab und hinterlassen Kerzenwachs, Salatschüsseln, Brotmesser, Eierschalen, Tellerstapel und rote Beete auf dem Fußboden.
Okay, wenn ich nach solch einer Party die Haustür hinter ihnen geschlossen habe, nehme ich meist eine Mülltüte unter der Spüle hervor und beginne die schmutzigen Servietten einzusammeln.
Bis ich plötzlich hinter mir eine wabernde Port-Fahne bemerke: Radcliffe, der mit rauer Stimme murmelt: »Lass liegen, lass erst mal stehn.« Mit seinen Händen auf meinen Schultern will er mich dann zum Bett dirigieren.
Lass stehn! Als wäre er ein König, der sich selbst wie einen wundersamen Schatz offerierte.

Fancy öffnete ein Notizbuch, zog die Kappe von einem schwarzen Feinmarker und wies Radcliffe an: »Nenne mir ein paar unangenehme Geräusche.«

»Also gut«, Radcliffe lehnte sich in seinem

Fernsehsessel zurück und überlegte. Die TV-Werbung krakeelte vor sich hin.

»Das Geräusch eines Fingernagels auf einer Tafel«, sagte er, nachdem zwei Spots vorüber waren.

Fancy steckte die Kappe wieder auf den Marker zurück. »Das schreibe ich nicht auf.«

»Warum denn nicht?«

»Das ist zu trivial, Radcliffe. Ich brauche etwas Originelleres.«

»Zu trivial? Na denn.« Er überlegte weiter, aber unterbrach seinen Gedankengang, um eine witzige Margarinewerbung zu gucken.

»Schwere polternde Schritte«, schlug er nach einer Weile vor, »von oben.«

Cassie auf dem Boden vor der Couch bemerkte: »Das ist aber ein gutes Geräusch.« Sie krabbelte zu ihnen. »Ich finde, es ist ein gutes Geräusch, wenn man von oben Schritte hört, denn dann überlegt man: *Wer könnte da oben sein?* Man überlegt, ob es vielleicht ein Geist ist oder der Weihnachtsmann oder Grandma oder sonst jemand.«

»Was soll denn Grandma da oben?«, wollte Radcliffe wissen.

»Ich stimme Cassie zu«, sagte Fancy. »Tut mir leid, Radcliffe, du musst dich noch einmal bemühen.«

»Ah!«, rief Radcliffe aufgebracht, »deine Stimme!«

Fancy und Cassie riefen beide gleichzeitig »wie

bitte?«, und Cassie sagte: »Mum hat eine *schöne* Stimme!«

Radcliffe zuckte die Achseln: »Die Sendung geht weiter.«

»Du hast einfach keine Fantasie«, sagte Fancy und schloss ihr Notizbuch.

»Ich brauche auch keine«, konterte Radcliffe und führte das Weinglas zum Mund. »Telefonklingeln«, verkündete er daraufhin, als es gerade zu klingeln begann.

Sobald sie abgenommen hatte, sagte eine Stimme: »*Sein Penis roch nach Pappadam?*« Daher wusste sie, dass ihre Lektorin Tanya dran war.

»Ich wusste, dass es dir nicht gefallen würde«, sagte Fancy forsch. »Schmeiß es einfach raus.«

»Ganz im Ernst, Fancy, sollte er nicht duschen? Wenn sein Penis übel riecht, ist er dreckig. Ich schreibe dir schnell eine Duschszene dazu, wenn du willst.« Tanya arbeitete nachts und sah dabei japanische Kung-Fu-Filme, so dass im Hintergrund immer Keuchgeräusche und hin und wieder Schreie zu hören waren.

»Wie gesagt, schmeiß es raus.« Fancy ließ sich im Schneidersitz auf dem Boden im Flur nieder und lehnte sich gegen die Wand.

»Okay. Prima. Dann lösche ich das, aber Fancy Schätzchen, was hat es denn mit der gewissen Stelle zwischen deinen Beinen auf sich?«

»Mummy«, flüsterte Cassie und schlich auf Zehenspitzen durch den Flur zu ihr. »Soll ich dir einen Pullover bringen?« Im Zimmer mit dem Fernseher lief das Heizgerät, aber hier im Flur war es eiskalt.

»Okay«, formte Fancy mit den Lippen und nickte Cassie zu, die das Nicken als Erlaubnis nahm, laut polternd durch den Flur zu hüpfen.

»Nicht zwischen *meinen* Beinen«, erklärte Fancy.

»Wow!«, rief ihre Lektorin. »Kannst du dir das vorstellen, Fancy? Dieser Typ da hat gerade dem anderen Typ da seinen Ellbogen in den Mund gerammt, und irgendwie kam der zum Hinterkopf von dem Typen wieder raus.«

»Wahnsinn«, sagte Fancy.

»Also hör zu, Fancy, was ist aus ›Möse‹ geworden? Das war deine Wortwahl, erinnerst du dich? Ich schlage dein Manuskript auf, bereit für dein nettes kleines ›Möse‹-Markenzeichen, und was kriege ich stattdessen? Eine gewisse Stelle zwischen den Beinen. Nennst du das vielleicht – ich weiß nicht – kernig?«

»Nein«, gestand Fancy, »aber es klingt rhythmisch, oder?«

»Es ist das, was man einen Haufen Scheiße nennt. Wenn du von ›Möse‹ genug hast, such dir was anderes, und ich übernehme das Ersetzen. Also los, such dir was aus. Du hast zehn Sekunden Zeit. Zehn, neun – meine Fresse, das war sein Zehennagel!«

»Ich finde immer noch, wir sollten das mit der Papp-Drehscheibe machen, was meine Schwester vorgeschlagen hat«, warf Fancy ein. »Du weißt schon, damit die Leserinnen selbst entscheiden, was sie wollen. Einfach alle denkbaren Wörter für intime Körperstellen auf einer Scheibe festhalten und dann die Scheibe drehen, bis ihre Lieblingsbezeichnung erscheint.«

»Ah ja, diese Spitzen-Idee. Fance, ich fand dein Buch umwerfend. Der Tennisspieler ist mir vielleicht einer, und diese Szenen mit der Tennisballbüchse? Wow! Warum denn nicht wieder ›Möse‹? Oder fällt dir was Besseres ein?«

»Also«, sagte Fancy und senkte die Stimme, »ich dachte da noch an ›Fotze‹.«

»Uuaaahh!«, rief Tanya aus, und Fancy wartete geduldig ab, dann sagte sie es noch einmal. »Uuaahh, Fancy, das ist nicht deine Zielgruppe. Das kannst du nicht benutzen. Es ist beleidigend, Fancy, solche Wörter bewirken den Niedergang des weiblichen Geschlechts, oder so ähnlich.«

»Ich dachte«, sagte Fancy, »es wäre vielleicht an der Zeit, dass wir es wiedererobern. Für uns. Weißt du, es zu unseren Zwecken nutzen. Können nicht alle Frauen der Welt einfach über ein gemeinsames Insiderwissen verfügen und sich gegenseitig locker als ›Fotzen‹ bezeichnen?«

»Da brauche ich ein bisschen Zeit, um darüber nachzudenken, Fancy.«

»Warte mal«, unterbrach Fancy, »hier klopft's gerade in der Leitung an. Kannst du einen Moment warten?«

»Ist schon gut, übernimm einfach, ich rufe dich zurück. Ciao.«

Fancy drückte auf Auflegen und hatte ihre Schwester Marbie dran.

»Bist du schwarz gekleidet?«, fragte Marbie.

»Oh, echt, heute Abend noch? Wozu? Es ist kalt!« Sie hatte es kaum ausgesprochen, da stand ihre Tochter vor ihr und reichte ihr ihren schwarzen Lieblingspullover.

»Danke, Cassie«, sagte sie. »Marbie, hast du schon meine hübsche, großzügige, aufmerksame Tochter Cassie kennen gelernt?«

»Klar kennt sie mich, Mum«, kicherte Cassie, »sie ist doch meine Tante«, und schlitterte wieder durch den Flur zurück.

»Es geht um die Wartungsarbeiten«, erklärte Marbie. »Beim letzten Mal war es verschwommen, erinnerst du dich? Wir schaffen das locker, wenn wir jetzt losgehen. Ich treffe dich am Eiswagen, okay?«

Als Fancy beim Eiswagen eintraf, war von Marbie nichts zu sehen. Sie befand sich bereits im Baum darüber.

Fancy gab vor, die Eisauswahl zu studieren (einfache Tüte, Doppeltüte, in Schokolade getaucht mit Kokosflocken *etc.*), und spähte nach oben in die Dunkelheit.

Marbie gab das Zeichen für ›Alles bereit‹ (beide Hände flach auf den Kopf gelegt). Sie hätte fast das Gleichgewicht dabei verloren, und es raschelte gewaltig, als sie ein Büschel Blätter zu fassen bekam.

Fancy machte das Zeichen für ›prima, und ich habe das Werkzeug dabei‹ (ein spielerisches Schwingen der Handtasche) und überquerte dann schnell die Straße. Am Eingang des Gebäudes tippte sie ohne Zögern den Sicherheitscode ein und trat ein.

Sie und Marbie hatten das Schlösserknacken gelernt, als ihre Finger noch jung und flink waren. In weniger als drei Sekunden war sie in der Wohnung, lächelte die Katze an und huschte geräuschlos von Zimmer zu Zimmer, um sich zu vergewissern, dass auch wirklich niemand da war. (Einmal hatte sie einen Klempner im Badezimmer angetroffen, aber Fancy war so raffiniert gewesen, ihn sofort für ihre Zwecke anzuheuern. Inzwischen gehörte er zu ihren Besten.)

Im Esszimmer öffnete sie ihre Handtasche, wollte die Nagelfeile herausholen – und griff stattdessen nach ihrer Telefonrechnung. Die Katze miaute.

»Hmm«, murmelte sie, setzte sich an den Esstisch und drehte die Telefonrechnung um. Der Tisch war übersät mit Unterlagen, die sie etwas zur Seite schob, damit sie ihre *Liste der potenziellen Listen* studieren konnte.

- ~~Geräusche~~ UNANGENEHME GERÄUSCHE!!!
- Sehr heiße Dinge
- Leckere Getränke
- Ausländische Währungen
- Fische

Von dem Wort »Fische« gingen mittlerweile viele dünne Linien ab, die Fische mit verschiedenen Fischsorten verbanden. *Gegenstände in einem Familienheim*, schrieb Fancy ans Ende der Liste. Die Katze miaute wieder, und Fancy sagte »Hallo« und fügte in einem plötzlichen Anflug von Inspiration *Katzen* hinzu. Daneben kritzelte sie (*Löwen, Tiger, Panther etc. eingeschlossen. Auch Hauskatzen?*).

Miau-miau, machte die Katze.

»Hast du Hunger, ist es das?«, murmelte Fancy beschwichtigend und langte mit der linken Hand nach der Katze, um sie zu streicheln, aber sie tastete ins Leere.

Als sie aufsah, entdeckte sie die Katze auf der anderen Seite des Zimmers bei der Tür, das Glöckchen am Halsband bimmelte leise.

»Wie –«, wollte Fancy gerade sagen.

Ihr stockte der Atem. Sie griff nach ihrem Pieper (der miaute, während sie den Nachrichtenknopf drückte) und las: NICHTS WIE RAUS HIER.

In diesem Moment drehte sich der Schlüssel im Schloss herum.

Freitagabend bei den Zings setzte sich Fancy zu Listen auf den Teppichboden und sagte: »Nenn mir ein paar unangenehme Geräusche.«

»Das Geräusch von zusammenstoßenden Autos«, bot ihr Vernon an, der am Esstisch saß.

»Du nicht«, sagte Fancy, aber notierte es trotzdem. »Ich frage erst mal Listen. Du kommst später noch dran.«

Listen überlegte angestrengt.

»Aber gib dir Mühe, es muss was Originelles sein«, warf Radcliffe sein, »sonst macht sie dich fertig.«

»Oh!«, rief Grandma Zing aus. »Radcliffe! War sie böse zu dir?«

»Unerbittlich grausam.«

»Das Geräusch, das eine Pfütze macht – platsch!«, sagte Listen, »wenn man aus Versehen mit Turnschuhen reingetreten ist.«

»Sehr gut!« Fancy schrieb es schnell auf.

»Das Geräusch, das der Computer in der Schulbücherei von sich gibt«, sagte Listen ruhig.

»Dieses gemein klingende ›Bliep‹, wenn man sein Buch zu spät abgibt. Zählt das auch?«

»Perfekt!« Fancy schrieb wie wild.

»Komm, Fancy«, rief Grandma Zing. »Wir gehen in den Schuppen.«

»Fancy«, forderte Radcliffe an der Seite ihrer Mutter sie auf, »komm schon, Schatz.«

Auf dem leicht erhöhten Podium im hinteren Teil des Schuppens zog Grandma Zing über ihrem Klemmbrett die Stirn kraus.

»Hast du die Sache mit dem Pieper auf der Liste?«, rief Fancy ihrer Mutter zu, die ihr lächelnd zunickte. Daraufhin wandte sich Fancy an ihre Schwester: »Marbie«, sagte sie und öffnete wieder ihr Notizbuch, »nenne mir ein paar Geräusche, die du nicht magst.«

»Ich glaube, deine Mutter will die Versammlung eröffnen.« Radcliffe saß aufrecht auf seinem Stuhl. Er trug eine Lesebrille und hatte gerade noch zwei der Halogenstrahler in der Deckenleiste ausgewechselt.

»Nein, nein«, sagte Grandma Zing, »macht ruhig weiter. Ich brauche noch einen Moment.« Sie blätterte durch die Unterlagen, die sie in einer Schachtel gesammelt hatte.

Marbie überlegte. »Es gibt Leute«, sagte sie nach einer Weile, »die geben diese Grunzlaute von sich, so was wie *ürch*, und merken es noch nicht mal.

Sie machen das mehr so nebenher, während sie lesen oder nachdenken.«

Fancy notierte: ÜRCH.

»Ich könnte mir vorstellen, dass dir das Geräusch eines sich im Schloss drehenden Schlüssels nicht besonders gefällt!«, rief Grandma Zing mit einem hämischen Grinsen.

Darauf folgte ein Getöse, als alle zugleich losriefen »ja, Fancy, was hast du gemacht?« und »wie hast du es rechtzeitig aus dem Fenster geschafft?« und »das war ganz schön knapp, oder?«, und Radcliffe sagte wichtigtuerisch »das sollten wir vielleicht besser zu angemessener Zeit in der Sitzung erörtern«.

»Oh Gott«, sagte Fancy und klappte das Notizbuch zu, »wie konnte mir das nur passieren? Ich glaube, ich kann's nicht mehr.«

Es wurde wieder sehr laut, als ihr alle zugleich versicherten, dass sie es durchaus noch könne.

»Sieh dir doch mal an, wie du das Fenster geöffnet und hinter dir wieder geschlossen hast, wie du in den Baum gesprungen und unbemerkt hinuntergeklettert bist!«, rief Marbie. »Ich finde das ganz fantastisch. Und außerdem war es meine Schuld, Fancy. Ich habe das Auto auf der Straße erst im letzten Moment bemerkt.«

»Und warum war es dir nicht aufgefallen?«, fragte Radcliffe spitz.

»Weil ich abgelenkt war.«

»Wovon denn?«

»Trotzdem«, unterbrach sie Fancy, »was für ein Glück, dass sie sofort beim Reinkommen den Fernseher eingeschaltet hat und im vorderen Zimmer geblieben ist. Wenn es nicht so gekommen wäre… wer weiß.«

»Ihr müsst das Piepergeräusch austauschen«, sagte Radcliffe.

»Wir dachten, es sei die Katze gewesen«, steuerte Vernon bei.

Alle stöhnten, und Marbie schlug ihm aufs Bein, aber dann umarmte sie ihn stolz, und Grandma Zing sagte: »Wollen wir die Sitzung eröffnen? Heute gibt es einen Erlass zu verlesen.«

»Abgenutzte Bremsbeläge«, flüsterte Grandpa Zing und beugte sich zu Fancy hinüber, »die quietschen ganz furchtbar.« Er zeigte auf Fancys Notizbuch, und sie hauchte »danke, Dad« und schrieb es auf.

»Ich mach das!«

Cassie riss mindestens siebenhundert Hände hoch, ihre Schultern waren bis zum Gehtnichtmehr gespannt. Ihr Kopf konnte jede Minute abfallen. Marcus Ellison dagegen hatte in die eine Hand das Kinn gestützt, die andere locker nach oben gestreckt. Sie zuckte wie eine Marionette.

Ms Murphy hatte ihm bereits zugenickt und gelächelt, als Cassie beinahe schrie »Ich mach das!« und sich mindestens siebenhundertfach meldete. Ms Murphy hob überrascht die Nase.

»Cassie!«, rief sie aus, und alle fingen an zu raunen »Cassie will es machen« und »Was nun?«.

Ms Murphy drehte den Kopf vom einen zum anderen und entschied dann nach einer Weile: »Danke, Cassie, das ist sehr großzügig. Aber was hältst du davon, wenn du das Stück für die nächste Vollversammlung schreibst und Marcus das zur Abschlussfeier. Da er sich gerade freiwillig gemeldet hat und immer so tolle Stücke für uns schreibt. Findet ihr nicht?«

»Nein«, sagte Cassie und nahm die Hände herunter.

»Macht er aber«, kam es von allen Seiten.

»Ms Murphy?«, sagte Cassie. »Das ist geschlechtsspezifische Diskriminierung, wenn Sie Marcus mir vorziehen. Geschlechtsspezifische Diskriminierung.«

»Geschlechtsspezifische Diskriminierung«, sagte Ms Murphy. »Sehr interessant, Cassie. Vielleicht sollten wir ein bisschen über Diskriminierung reden. Wer kann mir sagen, was das Wort bedeutet?«

Cassie hob ihren Pultdeckel an und ließ ihn zuknallen.

»Fotze«, murmelte sie, »Fotze, Fotze, Fotze.« Dann beugte sie sich vor, benutzte die Finger zum Abzählen und flüsterte weiter.

Ms Murphy starrte auf das Poster mit dem Sonnensystem an der gegenüberliegenden Wand.

»Weiß das jemand?«, fragte sie. »Diskriminierung?«

»Ms Murphy«, rief Elaine Yin, »hören Sie denn nicht, was Cassie da sagt?«

»Wisst ihr was?«, rief Ms Murphy aus. »Mir kommt gerade eine großartige Idee. Wie wär's denn, wenn wir ein Stück mit zwei Akten aufführen, und Marcus soll den einen Teil schreiben und Cassie den anderen. In Ordnung, Marcus? In Ordnung, Cassie?«

Cassie sah überrascht von ihrem fieberhaften Zählen auf: »In Ordnung, schätze ich mal.«

Marcus Ellisons Gesicht verzog sich wutverzerrt, aber Ms Murphy tat, als ob sie es gar nicht bemerkte.

»Von was soll denn dein Stück handeln, Cassie?«, erkundigte sich Lucinda, als sie mittags zusammen aus dem Klassenzimmer gingen.

»Ich habe mich noch nicht entschieden«, erklärte Cassie. Aber tatsächlich hatte sie das längst. Es war ganz einfach: erotische Literatur.

»Dir zahl ich's heim, Cassie Zing«, zischte Marcus Ellison.

»Du bist zuerst dran«, sagte Cassie und neigte den Kopf provokativ zur Seite.

Nachdem sie mit ihrer Schwester am Telefon geplauscht hatte, legte Fancy auf, ging ins Wohnzimmer und sagte unvermittelt zu Radcliffe: »Nie gehen wir aus.«

»Wo gehen sie denn jetzt wieder hin?« Er saß lethargisch in seinem Armsessel mit dem ausziehbaren Cordfußteil.

»Wer?«, fragte Cassie. »Wer geht wohin?«

»Marbie, Vernon und Listen. Sie fahren zu den Blue Mountains in den Schnee. Wusstet ihr, dass es in Katoomba schneit? Sie haben vom Zug aus angerufen; sie sind gerade auf dem Weg dorthin. Zu dieser Stunde an einem Mittwochabend! Wir sind früher auch in die Blue Mountains gefahren, erinnerst du dich, Radcliffe?«

»Sagte die Schauspielerin zum Bischof«, murmelte Radcliffe.

Fancy starrte ihn an. »Wie bitte?«

»*Natürlich* erinnere ich mich!« Er riss sich zusammen, und Fancy erklärte Cassie: »Dort hat dein Dad um meine Hand angehalten.«

»Sie sagen, es soll *hier* schneien«, sagte Cassie, die vor dem Fernseher auf dem Boden saß. »Das Geld für die Zugtickets hätten sie sich sparen können.«

»Süße, du sitzt zu dicht am Fernseher, weißt du das?«

»Hier wird es nicht schneien, Cass.«

»Doch, Dad, es wird schneien. Ich habe es in den Nachrichten gehört.«

»In Sydney schneit's nicht, Kiddo.«

»Cassie, Süße«, zeterte Fancy, »ich habe mal von einem Experiment gelesen, bei dem sie Bohnenranken in Töpfe gepflanzt und vor den Fernseher gestellt haben, so nah dran, wie du es jetzt bist, und die Bohnenpflanzen sind blass und dünn gewachsen und trugen kaum Bohnen.«

»Ich bin aber keine Bohnenranke.«

»Cassie ist keine Bohnenranke«, nickte Radcliffe.

»Ja, aber sie sitzt trotzdem zu nah am Fernseher.«

»Sie wird sich die Augen verderben, da hast du Recht. Sie wird uns eines Tages Unsummen an Optiker-Gebühren bescheren. Cassie, zahlst du dann deine eigene Optiker-Rechnung?«

»JA.«

»Na, dann wäre das doch geregelt. Hör auf zu meckern, Fancy, und setz dich hin.«

Cassie wuchs blass und dünn heran, sie war eine sehr schnelle Läuferin, und sie trug kaum Bohnen.

Eines Freitagabends, nur eine Woche vor den Ferien, verkündete Fancy am Esstisch der Zings, nachdem sie gerade mit Listen geplaudert hatte, dass sie alle helfen sollten, ein Thema für Listens

Hausaufgabe zu finden: »Wählt zwei Meerestiere aus«, las Fancy vor, während Listen ihr aufmunternd zunickte. »Ihr könnt auch mythische Gestalten nehmen, und es müssen keine Fische sein.«

»Es müssen keine Fische sein«, murmelte Grandma Zing beeindruckt.

»Tarakihi und Regenbogenforelle«, fiel Grandpa Zing sofort ein.

»Meeräsche und Seejungfrau«, versuchte es Grandma Zing.

»Kugelfisch und Stachelrochen«, sagte Vernon.

»Fisch und Chips«, kicherte Cassie.

»Antarktischer Schwarzfisch und …«, Radcliffe schnippte ein paar Mal mit den Fingern.

»Rollmops und Hummer Mornay«, warf Marbie ein. »Austern und Miesmuscheln.«

»Ich dachte an etwas Gegensätzliches«, sagte Listen. »Zum Beispiel etwas Riesengroßes und etwas winzig Kleines.«

»Wale also«, sagte Vernon.

»Ja, auf jeden Fall Wale.«

»Nimm ein kleines bisschen Seetang dazu«, sagte Cassie, »oder eine klitzekleine Meertraube.«

»Prima Idee, Cassie, aber ich dachte an das Seepferdchen.«

»Du weißt doch schon, was du willst«, bemerkte Grandpa Zing. »Wale und Seepferdchen. Seht ihr? Wale und Seepferdchen. Also warum fragt sie uns dann?«

»Bis eben wusste ich es noch nicht«, verteidigte sich Listen. »Ihr habt mir sehr geholfen. Vielen Dank.« Sie sah sich um, und alle nickten zustimmend, bis auf Fancy, die nachdachte.

»Müssen es Meerestiere sein?«, fragte sie. »Können es nicht auch, was weiß ich, Drachen und Kühe sein?«

»Ich glaube nicht«, sagte Listen entschuldigend. »Es ist für das Ozeanthema. Aber neulich bei Taekwondo ging es um diesen Grandmaster, der als Erster eine Kuh mit einem gesprungenen Seitwärtskick umgehauen hat. Das hätte ich in das Projekt mit aufnehmen können, wenn ich Drachen und Kühe behandelt hätte.«

»Er hat eine Kuh erledigt? Warum hat er das denn getan?«

»Es war eigentlich gar keine Kuh«, fiel Listen wieder ein, »sondern ein Ochse.«

»Vernon«, flüsterte Marbie, »lies doch mal den Brief vor, jetzt, wo alle still sind. Hast du ihn dabei, Vernon? Gut. Hört mal her. Vernon liest ihn vor.«

Vernon hielt seine Gabel in der einen Hand und zog mit der anderen ein zusammengefaltetes Stück Papier aus der Hosentasche. Er räusperte sich, während er es auffaltete.

»Aber ein Ochse ist auch eine Kuh«, sagte Listen mehr zu sich, »oder?«

Fancy streckte die Hand nach der Soße aus. »Kannst du mir –?«, sagte sie. »Die Soße?«

»Psst«, machte Marbie und reichte ihr die Soße. »Vernon versucht zu lesen.«

Vernon lächelte Fancy gutmütig zu, um ihr zu zeigen, dass er ihr nicht böse war, und auch, weil er noch gar nicht angefangen hatte. Dann räusperte er sich wieder.

»Verehrte Eltern«, las er vor. »Verehrte Eltern – ach, ich sollte vielleicht hinzufügen, dass dies ein Brief von Listens Schule ist.« Er sah sich um, und alle nickten, außer Listen, die kühl wissen wollte: »Vernon, warum liest du einen Brief von meiner Schule vor?«

»Pst«, machte Vernon und sah wieder auf den Brief. »Warte ab, Listen. Warte ab. Okay. Wir bedauern, Ihnen mitteilen zu müssen, dass ein unvorhergesehener Notstand an der katholischen St-Carmel-Oberschule für Mädchen eingetreten ist.«

»Ein Notstand!«, rief Grandma aufgeregt.

»Aufgrund einer Fehlschaltung«, fuhr Vernon nickend fort, »gab es einen Wasserrohrbruch, bei dem fast alle Klassenzimmer des 7. Jahrgangs überflutet wurden.«

»Ein Wasserrohrbruch!«, platzte Grandpa Zing heraus. Er rückte den Stuhl nach hinten, als wolle er der versammelten Runde seine Serviette zeigen. »Gibt es in eurer Schule keine Absicherungen für Wasserrohre?«

Sie sahen Listen erwartungsvoll an.

»Anscheinend nicht!«, rief Radcliffe, »wo doch gerade eins geplatzt ist.« Alle johlten, außer Listen, die den Hauch eines Lachens andeutete und nervös blinzelte.

»Warst du dabei, als es geplatzt ist?«, fragte sie Fancy. »Hast du nasse Füße gekriegt?«

Listen erklärte ihnen, dass es letzten Donnerstag passierte, als sie in den Black Mountains waren, deshalb hatte sie auch keine nassen Füße gekriegt. Sie erzählte ihnen auch, dass der Unterricht seitdem im Naturkundelabor oder im Freien stattfand, obwohl es eisig kalt draußen war.

»Du solltest dir eine kleine Kniedecke mitnehmen«, riet ihr Grandma Zing.

»Bedauerlicherweise«, fuhr Vernon feierlich fort, »konnten die Fachleute, durch die ein größerer Schaden an den Klassenzimmern zu verhindern gewesen wäre, nicht rechtzeitig herbeigezogen werden. Der Unterricht der 7. Klassen wird derzeit im Naturkundelabor und auf dem Schulgelände abgehalten, soweit möglich –«

»Wissen wir«, unterbrach Grandpa Zing, »Listen hat es uns doch gerade erzählt.«

»Indes wurde beschlossen, dass alle Siebtklässlerinnen für das Winterhalbjahr umgesetzt werden, bis der Schaden behoben ist. Vom ersten Schultag des neuen Halbjahres an möchten wir Sie bitten zu gewährleisten, dass Ihre Tochter sich nun anmeldet an der –«

Vernon legte eine Pause ein, um die Spannung zu erhöhen.

»Sich wo anmeldet?« Grandma Zing rutschte auf ihrem Stuhl hin und her. »Marbie, warum liest er denn nicht weiter?«

»Weil du nicht still bist. Vernon, sag's ihnen schon.«

Vernon las: »– dass Ihre Tochter sich nun an der Redwood-Grundschule anmeldet.«

»Häh?!«, machte Radcliffe, und alle waren still und sahen sich fragend an.

»Das ist ja Cassies Schule!«, rief Grandma Zing unnötigerweise.

»Aber meine Schule ist eine Grundschule!« Cassie war verblüfft. »Listen ist in der 7. Klasse!«

»Ich sollte nächstes Halbjahr einfach überhaupt nicht zur Schule gehen«, sagte Listen, und zu Cassie, etwas freundlicher: »Nicht, dass ich nicht gerne mit dir in die Schule ginge.«

Fancy sah sich um und fand die Zeitung auf dem Sideboard. Sie riss eine Ecke davon ab. »Hat jemand einen Stift?«, fragte sie.

»Mum«, beharrte Cassie, »Listen kann doch nicht in meine Schule gehen, oder?«

»Nein«, bestärkte sie Listen.

»Radcliffe, gib mir mal deinen Kuli.«

Radcliffe griff in seine Jacke, die über der Lehne hing, und holte einen Kuli hervor. »Vergiss nicht, ihn mir wiederzugeben«, ermahnte er sie.

»Ist es nicht erstaunlich?« Marbie rutschte auf ihrem Stuhl hin und her. »Listen kommt zu Cassie in die Schule.«

»Mum!«, nervte Cassie. »Mum!«

Fancy kritzelte auf ihren Zeitungsschnipsel: *»Erbsen auf der Gabel aufgespießt sehen manchmal aus wie ein Abakus!«* Sie faltete das Papier zusammen und legte es neben ihren Teller.

»*Mum!*«, jammerte Cassie.

»Beruhige dich«, sagte Marbie.

»Süße?«, sagte Fancy.

Alle unterhielten sich gleichzeitig, über Überschwemmungen und Fachleute, Grundschulen und Oberschulen, Lehrer und die Feuerwehr.

Grandma Zing und Radcliffe räumten den Tisch ab.

Radcliffe raffte die benutzten Servietten zusammen, packte Fancys Zeitungsecke dazu, und jetzt lag sie mit Soße durchtränkt auf einem Teller: *»Erbsen auf der Gabel aufgespießt sehen manchmal aus wie ein Abakus!«* Er leerte den Tellerinhalt in den Müll.

Später an diesem Abend saß Fancy an ihrem Schreibtisch und setzte einen Brief auf.

Liebe Ms Murphy,

danke für Ihren Brief, in dem Sie sich nach dem Wackelzahn meiner Tochter (Cassie) erkundigen. Er ist inzwischen ausgefallen. Und die Zahnfee war da gewesen.

Dann hielt sie inne und machte »Tst«. Sie brauchte einen Grund zum Schreiben.

Von Cassies Asthma, ihrer Bienenallergie, ihrer Abneigung gegen Vichykaros und ihrer Vorliebe für Vegemite gegenüber Marmite hatte sie schon berichtet. Was gab es noch?

Cassie saß auf dem Boden hinter ihrem Stuhl, fädelte Plastikperlen auf und fragte hin und wieder: »Mum, kommt Listen wirklich zu mir an die Schule?«

Fancy drehte sich unvermittelt um und sah Cassie an. »Wackelt dir wieder ein Zahn, Liebling?«

»Nein«, sagte Cassie traurig, »oder warte mal.« Sie untersuchte jeden einzelnen Zahn mit der Zunge. »Nein. Keiner wackelt.«

»Ist vielleicht in der Schule irgendetwas Spannendes passiert?«

»Nein«, behauptete Cassie überzeugt.

»Hmmm.« Fancy widmete sich wieder ihrer Nachricht und starrte darauf, während Cassie weiterquengelte: »Liebste Mum, kommt Listen wirklich nach den Ferien zu mir in die Schule?«

»Jetzt ist gut«, sagte Fancy plötzlich. »Ich versuche zu arbeiten, Cassie, und du solltest längst im Bett sein.« Dann glitt ihr Blick über die rosa Plastikperlen, die wie Himbeerbonbons über den Boden des Büros verteilt lagen. »Tut mir leid, Cassie. Ja, sie wird in die gleiche Schule gehen wie du. Nach den Ferien verbringt Listen das Halbjahr an deiner Schule. Weil ihre Schule überschwemmt ist.«

»Danke«, sagte Cassie feierlich, stand auf und machte sich fertig fürs Bett.

Da hatte Fancy einen guten Einfall, und sie schrieb ihren Brief weiter:

> *Ich hoffe, Sie verzeihen mir, dass ich Ihnen schon wieder schreibe, aber ich wollte Sie um einen kleinen Gefallen bitten.*

⊸o⊷

Cassie kroch unter die Bettdecke, und ihre Mutter sammelte die Klamotten vom Boden auf.

»Cassie, das sind deine Turnsachen! Du solltest sie doch zur Wäsche tun.«

Cassie sagte »ups!«, kroch unter die Harry-Potter-Bettdecke und drückte die Wange ins Kissen. Ihre Mutter schüttelte den Gymnastikanzug aus und betrachtete ihn skeptisch. Sie legte ihn über den Arm, zog die Vorhänge zu, nestelte an Harry Potter herum und schaltete das Licht aus.

Cassie lag im Bett und stellte sich vor, ihre eigene Schule wäre überschwemmt worden. Sie dachte an Unterlagen, Lehrer, Pulte und Flaschen voller Tipp-Ex, die in der Strömung auf und ab tanzten. Ms D'Souza in einem Rettungsboot, Mr Woodford im Kanu und Ms Murphy wassertretend. Sie dachte an Schwämme, weiße Magnettafeln und rosa Kreide, Diaprojektoren, Blumenvasen, Kartons. Sie dachte an die Schulschildkröte, die es aus ihrem Teich geschwemmt hatte, wie sie ruderte und ängstlich tutete.

Cassie kam das alles sehr verdächtig vor und außerdem absolut rätselhaft.

Am letzten Montag vor den Ferien fand Fancy einen lila Filzer ohne Kappe in der Tasche von Cassies Sportjacke. Ein lila Schmetterling erblühte auf der Jacke in Höhe der Hüfte, aber Fancy bearbeitete ihn mit Vorwasch-Fleckenentferner und sah zu, wie die Flügel sich langsam auflösten.

Daraufhin schrieb sie mit lila Filzer die folgende Liste auf ein Papiertaschentuch:

DINGE IN EINEM FAMILIENHAUSHALT: DIE WÄSCHE
Domestos
Kleieseife
Ein blauer Eimer mit einem

rosa Schwamm mit Ajax-Spray und
Wisch & Weg
Eine kleine Pfütze am Fuß
der Waschmaschine
Waschmaschine

Am letzten Dienstag vor den Ferien fand Fancy einen Kaffeefilter voll mit altem Kaffeepulver, der stillschweigend in der Kaffeemaschine vor sich hin gammelte. »Oh, Radcliffe«, stöhnte sie laut und seufzte »puh«, als sie ihn herausfischte und in die Mülltonne warf.

Auf das Nachrichtenbrett neben dem Telefon schrieb sie diese Liste:

DINGE IN EINEM FAMILIENHAUS-
HALT: DIE KÜCHE
Uhr
Kalender mit Fotos von den Rocky
Mountains in Kanada
Collage aus Familienfotos im silbernen
Rahmen
Schulheft
Namensschilder
Unterwäsche für die Puppe
Karaffe mit Portwein
Umgefallene aufstellbare Geburtstags-
karte
Kerzenwachsflecken auf dem Tisch

Am letzten Mittwoch vor den Ferien saß Fancy am Tisch und kratzte das Kerzenwachs ab. Wenig später nahm sie Notizbuch und Stift zur Hand und listete Folgendes auf:

DINGE IN EINEM FAMILIENHAUSHALT:
KERAMIKSCHALE, DARIN DIESES UND JENES, GENAUER
Reißzwecken
Schnippgummis
eine leere Filmdose
eine Visitenkarte
Valerio-Gurgelwasser gegen Halsschmerzen
Watte
AAA Batterien
eine Haarklemme
eine 2-Dollar-Münze aus Hongkong
ein großer schwarzer Knopf
eine blaue Kulikappe
Klebestift
Nagelfeile
eine Moschusparfüm-Probe
eine Sicherheitsnadel
eine Büroklammer
eine Wertmarke für das Schließfach in der Baulkham-Hills-Shire-Stadtbücherei

Ein weißer Beutel Silica-Gel: NICHT ESSEN, NICHT ESSEN, NICHT ESSEN

Und am letzten Donnerstag vor den Ferien hatte Fancy das Gefühl, dass es so nicht weiterginge. Sie griff nach ihrer Handtasche, um etwas Neues für ihre Listen auszusuchen: Sie würde die *Dinge in einem Familienhaushalt* durchgehen.

Ihre Liste der potenziellen Listen befand sich nicht in ihrer Handtasche.

»Ah«, seufzte Fancy und ging in ihr Arbeitszimmer und sah auf dem Tisch nach. Da war sie auch nicht. In den Schubladen ebenfalls nicht.

Aber es machte ihr nichts aus, weil sie noch haargenau wusste, was die Liste enthielt. Sie konnte einfach die Rückseite einer anderen Telefonrechnung nehmen und die gleiche Liste ein zweites Mal erstellen. Dennoch begab sie sich auf eine gründliche, optimistische Suche durch das gesamte Haus: die Küche, die Wäsche, die Schlafzimmer, die Garage, das Auto. Sie rannte die Treppe hoch und runter und wühlte blindlings in allem herum, wie etwa im Besteckkasten und im Schnapsschrank.

Wahrscheinlich steckte sie in irgendeiner Tasche. Wann hatte ich sie denn zuletzt gesehen?

Und dann schwante es ihr. Das letzte Mal hatte sie sie beim Eindringen in der Hand gehabt. Dem Eindringen, welches beinahe mit einer Katastrophe geendet hätte – als sie Marbies Pieper nicht erkannt hatte, kurz davor gewesen war, entdeckt zu werden, und es ihr nur um Haaresbreite gelungen war, aus dem Fenster zu entwischen. *Also müsste die Liste in der Tasche meiner schwarzen Hose sein –*

Aber dann spürte sie eine merkwürdige Anspannung im Gesicht, so als ob sich automatisch schließende Türen langsam auf ihre Nase zubewegten. Ihre schwarze Hose hatte keine Taschen. Sie hatte die Liste der potenziellen Listen auf dem Esszimmertisch am Fenster in dieser Wohnung liegen lassen. Und auf der Rückseite befand sich ihre Telefonrechnung.

Als sie ihre Mutter mit zitternden Händen und tränenerstickter Stimme anrief, reagierte diese erstaunlich gelassen. »Auf dem Tisch lagen sicher haufenweise Unterlagen?«

»Ja«, stammelte Fancy.

»Es wäre doch möglich, dass sie immer noch da liegt, wo du sie hingelegt hast«, sagte ihre Mutter zufrieden. »Ich gebe eine Eil-Anfrage für ein Ablenkungsmanöver heraus. Erzähl Marbie, was los ist. Und du wirst sehen: Bevor der Tag zu Ende ist, können wir mit dem Eindringen loslegen, meine Liebe.«

»Ich lauere neben dem Telefon«, versprach Fancy.

»Mach dir nicht so viele Sorgen, Liebes. Mach einfach weiter mit deinem gewohnten Tagesablauf, aber trag deinen Pieper lieber bei dir. Es könnte zeitlich ganz schön knapp werden.«

Natürlich ging Fancy den ganzen Tag nicht aus dem Haus. Sie war kribbelig, fast hysterisch, und hielt jedes Mal die Luft an, wenn das Telefon klingelte oder wann immer sie Blätter rascheln hörte (das war das neue Piepergeräusch). Sie bat Radcliffe, Cassie von der Schule abzuholen, weil sie sich zu nervös zum Autofahren fühlte. Radcliffe versuchte sie zu beschwichtigen, aber in seiner Stimme klang deutlich der mögliche Nervenkitzel einer drohenden Katastrophe mit. Sie rief Marbie mehrfach an, um sich bestätigen zu lassen, dass sie rechtzeitig von der Arbeit losgehen würde: Marbie lachte; bis dahin hatte sie recht gelassen auf die ganze Angelegenheit reagiert, aber als Fancy das vierte Mal anrief, schien selbst sie die Nerven zu verlieren.

Als endlich der Anruf ihrer Mutter kam, schlug Fancys Herz mit der Unbändigkeit eines wilden Rock 'n' Roll-Songs.

Aber es lief überraschend glatt.

Es war niemand in der Nähe; Marbie kletterte wieder sicher auf den Baum; der Code funktionierte, die Wohnung war leer und dunkel; und die Liste der potenziellen Listen lag unversehrt auf dem Esszimmertisch unter irgendwelchen Gesetzestexten verborgen. Nachdem sie die Liste in ihrer Handtasche verstaut hatte, war Fancy so erleichtert, dass sie beschloss, die Wartungsarbeiten zu Ende zu bringen, die sie beim letzten Mal nicht geschafft hatte.

»Schlaf gut«, sagte Marbie besorgt, als sie Fancy zu Hause absetzte. »Und mach dir morgen einen entspannten Tag, du Arme. Gönn dir eine Aromatherapie-Massage.«

Aber als Fancy am nächsten Morgen, dem letzten Freitag vor den Ferien, aufwachte, war sie ein einziges Nervenbündel, so dass sie erst einmal einige Minuten tief ein- und ausatmen musste. *Es ist gut, es ist gut, es ist gut,* beschwor sie sich selbst.

Ihre Hände flatterten von ihrem Mund zu den Ellbogen hin und weiter und zu ihren Ohren, und manchmal fassten sie ins Leere.

»Geht's dir gut, Mum?«, fragte Cassie auf dem Weg zur Schule.

»Ja, meine Süße, alles bestens! Ich wünsche dir einen schönen letzten Schultag! Ab morgen sind Ferien! Hurra!«

Cassie beäugte sie misstrauisch.

Auf dem Nachhauseweg beschloss Fancy, etwas gegen diese Hysterie zu unternehmen. Sonst würden noch massive körperliche Beschwerden dabei herauskommen, so was wie ein Herzanfall oder ein Hautausschlag. Sie brauchte Bewegung. Zum Joggen war es viel zu kalt, aber sie konnte ins Fitnessstudio gehen. Schwimmen, das würde ihr jetzt helfen. Das ruhige Gleiten durchs Wasser!

Und was sagte man dazu, es war Freitagmorgen, und der Mann am Telefon hatte gesagt, dies sei die ruhigste Zeit zum Schwimmen. Sie würde nach Hause gehen, ihre Sachen zusammenpacken und direkt zur Schwimmhalle fahren.

Der Kanadier stand auf seiner Veranda.

»Ich habe Sie ja schon lange nicht gesehen!«, begann sie an ihrer Haustür zu schwatzen. »Ich schätze, es war Ihnen zu kalt, um auf der Veranda zu frühstücken. Ich hatte noch gar keine Gelegenheit, mich bei Ihnen für diesen leckeren Kuchen zu bedanken! Cassie hat er übrigens ganz hervorragend geschmeckt. Ich habe ein paar Stücke für sie eingefroren, die sie als Leckerbissen zum Mittagessen in die Schule mitnimmt.«

»Mir ist nie zu kalt, um auf der Veranda zu frühstücken«, sagte er. »Lag daran, dass ich weg war. Und das ist das Netteste, was ich seit langem gehört hab, dass Cassie meinen Ahornsirupkuchen mit in die Schule nimmt, also, danke.«

»Sagen Sie mal«, kam es Fancy plötzlich, »das Blatt des Zuckerahorns wäre doch ein typisch kanadisches Blatt, oder?«

»Es gibt auch woanders Zuckerahornbäume«, antwortete der Kanadier förmlich. »Aber der Zuckerahorn is auf unserer Nationalflagge. Von daher wär's schon typisch für Kanada.«

»Dann sagen Sie doch mal«, wiederholte Fancy, »könnte eine Träne wie ein Zuckerahornblatt aussehen?«

Der Kanadier dachte einen Moment lang darüber nach. »Eigentlich«, sagte er bedächtig, »also da, muss ich Ihnen gestehn, würd ich ein völlig anderes Blatt nehmen, um eine Träne zu beschreiben. Eher die klassische Blattform. Eher so was wie das Eukalyptusblatt hier. Allerdings, wenn man sich vorstellt, die Träne fällt auf eine Buchseite, platsch – also mal angenommen, man würde gerade lesen und dabei weinen –, könnte so 'ne Träne, die auf die Seite kullert, platsch, und der Fleck, den sie auf dem Buch macht, wenn Sie Glück haben, aussehen wie das Blatt des Zuckerahorns. Aber sonst eher nicht, würd ich sagen.«

Fancy wurde von einer Welle der Zuneigung für ihren kanadischen Nachbarn überrollt.

»Vielen Dank«, sagte sie errötend und ging ins Haus.

Auf dem Weg zur Schwimmhalle fühlte sich Fancy ruhig und zufrieden. Sie erlaubte sich die Vorstellung, sie hätte den Kanadier eingeladen mitzukommen. *Schwimmen! Ich liebe schwimmen!* Und sie hätte ihm beigepflichtet: *Ich auch!* Er wäre ins Haus gelaufen, um seine Badehose zu holen, vielleicht sogar gleich darin erschienen! Nur um zu beweisen, dass er Kanadier ist und ihm dieses graue eiskalte Wetter nichts anhaben kann. (Es war kurz über dem Gefrierpunkt, gaben sie im Radio durch.) Und dann wären sie plaudernd losgefahren, ihre Hand am Schaltknüppel dicht bei seinem nackten haarigen Bein! Die Haare auf seinen Beinen wären sicher fein, nicht grob. Und im Schwimmbad würden sie beide allein sein! Nur sie beide! Und er würde kopfschüttelnd ihre anmutigen Armzüge bewundern.

Fancy schwamm (im Gegensatz zu Marbie, die eine Leistungsschwimmerin war) außergewöhnlich langsam, dafür besonders elegant; sie schwamm so langsam, dass sie ihren Mitschwimmern immer im Weg war, wenn sie sich eine Bahn teilen mussten. Deshalb hatte sie angerufen und sich nach der ruhigsten Zeit zum Schwimmen erkundigt.

Gelassen betrat sie die Sporthalle und erklärte, sie wolle gerne schwimmen.

»Tut mir leid«, sagte der Mann hinter dem Schalter – es war derselbe Mann mit der unangenehmen Reibeisenstimme, der ihren Anruf entgegengenommen hatte. »Tut mir leid«, sagte er. »Das Schwimmbecken ist jeden Freitag von 9.30 bis 11.30 zum Putzen geschlossen.«

»Nein«, sagte Fancy mit Nachdruck. »Nein, ich habe vor ein paar Wochen hier angerufen, und man hat mir gesagt, dass dies die ruhigste Zeit zum Schwimmen ist.« Sie hatte nicht die Absicht, sich einfach abwimmeln zu lassen.

»Sie waren das? Was ich gesagt habe, war«, erklärte der Mann mit einem gehässigen Grinsen, »dass es im Pool um diese Zeit am ruhigsten ist! Selbstverständlich ist es das! Es ist ja niemand drin. Er wird sauber gemacht!«

Fancy starrte ihn an. Dass jemand die Unverfrorenheit besaß, sich dermaßen über sie lustig zu machen! Sie hatte ein Recht darauf, ihn so lange mit ihrem ungläubigen, anklagenden Blick zu taxieren, wie es ihr passte.

»Ich habe es Ihnen erklärt«, verteidigte er sich, »ich habe Ihnen im Weiteren erklärt, warum das so ist. Sie haben mich offenbar nicht verstanden.«

»Wenn das Schwimmbecken gerade gesäubert wird«, konterte Fancy und reckte den Kopf, »kann ich mir nicht vorstellen, dass es allzu ruhig ist. Die Reinigungsgeräte machen ganz schön Krach, vermute ich!« Damit stürmte sie aus der Sporthalle.

Als sie wieder im Auto saß, fühlte sich Fancy so töricht, dass sie ein bisschen weinen musste. Der Regen klatschte ganz sonderbar gegen ihre Windschutzscheibe: Er landete eher mit einem eisigen Rutschen als mit einem normalen zuckerahornblattförmigen Platschen.

Bei dem Gedanken, der Kanadier wäre mitgekommen, kam sie sich noch dümmer vor. Wie sie seine Zeit vergeudet hätte. Sie schüttelte sich aus Furcht. Natürlich wäre es auch möglich, dass er ihren Irrtum hinreißend gefunden und vorgeschlagen hätte, stattdessen eine heiße Schokolade trinken zu gehen. Der Wagen rutschte und schlitterte über die Straße, und etwas von ihrer Nervosität kehrte zurück.

Wieder zu Hause, kam ihr der Tag endlos vor. Sie telefonierte mit ihrer Mutter, und sie berieten sich kurz darüber, ob sie die Familiengeheimnisversammlung der Zings für diesen Abend wegen des schlechten Wetters absagen sollten. Sie beschlossen, sie abzusagen, und so musste ihre Mutter auflegen, um die anderen zu benachrichtigen. Fancy wanderte ziellos von einem Zimmer ins andere, hob Gegenstände vom Boden auf und ließ sie an anderer Stelle wieder fallen. Sie nahm Bücher aus den Regalen und ersetzte sie durch andere, blätterte durch Fotoalben. Dabei weinte sie still vor sich hin: wegen des Mannes in der Sporthalle mit der schrecklichen Stimme; darüber, wie knapp sie beim letzten Eindringen davongekommen war; darüber, wie dumm sie gewesen war, ihre Telefonrechnung liegen zu lassen! Über Radcliffe, ihren Mann, der es gut meinte (man sehe sich ihn nur einmal auf diesem Foto an, mit seiner besorgten Miene, und was, wenn er auf dem Nachhauseweg tödlich verunglückte?); über ihre wunderhübsche Tochter Cassie (wie klein sie war. Da war sie mit ihren kuscheligen roten Handschuhen!).

Und dabei ging ihr die ganze Zeit dieser traurige kurze Satz durch den Kopf: *Wie schmeckt dir dein Tarakihi, mein Liebling? Wie schmeckt dir dein Tarakihi?*

Währenddessen bat Cassie ihre Freundin Lucinda, ihr Pausenbrot zu halten, und flutschte zum äußeren Rand des Spielplatzes hinüber. Lucinda beobachtete gebannt, wie Cassie ihre Fäustlinge hochzog.

Der Spielplatz war spiegelglatt, geradezu perfekt. Cassie musste nur noch loslaufen, so schnell sie konnte, mit so viel Anlauf wie möglich, das Glatteis würde sein Übriges dazutun. Es war eindeutig besser als die Rollstuhlrampe auf dem Parkplatz der Castle Towers, wo man mit Schwung bis fast ganz unten schliddern konnte.

Cassie beugte sich nach vorn, konzentrierte sich, sprang einmal auf der Stelle und rannte los. Sie war schnell. Sie war schneller denn je. Der eiskalte Wind begleitete sie begeistert. Marcus Ellison war eine kleine Gestalt mit einem Kricketschläger und finsterem Gesicht, aber er wurde rasant größer. Sie warf sich mitten in das Spiel, und die Kinder um sie herum verschwammen!

Dann fing Mr Woodford sie auf. Sie brauchte

einen Moment, bis sie wieder zu Atem kam. Der Schleier vor ihren Augen lichtete sich.

»Cassie«, sagte Mr Woodford feierlich, »das Tempo, das du eben draufhattest, war das Tempo einer Olympia-Läuferin. Verstehst du? Verstehst du, dieser Sprint eben, mit dieser Geschwindigkeit, war der Beginn eines olympischen Wettlaufs. Verstehst du das?« Alle wussten, dass Mr Woodford immer Witze machte, also warteten sie erst einmal ab. Aber dann wurde ihnen bewusst, dass es ihm ernst war. Mr Woodford war ernst. Alle passten auf.

Cassie schielte zu Marcus Ellison hinüber – er starrte sie an, bleich und bebend: Er hatte gesehen, wozu sie bereit war. Sie war bereit, einen olympiareifen Spurt hinzulegen, über das Glatteis hinweg direkt auf ihn zuzufegen, und wenn Mr Woodford sie nicht aufgehalten hätte – er sah seinen Schläger an.

»Verstehst du das?«, wiederholte Mr Woodford noch einmal.

Cassie nickte zustimmend und schlitterte wieder zu Lucinda hinüber. Sie hatte es Marcus Ellison gezeigt, das hatte sie an seinem Gesicht abgelesen. Das war erledigt.

Was noch nicht erledigt war, fiel ihr auf, als Lucinda ihr das Pausenbrot reichte: der Lauf. Ihre Beine wollten den Lauf zu Ende bringen.

Alles, bloß nicht das. Fancy sprang vom Wohnzimmerboden auf, stolperte über das Fotoalbum, lief den Flur hinunter zur Haustür und riss sie auf.

Sie betrat die Veranda, und etwas, das sich anfühlte wie ein Lederhandschuh, schlug ihr entgegen: So kalt war es. Die Fußmatte unter ihr knirschte. Ein eisiger Schauer lief Fancy über den Rücken, und sie zog die Schulterblätter zusammen. Die Wolken hingen tief, und der Himmel war blass und sah jämmerlich aus, wie Cassie, wenn sie krank wurde. Die Veranda des Kanadiers war leer.

Wieder im Haus, die Tür fest gegen die Kälte verschlossen, starrte Fancy den Flur hinunter. Wie wäre es denn, wenn sie Pfefferkuchen backte? Oder ein kleines Mosaik legte, wie wäre es denn, wenn sie die Löcher in Cassies Kleidung stopfte? Wir wäre es –

Aber nein, nein, nein, sie geriet in Panik und ging wieder zur Haustür. Der Himmel schmollte immer noch, und auf der Veranda des Kanadiers tat sich nichts. Sie ließ die Tür einen Augenblick offen stehen, und ein klirrend-kalter Wind wirbelte die Zweige auf dem Rasen umher und fegte vertrocknete Blätter auf die Veranda.

»Oh nein!«, sagte Fancy, als ein paar Blätter an ihren Knöcheln vorbei ins Haus wehten. »Jetzt muss ich auch noch staubsaugen!« Dann fiel ihr ein, dass ihr Staubsauger zur Reparatur war.

Ich frage mich, ob mir der Kanadier seinen Staubsauger leihen würde, dachte sie plötzlich ernst. In diesem Moment fuhr der Lieferwagen vom Reparaturdienst die Auffahrt hinauf. Fancy nahm den reparierten Staubsauger mit steifer Höflichkeit entgegen und stöpselte den Stecker ein, sobald sie die Tür hinter sich geschlossen hatte.

Sie saugte den Eingangsbereich, die Diele, das Wohnzimmer und Cassies Zimmer. Dann war ihr Schlafzimmer dran. Das Kreuz tat ihr weh, und das Dröhnen des Staubsaugers erfüllte immer noch das Zimmer. Mit dem Knie schob sie das Bett beiseite und machte sich an die Scheuerleisten. Sie hockte sich auf den Boden und führte das Staubsaugerrohr bis tief unter das Bett, als ein ersticktes Rasseln zu hören war und sie das Gerät ausschaltete. Etwas hatte das Rohr verstopft. Sie entfernte es vorsichtig.

Es war ein verstaubtes lila Söckchen. Hinten an der Ferse war ein einzelnes lila Gänseblümchen aufgestickt.

Sie hielt es hoch und sah es stirnrunzelnd an. Es war keine von Fancys Socken. Auch keine von Cassie. Und schon gar keine von Radcliffe. Also, wessen Söckchen könnte weit unter ihrem Bett gelandet sein?

In der Stille nach dem Gedröhne des Staubsaugers kippte Fancy wieder nach hinten auf die Fersen, sah vom Söckchen zum Fenster, zur Decke und wieder zum Staubsauger. Der Staubsauger wusste die Antwort auch nicht, aber das Zimmer schien hellwach.

Dieses Söckchen gehört einer anderen Frau, flüsterte Fancy. *Radcliffe hatte eine Affäre.*

Während sie dahockte, musste sie unvermittelt lachen. Radcliffe und eine Affäre! Es war so unwahrscheinlich, dass vor ihren Augen sofort dieses Wort (»Affäre«), umstellt von geistreichen Stichwort-Karten, auftauchte. Jede dieser Stichwort-Karten enthielt eine rhetorische Frage, zum Beispiel: *Wann sollte diese Affäre denn stattfinden, Fancy, in Anbetracht der Tatsache, dass du täglich zu Hause arbeitest?*

Ich weiß, ich weiß! *Wann denn?* (Sie lachte mit.) Obwohl ich schon sagen muss (bemerkte sie höflich), dass ich öfter mal ausgehe – zum Beispiel in geschäftlichen Angelegenheiten für das Familiengeheimnis der Zings oder zum Kaffeetrinken mit Marbie oder Mum. Radcliffe arbeitet nur zehn Minuten von hier und kommt oft überraschend zum Mittagessen nach Hause. Genauso gut könnte er eben schnell mal eine hübsche Frau mit nach Hause bringen.

Aber Fancy, welche hübsche Frau wollte schon mit Radcliffe Sex haben? Mal ehrlich.

Ich, zum Beispiel (dachte sie säuerlich). So schlecht ist er gar nicht. Und auf der Arbeit gibt es jede Menge Frauen. Da wäre etwa Gemma aus dem Lohnbüro, die ihre Drinks verschüttet und sich die Leberflecke weglasern lässt.

Also gut, aber ein lila Söckchen? Warum sollte sie denn ein lila Söckchen verlieren?

Hier musste Fancy passen. Sie hatte nicht auch nur eine Sekunde lang an spitzenbesetzte Unterwäsche oder einzelne Diamantohrringe gedacht. Keine Frau würde es mit dem Mann einer anderen treiben und dann im Taxi davonbrausen, ohne ihre Unterwäsche oder Ohrringe mitzunehmen. Keine! Sie würde den eiskalten Wind auf ihren Pobacken spüren! Ganz zu schweigen von der Stelle am Ohr, an der der Diamant fehlte.

Aber ein lila Söckchen, das konnte sie sich vorstellen.

Mal angenommen, Gemma (denn natürlich könnte es Gemma sein) – also mal angenommen, Gemma arbeitet nur nachmittags. (Gemma arbeitete tatsächlich nur nachmittags – Radcliffe hatte das erwähnt.) Also gut, mal angenommen, Fancy ruft Radcliffe eines Morgens an, um ihm mitzuteilen: »Ich gehe mit Marbie Kaffee trinken und bin weg.«

Radcliffe ruft prompt heimlich Gemma an: »Bist du noch zu Hause, mein Schatz? Noch nicht los zur Arbeit? Meine Frau ist ausgeflogen. Triff mich doch in zehn Minuten bei mir.«

Gemma, salopp gekleidet, Shorts, Turnschuhe und lila Söckchen, kommt atemlos an. Ihre Arbeitskleidung trägt sie in einer Sporttasche über der Schulter. Sie stürzen für ein paar Minuten Leidenschaft die Treppe hinauf; anschließend duscht Gemma dampfend heiß; danach wirft sie sich schnell in ihr Arbeitsoutfit (Nylonstrumpfhose, Rock, Lippenstift), und sie düsen gemeinsam ab zur Arbeit. Dabei kann man leicht ein lila Söckchen übersehen.

Aber mal ehrlich, warum sollte Radcliffe eine Affäre haben? Daran hast du doch noch nie gedacht.

Die Frage lautet eher (eisig), warum ist es mir bisher nicht in den Sinn gekommen? Man erinnere sich: Radcliffe hatte mich schon betrogen, als wir gerade mal fünfzehn und noch nicht lange zusammen waren. Wenn er noch nicht mal einen Monat durchgehalten hat, wie kann ich dann glauben, es würde mit ihm ein Leben lang klappen?

Jetzt tauchte das Wort »Affäre« stolz und leuchtend inmitten lauter umgefallener Karten auf. Es wartete geduldig darauf, dass sie sich die Einzelheiten zusammenreimte.

Natürlich hatte er etwas mit Gemma. Klar! Wie Radcliffe von ihr gesprochen hatte! So zärtlich und liebevoll. »Du wirst dich doch noch an Gemma erinnern«, hatte er gesagt.

»Nein«, hatte Fancy geantwortet. Und dann hatte er erklärt, wie sich Gemma die Leberflecke entfernen ließ. Warum sollte er das denn so genau wissen? Welchen Grund hatte Gemma aus dem

Lohnbüro, Radcliffe von ihren Leberflecken zu erzählen? Tüteten Leute im Lohnbüro nicht normalerweise hinter verschlossenen Türen Gehälter ein?

Er hatte sie bestimmt mit nach Hause gebracht, als Fancy, Marbie und Listen in der Castle-Hill-Mall Kaffee trinken waren – am selben Tag, an dem Radcliffe in der Mittagspause heimgekommen war, um sie zu »überraschen«. *Aber sie hatte ihn ja angerufen*, fiel ihr jetzt wieder ein, *um ihm mitzuteilen, dass sie nicht da sein würde*. Dann ist er nach Hause gekommen, *WEIL sie weg war*. Er hatte Gemma in lila Söckchen mitgebracht! Außerdem, fiel ihr siedend heiß ein, hatte er an diesem Tag ein Glas zerbrochen. Bei dem Versuch, es wegzusaugen, war der Staubsauger kaputtgegangen. Bei dem Versuch, *die Spuren seiner Affäre zu beseitigen!*

Gemma hatte das Glas zerbrochen! Gemma war tollpatschig. Sie hatte doch auch auf der Weihnachtsparty den Drink verschüttet. Erst Wochen später hatte er erwähnt, dass er mittags zu Hause gewesen und dass der Staubsauger kaputtgegangen war. Ein Ausrutscher! Wie auffällig er sich verhalten hatte, als er ihr davon erzählte. Und wie nett und liebevoll er war, als sie den Staubsauger zur Reparatur brachten.

Ihr Staubsauger hatte die ganze Zeit versucht, sie auf die Affäre hinzuweisen. Zuerst war er an dem zerbrochenen Glas erstickt, dann hatte er Radcliffe dazu gebracht zu gestehen, dass er an diesem Tag nach Hause gekommen war; und heute kehrte er aus der Reparatur zurück mit dem Ziel, die lila Socke zu verschlucken.

Fancy lag rücklings auf dem Bett und sah es plötzlich ganz klar vor sich: *Radcliffe hat eine Affäre.*

Ach vergiss es, rief sie aus und setzte sich mit einem verächtlichen Ruck gerade hin: *Es ist bloß eine Socke!* Sie hielt sie in der Hand und betrachtete sie, so mickrig und dünn. Konnte dieses Nichts für etwas derart Ungeheures wie eine Affäre stehen?

Aber dann dachte sie an ihre Rezepte. Ein versehentlicher Klecks Eigelb im Eischnee; ein achtel Teelöffel Cayennepfeffer in ihrer Mangosoße – kleine Dinge mit großer Wirkung! Kleine Dinge konnten eine immense Bedeutung haben.

Jetzt fühlte sich das Söckchen in ihrer Hand feucht an, wie ein schuppiger Fremdkörper, und sie warf es auf den Boden. Es lag da und schien zu zappeln – ein Fisch, zu klein zum Essen.

Marbie Zing

Am Montag nach Cassies Party kreuzte die schwarze Nachbarskatze Marbies Weg und kam ihr derart in die Quere, dass Marbie unter einer Leiter hindurchstolperte. Die Leiter stand mit Sicherheit absichtlich ans Haus der Nachbarn gelehnt. Einen Moment lang verharrte sie zitternd darunter. Soweit sie sich erinnerte, war dies das erste Mal, dass sie unter einer Leiter hindurchmusste. Es war sinnlos, jetzt noch zur Arbeit zu fahren.

»Bist du schon wach?«, rief sie und klopfte an Listens Schlafzimmerfenster. Listen ging seit einigen Tagen immer später zur Schule. Sie erschien in ihrem abgewetzten Schlafanzug und rieb sich die Augen.

»Du siehst müde aus«, sagte Marbie.

»Ich bin gerade aufgewacht«, erklärte ihr Listen.

»Trotzdem«, sagte Marbie, »du brauchst mal eine Pause. Wir machen eine Spritztour ans Meer, und ich kaufe dir einen Sarong. Diese Woche ist Herbstanfang, und die Sonne steht bald tief über den Bäumen und wirft uns kleine Schatten vor die Füße. Bis dahin sollten wir Sarongs tragen.«

»Einverstanden«, sagte Listen, »gute Idee.«

»Ich schreibe dir eine Entschuldigung wegen Tollwut.«

Während Listen ihr Strandhandtuch suchte, rief Marbie bei der Arbeit an und erklärte das mit der Katze und der Leiter. Tabitha hatte vollstes Verständnis. »Bleib, wo du bist. Bleib dem Büro heute fern.«

Dann rief Marbie den Luftfahrtingenieur an und sagte ihm für heute Abend nach der Arbeit ab.

»Fällt aus?«, fragte der L.I. mit einem Schmatzen. »Ich bin sowieso krank. Hörst du das? Ich lutsche eine Halspastille. Es ist eh besser, wenn wir uns nicht sehen. Aber war das nicht *dein* Vorschlag gewesen?«

Es stimmte. Sie hatte das Treffen geplant. Damit sie ihm klipp und klar erklären konnte: kein Tennisspielen mehr. Entweder so, oder sie hätte ihn zu einem Cocktail bei sich eingeladen, um dem Ganzen eine andere Form zu geben: »Hier, Mr Luftfahrtingenieur, das sind Vernon und Listen! L.I. ist eine Art Kollege von mir. Listen! Zeig doch L.I. mal ein bisschen Taekwondo! Sieh dir das an, L.I., hat sie nicht Talent? Ich glaube, das kommt vom Tanzen.«

Anschließend würde der L.I. wieder abziehen, und sie würde auf der Türschwelle Vernons Hand halten und hätten bereits das Thema gewechselt, wären etwa zum Abendessen übergegangen.

Marbie, am Telefonhörer, war in Schweigen versunken und malte es sich aus, so dass der L.I.

nach einer Weile ein Knirschen vernehmen ließ und sagte: »Au! Jetzt hab ich auf die Lutschpastille gebissen, und die hat scharfe Kanten. Wie sieht's stattdessen am Mittwoch aus?«

»Am Mittwoch sieht es gut aus«, stimmte Marbie ihm zu und legte auf. Sie hatte die Angewohnheit, einfach aufzulegen, statt eine abschließende Bemerkung hinterherzuschicken wie etwa »Super! Bis dann. Halt dich tapfer!«.

Als der L.I. am Mittwochabend in den Pub kam, war er für seine Verhältnisse in ungewöhnlicher Plauderlaune und erklärte, dass er seine Erkältung mit Eukalyptusbonbons besiegt hatte.

Er setzte sich und kicherte in sich hinein, nahm sein Bier und ließ das Glas mit einem *brmmm* zu seinem Mund fliegen. Der Schaum tropfte über den Rand. »Hier kommt das Flugzeug!« Dann erzählte er Marbie, sein Vater sei Pilot.

»Nein wirklich«, äußerte sich Marbie.

»Und genau so hat er mich immer gefüttert«, erklärte er, »als ich noch ein Baby war. Und deshalb habe ich letztendlich Luftfahrttechnik studiert.«

»Hmmm«, machte Marbie und überlegte, ob sie erwähnen sollte, dass Babys überall auf der Welt von fliegenden Löffeln gefüttert wurden.

Aus Höflichkeit erzählte sie ihm stattdessen, dass sie schon bei diversen Heißluftballonveranstaltungen gewesen war. Sie nahm ihr Bier und führte es in der gemächlichen Art eines schwebenden Heißluftballons zu ihrem Mund. Er kicherte und erklärte ihr, die Heißluftballons hätten eine *unglaublich wichtige* Rolle bei der Entwicklung der luftfahrttechnischen Gesetze gespielt. Sie sagte, sie hätte einmal gehört, dass bereits Leonardo da Vinci sämtliche aeronautischen Prinzipien gekannt und sie vor fünfhundert Jahren in seinen Skizzenbüchern festgehalten hatte. Er entgegnete, das sei ein weit verbreiteter Mythos, vergleichbar mit dem Glauben, William Shakespeare habe seine Stücke selbst geschrieben.

Darauf konterte Marbie, sie glaube, dass dieser Mythos tatsächlich wahr sei und William Shakespeare seine Stücke tatsächlich selbst geschrieben habe. Und auch wenn jemand anders sie geschrieben hätte, änderte das etwas? Wer kannte damals schon William Shakespeare? Er könnte ebenso gut ein Gesamtwerk aus mehreren Leuten sein, oder auch nicht, und dennoch wäre es William Shakespeare.

»Wow!«, erwiderte der Luftfahrtingenieur beeindruckt, und in seine Augen trat ein Funkeln, das seine Faszination und Verwirrung über ihren Standpunkt widerspiegelte.

Außerdem, fuhr sie fort, wo wir gerade von William Shakespeare reden, sie selbst stammte aus einer Schriftstellerfamilie. Ihr Vater hatte beispielsweise einmal ein Jahr in Irland zugebracht, um dort einen Roman zu schreiben (dann hat er allerdings das Manuskript Seite für Seite ins Meer geworfen); und ihre Schwester Fancy war ebenfalls Autorin.

L.I. warf ihr einen fast verstohlenen Blick zu, als sie ihm das mit ihrer Familie offenbarte. Er verfiel nicht in Predigten über Umweltschutz bei der Erwähnung, dass der Roman im Meer landete. (Das war ansonsten die übliche Reaktion darauf.) Und er fragte auch nicht, was Fancy schrieb, wie die meisten anderen. Stattdessen rutschte er auf seinem Stuhl herum, sah traurig in sein Bier und blickte dann abrupt zu Marbie auf: »Ich weiß nicht so recht, ob ich dir das erzählen soll.«

»Unbedingt!«, versicherte Marbie.

»Ich weiß nicht«, sagte er, »ich weiß es einfach nicht.« Er schüttelte den Kopf und versuchte, etwas aus seinem Auge zu entfernen.

»Zähl einfach bis zehn, und dann erzählst du's mir«, schlug Marbie vor.

Er sah verlegen aus und starrte sie mit einem unvermutet verletzlichen Babyblick an.

»Ich bin auch Schriftsteller«, hauchte er schließlich. Und senkte wieder den Blick.

»Was?«, fragte sie, obwohl sie ihn verstanden hatte.

Dann berichtete er ihr alles. Er hatte eine neue Form der dichterischen Selbstdarstellung erfunden, die er »Vision« nannte. Er sagte, er hätte genau 1449 dieser Visionen geschrieben, und er wollte sie als Sammlung veröffentlichen, wenn er bei 2000 angelangt wäre. Er hätte noch nie zuvor jemandem davon erzählt. Außerdem hätte er zufällig gerade seine Lieblingsauswahl in der Tasche.

Marbie fragte wohlerzogen: »Darf ich sie mitnehmen und zu Hause lesen?«

»In Ordnung. Aber versprich mir, dass du sie nicht verlierst.«

»Das kann ich nicht versprechen, weil ich ständig etwas verliere.« Sie schlug ihm vor, er solle doch Kopien machen.

»Dies sind schon Kopien«, räumte er ein. »Ich habe nur Angst, dass sie verloren gehen und jemand sie findet, der die Ideen klaut und, na ja, sie veröffentlicht.«

Marbie entgegnete, »mach dir keine Sorgen, Ideen können nicht gestohlen werden, das ist verboten.«

Schließlich überließ er ihr die Seiten.

»Übrigens«, sagte sie, als sie die Visionen in ihre Handtasche stopfte, »ich wollte dir noch etwas sagen –«

Im selben Augenblick miaute ihre Handtasche, und sie zog erschrocken die Finger zurück:

»LUST AUF EIN WENIG WARTUNG?«, fragte die Nachricht von ihrer Mutter. »3 STD. ZEITSPANNE VON JETZT AN BESTÄTIGT.«

»Tut mir leid, ich muss weg.« Sie sah den Luftfahrtingenieur an. »Ich muss meine Schwester anrufen und dann los!« Sie glitt von ihrem Platz und schwebte davon.

Der Luftfahrtingenieur blieb sitzen, sah ihr nach, wie sie auf die Telefonzellen zusteuerte, und widmete sich träge seinem Bier.

Als Marbie später im Baum über dem Eiswagen saß, las sie die erste von L.I.s Visionen. Fancy war ohne Probleme in das Gebäude geschlüpft, und Marbie hatte noch ein paar Minuten lang die leere Straße beobachtet. Es gab überhaupt keine unvorhergesehenen Komplikationen mehr beim Eindringen, und es war langweilig geworden, Ausguck zu sein. Außerdem lagen sie gut in der Zeit, und ihre Mutter hätte sie nie ohne vorhergehende Sicherung eindringen lassen.

Deshalb öffnete Marbie ihre Handtasche auf der Suche nach einem kleinen Mars-Schokoriegel, und dabei ertastete sie die Rolle mit den Visionen. Die erste war, oben und unten eingerollt, Vision #263.

Visionen eines Luftfahrtingenieurs Vision #263

Tief im Inneren meines Spiegelei-Hirns sehe ich:
Dies! Ich sehe dies, ich sehe dies.
Ich sehe einen Zaun, an der Straße entlang (ein schmiedeeiserner Zaun),
mit spitzen pfeilförmigen Zacken oben auf dem Zaun,
und tief im Inneren meines totgebratenen Hirns sehe ich:
Dies! Ich sehe dies, ich sehe dies.
Ich sehe den Zaum mit den spitzen Zacken, und
ich stolpere über einen Streit meiner Schnürsenkel,
und ich falle *Augen voran* auf eine Pfeilspitze zu!
Geradewegs auf eine Pfeilspitze eines Pfeilers eines Eisenzauns zu!
ABER:
Tief im Inneren meines gebratenen Vanille-Hirns sehe ich:
Dies! Ich sehe dies, ich sehe dies.
Ich sehe mich selbst am Zaun entlang-
trotten,
und ich breche die Pfeilspitzen ab, eine nach der anderen,
und die Spitzen brechen einfach so ab,
wie frischer Spargel.

Marbie fühlte sich seltsam berührt. Sie schüttelte den Kopf, um wieder zu sich zu kommen. Sie las die Vision ein zweites Mal und fühlte sich noch merkwürdiger. Sie hatte dem Luftfahrtingenieur nie etwas von ihrer Angst erzählt, dass lange spitze Gegenstände (wie Regenschirme oder Zaunpfähle) in ihren Augen landen könnten. Sie hatte ihm niemals von dem Ereignis mit dem Sonnenschirm berichtet.

Und dennoch, was sich da zwischen ihren Händen rollte, war eine Vision, in der nicht nur ihre Furcht beschrieben stand, sondern auch die Lösung dafür. Er bricht einfach die Pfeilzacken vom Zaun! Wie frische Spargelspitzen.

Ihre Hand, mit der sie die Reisetaschenlampe hielt, zitterte heftig, und die Taschenlampe entglitt ihr und rutschte raschelnd durch das Blätterwerk nach unten. Sie sah ihr nach, und dabei bemerkte sie den Wagen, der auf der Straße unter ihr geradewegs in die Garage des Apartmentblocks einbog.

SOFORT RAUS gab Marbie mit zittrigen Fingern in den Pieper ein. Sie schickte die Nachricht ganze dreizehn Mal ab, bis Fancy sie endlich zur Kenntnis nahm. Kurz darauf sah sie, wie Fancy sich aus dem Fenster schwang, in einem nahe stehenden Baum landete und elegant die Äste herunterkletterte.

Am nächsten Tag rief Marbie den L.I. von der Arbeit aus an und gestand ihm ihre Verblüffung über seine Vision. Er schien gar nicht weiter erstaunt zu sein, sondern vielmehr verzagt, weil er, wie er sagte, es hasste, seine Visionen zu schreiben. Er erklärte, dass man als Schriftsteller den inneren Zwang verspürte zu schreiben, nicht unähnlich dem Zwang, den manche verspürten, sich die Haare auszureißen. Er würde sonst was dafür geben, *kein* Schriftsteller zu sein, weil Schriftstellern der Drang zum Ausdruck innewohnte, der ständig an ihnen zerrte und kratzte und herauswollte! Es war viel schlimmer, sich etwas aus der Seele zu reißen als aus dem Kopf.

Es war seine stille Seelenqual, das Visionenschreiben, und diese Pein blieb für ihn unerklärlich angesichts dessen, dass er im Allgemeinen praktisch, sachlich, logisch dachte, genauso wie es bei einem Ingenieur, *einem Wissenschaftler!*, sein sollte. Aber unglücklicherweise gab es da auch den Künstler in ihm.

Visionen eines Luftfahrtingenieurs
Vision #1232

Tief in den Katakomben der piezoelektrischen Platine
sehe ich dies, sehe ich dies, sehe ich dies.
Ich sehe laminierte Balken, von denen Teller und Muscheln herabhängen.
Auf dem Boden einer Scheune eines Bauernhofs im Wald.

Der L.I. hatte auch gesagt, dass die Visionen kurz vor dem Einschlafen am klarsten waren. Deshalb stellte er jeden Abend, wenn er zu Bett ging, seinen Wecker auf zehn Minuten später. Dann ließ er seine Visionen sich einen Weg nach draußen freikratzen (diese Qualen!), während er einschlummerte. Der Wecker sorgte dafür, dass die letzten Visionen nicht auf ewig in den Träumen untergingen.

Den Einfall mit dem Wecker hatte er von einem ganz bestimmten Genie aus der Vergangenheit übernommen, dessen Name ihm nicht mehr einfiel, der sich Glocken um die Finger band, bevor er sich für ein Nickerchen niederließ. Die Glocken weckten das Genie, wenn er gerade am Einnicken war, und das Genie notierte sich daraufhin rasch die Gedanken, die er beim Wegdösen gehabt hatte.

Marbie warf ein, dass es einen berühmten Komponisten gegeben hat, der sich Gewichte an die kleinen Finger band, um sie für das Klavierspielen zu stählen, was aber meist nur zu gebrochenen Fingern geführt hatte.

Visionen eines Luftfahrtingenieurs Vision #47

Tief in den Spinnweben meines Avocadodips
sehe ich dies, sehe ich dies, sehe ich dies.
Ich sehe mich als Kind mit einem Drachen und einem Geflocke,
ich sehe mich, und ich knuddle mein Geflocke!
Oh, du weißt nicht, was ein Geflocke ist?
Ich genauso wenig!
Du weißt nicht, wie ich mein Geflocke knuddle,
wie mein Drachen hoch droben weht im Telegraphendraht,
wie mein Geflocke nach Orangensaft schmeckt und die Milch fragezeichnet,
wie mein Knuddeln eines aus Geflocke und Drachen ist!
Du Dummkopf!

Nach ihrem Telefongespräch mit dem Luftfahrttechniker hörte Marbie zwei Wochen lang nichts mehr von ihm. Sie las die anderen Visionen, die er ihr mitgegeben hatte, aber keine davon sprach sie so persönlich an wie die vom spitzen Zaunpfahl. Diese bestimmte Vision heftete sie an das Korkbrett über ihrem Schreibtisch und las sie jeden Morgen wie ein Mantra.

Es heilt mich, dachte sie verwundert. Wann immer sie Angst vor einem langen spitzen Gegenstand bekam, schloss sie jetzt die Augen und stellte sich den pummeligen Luftfahrtingenieur vor, der an einem Zaun entlangstolzierte und dabei einen Zacken nach dem anderen abbrach. In ihrer Fantasie wandte er sich ihr zu, die Arme voller abgezwackter Zaunspitzen, und er errötete und senkte beschämt den Kopf.

Eines Dienstagnachmittags betrachtete Marbie das Telefon auf ihrem Schreibtisch und dachte: *Nun aber!* Warum hatte er sich denn noch nicht gemeldet?

Sie hatte gar keine Gelegenheit gehabt, ihm zu sagen, es werde kein Tennis mehr für sie geben, also warum hatte *er* dann beschlossen, es solle kein Tennis mehr geben? Ganz von selbst? (Hatte er vielleicht eine Vision gehabt, dass sie ihm das sagen wollte?) Sicher, inzwischen war es auch grau und kalt geworden, deshalb war Tennis vielleicht nicht mehr unbedingt angesagt. Nackte Beine bekamen auf dem Weg zum Netz eine Gänsehaut. Trotzdem hätte er anrufen können, und sei es auch nur zum Plaudern.

Marbie trat aus ihrem Büro und traf auf dem Flur Tabitha und Toni, die empört nach Luft schnappten. Es stellte sich heraus, dass Abi und

Rhamie zu einem erstklassigen Netzballteam gewechselt hatten und damit das Team der Firma im Stich ließen. »Nenn mich altmodisch«, sagte Toni hitzig, »aber Abi ist definitiv keine Spielerin für die A-Mannschaft!«

»Erörtern wir das bei etwas Wein aus dem Kühlschrank im Schulungsraum«, schlug Marbie vor.

Eine nach der anderen schlich sich in den Schulungsraum. Sie ließen die Rollos herunter, damit Abi und Rhamie sie nicht finden konnten. Dann redeten sie darüber, was für eine schlechte Netzballspielerin Abi war, wobei sie Rhamie gelegentlich zugestanden, immerhin eine erstklassige Werferin zu sein.

Später zogen sie zum Night Owl Pub, wo Abi und Rhamie sie entdeckten und wissen wollten, was eigentlich los sei. Toni erklärte ihnen bestimmt, aber nicht ohne ein Zittern in der Stimme, dass Tabitha und sie sich hintergangen fühlten. Abi und Rhamie reagierten entsetzt, und es stellte sich heraus, dass es sich um ein Missverständnis handelte! Abi hatte eine E-Mail herumgeschickt, in der sie Toni und Tabitha eingeladen hatte, ebenfalls der A-Mannschaft beizutreten. Aber sowohl Tabitha als auch Toni hatten diese Nachricht ungelesen gelöscht, weil sie dachten, es handle sich um den neuesten grassierenden Virus. Folglich hatte niemand Schuld daran. Sie gratulierten sich gegenseitig, dass sie so hervorragende Netzballspielerinnen waren, und Toni begann sogar zu weinen.

Da Marbie nicht zum Team gehörte, konnte sie unvoreingenommen daran teilhaben, und sie bedankten sich bei ihr dafür, als der Streit beigelegt war. »Du bist so groß«, sagte Rhamie wie immer, »du würdest bestimmt einen guten Torwart abgeben!« Die anderen lachten nur darüber, weil Marbie keinen Ball halten konnte.

Bei der Gelegenheit stellte Marbie ihr schäumendes irisches Ale ab und sagte: »Ich fühle mich nicht besonders gut.«

»Das liegt daran, dass du vorher Wein getrunken hast«, verkündete Abi, und dann sang sie: »Bier auf Wein, das lass sein; Wein auf Bier, das rat ich dir.«

»Stimmt das?«

»Natürlich stimmt das«, sagte Rhamie. »Es reimt sich doch.«

Dann erinnerten sich Rhamie und Abi an ihre Ehemänner, rissen noch ein, zwei Netzballwitze, nahmen ihre Handtaschen und zogen von dannen.

Kurze Zeit später japste Marbie unvermittelt. Ihr war gerade etwas aufgefallen, und sie flüsterte den anderen zu: »Woher wusste Abi, dass ich vorher Wein getrunken habe?« Tabitha und Toni waren genauso verblüfft, weil sie nichts von dem

Treffen im kleinen Schulungsraum erwähnt hatten.

Nachdem sie eine Weile lang darüber gegrübelt hatten, mussten Toni und Tabitha los zu ihrem Steppkurs, und Marbie trank gedankenversunken ihr schäumendes Ale aus. Sie angelte gerade nach ihrer Tasche und wollte los zum Schnellzug, als sich ihr zwei behaarte Hände von hinten auf die Schultern legten.

Sehr geehrter Herr,

ich schreibe Ihnen vom 73er Bus aus. Neben mir sitzt ein beleibter, schwitzender Mann, dessen Hinterteil mehr Platz beansprucht, als ihm zusteht. Es ist Mittwoch, 14 Uhr, und ich sollte zur Arbeit zurückkehren. Aber es ist mir unmöglich. Ich fahre nach Hause.
Folgendes ist passiert:
Gestern Abend bin ich noch mit den Mädels von der Arbeit in den Night Owl Pub gezogen. Es gab eine Menge Tamtam um ihr Netzballteam, aber es hat sich alles aufgeklärt, und mir ging's wieder besser. Die Mädels gingen – Rhamie und Abigail nach Hause zu ihren Männern und Tabitha und Toni zum Steppen. Ich blieb sitzen und wollte mein Irish Ale austrinken – und hinter mir? Sich mit einer Bierfahne

über meine Schulter beugend, und mir zwei haarige Hände auf die Schultern legend? Der Luftfahrtingenieur.

Ich hatte ihn mindestens zwei Wochen nicht mehr gesehen. Nicht, seit er mir seine Visionen mitgegeben hatte. Ich hatte ihn schon fast vergessen.

Auf jeden Fall tauchte er plötzlich im Night Owl Pub auf.

»Hallo«, sagte er über mich gebeugt, die Andeutung eines Lächelns auf seinen Lippen voller Bierschaum.

»Hallo«, erwiderte ich.

»Ich mache dir einen Vorschlag«, sagte er.

»Bloß kein Tennis.«

Er tat so, als ob er entsetzt wäre. Er mimte jemanden, der von einem Tennisball in den Magen getroffen wurde, sich aber schnell wieder erholte. Das angedeutete Lächeln wich einem Brüllen.

»Also gut«, stimmte er zu, »kein Tennis. Ich hätte da so eine Idee.«

Dann rückte er noch näher und flüsterte mir ins Ohr: »Komm morgen um eins zu mir, und weißt du, was wir da machen werden?«

»Was?« Ich flüsterte ebenfalls.

»Wir werden uns ausziehen«, erklärte er sehr behutsam und diskret.

»Wir werden uns ausziehen und auf dem Bett

liegen, und weißt du, was wir machen werden? Wir werden uns anschauen. Wir werden uns nicht berühren. Wir werden nur drei Minuten lang so daliegen. Dann ziehen wir uns wieder an.«

Ich starrte ihn an. »Werden wir das?«

»Wir werden uns nicht berühren«, sagte er noch einmal. »Also ist es kein Betrug. Ich weiß, dass du einen Freund hast, aber das wird ihm wohl kaum etwas ausmachen. Und dann kann ich endlich deinen Körper ohne dieses Zeug sehen.«

Mit einer verächtlichen Bewegung streifte er meine Bluse.

Und jetzt kommt's: »In Ordnung«, sagte ich. »Das machen wir.«

»Nimm den 73er Bus um 12 Uhr 45«, sagte er. »Er hält direkt vor meiner Haustür.«

Und genau das habe ich getan; und genau das haben wir getan; und genau das ist passiert; das heißt: nichts, nichts außer Nacktsein; und jetzt bin ich auf dem Nachhauseweg.

Ich habe ihn kaum angesehen; mir war sehr kalt, und ich fühlte mich bleich und merkwürdig und fragte mich andauernd: Was machst du da?

Er hat seinen Radiowecker auf exakt drei Minuten gestellt. Als die drei Minuten um waren, dröhnte eine Zahnpastawerbung durch das

Zimmer, und er setzte sich auf und suchte nach seinem Hemd.
Sie sehen ja selbst, ich konnte nicht zurück zur Arbeit.
Ich fahre jetzt nach Hause und bringe das wieder in Ordnung.

Hochachtungsvoll
Marbie

Visionen eines Luftfahrtingenieurs
Vision #1450

Eingeschlossen in den Golfbällen meines abenteuerlustigen Geistes,
sehe ich dies, sehe ich dies, sehe ich dies.
Ich sehe Tennisbälle, die durch nächtliche, vom Flutlicht bestrahlte Wolken geschlagen werden,
(Ass! Zum Einstand! Vierzigtausend zu Love!)
ich sehe Hagelkörner auf Hundezwinger prasseln!
(»Hilfe«, schreit ein Welpe, »die Versicherung!«)
Ich sehe meine Finger Blusenknöpfe drücken,
ich sehe meine Zunge einen Blumenstrauß zücken,
ich sehe meine Zunge wie die Schlange in meiner Hose drücken,
(Harmlos. Eine Blindschleiche. Treibsand! Eine Klapperschlange!)
haltet ein, haltet ein! Ich bin großartig heute!
Jemand bringe mir einen Drink!

Mittwochs vor der großen Pause hatten sie Lebensmittelkunde. Die Hofpausen waren am schwierigsten, weil man währenddessen nicht in die Bücherei durfte und fünfzehn Minuten totschlagen musste. In den Klassenzimmern zu bleiben, war verboten, stattdessen wurde man raus auf das Schulgelände geschickt, obwohl es dieser Tage so kalt war, dass die Mädchen sich dicht zusammendrängten oder sich gegenseitig die Hände rieben. Hier und da standen ganze Cliquen zusammen auf und tanzten in einer Reihe Cancan.

Jedenfalls gab es keinerlei Deckung, man musste versuchen, irgendwie diese Viertelstunde herumzukriegen.

Manchmal überlegte Listen, sich einem der wärmenden Mädchenknäuel anzuschließen. Wenn sie ganz still wäre, würde man sie vielleicht nicht bemerken.

Manchmal überlegte sie auch, sich einfach inmitten der Grüppchen auf dem Rasen niederzulassen. Sie könnte sich allein irgendwohin setzen, einen Apfel essen, ein Buch lesen und sich den Teufel darum scheren, was die anderen dachten.

Es hatte bisher noch keinen gegeben, der alleine gesessen und gegessen hatte. *In der ganzen Schule bin ich die Einzige ohne Freunde*, so kam es ihr vor. Wäre es nicht so, müsste man ja andere alleine sehen. Wo sind all die Einsamen? Warum können wir uns nicht zusammentun und Freunde werden?

An diesem Mittwoch hatten sie in Lebensmittelkunde Käsesoufflé gebacken, und Listen war schon voller Hoffnung, denn die Glocke hatte zur Pause geläutet, und sie hatten noch nicht einmal abgewaschen! Während die anderen stöhnten, ließ

Listen stillschweigend die Spüle mit warmer Seifenlauge volllaufen. »Kein Problem, Mädchen!«, rief die Lehrerin großzügig. »Alle raus! Ich räume hier später auf.«

Listen tat, als hätte sie nichts gehört, und konzentrierte sich auf die Käsestückchen in der Reibe.

»Mach schon, Listen. Das ist bestimmt sauber«, rief die Lehrerin und scheuchte die letzten Mädchen nach draußen. »Geh mit den anderen an die frische Luft!«

Vor dem Klassenzimmer sah Listen auf die Uhr. Es war 10.46. Es blieben immer noch vierzehn Minuten. Sie beugte sich hinunter, lockerte ihre Schnürsenkel und zog sie wieder fest, ging bis zum Ende des Gangs und band sie erneut. Dann nahm sie den langen Weg zu den Toiletten hinten herum und tat dabei so, als ob sie sich beeilte, sie schnaubte und sah ständig auf die Uhr, damit jeder mögliche Beobachter glauben musste, sie sei unterwegs, um ihre Freunde zu treffen.

Auf der Toilette wusch sie sich die Hände mit Seife und trocknete sie besonders sorgfältig unter dem Heißluftstrahl. Jetzt war es 10.51. Immer noch neun Minuten. Draußen vor den Waschräumen spähte sie in beide Richtungen die leeren Gänge hinunter. In der einen Richtung lag das Verwaltungsbüro, wo sie hingehen und so tun konnte, als ob sie etwas verloren hätte, wofür sie ein Formular ausfüllen musste. In der anderen lagen die Klassenzimmer der 7. Jahrgangsstufe, in denen man sich nicht aufhalten durfte. Ihr Blick wanderte an den Klassenräumen der 7A, 7B, 7C und 7D den Korridor entlang und blieb an der Tür danach hängen. Diese Tür war ihr noch nie zuvor aufgefallen.

Ihr grauer Anstrich war dunkler als der der anderen Türen und trug weder Nummern noch Buchstaben. Während sie noch darauf starrte, öffnete sich die Tür langsam. Ein Handwerker mit einem großen Karton im Arm trat heraus. Er sah sich nach beiden Seiten um, stieß die Tür von außen mit dem Fuß zu und ächzte. Dann verschwand er die Feuertreppe hinunter. Listen musste gar nicht nachdenken. Sie ging schnurstracks auf die graue Tür zu, öffnete sie und schlüpfte in den Raum.

Drinnen war es vollkommen duster, und es roch feucht und klamm wie nach Pilzen. Sie konnte undeutlich die Umrisse von Kartons ausmachen, die bedenklich schief gestapelt waren, sie sah Schaufeln, Rechen und Regale voller Sprühdosen. Außerdem befand sich ganz hinten eine winzige Glühbirne, die ein Schaltbrett beleuchtete. *Sicherungskasten*, dachte sie und war stolz auf sich. Da sie allein mit ihrem großen Bruder in einem Wohnwagen aufgewachsen war, hatte sie schon früh gelernt, wie man Sicherungen, Reifen und Halogenlampen austauschte. Einmal hatte sie Vernon dabei geholfen, einen Geschirrspüler anzuschließen.

Einen Moment lang empfand sie Freude bei der Erinnerung daran, und dann verging sie ihr wieder, wie ein Leuchtfeuer, das entflammte und wieder erlosch. Was wäre, wenn der Handwerker zurückkäme? Welchen Grund sollte sie haben, sich hier aufzuhalten? Sie könnte hier Taekwondo trainieren und vorgeben, sie hätte gleich nach der Pause eine Prüfung und dies hier wäre der einzige Ort zum ungestörten Üben.

Der Glaubwürdigkeit halber versuchte sie gleich einen gedrehten Hakenschnapptritt. Als sie ausholte, stolperte sie über den Kabelsalat. Sie knallte gegen den Sicherungskasten und sackte zu Boden mit einem Geräusch, das sich anhörte, als ob jemand Karten mischte. Entsetzt rappelte sie sich hoch und überflog schnell die Schalter. Manche standen auf AUS, andere auf AN – welche hatte sie gerade umgelegt?

Wahrscheinlich sollten alle an sein. Sie schaltete alle an, verließ hastig schnaufend den Hauswirtschaftsraum und zog die Tür hinter sich zu.

Der Gang war verlassen. Von den Mädchen auf dem Rasen drang entferntes Lachen und Geplapper herüber. Von irgendwoher erklangen die tieferen, zynischeren Stimmen der plaudernden Lehrer. Listen brachte die letzten fünf Minuten der

Pause damit zu, vor der Ablage der 7B den Inhalt ihrer Schultasche zu durchforsten.

Als sie an diesem Tag von der Schule nach Hause lief, die Schultern gegen den blassgrauen Himmel und die dünnen Regenwehen gestemmt, dachte sie: *Mach dir keine Sorgen, nur noch zwei Tage bis zum Wochenende.* Außerdem: *Mach dir keine Sorgen, du findest bald eine neue Gruppe, der du dich anschließen kannst.*

Während sie sich behutsam einen Weg um die Matschpfützen bahnte, versuchte Listen noch einmal, die Mädchencliquen in ihrer Klasse durchzugehen, aber stattdessen kam ihr die Erinnerung an einen bestimmten Tag vor ein paar Jahren. Es war an einem Wochenende gewesen. An diesem Tag hatte sie mit Vernon eine Hafenrundfahrt unternommen. Neben der Fähranlegestelle befand sich ein riesiges gelbes Schild, auf dem in schwarzen Buchstaben stand:

Achtung:

Submarine Kabel

Als sie das Schild las, hatte sie vor Freude gezittert, so aufgeregt war sie gewesen. Direkt unter ihnen befand sich also ein Unterwasserboot. Sie stellte es sich schlank und silbern vor mit einer Mannschaft ausgemergelter Matrosen, die über lange Tischreihen gebeugt schwarzen Kaffee tranken und die Karten studierten. Das U-Boot wäre mit einem Kabel, in dem man sich verhaken konnte, am Meeresgrund verankert. Später erklärte ihr Vernon, dass »submarin« lediglich »unter Wasser« bedeutete. Auf dem Schild hatte also nichts weiter als »Achtung: Unterwasserkabel« gestanden.

Als sie die Veranda ihrer Wohnung erreichte, dachte Listen: Es gibt nichts Zauberhaftes mehr in dieser Welt. Keine fliegenden Motorräder, nur noch Flugzeuge. Keine Sternschnuppen, nur Satelliten. Keine Unterseeboote, nur Unterwasserkabel. Es gibt keine ewig währenden Bündnisse.

Als sie endlich ihren Schlüssel aus der Tasche gekramt hatte, dachte sie: *Ich glaube nicht, dass ich bis Ende der Woche durchhalte.*

In der Wohnung blieb sie erschöpft beim Eingang stehen, weil das Gewicht ihrer Schulmappe schwer auf ihren Schultern lastete. Am anderen Ende des Flurs war jemand zu hören. »Hallo«, rief Marbie. »Ist das Listen oder ein Einbrecher?«

Marbie saß am Küchentisch und hatte den Heizlüfter zu ihren Füßen eingeschaltet. Es war so warm im Zimmer, dass es sich wie eine willkommene wohlige Umarmung anfühlte. »Es ist meine hübsche Listen!«, rief Marbie, sprang auf und warf die Arme in die Höhe. »Sieh mal, ich habe dir einen Willkommenstee gekocht!« Sie präsentierte feierlich den Tisch, über den sie ein Spitzendeckchen gebreitet hatte. Darauf stand ein Teller mit einem in Scheiben geschnittenen Schokoriegel, Orangenschnitze in einer Schüssel und ein noch dampfender Kirschkuchen.

»Wow«, sagte Listen und ließ die Schultasche sinken. »Wieso bist du denn nicht bei der Arbeit?«

»Meinst du, du könntest dir die restliche Woche von der Schule freinehmen?«, fragte Marbie, ignorierte Listens Frage und schob ihr die Schokolade hin. »Ich wollte gerade Vernon anrufen und ihn fragen, ob er die Banana Bar früher schließen kann. Und weißt du warum? Ich habe in den Nachrichten gehört, in den Blue Mountains schneit es! Deshalb habe ich für uns drei das Luxus-Paket im Hydro Majestic gebucht. Zum Empfang gibt's Blumen und Schokolade! Und die Zimmer haben offene Kamine. Wir bauen Schneemänner, rodeln die Hügel hinunter ... und anschließend gehen wir in den Whirlpool und trinken heiße Schokolade mit Marshmallows, und wir spielen zusammen *Pictionary* oder was immer du willst. Was hältst du davon? Hättest du gern für den Rest der Woche frei? Ich schreibe dir eine Entschuldigung wegen ... Gehirntumors!«

Listen lachte so sehr vor Erleichterung, dass sie anfing zu weinen.

In der nächsten Woche kam sie höhensonnengebräunt zur Schule und musste feststellen, dass die Zimmer der 7. Klassen überflutet worden waren.

Alle rannten aufgeregt umher, als ob es ein Feiertag wäre, und der Unterricht fand im Naturkundelabor und sogar draußen auf dem Rasen statt. Die Lehrer legten Plastikplanen aus, damit sich niemand eine Blasenentzündung holte.

⤚o⤙

Vernon langte unter den Fahrersitz, um ihn zurückzustellen. »Anscheinend bist du kleiner, als du aussiehst«, bemerkte er zu Marbie, die im Beifahrersitz neben ihm saß.

Sie fuhren von einer Familiengeheimnisversammlung der Zings nach Hause.

»Wie war das Treffen?«, fragte Listen auf der Rückbank.

»In Ordnung«, sagte Vernon. »Wie war der Film, den du mit Cassie geguckt hast?«

»Gut.« Das Licht der entgegenkommenden Scheinwerfer streifte einen nach dem anderen. »Vernon, warum hast du den Brief von meiner Schule heute Abend vorgelesen?«

»Tut mir leid.« Vernon warf einen Blick in den Rückspiegel. »Ich dachte, es würde dir nichts ausmachen. Nimm es nicht so ernst.«

Im Auto war es still, bis auf das Ticken des Blinkers, während sie in der Rechtsabbiegerspur warteten.

»Wie geht es dir in der Schule, Listen?«, fragte Marbie.

»Gut.«

Marbie und Vernon stöhnten leise. Sie hatten sich über Listens neueste Angewohnheit, diese wortkarge Art, unterhalten und waren zu dem Schluss gekommen, sie sei jetzt eben ein Teenager und lebe in ihrer eigenen Welt.

»Freust du dich auf die Ferien?«, versuchte es Marbie weiter.

»Ja«, sagte Listen.

Als sie um die Ecke bogen, überraschte Listen sie damit, dass sie Marbie bat, noch einmal ihre Schwimmbadgeschichte zu erzählen.

»Also.« Marbie ergriff bereitwillig die Gelegenheit. »Ich war fünf Jahre alt, und es war ein heißer Sommertag. Ich habe auf der Schaukel gespielt, die Dad für uns aufgehängt hatte, bevor er nach Irland ging, du weißt doch, die Schaukel, die an dem großen Gummibaum hinten im Garten hängt. Ich schaukelte also vor und zurück und wollte mir so ein bisschen Abkühlung verschaffen, schaukelte höher und höher, und je höher ich kam, desto mehr konnte ich sehen: Mummys Blumenbeet, unser altes Trampolin, niedrige Baumkronen, höhere Baumkronen und das Dach vom Geräteschuppen. Ich schaukelte immer höher, bis ich das Dach unseres Hauses von oben sah und dann natürlich die Umgebung – den leeren Schulhof der Bellbird Highschool nebenan, den Netzballplatz mit seinen Torpfosten, den Tennisplatz, die alten Steingebäude, den abfallenden Rasen hinter der Schule, den Übergang zum Gestrüpp, und dann, mit einem letzten Schwung der Knie, flog ich höher als je zuvor. Da sah ich hinter den Büschen etwas Blaues aufblitzen. An diesem Abend habe ich gewartet, bis alle schliefen, bin aus dem Fenster geklettert und durch den Garten hinterm Haus gelaufen. In dem Zaun zwischen unserem Grundstück und der Schule habe ich ein Loch entdeckt und bin über Steine und trockenes Gras gerannt, hab mir die Fußsohlen aufgerissen, aber ich hatte es gar nicht gemerkt, alles, weil ich unbedingt wissen wollte, was das Blaue war. Und natürlich stellte es sich als der neue Swimmingpool der Schule heraus. Mir war heiß, und ich war staubig vom Durchs-Gestrüpp-Laufen, also bin ich hineingesprungen und ein bisschen darin geschwommen. Dann ging ich wieder nach Hause und legte mich ins Bett.«

»Und, den restlichen Sommer über«, soufflierte Listen schläfrig.

»Den restlichen Sommer über, da schlüpfte ich immer nach Mitternacht durch den Zaun und sprang in den Pool. Ich habe ihn als mein eigenes geheimes Schwimmbecken betrachtet. Nach ein paar Jahren passte ich natürlich nicht mehr durch das Loch, und darum –«

Marbie drehte sich um, aber Listen schlief bereits tief und fest.

Sehr geehrter Herr,

ich schreibe Ihnen aus dem Büro, von wo aus ich Ihnen verkünde, dass es Mittwochnachmittag ist. Bald kommt das Wochenende! Tabitha und Toni ringen vor dem Plexiglasfenster nach Luft, ich werde mich gleich zu ihnen gesellen, und sie werden mir dann von dem neuesten Netzballdrama berichten.
Aber erst muss ich Ihnen noch mitteilen, dass ich den L.I. seit der Nacktszene nicht mehr gesehen habe. In meiner Erinnerung kommt es mir vor wie ein Albtraum, dieses Fiasko, und als genau das würde ich es gerne betrachten: als einen schlechten Traum. Es ist nie wirklich passiert.
Etwas, das nur drei Minuten dauerte und wozu weder Berührung noch Worte gehörten (oder zumindest fast keine) – etwas derart Flüchtiges kann doch wohl aus dem Gedächtnis gestrichen werden?
Ich werde ihn nicht wieder treffen, um ihm mitzuteilen, dass es kein Tennis mehr geben wird.
Wir könnten sowieso nicht spielen, weil es so kalt geworden ist, dass man sich vorkommt wie auf einem anderen Planeten.
Außerdem werde ich bald sehr beschäftigt sein. Listen hat ab Freitag Ferien, und Vernon

und ich werden wahrscheinlich ein paar Tage freinehmen und mit ihr verreisen.
Keine Zeit für den Luftfahrtingenieur!
Ich bin schon drauf und dran, seine Vision von meinem Korkbrett abzuhängen. Wissen Sie, was das ist? Der reine Zufall! Es hat nichts mit dem Sonnenschirmvorfall oder mit meiner Angst vor spitzen langen Gegenständen zu tun. Nicht das Geringste!
Ich muss Sie bitten, sich einen Moment zu gedulden, mein Herr – der Postjunge hat gerade einen interessant aussehenden rosa Brief auf meinen Tisch geworfen. Obenauf steht mein Name in schwungvoller lila Schrift!
Ich werde mal nachsehen, worum es sich handelt.

Mit freundlichen Grüßen
Marbie

In dem interessant aussehenden rosa Umschlag befand sich ein großformatiges Blatt Papier, auf dem zwei gelbe Notizzettel klebten. Auf dem ersten stand mit Kuli gekritzelt: *Das habe ich eben geschrieben und musste dabei an dich denken. Deshalb widme ich es dir.*

Auf dem großen Blatt stand sorgsam getippt *Vision #1451.*

Visionen eines Luftfahrtingenieurs
Vision #1451

Tief im Inneren der Eiszapfen des schlammigen, klammigen Alls
sehe ich dies, ich sehe dies, ich sehe:
Donnerwetter!
Ich sehe dein Gesicht! Dein höchsteigenes, begehrenswertes Gesicht!
Ich sehe schwarze Katzen, Schirme und Spuren von verschütteter Milch.
Ich sehe einen Fußweg aufbrechen, ein brennendes Ohr, eine Leiter und eine Holztür –
Ein Verschluss einer Kette blinkt unter einem Kinn mit Grübchen!

Auf der zweiten gelben Klebenotiz stand: *Morgen Abend. Bei mir. Lass es uns durchziehen.*

Am nächsten Tag, Donnerstag, saß Marbie an ihrem Schreibtisch und bog Büroklammern auseinander. Auf ihrem Tisch lag bereits ein kleiner Haufen zerknickter Drahtstücke. Hin und wieder nahm sie eines und versuchte es wieder in die Form einer Büroklammer zu bringen. Es gelang ihr nie.

Der gelbe Zettel hing an ihrem Korkbrett: *Morgen Abend. Bei mir. Lass es uns durchziehen.* Jedes

Mal, wenn sie es las, blies ihr ein eisiger Windhauch durch den Kopf: *Du gehst da auf gar keinen Fall hin! Du gehst da auf gar keinen Fall hin! Du gehst da auf gar keinen Fall hin!*

Natürlich nicht! Sie schnaubte verächtlich. Aber sie fuhr fort, Büroklammern auseinanderzubiegen. Dann klingelte das Telefon. Es war Fancy.

»Marbie«, sagte Fancy dringlich und atemlos – und Marbie hatte sofort das Gefühl, dass Fancy Bescheid wusste. *Du gehst da auf gar keinen Fall hin!*, würde Fancy sie belehren. *Natürlich nicht!*, würde Marbie entgegnen.

»Marbie, es ist etwas Schreckliches passiert! Ich habe beim letzten Eindringen meine Telefonrechnung auf dem Esszimmertisch liegen lassen! Ich habe es gerade erst gemerkt. Ich muss noch mal rein und sie holen. Aber wenn es schon zu spät ist? Ich kriege kaum Luft! Ich habe Mum angerufen, und sie hat eine dringende Anfrage für ein Ablenkungsmanöver herausgegeben. Passt es dir heute Abend, falls es klappen sollte?«

»Natürlich«, stimmte ihr Marbie zu. »Ich gehe früher von der Arbeit los, und dann warte ich auf deinen Anruf. Ich glaube nicht, dass es schon zu spät ist. Das hätten wir mitgekriegt. Beruhige dich, atme tief durch und lass dir eine Fußmassage geben.«

Na dann, dachte sie bei sich, nachdem sie mehrere Minuten lang beschwichtigend auf Fancy eingeredet und aufgelegt hatte. *Das war es dann wohl. Aber eine Telefonrechnung? Warum nimmt sie zu einem Eindringen ausgerechnet eine Telefonrechnung mit?*

Sie schickte dem L.I. eine kurze SMS (Ich schaff's nicht), hängte den gelben Notizzettel ab und warf die unförmigen Büroklammern in den Abfalleimer.

Dann machte sie sich wieder an die Arbeit.

Listen durfte den nächsten Zauber erst am Freitag vor den Ferien ausführen. Sie würde ihn zaubern, sobald sie zu Hause war: wie als Belohnung zum Ferienbeginn. An diesem Tag hatten sie Naturkunde in der Ersten, und die Lehrerin kündigte gerade etwas an: »Stellt euch mal vor, Mädchen! Ich habe soeben erfahren, dass alle Schülerinnen der 7. Klassen nach dieser Stunde nach Hause dürfen!«

Alle riefen »wiieee bitte!« und »das kann doch nicht wahr sein!«, und als der Naturkundelehrer ihnen erklärte, dass es draußen viel zu kalt sei zum Unterrichten, wurde er von lauten bestärkenden Zwischenrufen unterbrochen – »und das Wetter, wie ihr zweifellos schon bemerkt habt, ist doch, wie soll ich es nennen, recht eigenwillig geworden. Die Busunternehmen machen in den nächsten Stunden dicht, deshalb – beruhigt euch, kein Grund zur Panik – deshalb haben wir es organisiert, dass den ganzen Tag über eine schrittweise Abholung stattfindet und ihr armen kleinen obdachlosen Siebtklässlerinnen – ja, ja, ich weiß schon –, also, ihr armen kleinen obdachlosen Siebtklässler seid die erste Ladung.«

Danach war der Unterricht natürlich nur noch ein Witz, und niemand schenkte dem Lehrer mehr große Beachtung. In Listens Bankreihe schoben Donna und Caro ihre Hausaufgabenhefte hin und her und schrieben die Namen von außer Frage stehenden Filmstars in rote Herzen. Dann zeigte eine der anderen, was sie hineingeschrieben hatte, und die andere kreischte und versuchte den Namen zu überkritzeln. *Also wirklich, warum lasst ihr euch beide gegenseitig in eure Hefte schreiben, wenn ihr schon vorher genau wisst, dass es Blödsinn ist?*

»Warte mal, warte mal«, sagte Caro. »Ich verspreche es, ich versprech's, ich schreib diesmal nichts Komisches rein.« Donna schob ihr wieder ihr Heft hin, und Caro schrieb in großen Buchstaben: »Sei eine Wachsame. Die Welt braucht mehr Achtsame.« Listen hatte Caro über die Schulter gespickt und kicherte. Daraufhin schnitt Caro eine Fratze, als ob jemand sie gebeten hätte, einen Frosch zu sezieren. Sie schloss das Heft und schob es Donna hin, die ihr mitleidig auf die Schulter klopfte.

»Verzeiht, dass ich lebe«, murmelte Listen und rückte auf ihrem Stuhl ein Stück von ihnen ab.

Als die Stunde zu Ende ging, erhob der Lehrer noch einmal die Stimme. »Okay, es wird gleich klingeln, und solange ich noch eure Aufmerksamkeit habe, will ich zwei Dinge vermelden! Ich brauche euch wohl kaum noch einmal daran zu erinnern, dass ihr nach den Ferien alle an der *Redwood-Grundschule* eintrudelt. Ich weiß, ich weiß, dass es eine Grundschule ist, aber ich schätze, ihr werdet es überleben. Und außerdem erwarte ich bis dahin eure Hausaufgaben! Ich nehme doch mal an, ihr seid fast fertig damit!«

Alle lachten.

»Ihr hattet eine volle Woche Zeit dafür. Wer weiß noch, was das Thema ist? Niemand? Wählt zwei Meerestiere aus. Es müssen keine Fische sein, mythische Gestalten kommen ebenso in Frage.«

Donna meldete sich: »Wie können es denn Meerestiere sein und keine Fische?«

Mit einem tiefen Seufzer erklärte der Lehrer: »Donna Turnbull, kann es sein, dass du kein einziges Wort von dem gehört hast, was ich heute erzählt habe?«

Donna zuckte die Achseln, sagte »schon möglich«, und Caro neben ihr schnaubte. Donna setzte ein ernstes Gesicht auf, aber sie hatte alle Mühe, es zu bewahren.

»Donna, haben wir diese Stunde von Walen gesprochen?«

»Haben wir das?«

»Und, Donna, ist ein Wal eine Art Fisch?«

Donna starrte vor sich hin, und Caro zupfte sie am Arm. Da schrillte die Glocke.

»Also gut. Niemand geht durch diese Tür, bis nicht jemand Donna erklärt hat, was für ein Tier ein Wal ist!«

Die halbe Klasse schrie »ein Säugetier!«, während Donna den Mund aufriss und Caro vor Lachen fast unter den Tisch rutschte. Dann ließen alle ihre Klappstühle nach hinten kippen, nahmen ihre Taschen und bückten sich, um die heruntergefallenen Stifte vom Boden aufzulesen.

Listen Taylor dagegen saß noch einen Moment länger an ihrem Pult, als ob sie vergessen hätte, wo sie sich befand, sah den anderen beim Packen zu und beobachtete, wie Donna und Caro sich gegenseitig durch die Tür halfen, beide inzwischen gekrümmt vor Lachen.

Marbie stand mit Tabitha, Toni, Abi und Rhamie auf dem Flur und betrachtete Tabitha, während sie von ihrer schwangeren Schwester erzählte. Die anderen schüttelten den Kopf und stießen Entsetzensrufe aus. Marbie folgte ihrem Beispiel. Aber währenddessen ging ihr tatsächlich dies durch den Kopf: *Ich bin das glücklichste Mädchen der Welt. Was für ein Glück, dass Fancy gestern anrief und wir nachts ein zweites Mal eindringen mussten, damit Fancy ihre Telefonrechnung wiederbekam. Weil es bedeutete, dass ich nicht zu dem L.I. nach Hause gehen konnte. Ich finde es unglaublich, dass ich auch nur daran gedacht habe. Nur weil er mir eine Vision geschickt hat, die von meinem Aberglauben handelt. Es gibt jede Menge abergläubische Menschen. Was für ein Glück ich hatte.*

»Ich glaube, das ist dein Handy, Marbie«, sagte Tabitha.

»Entschuldigt mich.« Marbie huschte in ihr Büro.

Sie hatte den Anruf verpasst, und der Anrufer hatte keine Nachricht hinterlassen, aber während sie noch auf die EIN-ANRUF-IN-ABWESENHEIT-Anzeige starrte, bekam sie eine SMS: »Dnn heut, bei mir, 13.00, ge jz ls.«

Sie starrte einen Moment auf das Display. »Ge jz ls.« *Ge jz ls.* Was sollte das heißen? Geh Jazz leasen? Aber was bedeutete das?

Geh jetzt los, kapierte sie.

Im selben Moment schaute Tabitha zur Tür herein und sagte: »Geh los, Marbie! Es kommt ständig in den Nachrichten. Sie rechnen mit Eisregen oder Schnee, und wenn wir uns nicht gleich auf den Weg machen, kommen wir nie nach Hause. Sie stellen gerade den gesamten öffentlichen Verkehr ein.«

»*HALLO DU!*«, stand im Zauberbuch. »Hallo«, entgegnete Listen automatisch und verstummte sogleich.

Ist es nicht Ewigkeiten her? Und wie geht es dir heute? Ich hoffe gut. Mir geht es sehr gut. Hier kommt der nächste Zauber.
Dies ist ein Zauber, bei dem zwei glückliche Menschen wegen rein GAR NICHTS einen MORDSSTREIT vom Zaun brechen!

Die Anleitung:

1. **Vollführe zwanzig Scherensprünge.**
2. **Nimm ein Blatt Papier, schreibe als Überschrift »Dinge, die mich traurig machen« und dann schreibe die Seite voll mit Dingen, die dich traurig machen.**
3. **Lege den Zettel ganz unten in eine volle Kleenex-Box (verstecke ihn wirklich gut unter den Tüchern!).**

Schließe das Buch, schiebe es unter dein Kopfkissen. Für den nächsten Zauber sehen wir uns MORGEN wieder!

Listen lag auf der Seite im Bett und las den Zauber ein zweites Mal. Dieser Zauber war einfach und würde ein gutes Training sein. Sie hatte nichts dagegen, die Dinge aufzuschreiben, die sie traurig machten, und sie auf dem Boden einer Kleenex-Box zu verstecken. Sie dachte, dass bis morgen eine ungewöhnlich kurze Zeit war bis zum nächsten Zauber.

Trotzdem stutzte sie: *Warum sollte irgendjemand einen Zauber ausführen, der bewirkte, dass sich zwei glückliche Menschen zerstritten?*

Bis sie dazu kam, sich darüber den Kopf zu zerbrechen, war sie bereits bei ihrem fünften Scherensprung.

Dinge, die mich traurig machen. Listen goss sich ein Glas Saft ein, setzte sich an den Schreibtisch in ihrem Zimmer und starrte auf das leere Blatt Papier mit der Kopfzeile. Dann rutschte ihr Füller unter die Überschrift, und sie begann.

»Donna hat zu Hause im Keller eine Tischtennisplatte stehen«, schrieb sie. »Und einmal hat Sias Mutter Spaghetti mit Kürbis gekocht. Das Erste, was mich traurig macht, ist, dass ich nie mehr bei Donna Tischtennis spielen werde. Caro und ich waren beim Doppel immer das beste Team. Das Zweite ist, dass ich nie mehr Spaghetti mit Kürbis bei Sia essen werde, obwohl mir das eigentlich gar nicht geschmeckt hat.«

Sie schrieb weiter, bis sie beide Seiten voll hatte

und bei der 33. Sache angelangt war: »Was mich noch traurig macht, ist, dass ich keinen Grund sehe, warum ich leben sollte.«

Der Luftfahrtingenieur empfing Marbie an der Tür mit einer roten Rose und einem Kuss. Er hatte ihr schon von der vorderen Veranda aus zugewinkt, als sie noch im 73er Bus gesessen hatte. Marbie rutschte über den vereisten Pfad zu seiner Haustür. Die rote Rose wankte in seiner Hand, stemmte sich gegen den Regen und duckte sich im Wind. Der Kuss war kurz und direkt auf den Mund.

Zu früh!, dachte Marbie. *Einfach zu früh!*

Der Luftfahrtingenieur führte sie an der Hand in den Flur, wo sie ihn mit »Moment« bremste und er ihr aus dem Mantel half. Sie setzte sich auf die kalten Kacheln, um ihre Stiefel aufzuschnüren, den ersten eisigen, dann den zweiten eisigen, und er hockte sich neben sie, nahm ihre Hände zwischen seine und sagte: »Kalte Hände, Marbie, meine Prinzessin.«

Prinzessin, dachte Marbie, *wer hätte das gedacht!*

Er flüsterte ihr ins Ohr, dass es kitzelte: »Dir ist kalt, meine Prinzessin, lass uns ans Feuer gehen.«

»Ja aber«, zögerte Marbie, »ich habe erst einen Stiefel ausgezogen, siehst du?« Sie zeigte ihm, dass sie noch einen Stiefel anhatte.

Er nahm ihre Hand. »Komm mit«, sagte er und zuckte betont lässig die Achseln wegen ihres einen Stiefels. Er zog sie hoch, und sie folgte ihm stolpernd zum Feuer, wo er ihr andeutete, sie solle sich auf den Boden setzen.

Zu früh, dachte Marbie.

Er schien ihren Protest zu erahnen und ließ sich zu ihren Füßen nieder. Marbie saß sittsam am Kamin, die Arme um die Knie geschlungen. Er löste ihren über kreuz gebundenen Schnürsenkel so weit, bis das Band aus allen Ösen geglitten war. Er ging zu weit. Der gesamte Schnürsenkel fiel herunter. Erstaunt fragte ihn Marbie: »Weißt du denn nicht, wie man Schuhe bindet?«

Aber er ignorierte sie. Er zog ihr den Stiefel aus, was ohne Schnürsenkel kein Problem darstellte. Er nahm ein Glas Champagner vom Kaminsims, und mit einem eleganten Schwung seinerseits hielt sie plötzlich das kalte Glas in der Hand.

»Champagner?«, fragte Marbie. »Was macht der plötzlich auf deinem Kaminsims?«

Sie trank einen Schluck, während der Luftfahrtingenieur den CD-Player einschaltete.

»Jazz«, sagte Marbie. »Viele Leute mögen Jazz. Ich gehöre nicht unbedingt dazu. Ich bin nicht gerade das, was man einen Jazzfreak nennt. Fancy schon. Meine Schwester Fancy, und das vermutet man bei ihr gar nicht, weil –«

»Also gut«, unterbrach sie der Luftfahrtingenieur und drehte sich zum CD-Player um. »Dann also keinen Jazz.«

Die CD-Schublade glitt langsam heraus und bot die Scheibe wie ein Kellner auf einem Tablett dar.

»Ach so, so ein Jazz«, rief Marbie. »Mach sie wieder rein. Diesen Jazz mag ich. Fancy ja nicht so sehr. Das ist nicht so ihr Ding, glaube ich.«

Er schob die CD wieder ein.

»Nett«, sagte Marbie. »Jazz.«

»Marbie?«, fragte der Luftfahrtingenieur im Schneidersitz neben ihr. »Wie lange hast du Zeit?«

»Nur die Mittagspause über, wirklich«, log sie. »Dann muss ich wieder zur Arbeit.«

Sie wippte mit ihrem bestrumpften Fuß zur Jazzmusik. »Gar nicht so leicht«, quasselte sie, »beim Jazz den Takt zu treffen. Vielleicht mag ich ihn deshalb nicht. Was meinst du?«

Er rückte näher, wobei er mit dem Hintern über den Teppich rutschte.

Sie war zutiefst beunruhigt.

Er sagte: »Lass uns doch deine Strumpfhose ausziehen.«

Sie war sich nicht sicher, ob das möglich war. »Du meinst, ohne dass ich vorher den Rock ausziehe?«

»Leg dich hin«, schlug er vor.

Sie fürchtete, sie würde den Champagner verschütten, und balancierte das Glas eine Weile lang durch die Luft, bis er es ihr aus der Hand nahm und wieder auf dem Kaminsims abstellte.

Nun lag sie flach auf dem Teppich und nieste, einmal. »Vielleicht reagiere ich ja allergisch auf den Teppich«, plapperte sie.

Er knöpfte den Rock an der Seite auf.

»Ja«, stimmte sie ihm zu, »das macht es einfacher.«

Er schob beide Hände unter ihren Rock. Dabei sah er sie an und konzentrierte sich dann. Den Kopf ein wenig zur Seite geneigt tastete er sich an ihren Oberschenkeln entlang wie ein Räuber im Dunkeln, der nach der Alarmanlage sucht. Er hatte den Bund der Strumpfhose gefunden und fing an, sie sehr behutsam über ihre Hüfte, Oberschenkel und Knie zu den Zehen hinabzustreifen. »Geschafft«, sagte er und hielt die verschrumpelte Strumpfhose hoch.

Marbie hob den Kopf und sah, wie blass ihre Beine sich gegen den Teppich abhoben. »Soll ich mich aufsetzen?«

»Nein.«

Jetzt wollte er ihre Bluse ausziehen und öffnete einen Knopf nach dem anderen, bis die Bluse locker zur Seite fiel. Sie hob den Kopf vom Boden und blickte auf ihre Brüste im BH.

»Ist das nicht ein toller BH? Meine Schwester hat ihn mir zum letzten Geburtstag geschenkt. Ich trage ihn nur zu besonderen Gelegenheiten, an Freitagen zum Beispiel. Ich erzähle ganz schön viel von Fancy, nicht wahr?«

»Dein BH ist wunderschön.«

Er hatte beschlossen, ihr den Rock auszuziehen, was kein Kunststück darstellte, da der Knopf schon offen war, aber sie musste dazu die Hüften nach oben stemmen.

»Setz dich«, bat er sie.

»Was denn? Jetzt doch? Das ist schon ein bisschen wie beim Zahnarzt.«

Er brach in Gelächter aus und sagte, das sei nicht sehr schmeichelhaft.

Sie setzte sich auf und streifte die offene Bluse ebenfalls ab.

»Leg dich wieder hin.«

»Also gut«, obwohl der Teppich unter ihrem Rücken kratzte und sie den Verdacht hatte, er bringe sie zum Niesen. Außerdem juckte es sie im Hals – sie klickte einmal.

»Ist mein Slip nicht auch hübsch? Er passt zum BH.«

»Ein echtes Gespann.«

Er stand auf und besah sie von oben bis unten, so blass gegen den Teppich mit ihrem weißen BH und Slip.

Er trug Jogginghosen und ein T-Shirt, beides leicht auszuziehen, und das tat er auch. Jetzt trug er nur noch Boxershorts.

»Oh Mann«, sagte Marbie plötzlich.

Er hatte gerade nach seinem Glas Champagner greifen wollen, nun erstarrte er.

»Wir spielen nicht wieder dieses Spiel, oder? Wo wir nichts machen außer nackt sein?«

»Vielleicht«, sagte er und trank, jetzt wieder ganz gelassen, einen Schluck. »Aber nur vielleicht.«

»Wenn es das ist«, sagte Marbie, »fahre ich auf der Stelle zurück ins Büro. Ich will das nicht.«

»In Ordnung. Das wird's ja auch nicht, verstehst du?«

Er nahm eine kleine blaue viereckige Packung vom Kaminsims, die Marbie bisher noch nicht aufgefallen war. *Verhütung*. Es begann ihr vor den Augen zu flimmern. *Was machst du da eigentlich*?, fuhr es ihr plötzlich durch den Kopf. Bisher war es irgendwie ein Spiel gewesen.

»Alles in Ordnung?«

»Alles in Ordnung«, flüsterte sie und fügte dann lauter hinzu: »Alles in Ordnung, aber um Himmels willen – tun wir's jetzt! Beeil dich!«

Er ließ die viereckige blaue Packung auf den Teppich fallen und kniete sich langsam neben sie. Er hielt ihre Hand und küsste ihre Armbeuge.

Verführerisch, dachte Marbie, dankbar für die Ablenkung.

Dann verlagerte er sein Gewicht, so dass er auf ihr lag, seine Brust auf ihrem BH, seine Boxershorts streiften ihre Schenkel.

»Also –«, begann Marbie.

Aber er beugte sich vor und unterbrach sie mit einem Kuss.

Die Dusche befand sich in der Badewanne, was nichts Besonderes war, doch Marbie kannte das nicht.

»Darf ich dir beim Duschen zusehen?«, fragte er.

»Na ja, wenn das eine *normale* Dusche wäre. Aber die hier ist in der Wanne, verstehst du?«

»Also dann. Soll ich uns vielleicht ein Omelett machen oder Spiegelei mit Speck braten?«

Sie entgegnete: »Das wäre Frühstück, aber es ist bereits Nachmittag.«

»Okay. Musst du wirklich noch mal zur Arbeit?« Und sie antwortete: »Ich weiß, es ist furchtbar. Hast du ein Handtuch für mich?«

Und ob er ein Handtuch für sie hatte, ein riesiges weißes, flauschiges wie in einem Hotel, so eins, von dem Marbie immer geträumt hatte, in das man sein Gesicht versenken konnte oder sich damit abtrocknen.

»Dann kann ich dir also nicht beim Duschen zusehen?«, versuchte er es noch einmal.

»Oh, Mann«, sagte Marbie, »lieber nicht«, und sie schloss die Badezimmertür.

Sie stellte sich in die Wanne, und der Raum, ganz in Rosa, füllte sich vollkommen mit Dunst.

»Da, auf den Bäumen.«

Er stand in der offenen Haustür mit einem

Handtuch um die beleibte Taille, mit kalter, behaarter Brust und zeigte hinaus. »Das ist Eisregen, genau das ist es.«

»Geh besser wieder rein«, sagte Marbie. »Du erfrierst ja.«

»Sieh dir das Eis auf den Bäumen an. Hast du in Sydney jemals so einen Winter erlebt? Nein, bestimmt nicht. Das hat niemand. Das ist dein Bus, vor der Ampel an der Ecke. Sie sollten den Busverkehr stilllegen, ich wette, das machen sie auch gleich.«

»Du gehst besser wieder rein«, sagte Marbie noch einmal. »Was, wenn dich der Eisregen auf die Brust trifft. Dann gefrieren deine Haare zu lockigen Eiszapfen, und die musst du dann einzeln abbrechen.«

»Ich warte, bis du im Bus bist«, sagte er. »Pass gut auf mit dem Eis. Das wird wie eine Schlittschuhbahn sein, da draußen. Tödlich.«

»Warte nicht auf mich«, sagte Marbie. »Geh jetzt wieder rein.«

»Gib mir einen Kuss«, sagte er.

Das war nur fair.

Eisregen knisterte auf den Astenden und bildete unzählige Haifischzähne, die Türmchen und Rinnen säumten. Das Eis an den Bäumen war wie Spitze oder Spanisch Moos oder mundgeblasenes Glas.

Später saß Marbie an ihrem Küchentisch und wartete darauf, dass Vernon nach Hause kam. Er fuhr Listen zum Taekwondo. Sobald er zurück war, würde sie es ihm sagen. Es überraschte sie selbst, wie sicher sie sich dessen war. Sie hatte mit verzweifelter Unentschlossenheit gerechnet: Ich sag's ihm, ich sag's ihm nicht, ich sag's ihm, ich sag's ihm nicht. Aber sie hatte es schon gewusst, als sie in der rosa Wanne unter der Dusche stand, während der Raum im Dunstnebel verschwand, hatte es gewusst, als sie nach dem Wechselgeld für den Bus suchte, es längst gewusst, als sie ausstieg und in die überfrorene Pfütze trat und das eiskalte Wasser durch die Stiefel ihr bis zu den Zehen drang.

Sie saß am Küchentisch und hatte einen Twix-Schokoriegel und ein Glas Limonade bereitgestellt. Für Vernon.

Nach einer Weile packte sie den Twix-Riegel aus und verschlang ihn. Sie hatte nie zuvor dermaßen gierig einen ganzen auf einmal gegessen, wie der verhungernde Charlie vor der Schokoladenfabrik. Dann trank sie mit einem einzigen tiefen durstigen Schluck die Limonade aus. Auch so etwas hatte sie bisher noch nicht getan. Schon allein die Kohlensäure hätte sie normalerweise davon abgehalten. Ihr Mund klebte zusammen vor Schokolade und Zucker, und ihre Augen tränten. Ihre Panik war ungeheuer – Marbie kicherte beinahe. Sie holte den Korkenzieher aus der Schublade und begann damit zu spielen, drehte das obere Teil, so dass die Arme sich abwechselnd hoben und senkten, wie jemand, der um Hilfe schrie und aufgab und aufschrie und aufgab und aufschrie, der lange dünne Körper verdrehte sich dabei in einer endlos kreisenden Bewegung.

Der Schlüssel drehte sich im Schloss. Der Korkenzieher fiel scheppernd zu Boden. Aber dann hörte sie ein Stimmengewirr. *Listen war dabei.*

»Was ist los?«, rief Marbie ihnen zu. »Was ist mit Taekwondo?«

»Fällt aus!«, rief Listen. Sie tanzte vor Erregung, und Vernon schien ebenfalls aufgekratzt zu sein.

»Der Leiter hat einen Zettel an die Tür gehängt«, erklärte er und öffnete den Kühlschrank. »Wir hätten auch selbst drauf kommen können. Der Verkehr war die Hölle. Draußen ist alles vereist, Marbs, geh mal raus und schau's dir an. Aber wir waren nicht als Einzige unterwegs, stimmt's, Listen? Da hingen noch ein paar andere Kids rum und haben gewartet. Die hatten den Zettel nicht gesehen. Alle hatten's auf Listen abgesehen. Hey: Twix. Ich liebe Twix.« Er starrte die leere Verpackung auf dem Tisch an.

»Das weiß ich doch«, Marbie hatte Gewissensbisse. »Tut mir echt leid, dass ich es aufgegessen habe. Ich kaufe dir morgen ein neues.«

»Schon gut«, sagte Vernon und widmete sich wieder dem Kühlschrank.

»Ich habe Hunger«, tanzte Listen. »Die wollen gar nichts von mir, Vernon.«

»Dieser Junge mit dem Giraffen-Tattoo auf dem Arm, der schon«, sagte Vernon und zog einen Küchenstuhl heran, »der will dir was.« Er zeigte Marbie, wie sich der Giraffenhals von dem Handgelenk bis zum Ellbogen gezogen hatte.

»Das ist Carl Vandenberg. Er trainiert gerade für den Schwarzen Gürtel. Der mag mich bestimmt nicht.«

»Was haltet ihr von Essengehen?«, schlug Vernon vor. »Wir könnten zu Fuß zu dem neuen indischen Restaurant, um zu feiern.«

»Was zu feiern?«

»Den Eisregen. Und dass die Familiengeheimnisversammlung abgesagt ist. Das heißt natürlich nicht, dass ich nicht gern zu dem Treffen gehe, Marbie. Es ist einfach nur eine gute Gelegenheit. Außerdem, weil Taekwondo ausfällt«, fügte Vernon hinzu.

Listen drehte eine Pirouette. »Aber ich mag Taekwondo.«

Als Marbie wieder alleine in der Küche war, dachte sie traurig darüber nach, loszugehen und Vernon ein neues Twix zu besorgen, aber es war zu kalt und dunkel draußen. Sie hatte ihnen gesagt, ihr sei zu kalt, um im Restaurant essen zu gehen, aber jetzt war sie zu verängstigt, um irgendetwas zu tun. Sie schaffte es noch nicht einmal, sich ein Eiersalatsandwich mit Curry zum Abendbrot zuzubereiten.

»Komm ins Bett.«

Vernon saß aufrecht in die Kissen gelehnt, und Marbie stand am Fußende und starrte ihn an.

Schließlich sagte sie: »Du weißt doch, wie Arnold Schwarzenegger jemanden töten kann, mit einem Griff um den Hals?«

»Er ist nur Schauspieler, Marbie«, besänftigte sie Vernon.

»Ja, aber er spielt öfter diese Rollen. Und die Sache ist die: Weißt du, wie ich dir manchmal die Schultern und den Nacken massiere?«

»Nicht besonders oft.«

»Aber manchmal mache ich das. Und die Sache ist die: Was, wenn ich die Stelle erwische, die dich umbringt, und ich drücke sie aus Versehen?« Die Stimme versagte ihr.

»Marbie, ich würde dir schon mitteilen, wenn du anfängst mich umzubringen, und dann könntest du einfach aufhören, okay? Was gibt's da zu weinen? Sieh mal aus dem Fenster, mach mal. Ich glaube, es schneit. Ich glaube, ich sehe etwas Weißes, und wenn ich Recht habe, sollten wir Listen wecken und rausgehen.«

»In Sydney schneit es nicht«, schluchzte Marbie, und die Tränen strömten ihr jetzt über die Wangen. »Aber ich könnte dich aus Versehen umbringen, mit einer einzigen Berührung meines kleinen Fingers. Oder, was wäre, wenn du plötzlich eine Allergie gegen Meeresfrüchte entwickelst, und ich würde dir eine Briefmarke geben. Du willst sie auf den Umschlag kleben und reagierst beim Ablecken allergisch auf die Briefmarke, weil im Klebstoff winzige Partikel von Fischmehl stecken. Das machen sie tatsächlich, Vernon, ich habe darüber gelesen. Oder wenigstens haben sie es früher gemacht. Und es könnte tatsächlich passieren, du könntest an einer Briefmarke sterben.«

»Ich bin sicher, es schneit.« Vernon hatte sich nach vorn gebeugt. »Zieh mal die Gardinen zurück.«

»In Sydney schneit es nicht«, sagte Marbie noch einmal matt.

Endlich hatte sie Vernons ungeteilte Aufmerksamkeit. »Was ist los mit dir? Erzähl, was dich bedrückt.«

»Okay, ich erzähl's dir«, sagte Marbie unter Tränen und tat es.

5

Angesengte Fragmente aus dem Geräteschuppen der Zings

(AUS »PROTOKOLL DER FGZ-VERSAMMLUNG«)

- *Mrs Z fragt: »Wie werden wir sie los?«*
- *Radcliffe schlägt scherzhaft vor: »Ein gebrochener Knöchel oder ein gebrochenes Handgelenk genügen schon« (alle lachen)*
- *allgemeine Unterhaltung*
- Es wurde beschlossen, *einen Unterausschuss zu bilden, bestehend aus*

6

Schneesturm

Am ersten Tag der Winterferien erwachte Cath in einem zerwühlten leeren Bett und dachte: *Natürlich ist er schon weg.* Sie fragte sich, ob sie eine rote Rose auf seinem Kissen vorfinden würde, als eindeutigen Schlusspunkt, aber da lag keine. Stattdessen nahm sie ein seltsames Licht, fast schon ein Leuchten, im Schlafzimmer wahr. Und während sie hinsah, kam Warren Woodford zur Tür herein. Schneeflocken hatten sich in seinen Augenbrauen verfangen.

»Ich war spazieren«, sagte er zögerlich. »Kannst du dir das vorstellen? Wir haben immer noch Schnee.«

Er hatte Kaffee auf einem Papp-Tablett mitgebracht. Er sah grau und verängstigt aus.

»Es hat nichts zu bedeuten«, versicherte ihm Cath und richtete sich im Bett auf. »Wir waren betrunken, es hat nichts zu bedeuten.«

Warren hob die Augenbrauen.

Dann kam er ins Schlafzimmer und schob die Tür mit dem Stiefel zu. Er stellte die Kaffeebecher auf dem Nachttisch ab und setzte sich auf die Bettkante. Er berührte mit seiner kalten Hand ihre Stirn, als ob er sehen wollte, ob sie Fieber hatte, und sein Blick war so besorgt und forschend, dass ihr klar wurde, es *hatte* etwas zu bedeuten.

Am ersten Tag der Winterferien erwachte Fancy dadurch, dass Cassie auf ihr Bett sprang.

»Draußen liegt *Schnee*! DRAUSSEN LIEGT SCHNEE! MUMMY! DIE GANZE WELT IST WEISS!«

Radcliffe klang gedämpft durch das Kissen: »Cassie, leg dich einfach wieder hin und schlaf noch ein bisschen.«

Cassie hüpfte auf den Knöchel ihres Vaters, und er jaulte vor Schmerz.

Fancy blinzelte in das seltsame, geheimnisvolle Licht im Zimmer. Konnte es tatsächlich geschneit haben? Die Rufe ihrer Tochter verhallten, klangen bereits entrückt, und Fancy streckte ihre Arme wie eine Ballerina. Warum fühlte sie sich so lebendig und anmutig? Schon fiel ihr wieder ein: *Mein Mann hat eine Affäre.*

Sie hatte Radcliffe noch nicht zur Rede gestellt. Er war am Abend früher nach Hause gekommen und hatte sie auf dem Schlafzimmerboden sitzend vorgefunden, die Socke hielt sie in der Tasche versteckt.

Er senkte bedeutungsvoll die Stimme: »Wenn du gerade an einer Romanidee arbeitest, lass ich dich lieber in Ruhe«, und schlich auf Zehenspitzen aus dem Zimmer.

Bald würde der Tag gekommen sein, an dem sie ihm erzählte, dass sie es wusste. In der Zwischenzeit würde sie diese lebendig-anmutige Stimmung näher erforschen. Genauer betrachtet kannte sie diese merkwürdige Laune bereits. Es war dieselbe, die sie bei allen intimen und zugleich bedeutungsvollen Ereignissen in ihrem Leben empfunden hatte: *Ich bin keine Jungfrau mehr; ich mache die Atkins-Diät; ich glaube, ich kriege ein Kind.*

»KOMM RAUS UND SPIEL MIT MIR IM SCHNEE, MUMMY!« Allmählich drangen Cassies Rufe zu ihr durch. »MUMMY, KANN ICH RÜBER ZU LUCINDA UND SIE MIT SCHNEE BEWERFEN, UND SIE KANN MICH MIT SCHNEE BEWERFEN?«

»Na ja«, setzte Fancy ruhig und graziös an, aber dann wurde sie vom Klingeln des Telefons unterbrochen.

Am ersten Tag der Winterferien erwachte Marbie, als ein seltsames, fast unheimliches Licht sie umfing und ihre Sicht trübte. Einen Moment lang lag sie einfach nur da und versuchte, etwas zu erkennen.

Ein Brummen ließ sie einen Augenblick lang hoffen, alles sei nur ein Traum gewesen. *Ich habe nie mit dem Luftfahrtingenieur geschlafen. Ich habe Vernon nie davon erzählt. Vernon und Listen sind in der Küche und machen Bananenmilchshakes.* Aber dann wurde ihr klar, dass es sich um einen Laubpuster handeln musste, irgendwo da draußen.

Langsam ging sie durch die Wohnung und starrte auf die Stellen, wo etwas fehlte: der Türknauf, an dem zuvor Listens Mantel gehangen hatte, das Duschregal, auf dem sonst immer Vernons Shampoo stand. Wie gründlich sie gepackt hatten mitten in der Nacht!

Sie öffnete die Eingangstür, und beim Anblick des seltsamen weißen Flecks auf ihrer Veranda schnappte sie nach Luft. Das war bestimmt eine Nachricht von Vernon. Aber was sollte es heißen? Sie ging in die Hocke und berührte es: eiskalt. Hatte er das Eis aus dem Gefrierschrank gekratzt, es in einen Eimer gefüllt und es dann auf der Veranda wieder ausgekippt? Was hatte das zu bedeuten? Dass ihr Herz so kalt wie Eis war? Dass er wiederkommen würde, wenn der Schnee geschmolzen war?

Dann sah sie auf, schaute sich in der Umgebung um, und zum ersten Mal fielen ihr die weißen Flecken überall auf. Das Weiß war auf Gartenzäune, Briefkästen und Zweige gekleckst. Es saß auf Autodächern und Motorhauben, verteilte sich über die Vorgärten und neigte sich über Bordsteinkanten. Gegenüber zielten zwei kleine Mädchen mit einem Laubpuster auf das Weiß.

Von Panik gepackt zog sich Marbie in den Flur zurück und griff nach dem Telefon. Sie zitterte, als sie die Nummer ihrer Schwester wählte.

»Können wir uns bei Mum treffen, jetzt gleich?«

Bei Grandma Zing in der Küche hyperventilierte Marbie, während ihre Mutter einen Möhrenkuchen backte und Fancy aus ihrer Kaffeetasse trank.

»Er kommt bestimmt bald zurück«, steuerte Fancy bei. »Es dauert nicht mehr lange.«

»Das glaube ich auch.« Grandma Zing maß einen Teelöffel voll getrocknetem Ingwer ab. »Aber Marbie, meine Süße, was hast du dir bloß dabei gedacht?«

»Das ist es ja gerade.« Marbie setzte sich mit weit aufgerissenen Augen zurück. »Ich glaube nicht, dass ich mir dabei etwas gedacht habe.«

»Jemand so Besonderes wie *Vernon* –«

»Hör auf damit, Mum«, unterbrach sie Fancy. »Vernon wird schon zurückkommen, Marbie.«

»Nein, glaub ich nicht«, murmelte Marbie und wandte sich ihrer Schwester zu. »Du hast seine Augen nicht gesehen. Er war so gefasst. Er hat sich ruhig angehört, was ich zu sagen hatte. Dann ist er aufgestanden, hat seinen Koffer genommen und angefangen zu packen, ganz sorgfältig, als sollte seine Kleidung in einem Schaufenster ausgestellt werden. Und dann schlief er auf der Couch. Und als ich morgens aufstand, waren er und Listen weg. Und der Schnee war da.«

»Mach dir nichts draus«, tröstete sie Grandma Zing. »Jetzt dauert es nicht mehr lange, und ich schiebe den Möhrenkuchen in die Röhre.« Sie warf einen Blick auf den Backofen, um sich zu vergewissern, dass er vorheizte. »Deinen Dad lassen wir noch ein bisschen im Wohnzimmer sitzen. Er sieht sich gerade diese Game-Show an, die er so mag. Er hat den ganzen Morgen im Geräteschuppen verbracht.«

»Hör zu«, sagte Fancy bestimmt. »Es war doch nur dieses eine Mal, oder?«

»Ja«, stimmte Marbie ihr zu. »Nur ein einziges Mal.«

»Und du willst ihn nicht wiedersehen, oder? Deinen Luftfahrtingenieur?«

»Nein«, betonte Marbie mit Nachdruck. »Nie mehr.«

»Also dann!« Das war geklärt. »Vernon wird zu dir zurückkehren.«

»Nein, wird er nicht.« Marbie schüttelte den Kopf, und die Tränen traten ihr in die Augen. »Nein, wird er nicht.« Sie wischte sich die Tränen fort und dachte einen Moment nach: »Ich bewundere ihn für seine Entschlossenheit.«

»Ach du meine Güte«, sagte Fancy. »Er ist immer noch da.«

Sie standen an der Haustür und starrten auf den Schnee, der aussah wie der Zuckerguss über einer Hochzeitstorte. Der Schnee starrte zurück, ein wenig trotzig, als ob er wüsste, dass er hier nichts zu suchen hatte.

»Mal ehrlich«, sagte Grandma Zing. »Ich finde, wenn ihr beide schon hier seid, solltet ihr auch dableiben. Es war gefährlich genug herzukommen, das hättet ihr nur im äußersten Notfall tun dürfen.«

Dann sah sie ihre beiden Töchter an und fügte wohlwollend hinzu: »Natürlich verstehe ich, dass es sich hier um einen Notfall handelt, Marbie.«

»Wenn man langsam fährt, geht es«, entgegnete Fancy. »Obwohl ich kreuz und quer geschlingert bin. Es ist wirklich überall spiegelglatt.«

»Es kann nichts passieren«, erklärte Marbie, »weil niemand sonst auf der Straße ist.«

»Ja, aber in den Nachrichten sagen sie, man soll zu Hause bleiben und nur rausgehen, um das Nötigste zu besorgen, Taschenlampen und Decken zum Beispiel«, beharrte Grandma Zing.

Sie standen eine Weile lang schweigend auf der Veranda, während überall auf der Straße Kinder und Erwachsene vor Vergnügen quietschend im Schnee tobten. Die Schneemänner wuchsen aus dem Boden, Schneeballschlachten brachen aus, und ein paar Leute liefen auf Skiern durch ihren Garten.

»Ich könnte noch ein bisschen bleiben«, räumte Marbie schließlich ein.

»Ich bin mit Radcliffe zum Mittagessen verabredet«, verkündete Fancy.

»Ich werde mich ein wenig hinlegen«, sagte Marbie.

»Was machen wir bloß mit ihr?«, fragte Grandma Zing auf der Auffahrt Fancy.

»Nicht zu fassen«, sagte Fancy überrascht. »Die Windschutzscheibe ist komplett zugefroren! Die Wischer sind völlig wirkungslos. Ich glaube, in kalten Ländern haben sie dafür irgendeinen Kratzer.«

»Lass mich mal probieren, ob ich es mit den Fingernägeln abkriege«, bot sich Grandma Zing an. »Aua! Schalt bitte die Scheibenwischer aus, Schatz. Fance, wer um alles in der Welt ist dieser Luftfahrtingenieur? Vernon wird ihr doch verzeihen, oder?«

»Ich weiß es nicht«, gestand Fancy. »Vernon ist so feinfühlig und so nett, so –, aber dann reagieren Männer oft extrem, wenn's um Affären geht.«

Ihre Mutter stieß einen kurzen, abgehackten Lacher aus und sagte: »Wenigstens müssen wir uns bei Vernon keine Sorgen um das Familiengeheimnis machen.«

Fancy spielte mit dem Lüftungsregler am Armaturenbrett, aber jetzt hob sie den Kopf: »Das Familiengeheimnis hatte ich total vergessen. Bestimmt, weil du Recht hast. Vernon würde so etwas nie tun.«

»Dabei lief es gerade bestens«, seufzte Grandma Zing. »Projekt 78 ist bereits angelaufen. Oh, und Fancy, ich weiß, ich sollte das jetzt nicht erwähnen, aber es ist schon wieder passiert. Erst gestern Nacht.«

»Schon wieder!«, rief Fancy aus. »Wieder verschmiert?«

»Nein, diesmal ist sie einfach nur verrutscht. Du und Marbie, ihr habt bestimmt momentan kein Interesse an einem Eindringen, für Wartungsarbeiten?«

»Nicht mitten im Schneesturm«, sagte Fancy entschlossen. »Wir warten, bis es taut.«

Fancy schlitterte los und schaltete das Radio ein. Es herrschte Ausnahmezustand, verkündeten sie. Chaos regierte sowohl den Autoverkehr als auch die öffentlichen Transportsysteme. In manchen Gegenden war der Strom ausgefallen, und die Sorge um erfrierende Obdachlose machte sich breit. Aber die Situation war noch nicht außer Kontrolle geraten, weil die Menschen hier echte Kämpfernaturen waren. »Wenn es ein Wort gibt, das auf die Einwohner von Sydney am besten zutrifft«, sagte der Premierminister in einer aufgezeichneten Sendung, »dann ist das: Kämpfer. Ich habe nichts von dickköpfig gesagt. Wir sind nicht zu stolz, um uns an unsere Landsleute zu wenden und sie um Rat zu bitten – Australier, die in kälteren Regionen ausharren als den unseren, in Tasmanien, in Canberra. Wir sind nicht zu stolz, uns an andere Länder zu wenden, Norwegen, Finnland. Vertrauen Sie mir. Wir haben alles unter Kontrolle.«

»Jetzt wisst ihr Bescheid, Leute«, übernahm der Moderator das Wort. »Ich denke, die Botschaft ist klar! Und lasst es mich noch einmal betonen: Habt in euren Gärten so viel Spaß, wie ihr wollt, aber bleibt weg von der Straße!«

»Blablabla«, sagte Fancy und drückte wild die Knöpfe am Radio. Vier Zentimeter Schnee! Was hielten wohl die Immigranten von diesem Trara. Sie errötete bei dem Gedanken an ihren kanadischen Nachbarn – er johlte bestimmt, während er seine Kiwi aufschnitt.

Fancy behielt ihr eigenes Geheimnis, Radcliffes Affäre, tief unter ihrer Strickjacke verborgen. Sie hatte noch niemandem davon erzählt, aber es beeinflusste ihre Bewegungen. Während ihre Hände das Lenkrad umklammerten und auf die Schlingerbewegungen reagierten, standen zum Beispiel ihre Ellbogen in einem kuriosen Winkel ab.

»Was ist passiert? Was ist passiert?«

Radcliffe war ganz aufgeregt, als der Kellner im Restaurant sie zu ihrem Tisch geleitete. Der Andrang der Mittagsgäste ebbte gerade ab und schob sich durch die Tür nach draußen. Es war weit und breit das einzige Restaurant, das geöffnet hatte, und viele Leute strömten in öffentliche Räume und nutzten sie, um sich mit Fremden über den Schnee auszutauschen. »Zauberhaft, oder?«, sagte ein Mann zu Radcliffe und schüttelte ungläubig den Kopf über das, was er draußen vorm Fenster sah.

Aber Radcliffe schenkte ihm kaum Beachtung: Ihn interessierte mehr, was Fancy ihm zu erzählen hatte.

»Es ist etwas vorgefallen«, hatte sie ihm mysteriös zu verstehen gegeben, als sie ihn von ihren Eltern aus angerufen hatte, um sich mit ihm zum Mittagessen zu verabreden.

»Also«, begann Fancy. Dann unterbrach sie sich, als ihr der Kellner den Mantel abnahm, und noch einmal, als er ihren Stuhl zurechtrückte, und abermals, als er ihr die Serviette ausschüttelte.

»Also«, wiederholte sie. Da hielt ihr der Kellner die Speisekarte unter die Nase, und sie musste ein viertes Mal innehalten.

»Kann ich Ihnen schon etwas zu trinken bringen?«

Radcliffe bestellte Champagner.

Der Ober ließ ihr einen Moment, um fortzufahren, während er die Getränke holte.

»Es gibt keinen feierlichen Anlass«, protestierte sie in Bezug auf den Champagner. »Es ist etwas Schreckliches geschehen.«

»Woher sollte ich das denn wissen«, brummte Radcliffe. »Du hast mir nicht erzählt, worum es geht. Du hast dich angehört, als wär's etwas Aufregendes. Außerdem können wir ja einfach den Schnee feiern. Sieh dir das mal an da draußen. In der Sonne glitzert er richtig. Wie Eis mit Diamantgeschmack. Findest du nicht auch?«

»Hmmm.« Fancy rückte die Serviette auf ihrem Schoß zurecht, strich sich die Haare hinter die Ohren und verkündete: »Vernon hat Marbie verlassen!«

»Hat er nicht.«

Er wirkte so absolut sicher, dass Fancy anfing zu zweifeln.

»Hat er doch«, rief sie aus, als es ihr wieder einfiel. »Marbie hat den ganzen Morgen geweint. Wie sich herausstellte, hatte sie eine Affäre.«

»Ah«, sagte Radcliffe. »Das kann ich mir denken.«

»Radcliffe!«

Aber Fancy musste sich abermals unterbrechen, weil der Ober zurückkam und wissen wollte, was sie zu essen gedachten.

Radcliffe entschied sich für Lammschmorbraten in Austernsauce, und Fancy bestellte die Atlantikgarnelen.

»Sie hatte keine richtige Affäre«, redete Fancy weiter, sobald es ihr gestattet war. »Nur ein einziges Mal, gestern. Mit einem Luftfahrtingenieur, kannst du dir das vorstellen? Sie hat es Vernon sofort gebeichtet, noch in derselben Nacht. Gestern Nacht.«

»Gut so«, bemerkte Radcliffe.

»Ja«, pflichtete ihm Fancy bei und ließ ihn nicht aus den Augen. »Es ist richtig, es zu gestehen. Das sollte man immer tun.«

Radcliffe lächelte zaghaft und senkte den Blick, was in Fancys Brust ein beklommenes Gefühl auslöste (*gleich wird er es zugeben!*), bis sie erkannte, dass er sich erinnerte. Er war immer stolz darauf gewesen, ihr damals, als sie noch Teenager gewesen waren, gleich erzählt zu haben, dass er ein anderes Mädchen geküsst hatte.

»Aber er hat sie verlassen!«, rief Radcliffe aus. »Warum nur in aller Welt?«

Fancy betrachtete ihn misstrauisch. »Weißt du«, sagte sie, »gestehen ist nicht alles.«

Radcliffe nickte.

»Er ist sofort ausgezogen.« Fancy riss ihr Brot in zwei Teile. »Und sie glaubt, dass die beiden wieder in den Wohnwagen gezogen sind, wo sie vorher gelebt haben. Du weißt doch, der, der hinter der Banana Bar steht?«

»Ach du lieber Himmel!« Radcliffe war beeindruckt. »Zurück in den Wohnwagen?«

»Genau so ist es«, stimmte Fancy ihm zu. »Jetzt, wo die Renovierungsarbeiten praktisch abgeschlossen sind.«

Der Ober brachte das Essen.

Ein wenig später fragte Fancy nebenher: »Mit wem arbeitest du denn am Montag?«

Radcliffe hatte gerade den Mund voll mit knackigen Zuckerschoten, aber er legte dennoch den Kopf schräg, um seine Verwirrung zu signalisieren. »Wie immer, nehme ich an«, sagte er, nachdem sein Mund so leer war, dass er sprechen konnte.

»Gemma?«, fragte Fancy und beobachtete seine Reaktion genauestens. »Arbeitest du mit Gemma?«

»Gemma?« Er runzelte die Stirn. »Gemma.«

Fancy blickte ihn verächtlich an. »Die, die ihre Leberflecke hat weglasern lassen«, erinnerte sie ihn und konzentrierte sich auf seinen Mund, seine Wangen und seine Augen.

»Ach so, Gemma, okay. Sie arbeitet im Lohnbüro. Ich arbeite normalerweise nicht mit Leuten aus dem Lohnbüro, Fance. Die Leberflecke! Ja, ich erinnere mich. Sie hat sich auch die Augen lasern lassen. Weißt du, dieser Eingriff, wo sie den Strahl auf die Augen richten und das abtragen, was einen kurzsichtig macht, damit man keine Brille mehr braucht.«

Diese Unterhaltung hatte Fancy eigentlich anders geplant, und sie war es plötzlich ziemlich leid. Deshalb brach sie sie ab und sah sich nach dem Ober um.

»Ich glaube, ich fahr mal bei der Banana Bar vorbei«, wechselte sie das Thema, während sie Ausschau hielt, »sehe nach, wie es Vernon und Listen geht. Oder findest du es noch zu früh?«

»Mmmh«, nickte Radcliffe. »Erinnere Vernon jedenfalls an seine Verpflichtung dem Familiengeheimnis gegenüber, eh? Erinnere ihn an all die Geheimhaltungsdokumente, die er unterschrieben hat.«

»Ich werde mich hüten, Radcliffe. Wir halten Vernon nicht für rachsüchtig. Das Familiengeheimnis ist bei ihm gut aufgehoben. Ich möchte eigentlich nur wissen, ob es ihm gut geht.« Sie suchte den Blickkontakt zum Ober, hob die Augenbrauen und malte ihre Unterschrift in die Luft, mitsamt dem Schnörkel, den sie dem »g« in »Zing« immer verlieh.

»Ha ha«, machte Radcliffe, »ihr vertraut ihm, was? Weil er so ein netter, so ein ruhiger, umgänglicher Junge ist? Merk dir das, Fance, stille Wasser sind tief. Hinter all dieser Sanftmut verbirgt sich ein brodelndes Meer aus Missgunst.«

»Also, ich weiß nicht so recht.« Fancy warf ihm einen ernsten finsteren Blick zu, aber Unbehagen lag auch darin.

»Willst du keinen Nachtisch?«, fragte Radcliffe enttäuscht. »Ich hätte gerne noch einen Kaffee getrunken, aber jetzt ist es zu spät. Du hast ja schon die Rechnung verlangt.«

»Es ist nie zu spät«, entgegnete Fancy geheimnisvoll. »Für nichts ist es jemals zu spät, Radcliffe.«

»Okay«, stimmte er zu, und als der Kellner ein schmales Ledermäppchen mit zwei Pfefferminzschokolädchen und der Rechnung brachte, sagte Radcliffe rasch: »Dürfte ich noch einen Espresso mit Milch hinzufügen?«

»Kein Problem«, erwiderte der Ober und nahm die Rechnung wieder mit.

Nachdem Fancy Radcliffe zu Hause abgesetzt hatte, schlitterte sie durch die Nachmittagssonne weiter die Straßen entlang. Sie hörte dabei den aufgeregten Radiosprechern zu. In aller Hektik wurden Flüge, Züge, Fähren, Partys, Feierlichkeiten und Festivals gestrichen und abgesagt, alles wegen des Schnees. Sie verboten das Betreten der Harbour Bridge auf unbestimmte Zeit, aber diskutierten stattdessen Rodelpartien von den Dächern des Opernhauses (nicht ganz ernsthaft). Sie zeigten Mitgefühl mit einer Anruferin, die noch nie Schnee gesehen hatte und sich das Erlebnis eigentlich bis zu ihrem vierzigsten Geburtstag aufsparen wollte: Jetzt war es zu spät, sie hatte hingesehen! (»Sie hätte ja auch zu Hause bleiben und die Vorhänge zuziehen können«, warf die nächste Anruferin ein.) Sie waren gerührt von einer Hörerin, die mitteilte, dass ihr Haus allen offen stünde, weil sie über einen Kanonenofen verfügte. »Er heizt das gesamte Haus!« Sie waren verdrossen über das, was passieren würde, wenn der Schnee schmolz. Es würde Überschwemmungen geben, nicht wahr? Sie forderten jeden auf, anzurufen und diese Vermutung zu bestärken oder zu entkräften.

»Hallo!«, sagte Fancy und die Tür bimmelte, als sie sich beim Betreten der Banana Bar den Schnee von der Jacke klopfte. »Viel zu tun heute?« Sie klang seltsam fröhlich.

»Nein«, antwortete Vernon. »Bisher war noch keiner da. Liegt wohl am Wetter.«

»Na«, sagte sie (sie konnte ihre aufgesetzte Heiterkeit einfach nicht bleiben lassen), »dann bin ich eben die Erste. Ich nehme einen Bananenmilchshake, danke.«

»Der geht aufs Haus.«

»Nein, nein!«

Und dann warf Fancy ihm einen bedeutungsvollen Blick zu, um ihm zu verstehen zu geben, dass sie Bescheid wusste. Vernon reagierte mit Achselzucken.

»Deshalb«, sagte Fancy und verließ sich auf die Wirkung ihres so bedeutungsvollen Blicks, »wollte ich mal sehen, wie es dir geht – ob es etwas gibt, was ich – und wegen des Wohnwagens – ist es nicht ein bisschen zu kalt dafür?«

»Wir übernachten nicht im Wohnwagen. Im Laden gibt es einen Generator, deshalb schlafen wir dort hinten. Und falls deine Mutter sich Sorgen macht wegen des Geheimnisses, kann ich sie verstehen. Das Familiengeheimnis der Zings. Ich würde niemals –«

»Vernon! Nicht! Natürlich machen wir uns keine Sorgen *darüber*. Ich hoffe nur, dass ihr wieder zusammenkommt. Ich meine, Marbie …« Sie wollte sagen, Marbie sei ein Luder, eine Idiotin, eine böse Hexe, aber eine mit dem Herz am rechten Fleck – nur wurde Vernons Blick so seltsam, als sie Marbie erwähnte, dass sie rasch das Thema wechselte. »Wo ist Listen? Wie geht's ihr?«

»Sie ist nicht besonders glücklich.«

»Hast du ihr von – von Marbie – von …«

»Ich habe ihr nur erzählt, dass ich mich mit Marbie gestritten habe. Ich habe ihr gesagt, dass ich nicht glaube, dass wir uns wieder versöhnen werden, dass der Streit wohl das Ende von Marbie und mir war, habe ich ihr gesagt.« Er nahm Fancy den Milchshake weg, obwohl sie noch nicht ganz ausgetrunken hatte, und tauchte das Glas ins Spülwasser.

»Ah«, sagte Fancy.

Ihre Blicke trafen sich kurz, bevor beide zu der enormen Plastikbanane aufsahen, die von der Decke hing.

»Sie ist hinten im Wohnwagen und übt Taekwondo.«

»Also dann«, sagte Fancy, nahm ihre Tasche und erhob sich. »Schön, dich zu sehen, Vernon. Ruf an, wenn du was brauchst oder mit jemandem reden willst … Und grüß Listen ganz lieb von mir, okay? Sag ihr, sie –«

Aber sie wusste nicht genau, was er Listen ausrichten sollte, und winkte nur.

Es dauert Jahre, bis man den Flying Side Kick, den gesprungenen Seitwärtstritt, beherrscht. Carl Vandenberg konnte ihn, aber er hatte ja auch den schwarzen Gürtel, und selbst bei ihm sah er in der Luft nicht perfekt aus. Neulich war Listen eine der vier, die in einer Reihe auf dem Boden kauern mussten, damit Carl Vandenberg über sie hinüberspringen und auf das Brett eintreten konnte, das der Meister hielt.

Listen hatte beschlossen, sich selbst heimlich den Flying Side Kick beizubringen. Sie übte draußen, selbst bei dieser Kälte, rannte, sprang und fiel hin.

Als sie wieder hochkam, spürte sie nichts außer

ihrer Nase, die wehtat. Ihre Hände waren blau vor Kälte, ihre Finger brannten, ihre Knie und Ellbogen waren voller blauer Flecke und aufgeschürft, und die ganze Zeit über dachte sie: *Ich hab's nicht anders verdient.*

Sie und nur sie hatte alles zerstört. Sie war eine dumme, egoistische Person, und zur Bekräftigung trampelte sie barfuß im Schnee herum. Plötzlich stürmte sie die Treppe zum Wohnwagen hinauf und wollte das Buch verbrennen.

Ein Zauber, bei dem zwei glückliche Menschen wegen rein gar nichts einen Mordsstreit vom Zaun brechen.

Sie konnte nicht begreifen, dass sie sich hatte hinreißen lassen, einen solchen Zauber auszuführen. Sie konnte nicht glauben, dass es Vernon und Marbie treffen sollte. Sie hatte bisher gar nicht damit gerechnet, die Zauberformeln könnten funktionieren.

Sie holte das Zauberbuch aus ihrem Rucksack und hieb verächtlich auf den lindgrünen Einband ein. Sie würde es nie wieder aufschlagen. Sorry, aber warum hatte sie sich überhaupt die Mühe gemacht? Die Zauber waren unbrauchbar. Ein Zauber, der jemanden dazu bringen soll, ein Taxi zu nehmen. Ein Zauber, bei dem es darum geht, einen Staubsauger kaputt zu machen. Und der erste

Zauber, der geklappt hat, war ein übler Trick, der zwei glückliche Menschen dazu brachte, sich zu streiten.

Heute war der nächste Zauber an der Reihe, aber stattdessen hatte sie sich vorgenommen, das Buch wegzuwerfen, es zu verbrennen, zu zerreißen oder es vielleicht einfach mit dem Altpapier zu entsorgen.

Sie würde es ertränken. Sie knallte es in die winzige Wohnwagenspüle, was ein schwaches Plumpsgeräusch erzeugte, aber keinesfalls den erhofften Donnerknall, und drehte am Wasserhahn, doch nichts tat sich. Die Wasserrohre waren eingefroren.

Als sie in die Spüle schaute, bemerkte sie zum ersten Mal die Innenseite des hinteren Buchdeckels.

Listen hatte sie noch nie zuvor wahrgenommen, weil sie peinlich genau darauf geachtet hatte, nicht zu früh umzublättern. Aber in der Wohnwagenspüle war der Einband vom Buchblock abgerutscht, und ein bedrucktes Viereck kam zum Vorschein:

»Dieses Buch funktioniert tatsächlich! Natürlich nur, wenn man alle Zauber ausführt, aber dann! Bis ich diese Zauber vollbracht hatte, war ich das unglücklichste Mädchen der Welt. Ich habe nicht daran geglaubt, es auch nur

einen einzigen Tag länger auszuhalten. Ich hatte schon vor, mir einen Strick zu kaufen. Gelobt sei das Zauberbuch – mehr will ich gar nicht sagen –, es hat mir das Leben gerettet!«

Elinor Daisy Weaver, Jacksonville, Alabama

Listen nahm das Buch aus der Spüle und las noch einmal das Zitat auf der Rückseite durch. Und dann entdeckte sie ganz unten am Rand in winziger silberner Kursivschrift Folgendes:

Dieses Buch wird dich fliegen lassen, es wird dich stark und zufrieden machen. Und mehr noch, dieses Buch wird dein gebrochenes Herz wieder heilen.

Kalte Schauer liefen ihr über das Gesicht, und die Gänsehaut drang durch ihren Schlafanzug. Sie öffnete das Zauberbuch und las den nächsten Zauber.

Ein Zauber, der jemanden dazu bringt, jemand anderem eine Rose zu schenken.

Lege den Finger auf die Nase und sage: »Menschenskind!«

Dieser Zauber wirkt in ungefähr acht Wochen. Am Samstag ist der nächste Zauber dran.

»Cassie, Schätzchen, du weißt doch, dass du keine Kissen und all so was für den Schnee brauchst. Es macht nichts, wenn man hinfällt. Er ist ganz weich.« Fancy erklärte ihr das, nachdem sie Cassie bei Lucinda abgeholt hatte, sie fuhr in einem niedrigen Gang und schlingerte trotzdem manchmal zur anderen Straßenseite.

»Nicht weich genug. Sieh mal, dafür reicht der Schnee nicht, deshalb muss man überall Kopfkissen und Sofakissen auslegen, damit man sich darauffallen lassen kann.«

»Hmm. Das erscheint mir nicht so ganz richtig.«

»Und wir haben die Kuchenbleche und die Bratpfannen von Lucindas Mum benutzt, um darauf zu rutschen, aber man musste sich außerdem mit den Füßen abstoßen, weil es bei Lucinda im Garten überhaupt nicht hügelig ist.« Cassie malte ein Bild von sich als Kuchenblech-Reiterin auf das beschlagene Fenster. »Sieht du, Mum? So sind wir gerodelt.«

Fancy warf einen Blick darauf und sagte: »Oho!«, und dann: »Ich schätze, das mit den Kuchenblechen war in Ordnung. Das kann ihnen nicht wirklich geschadet haben.«

»Aber ich glaube, wir haben ihr Videogerät kaputtgemacht.«

»Oh, Cassie, ich dachte, ihr wart die ganze Zeit draußen spielen.«

»Waren wir ja auch. Das Videogerät ist kaputtgegangen, als wir versucht haben, darauf zu rutschen.«

»Cassie! Weiß Lucindas Mutter davon?«

»Nein«, erklärte Cassie. »Lucinda hat das kaputte Videogerät unter ihrem Bett versteckt. Sie sollten sich sowieso einen DVD-Player kaufen.«

»Na ja«, sagte Fancy, »so könnte man es auch sehen.«

Dann lauschten sie eine Weile lang gemeinsam dem Autoradio: Überall in der Stadt glitten Leute aus, am Martin Place fuhren sie Schlitten, einige blieben mit ihren Skiern an den Parkuhren hängen, andere stellten die Skistöcke vor den Geschäften ab.

»Brrrrrrr«, schüttelte sich Cassie, als sie zur Haustür hereinkam.

»Das gibt Ärger«, rief ihr Vater. »Cass, du bringst den ganzen Schnee mit rein. Ich finde, du könntest die Schuhe ausziehen. Nenn mich ruhig altmodisch.«

»Komm, setz dich neben mich auf die Treppe«, schlug ihre Mutter vor. »Ich wette, so machen sie das in kalten Ländern. Sie setzen sich auf die Stufen und streifen dort ihre Schuhe ab. Radcliffe, sollten wir nicht lieber Schneeketten aufziehen?«

»Ich rufe bei der *Mit-dem-Schnee-leben*-Hotline an und erkundige mich«, bestätigte er.

»Du meine Güte«, sagte Fancy, »jetzt gibt es schon eine extra Hotline. Soll das heißen, der Schnee bleibt liegen?«

»Lasst uns doch heute Abend Hühnerbrühe mit Nudeln essen«, schlug Cassie vor. »Danach Rinderbraten mit Bratkartoffeln und anschließend Kirschkuchen, und dann sollten wir uns einen Kamin mit einem richtigen Feuer zulegen und Marshmallows grillen und Spiele spielen. So machen sie das in kalten Ländern, wenn es schneit.«

Während der nächsten Tage fing der Schnee langsam an zu schmelzen, aber es blieb außergewöhnlich kalt, und jeder stellte sich sicherheitshalber schon auf noch mehr Schnee ein. Für den Ernstfall brachte die Stadt Sydney mehrere Fernsehanzeigen unter dem Slogan *Mit dem Schnee leben* heraus. Die Ratschläge in den Anzeigen besagten, man solle den Schnee auf den Auffahrten wegfegen und keine Schuhe mit glatten Sohlen tragen. Außerdem wiesen sie darauf hin, dass Schnee ja ein Vergnügen sei, deshalb brauche niemand in Panik zu geraten, falls es noch einmal schneite.

Unterdessen kam vom staatlichen Wetteramt aber die Entwarnung, mehr Schnee sei sehr unwahrscheinlich, da es sich beim Schnee in Sydney eher um ein extrem absonderliches Ereignis handelte. Sie konnten es sich dennoch nicht verkneifen, hin und wieder anzumerken: *Trotzdem, man kann nie wissen!*

Jeden Morgen saß der Kanadier in seinem Mantel und einem schwarzen Filzhut auf seiner Veranda, trank Kaffee und atmete Nebel aus, während er Fancys Fragen zu der Kälte beantwortete.

Jeden Morgen fand sich Marbie in einem Wust in ihrem Kinderbett bei ihren Eltern wieder. Sie schaffte es weder nach Hause noch zur Arbeit. Sie badete oder duschte ausgiebig und hinterließ Vernon Nachrichten auf dem AB der Banana Bar und fragte dann immer ihre Eltern, ob er angerufen hatte, als sie im Bad war. Er meldete sich nie.

Am ersten Freitag der beiden Ferienwochen kam Fancy zum Morgentee vorbei.

»Marbie schläft noch«, erläuterte Fancys Mutter, setzte sich und hob den Teebeutel aus der Tasse. »Und dein Vater ist im Schuppen. Er nimmt es ziemlich schwer, dass Marbie und Vernon sich getrennt haben – du weißt ja, wie gerne er Vernon hat –, und ehrlich gesagt frage ich mich auch, was Marbie sich dabei denkt, wenn sie –«

In diesem Moment kam Marbie in Hausschuhen und dem rosa Morgenmantel ihrer Mutter in die Küche.

»Hallo«, sagte sie, als sie ihre Schwester sah. »Hast du Cassie mitgebracht?«

Fancy wies mit dem Kinn zum Küchenfenster, und Marbie drehte sich um. Hinten im Garten stampfte Cassie mit ihrer Freundin Lucinda durch den Matsch.

»Oh«, sagte Marbie enttäuscht, »ich hatte richtig Lust, mich mit ihr zu unterhalten.«

»Mach dir nichts draus, Süße. Hier, iss ein Stück Pfefferkuchen mit uns. Sie sind noch warm.«

»Warum gehst du nicht zur Arbeit?«, wollte Fancy wissen.

»Also, ich habe am Montag Tabitha angerufen, meine Vorgesetzte«, erklärte Marbie, »ich habe ihr erzählt, was passiert ist, und sie sagte, ich soll mir so viel Zeit wie nötig lassen.«

»Du kannst nicht einfach aufhören zu arbeiten«, unterbrach Fancy sie und holte mit ihrer Teetasse aus, »nur weil du Liebeskummer hast. Das ist keine Entschuldigung. Wenn du verkatert bist, gehst du doch auch zur Arbeit.«

»Ich könnte mir vorstellen, dass bei Marbie im Büro nicht viel los ist«, lenkte ihre Mutter ein, »bei diesem merkwürdigen Wetter.«

»Ganz im Gegenteil. Stellt euch mal vor, wie viele Schadensersatzforderungen reinkommen mit all den umherschleudernden Autos«, schilderte Marbie gedankenverloren.

»Cassie und Lucinda spielen jeden Tag draußen«, sagte Fancy. »Sie haben sich an die Kälte gewöhnt, und was ich damit sagen will, Marbie, es gibt Dinge, die muss man einfach tun.«

»Ich nehme ein Bad«, sagte Marbie zu ihrer Mutter. »Und sieh doch mal, ob du herausfindest, was mit Fancy los ist. Ganz plötzlich macht sie einen auf konservativ und protestantisch.«

»Nun«, verteidigte sich Fancy, »für die Kinder geht das Leben ja auch weiter …«

»Vernon, bist du dran? Ich bin's, ich rufe aus der Badewanne an.«

»Marbie, hör auf, mich anzurufen, okay?«

Marbie verstummte.

»Marbie? Hast du mich verstanden?«

»Ich soll dich lieber nicht anrufen?«

»Richtig. Bitte sprich mir auch keine Nachrichten mehr auf Band. Okay? Das bringt überhaupt nichts.«

»Ich kann noch nicht mal mehr Nachrichten hinterlassen, um dir zu sagen, wie leid es mir tut?«

»Nicht mal mehr das.«

»Aber ich fühle mich dann besser.«

»Das ist wirklich nicht meine Angelegenheit.«

»Kann ich dann mit Listen sprechen?«

»Nein, kannst du nicht. Sie ist in der Bücherei und arbeitet für ihre Hausaufgabe.«

»Wähle zwei Meerestiere aus?«

»Genau die.«

»Ist sie noch bei Seepferdchen und Walen?«

»Ich lege jetzt auf, okay?«

»Wirklich?«

»Marbie, ich lege jetzt den Hörer auf.«

Seepferdchen

Das Seepferdchen gehört zur Familie der Seenadeln. Viele Leute wissen das nicht, aber Seepferdchen sind »monogam«. Das bedeutet, dass sie ihr ganzes Leben mit ihrer einzigen Liebe verbringen. Jeden Tag haken die Seepferdchen gegenseitig ihre Schwänze unter und spazieren gemeinsam auf dem Meeresgrund. Dann wird das Seepferdmännchen schwanger.

Wale

Es ist allgemein bekannt, dass der Wal ein Säugetier und kein Fisch ist. Einige Wissenschaftler glauben sogar, die Wale haben einmal an Land gelebt und hatten Beine und ein Fell, ungefähr wie riesige

Wölfe. Dann wateten sie ins Wasser, ihre Beine wurden zum Schwanz und ihre Arme zu Brustflossen. Wenn das stimmt, war es sicher nicht die klügste Entscheidung, die die Wale jemals getroffen haben. Sie können unter Wasser nicht atmen, und die meiste Zeit ihres Lebens verbringen sie damit, sich daran zu erinnern. Wenn sie jemals einschliefen, würden sie das Atmen vergessen und sterben.

Freitagabend fuhr Marbie zum Night Owl Pub, aber bis auf Toni war niemand da.

Tabitha konnte nicht kommen, weil ihre Schwester gerade das Baby gekriegt hatte. Und Rhamie und Abigail mussten am nächsten Tag zum Indoor-Finale antreten und fit dafür sein.

Arbeitskolleginnen einzeln sind unbrauchbar, kam es Marbie in den Sinn, als sie Tonis Ausführungen lauschte. *Sie funktionieren nur als Team.* Aber sie riss sich zusammen und fragte aufmunternd: »Kann ich dir was zu trinken mitbringen?«

»Ich wollte dir was holen!«, entgegnete Toni, »aber nun ja, Gin Gimlet. Ich kann einfach nicht glauben, dass Tabitha gekniffen hat. Ich meine, bei Rhamie und Abi versteh ich's ja noch, sie waren total k.o. gestern Abend, und ihr Endspiel ist wichtig. Aber das Baby geht nirgendwohin. Und jetzt brauchst du uns, stimmt's?«

»Na ja«, sagte Marbie, »aber es ist doch ein Baby.«

Sie holte die Getränke, ging einen Umweg zurück und sah sich dabei nervös nach dem Luftfahrtingenieur um. Sie wünschte, es wäre Vernon, nach dem sie Ausschau hielt, aber er war noch nie im Night Owl Pub gewesen.

Kaum war sie wieder da, fing Toni eine Geschichte an, wobei sie die Ellbogen auf den Tisch stützte und am Strohhalm ihres Drinks spielte. Marbie verlor unverzüglich den Faden.

»... also sagte er, und ich sagte, und Abi wollte nur bis zur Brücke mit ...«

»Mmm.«

»... Ich mag sie wirklich total, sie ist ein absoluter Schatz, aber mal im Ernst, ich kann's einfach nicht leiden, wenn ...«

»Nei-ein.«

»Ich meine, klar, vielleicht war ich nicht auf dem neuesten Stand, aber alles, was sie hätten tun müssen, war, es mit mir zu besprechen.«

»Ganz klar.«

»... Und Leila macht da ganz offensichtlich nicht mit.«

Wer ist denn Leila?

Marbie riskierte ein »Absolut richtig!«.

Woraufhin Toni den Kopf schüttelte und sagte:

»Ich meine gar nicht Leila, sondern Katerina natürlich.«

Marbie nickte verständnisvoll: »Natürlich.«

Während Toni redete, fiel Marbie ein, dass Vernon heute Abend nicht beim Treffen dabei sein und Listen keinen Film zusammen mit Cassie ansehen würde.

Statt zu ihren Eltern fuhr sie in ihre Wohnung und fand einen überquellenden Briefkasten und zehn Nachrichten auf dem AB vor. Alle waren von Tabitha und Toni, die wissen wollten, wie es ihr ging.

Sie rief ihre Mutter an und sagte ihr, dass sie heute Abend nicht zum Treffen kommen würde, und ihre Mutter sagte: »Ach, Süße, Fancy und du habt immer noch nicht die Wartungsarbeiten ausgeführt. Und Projekt 78 …«

Aber Marbie blieb hart. Sie sah die ganze Nacht im Sitzsack fern.

Samstag! Du darfst den nächsten Zauber ausführen. Prima, dass du so lange gewartet hast!
Ich hoffe, du bist gut drauf.
Dies ist ein Zauber, bei dem jemand etwas Unerwartetes in der Waschmaschine findet!
Gehe spazieren und rufe HURRA, wann immer du etwas Eigenartiges, et-

was Hübsches oder etwas Orangefarbenes siehst.
Der Zauber wirkt in etwa sieben Wochen. Den nächsten Zauber kannst du am folgenden Samstag ausführen.

-o-

In der zweiten Woche der Schulferien gaben die Wettermänner und -frauen die Hoffnung auf mehr Schnee auf. Aber es blieb weiterhin rekordbrechend kalt.

Fancy und Cassie verfielen der Gewohnheit, lang zu schlafen, doch an diesem Tag, während sie in der Küche Porridge mit braunem Zucker aßen, beschlossen sie, einen Ausflug zu machen. Die Ferienfilme hatten sie bereits alle in der ersten Woche durch, und Cassie fing an, Lucinda zu vermissen, darum mussten sie sich etwas einfallen lassen.

Bis sie aus dem Haus kamen, war der Kanadier längst mit dem Frühstücken fertig und nirgendwo mehr zu sehen.

-o-

Bei der Familiengeheimnisversammlung der Zings am Freitagabend erzählte Fancy Marbie, dass sie gestern Nachmittag Vernon bei Coles getroffen hatte. Er hatte Mandarinen gekauft. Er sah traurig aus. Er hatte seine Haare weißblond gebleicht, aber an den Wurzeln wuchsen sie bereits dunkel nach, und er trug sie in einem zerzausten Kurzhaarschnitt. Außerdem hatte er einen langen schwarzen Mantel an, der ihm um die knöchelhohen Schnürstiefel wallte.

»Wie furchtbar«, sagte Marbie zu Vernons gebleichten Haaren. »Seine Haare mochte ich immer ganz besonders.«

»Nein«, sagte Fancy in Gedanken. »Nein, es steht ihm. Er sieht absolut sexy damit aus.«

»Vernon, ich bin's.«

»Oh. Hallo.«

»Leg nicht auf, ja? Ich wollte dir nur sagen, dass ich die Abschlagszahlungen für unsere Wohnung übernehme. Während du – bis du zurückkommst, übernehme ich das, okay? Falls du dir deshalb Sorgen machst. Sie sind nächste Woche fällig.«

»Ja.«

»Alle vermissen dich. Die Versammlung gestern war schrecklich ohne dich, es war so – und Fancy hat erzählt, sie hat dich bei Coles getroffen, und du trägst die Haare jetzt anders, und sie hat gesagt, es sieht gut aus.«

»Okay. Zwei Sachen. Erstens, ich hab deiner Schwester schon gesagt, dass ihr euch um das Geheimnis keine Sorgen zu machen braucht. Jetzt sag ich's dir auch noch mal. Bei mir ist es sicher aufgehoben, okay? Zweitens, was das Apartment betrifft: Wann immer du es dir leisten kannst, mir meine Hälfte der Anzahlung zurückzugeben, schicke mir einen Scheck, und ich lasse meinen Anteil auf dich übertragen. Alles andere kannst du behalten.«

Der Schmelz war jetzt fast völlig aus seiner Stimme gewichen, und was übrig blieb, war so kalt wie ein Zahnarztinstrument. Marbie musste die Augen schließen.

»Mhm«, schnaufte sie mit immer noch geschlossenen Augen. »Wenn es das ist, was du willst.«

»Es ist das, was ich will.«

> Ein Zwergseepferdchen ist nur etwa 3 cm lang, so groß wie mein kleiner Finger. Ein Blauwal kann bis zu 28 Meter lang werden. Das ist dreimal so groß wie unsere Schulbücherei.

»He, Vernon, ich bin's.«

Stille.

»Vernon, hörst du mich? Ich bin's, Marbie.«

»Ich weiß, wer dran ist.«

»Ich habe noch was vergessen, als ich vorhin angerufen habe.«

»Was hast du vergessen?«

»Ich habe vergessen, dir einen, mmm, schönen Samstag zu wünschen. Heute ist Samstag.«

»Ja, Marbie, heute ist Samstag.«

»Kann ich Listen mal sprechen?«

»Sie ist beschäftigt.«

»Ich wollte ihr viel Glück für Montag in Cassies Schule wünschen.«

»Sie ist im Wohnwagen. Sie wollte nicht gestört werden.«

»Vernon, kann ich dich sehen, damit ich dir erzählen kann, wie leid es mir tut?«

»Nein.«

Marbie starrte noch immer das Telefon an und staunte über dessen Macht, als es wieder klingelte. Es war der Luftfahrtingenieur.

»Kommst du zum Mittagessen?«, fragte er, »Heute? Ich habe ein Picknick vorbereitet.«

»Ich habe zwei Wochen nichts von dir gehört«, sagte sie.

»Ich weiß!«

Ein Zauber, der jemanden dazu bringt, ein Stück Schokoladenkuchen zu essen.

1. **Fange an mit Steilwandklettern!**
2. **Höre auf mit Steilwandklettern!**
3. **Fange wieder an damit!**

Dieser Zauber tritt in etwa sechs Wochen in Kraft. Den nächsten Zauber kannst du in ZWEI MONATEN ausführen!

⊸o⊷

Der Luftfahrtingenieur empfing Marbie an der Haustür: »Endlich sehe ich dich wieder! Es ist schon zwei Wochen her!« Er versuchte nicht, sie zu küssen, sondern hielt respektvoll Abstand.

»Ich muss dir etwas sagen«, begann Marbie sofort.

»Was musst du mir sagen?« Er geleitete sie ins Wohnzimmer, wo er auf einer Picknickdecke die folgenden Dinge drapiert hatte:

Essiggurken
getrocknete Tomaten
zwei große Rettiche
Cracker und Käse
Mineralwasser
Corned Beef Sandwiches
hart gekochte Eier
einen Salat aus Spinatblättern, geröstetem Speck und Anchovis

»Eine Menge zu essen«, sagte sie, während sie alles begutachtete.

»Was musst du mir sagen?« Er nahm ihr den Mantel ab.

»Ich muss dir was über meine Familie erzählen«, stieß sie atemlos hervor und runzelte die Stirn über die Stimme in ihrem Hinterkopf, die ihr vertraulich zuflüsterte: *Marbie, wo hast du bloß deinen Verstand?* Sie musste lauter sprechen, um sie zu übertönen.

»ICH MUSS DIR UNSER GROSSES, UNSER RIESENGROSSES FAMILIENGEHEIMNIS VERRATEN!«, schrie sie, und er wich einen Schritt zurück. »OKAY, HÖR ZU, JETZT KOMMT'S: Wir spionieren eine Grundschullehrerin aus, die die 2. Klasse unterrichtet. Sie heißt Cath Murphy. WIR HABEN EINE KAMERA IN IHREM ESSZIMMERFENSTER INSTALLIERT, und sie weiß nichts davon.« Sie verstummte erschrocken über sich selbst.

»Hoho!« Er grinste sie an und hielt die Hände hinter die Ohren, wie ein Komiker, und deutete ihr dann an, sie solle sich wie er im Schneidersitz auf dem Boden niederlassen.

»Ja doch«, und sie folgte seinen Anweisungen, »also im Esszimmerfenster haben wir die Kamera eingebaut und eine zweite … wie auch immer. Anfang des Jahres hat sie die Kamera beim Fensterputzen erledigt, so dass wir bei ihr eindringen und sie austauschen mussten. Dann hatte sie die Linse verschmiert, indem sie Apfelsaft drübergekippt hat. Deshalb mussten wir noch mal bei ihr rein. Vor zwei Wochen ist sie verrutscht, zu Beginn der

Schulferien, deshalb haben wir jetzt nicht die geringste Ahnung, was sie die letzten zwei Wochen getrieben hat.«

»Marbie, Marbie, warum habe ich nur so lange gebraucht, bis ich dich angerufen habe?«

»Ich habe keine Lust, schon wieder einzudringen für eine Wartungsmaßnahme, schon wieder diese Kamera zu reparieren.«

»Du bist einfach zum Schreien, und ich verstehe kein Wort! Iss, meine Prinzessin, hau rein!«

»Nein«, sagte Marbie und sah zu, wie ein Rettich über die Decke kullerte. »Ich muss dir noch mehr von dem Geheimnis erzählen.«

7

Der Heißluftballon

Es war einmal ein Physiker, der dachte, er könne einen Ballon erfinden. Das war im Jahre 1783, und der Name des Physikers war Professor Charles. Seiner Frau versprach der Professor: »Ich werde einen Ballon aus Taft bauen, mit einem Durchmesser von vier Metern, ich werde ihn mit Kautschuk überziehen und voll Wasserstoff pumpen.«

»Oha!«, sagte seine Frau, die nichts verstanden hatte, bis der Professor und seine Freunde eines regnerischen Morgens im Monat März mit dem Ballon auf einem Wagen durch die Straßen von Paris stolzierten. Sie pumpten den Ballon mit Wasserstoff auf und ließen ihn steigen. Er gewann enorm an Höhe und verblüffte die Menge, die sich trotz strömenden Regens auf dem Champs de Mars versammelt hatte.

Es wurde gemunkelt, dass Benjamin Franklin, damals schon ein alter Mann, sich unter den Zuschauern auf dem Champs de Mars befand. Benjamin Franklin war, wie allgemein bekannt, der Erfinder von Dingen wie der Zweistärkenbrille, dem Harnkatheter und dem »verlängerten Arm«, einer Vorrichtung, mit der man die Bücher aus den obersten Regalen herunterholen konnte. Erfindungen waren sein Hobby.

»Was soll das denn für einen Sinn haben?«, rief ein Passant verärgert aus und meinte damit den Ballon.

Schlagfertig wie immer erwiderte Benjamin: »Was ist der Sinn eines Neugeborenen?«

⤙o⤚

Maude begriff, was er sagen wollte. Dass aus Neugeborenen Erwachsene wurden, ebenso wie aus Ballons letzten Endes düsengetriebene Flugzeuge wurden.

Maude Sausalito war gerade erst sechzehn, und der Sichelmond an diesem Abend schien kaum dicker als ein Scheibchen Seifenrest. Sie lief über den taufeuchten Rasen der Nachbarn, die Stöckelschuhe in der Hand. Aus jedem Haus, an dem sie vorbeikam, trällerte die Mickey Mouse Show. Ihr Zeh stieß gegen einen spitzen Kieselstein, und sie ging etwas langsamer.

Es war noch gar nicht so spät, aber ihr Freund war heute Abend bei ihren Eltern zum Essen eingeladen, und sie wollte einen Kartoffelauflauf zubereiten. Zurzeit war es ihre Lieblingsbeschäftigung, Kartoffeln zu schälen, in Scheiben zu schneiden, zu schichten und mit Salz, Pfeffer und Käse zu bestreuen. Dann kam das Ganze zum Überbacken 45 Minuten in den Ofen.

Der schmale fahle Mond, bemerkte sie gerade, drängte sich eigentlich an den äußersten Rand eines vollen dunklen Mondkreises. Die Vorstellung behagte ihr nicht: Sie raubte ihr die lang gehegte Illusion von ständig wechselnden Monden. Jetzt stand es fest, es gab nur einen Mond, der sich wie eine langweilige Diasammlung mit unterschiedlicher Belichtung aufführte. Aber immerhin sah er noch so aus wie ein Schokoladenkeks, an dessen Rand ein wenig weiße Creme hervorquoll.

Maude war gerade dabei, für ein Klavier zu sparen. Außerdem ließ sie sich die Haare wachsen (die sich bereits um die Ohren herum lockten), weil sie wollte, dass sie um ihre Schultern fielen und knisterten. Sie hatte die Erwartung, ihr wäre dadurch in kalten Nächten wärmer, als wären die Haare ein praktischer, dauerhafter Schal.

In der Tasche trug sie einen Beutel mit verschiedenen Lutschern, die sie nach dem Kartoffelauflauf mit ihrem Freund teilen wollte.

Ihr neuer Freund hieß David. Er arbeitete in dem neuen Korkenzieherladen, gleich neben der Bäckerei, in der sie angestellt war. Er war lebhaft, energiegeladen und vergnügt und hüpfte durchs Leben wie der Schweif eines flatternden Drachens. Aber seine Familie erst! Seine Familie war äußerst bemerkenswert. Bis hin zu seinen Ur-Ur-Urahnen und noch weiter zurück war jeder Einzelne von ihnen ein Erfinder gewesen. Jede freie Wandfläche bei David zu Hause war mit Patenturkunden bestückt.

Obwohl die Familie damit keinerlei Geld verdient hatte, warteten beide, Maude wie David, gespannt auf seine erste Erfindung. Sie fragten sich, was es wohl sein würde.

Maude las viel über Ballons, und insgeheim hoffte sie, dass David etwas erfand, was mit Ballons zu tun hatte.

Außerdem verbrachte Maude eine Menge Zeit damit, ihre Fahrt in einem Heißluftballon zu planen, die sie mit David in ihren Flitterwochen unternehmen wollte.

David, wenn er erst einmal erwachsen war und ein, zwei Dinge erfunden hatte, würde bestimmt Diplomat werden. Dann würde er ihr einen Heiratsantrag machen. Sie würden in ihrem Flitterwochenballon dahingleiten und lange müßige Stunden mit Schachspielen verbringen. Jeden Abend, wenn die Sonne sank, würde David Cocktails mixen, ihr tief in die Augen blicken und dabei langsam und behutsam den Sektquirl rühren. Er würde sie verführerisch in die Unterlippe beißen und ihr dann schelmisch zuzwinkern.

Was den Ballon des Professors angeht: Er landete auf einem Feld, wo ihn Bauern fanden und mit ihren Mistgabeln aufpiekten. Der abscheuliche Wasserstoffgeruch, der ihnen daraufhin in die Nase stieg, versetzte sie in Wut, und sie schlugen das Monster tot.

Daraufhin gab die französische Regierung eine »Warnung an Leute, die Luftballons entführen« heraus. *Wenn Sie einen schwarzen Mond am Himmel erblicken, bewahren Sie die Ruhe! Es ist kein Monster, nur eine aufgeblasene Seidenhülle.*

8

Cath Murphy

Am ersten Schultag nach den Ferien war der Himmel tiefblau und klar. Cath sprang gerade über die Schlammpfützen auf dem Parkplatz, als jemand ihren Namen rief und sie sich umdrehte.

»Cath! Cath! Wie geht's dir denn? Wie waren deine Ferien? Wie hast du den Wintereinbruch verkraftet?«

Es war Suzanne, die beim Einparken das Fenster heruntergekurbelt hatte. Cath wartete, bis sich Suzanne aus dem Auto geschält und sie mit einer Umarmung begrüßt hatte.

»So eine Kälte«, rief Suzanne aus und ging mit Cath im Gleichschritt. »In meinem großen alten Haus war es eisig! Und in deiner Wohnung?«

Cath erläuterte, dass ihr Vermieter noch kurz vor den Ferien eine Gaszentralheizung mit Heizkörpern in jedem Raum hatte einbauen lassen.

»Du Glückliche!«

»Hallo ihr!« Cath spürte eine tiefe Stimme in

ihrem Nacken, die ihn langsam erwärmte wie ein Sonnenstrahl. Beide drehten sich um, und da stand er: Warren Woodford, er lächelte auf sie herab.

»Warren«, schrie Suzanne entzückt, »wie waren deine Ferien?«

Warren erklärte, dass er die ganzen zwei Wochen in Bowral auf einem Seminar über kognitive Lernstrategien für die 2. Klasse verbracht hatte und man deshalb nicht wirklich von Ferien sprechen konnte. Dann unterbrach er Suzannes Ausrufe, um sich nach ihren Ferien zu erkundigen.

»Ich? Oh, ich habe viel Zeit mit Lenny verbracht, mit der armen Lenny – was ist da überhaupt passiert? Die beiden kamen mir so glücklich vor. Dieses Zerwürfnis hat mich völlig fertiggemacht. He, ich habe meine Mappe im Auto vergessen!« Suzanne verdrehte die Augen über ihre eigene Schusseligkeit und huschte zum Parkplatz zurück. Sie streckte die gehobene Hand nach hinten, um ihnen anzudeuten, dass sie warten sollten. Gehorsam blieben Cath und Warren nebeneinander stehen und sahen ihr nach.

»Also«, murmelte Warren, »ich muss sagen, ich bin nicht am Erdboden zerstört wegen dieses Streits. Ich bin geradezu begeistert von diesem Streit.«

»Du bist doch nicht allen Ernstes froh darüber?«, sagte Cath rasch, ihre Augen immer noch auf Suzanne gerichtet, »dass zwei glückliche Menschen auseinander sind.«

»Doch, das bin ich. Ich bin froh, dass sie sich zerstritten haben, weil Lenny deshalb ihre Party gegeben hat. Und ich deshalb mit zu dir bin. Und dann – und sieh mal, wer da kommt!«

Suzanne eilte ihnen entgegen, grinste und schwenkte ihre Mappe.

Während sie wartete, bis sich alle beruhigt hatten, glitt Caths Blick aus dem Fenster des Klassenzimmers zum Spielplatz hinüber. Aus der Turnhalle trat gerade eine lange Schlange aus Mädchen in blauen Uniformen in Zweierreihen. Was hatte das zu bedeuten?

Na klar! Das waren die Siebtklässlerinnen der St-Carmel-Oberschule, die aus ihren überfluteten Klassenzimmern geflüchtet waren. Cath hatte sie vollkommen vergessen. Und doch war da etwas Wesentliches gewesen, was sie anging – etwas, was sie tun sollte –, was war es bloß? Sie erinnerte sich nicht mehr.

Marcus Ellison tippte ihr an den Arm. »Ms Murphy, ich habe mein Stück fertig.« Er überreichte es ihr in einem ordentlichen Briefumschlag. »Aber wir können zuerst Cassies proben, wenn Sie wollen«, fügte er steif hinzu.

»Was für ein toller Kerl du bist, Marcus! Vielen, vielen Dank. Ich kann es kaum erwarten, es zu lesen.« Sie sah sich um und entdeckte Cassie, die gerade ihre Schultasche auspackte. »He, Cassie, wie bist du mit deinem Stück vorangekommen?«

Cassie sah von ihrem Pult auf. Sie legte den Kopf schief. Langsam schloss sie den Pultdeckel und sagte mit einiger Überraschung: »Ich habe es völlig vergessen.«

»Na das macht ja nichts, Cassie, schreib einfach daran, wenn du kannst, okay? Es ist noch Zeit genug.«

»Bei mir zu Hause hat es in den Ferien geschneit«, erklärte Cassie.

»So was!«, sagte Cath lächelnd. »Bei mir auch!«

Später sprachen sie über das Thema Neuigkeiten, damit jeder von seinen Ferien berichten konnte. Es stellte sich heraus, dass die meisten Kinder glaubten, der Schnee sei nur bei ihnen gefallen. Während jedes Kind eine unglaublich faszinierende Geschichte erzählte, wie es am ersten Tag der Ferien aufwachte und draußen *Schnee* vorfand, träumte der Rest leise vor sich hin.

Cath dachte über ihren eigenen ersten Ferientag nach, als sie in einem durchwühlten leeren Bett aufwachte und sich nach einer roten Rose umsah.

»Gut«, hatte Warren, der auf der Bettkante saß, gesagt, die eine Hand flach auf ihrer Stirn, in der anderen den mitgebrachten Kaffee, »ich verspreche dir, ich werde eine rote Rose hinterlassen, wenn ich vorhabe, mich von dir zu verabschieden. Aber keine zehn Pferde könnten mich dazu bringen, vorausgesetzt sie wollten es überhaupt.«

Dann brannten sie zusammen durch. Sie besuchten eine Konferenz über kognitive Lernstrategien in Bowral. Warren hatte sich schon dafür angemeldet, weil Breanna, wie sich herausstellte, ihrerseits an einem Psychologie-Seminar teilnahm. Durch die außergewöhnlichen Wetterverhältnisse gab es viele Absagen, und es war kein Problem für Cath, einen Platz zu bekommen.

Sie besuchten alle Vorträge gemeinsam, saßen immer nebeneinander und schrieben sich gegenseitig Nachrichten auf die Ränder ihrer Tagungsunterlagen. Sie aßen zusammen zu Mittag und tranken zusammen Kaffee. Sie spazierten durch die Straßen von Bowral und schauten sich die Parks und Süßigkeitenläden an, die entscheidend zur Entstehung von *Mary Poppins* beigetragen hatten.

Sie berührten sich nie in der Öffentlichkeit, nur ein Mal, als sie eines Nachmittags von einem Schauer überrascht wurden und sich aneinanderdrängten, um beide Platz unter dem Regenschirm zu finden, bevor sie zu einem Café rannten, das ihnen Schutz bot.

Im Café sagte eine Frau teilnahmsvoll: »Es ist doch nur Regen.«

Abends sagten sie im Hof zueinander »bis morgen«, wenn andere Konferenzteilnehmer dabeistanden. Dann gingen sie getrennt auf ihre Zimmer. Warrens Zimmer lag im Nordflügel, Caths im Ostflügel. Im Keller gab es eine Waschküche, die von allen Seiten begehbar war.

Jede Nacht stieg Cath in ihrem Schlafanzug hinunter zur Waschküche. Wenn niemand sie bemerkte, ging sie die andere Treppe hoch zum Nordflügel. Jede Nacht kam sie an demselben Schild vorbei:

> GEMEINSCHAFTSWASCH- UND TROCKENRÄUME DES BOWRAL-KONGRESSZENTRUMS
>
> - BITTE DENKEN SIE DARAN, DASS DIE WASCHMASCHINEN ALLEN KONFERENZTEILNEHMERN ZUR VERFÜGUNG STEHEN.
> - DIE MASCHINEN LAUFEN MIT $2-STÜCKEN – AN DER REZEPTION ERHALTEN SIE KEIN WECHSELGELD.
> - BITTE ENTFERNEN SIE NACH JEDER BENUTZUNG DIE FLUSEN AUS DEN TROCKNERN.

Das netteste, verständlichste Schild, das Cath je gesehen hatte.

Cath lächelte in ihren Klassenraum und beschloss, einen Moment lang einfach zuzuhören. Cassie Zing stand vorn und erzählte allen von

Zwergpinguinen und Eiscreme. Ihre Mum hatte ihr erlaubt, ein wenig Schnee ins Eisfach zu legen. Sie öffnete den Deckel ihrer Brotbox und zeigte den anderen eine kleine Wasserlache.

Cassies Mum schrieb ihr ständig Zettel. Cath fragte sich, ob sie auch heute einen erhalten würde – vielleicht würde da stehen, wie Cassie Schnee in ihre Brotbox gelöffelt hatte. Oder vielleicht: »Tut mir leid, ich konnte nicht anders! Ich hoffe, dass es keine Pfütze gibt.«

Na klar! Deshalb sollte sie sich an die Siebtklässlerinnen von St Carmel erinnern! Sie war gebeten worden, eine davon im Auge zu behalten. Irgendeine Verwandte von Cassie mit einem ungewöhnlichen Namen. Wie hieß sie noch …?

Sie und Warren hatten nicht darüber gesprochen, wie sie ihren Alltag gestalten wollten. Breanna würde an den Wochenenden da sein, und sowohl Cath als auch Warren mussten nachmittags den Unterricht vorbereiten. Vielleicht war es das schon, vielleicht war es nur eine zweiwöchige Episode gewesen. Aber das konnte einfach nicht alles gewesen sein.

Später am gleichen Tag, als Cath von einem Zahnarzttermin am Round Corner nach Hause ging, fuhr ein rostiger Kombi im Schritttempo neben ihr her. Als sie hinübersah, wurde die Beifahrertür geöffnet.

»Steig ein«, sagte Warren und starrte dabei weiter geradeaus, als wäre er in geheimer Mission unterwegs. Dann fuhren sie zum Übernachten zu ihr.

In den nächsten Wochen entwickelte sich ein Muster. Bei Tag ignorierten sie sich praktisch, bis auf gelegentliches freundliches Geplauder, wie es unter guten Bekannten üblich war. Aber jeden Abend von Montag bis Donnerstag verbrachte Warren bei Cath. Früh am nächsten Morgen kehrte er zurück in seine eigene Wohnung. Wenn Warren vorher Fußball spielen war, kam er schlammverspritzt in seiner Trainingskleidung an und duschte, während Cath kochte. Wenn Cath abends noch eine Juravorlesung hatte, bereitete Warren bis zu ihrer Rückkehr in ihrer Wohnung das Essen vor. Er wickelte gerne etwas in Blätterteig – Hühnchen, Auberginen, Ziegenkäse – und backte es zusammen mit einer Tomate. Sie sahen sich Filme an, hörten Musik oder saßen gemeinsam am Esstisch und planten den Unterricht. Aber die meiste Zeit verbrachten sie zusammen im Bett.

Warren brach sich bei Cath ein Stück Zahn aus.

An einem Montagabend hatten sie zusammen in Caths Küche gekocht, die mit Zutaten überladen war. Sie bestand darauf, dass er mit ihr zu ihrem Lieblingssong von Suzanne Vega tanzte, während alles köchelte. Sie waren entspannt, trugen

Bademäntel, tranken Rotwein und steckten sich hin und wieder eine Olive in den Mund.

Cath erzählte eine Geschichte, die eine Nachahmung Billsons, des Schuldirektors, enthielt. Bei der Persiflage musste Warren so sehr lachen, dass er auf einen Olivenkern biss und sich ein Stückchen Zahn ausbrach.

Später am Abend zeigte Cath Warren ihre Familienfotos. Er zeigte sich sehr aufmerksam und bemerkte Dinge wie das gesunde Fell des Familienhundes und die Ähnlichkeit in der Haarfarbe bei Cath und ihrer Mum.

Daraufhin öffnete Cath ihr Geheimkästchen und erklärte ihm, dass sie adoptiert worden war. Es gab nur ein einziges Foto von ihren biologischen Erzeugern: Sie waren bei einem Feuer umgekommen, das auch ihr Haus im Hinterland vernichtet hatte. Das Foto war unscharf, als wäre der Qualm an den Rändern eingedrungen. Warren starrte es lange an und sagte schließlich, er könnte sehen, wie sehr Caths Eltern sich geliebt hatten.

Das einzige andere Foto, das Cath geblieben war, war von dem Feuerwehrmann, der Cath als schlafendes Baby aus den Flammen rettete.

»Meinst du, wir sollten damit aufhören?«, fragte Cath manchmal, wenn Warren im Morgengrauen sein Hemd zuknöpfte.

Warren erwog die Frage immer mit düsterer Miene und antworte stets dasselbe: »Du hast Recht. Wir sollten aufhören. Wir sollten bald damit aufhören. Aber ich kann nicht.«

Und in der Stille, die darauf unvermeidlich folgte, dachten beide das Gleiche:

> Diese Affäre verläuft in geregelten Bahnen. Nur an Wochentagen, nur bei Cath, und niemand weiß etwas davon. Wir führen jede Menge Auseinandersetzungen über Schuld, Ehe, verpasste Gelegenheiten und Schicksal (»hätten wir uns doch nur früher kennen gelernt«, »wir sind wie füreinander geschaffen«, »ich hätte nie geglaubt, dass ich mal so etwas machen würde«). Diese Affäre hat ein Verfallsdatum. Bald wird sie zu Ende gehen. In dem Moment, wo Breanna Arbeit in der Stadt findet, werden wir das Ganze beenden. Aber bis dahin, warum sollten wir damit aufhören? Der Betrug hat längst stattgefunden: In der Nacht von Lennys Party wurde die Ehe gebrochen. Wenn sie sowieso gebrochen ist, warum dann jetzt aufhören? Die Parameter sind abgesteckt, warum dann jetzt schon aufhören?

Zwei oder drei Mal rief Breanna Warren nachts auf dem Handy an, und er tat so, als befände er sich zu Hause. »Mit dem Festanschluss stimmt etwas nicht. Aus irgendeinem Grund höre ich nicht, wenn es klingelt. Aber mach dir keine Sorgen, ich bin immer über Handy erreichbar.«

Dann unterhielt er sich mit Breanna, während Cath im Bett wartete und auf seinen nackten Rücken im dunklen Flur starrte. Sie konnte Breanna schwatzen hören: »Ich halt's kaum noch aus bis zum Wochenende! Oh Gott, ich vermisse dich so!«

Hinterher schwiegen sie beide eine Zeit lang. Warren saß auf der Bettkante und vergrub den Kopf in den Händen. Cath hielt Abstand.

Schließlich sagte Warren: »Ich geh besser nach Hause«, und Cath sagte »ja«, und dann zog er sich stillschweigend an und fuhr nach Hause.

Donnerstag kochten sie Glühwein und nahmen für das lange Wochenende Abschied voneinander. Warren steckte in einer Krise, und Cath erklärte sich sofort damit einverstanden, das Fiasko zu beenden. Warren sah nur noch niedergeschlagen und zerrissen aus.

Dann entschied er: »Nein. Lass uns weitermachen, bis sie einen Job in Sydney findet. Warum sollten wir gerade jetzt aufhören, wo es doch sowieso schon so weit gekommen ist. Wenn sie einen Job in Sydney findet, lassen wir es. Aber jetzt kann ich einfach nicht.«

Cath fragte dann immer: »Bist du sicher?«

Und Warren sagte: »Ja.«

Dann brach die Krise bei Cath aus. Was dachte er sich eigentlich dabei? Er betrog seine Frau! Und am Wochenende betrog er *sie*! Aber das Gravierendste war Breannas Stimme. Wenn Cath diese Stimme im Flur über das Handy hörte, empfand sie einen tiefen, spitzen Schmerz wie von einer Papierschnittwunde. Die Vorstellung, Breanna könnte erfahren, dass seine Geliebte ihre Unterhaltungen mithörte! Das war der schlimmste Verrat, viel schlimmer als alles Körperliche. Breanna glaubte sich sicher in dem Zuhause ihres Mannes, sicher in ihrer Ehe, und stattdessen war sie hier, exponiert, im Flur der Geliebten.

Er hörte sich ihre Ausführungen aufmerksam an und nickte zustimmend. In ihren Attacken gegen ihn legte sie besonderen Wert auf das Wort »Geliebter«, und sie tat es mit Verve, sie begrüßte das Wort, sie liebte es.

Er hörte ihr zu, und dann erklärte er ihr immer und immer wieder, wie leid es ihm tat und wie entsetzt er war über sein eigenes Verhalten. Er konnte seiner Frau nicht wehtun, und es würde sie umbringen, wenn er es ihr erzählte. Cath reagierte bestürzt:

Ich WILL nicht, dass du es deiner Frau erzählst, ich WILL nicht, dass du deine Frau verlässt, ich habe dich nie darum GEBETEN, deine Frau zu verlassen, und er erwiderte: Ja, aber es ist sowieso alles in Auflösung begriffen.

Sie hätte sowieso nicht lange gehalten, ihre Ehe, sagte er, sie bräche auseinander. Dann wurde Cath nachgiebig, und sie sahen sich an und sagten: »Das ist alles so bescheuert, weil du und ich zusammengehören.« Und: »Das wird sich irgendwie finden.«

An den Wochenenden streifte Cath in ihrer Wohnung auf und ab und versuchte, nicht an Warren und Breanna zu denken, wie nah sich ihre Körper und Hände jetzt waren. Mitten in der Nacht schreckte sie meist panisch oder komplett ungläubig hoch. Im kalten Tageslicht schüttelte sie verwundert den Kopf über ihr Verhalten. Sie war schon immer gegen Geliebte gewesen. Sie war eine Schlampe, eine Schurkin, sie verriet ihre Geschlechtsgenossin. Sie zerstörte eine Ehe!

Aber eigentlich meinte sie diese an sich selbst gerichteten Moralpredigten nicht wirklich ernst und eilte schnell zu ihrer eigenen Verteidigung herbei.

Wenn sie nichts davon weiß, wie kann es ihr dann wehtun?

Ich habe niemandem davon erzählt.

Wenn niemand davon weiß, passiert es auch nicht wirklich!

Außerdem habe ich immer nur unter der Wo-

che etwas von ihm – sie kriegt ihn am Wochenende, wenn Spaß angesagt ist.

Warum sollte sie überhaupt einen Anspruch auf ihn haben, nur weil sie ihn zuerst kennen gelernt hat?

Dabei wartete sie die ganze Zeit auf den Montag, und ihr Herz pochte, weil sie wusste, dass sich alles zum Guten wenden würde. Irgendwie musste alles gut ausgehen, und niemand würde dabei Schaden nehmen.

Manchmal machte sie sich dennoch Gedanken über den drohenden Job in Sydney. »Du kriegst eine Rose als eindeutiges Zeichen des Abschieds«, scherzte Warren, »in dem Moment, wo sie hier einen Job hat.« Was wäre, wenn sie tatsächlich einen Job in Sydney bekäme? Aber Breanna hatte bereits monatelang Arbeit gesucht. Vielleicht bemühte sie sich nicht ernsthaft genug. Wahrscheinlich *wollte* sie die Wochentage gar nicht mit Warren verbringen. Davon einmal abgesehen, war es eine Farce, diese Vorstellung, sich zu verabschieden! Es war irgendwie nicht wirklich ernst zu nehmen.

Unterdessen wurde es wärmer, und das Einzige, was noch an den Schnee in Sydney erinnerte, war die Tatsache, dass am Bondi Beach immer wieder Skistöcke angespült wurden.

Seltsamerweise kam Cath die Abmachung mit der Rose gar nicht in den Sinn, als sie am Donnerstagnachmittag eine kurzstielige Rose in ihrem Fach fand. Sie errötete nur und dachte: *Das ist aber riskant!* Weil die anderen sich fragen würden, woher sie die hatte. Dann setzte sie sich hin und wartete auf die Personalversammlung. Sie würde, wenn niemand hinsah, die Rose in ihre Handtasche gleiten lassen, sobald die Versammlung zu Ende war.

Billson fing mit einem Witz über die Siebtklässlerinnen von St Carmel an und darüber, dass kaum jemand erwartet hätte, dass sie sooo lange blieben.

Der einzige anwesende Oberschullehrer lächelte pro forma.

Cath vermied es, Warren anzusehen. Sie hatte eine Begabung darin, so zu tun, als wäre nichts zwischen ihnen (Warren bestätigte ihr das oft).

Billson schlug ein neues Format für den Schulrundbrief vor, und ein paar Lehrer machten sich darüber viel zu viele Gedanken.

Cath wollte, dass Billson endlich fertig wurde. Es war Donnerstag, und sie mussten zu ihr fahren, damit sie ihre Krise bei Glühwein ausleben konnte.

»Eine Vertretung ist eine Vertretung, und was für eine, im Falle von Mrs Rory.«

Billson nickte der Aushilfskraft für die 6. Klasse zu: der vorübergehende Ersatz für Lenny. Cath studierte sein Gesicht nach Anzeichen eines gebrochenen Herzens bei der Erwähnung von Lennys Namen. Aber er war offensichtlich völlig ungerührt. Vielleicht aber schauspielerte er nur ebenso gut wie Cath.

»Und ihr wisst ja alle«, fuhr Billson fort, »wir haben uns die Köpfe zermartert in dieser gewissen Sache.«

»Zermarterte Köpfe«, murmelte Warren auf der gegenüberliegenden Seite des Tisches, »aua!« Das gab Cath Gelegenheit, ihn offen anzusehen und ihm zuzulächeln.

»Mrs Rory ist mit einer Festanstellung einverstanden! Ihr wisst, sie hat eine Menge Lehrerfahrung vorzuweisen, sie ist absolut zuverlässig und hat Sinn für Humor!«

Mrs Rory lächelte bescheiden. Alle gratulierten ihr.

»Also!«, Billson legte einen Zahn zu und sammelte schon seine Unterlagen ein. »Damit sind die Sechstklässler versorgt. Und –« Er hob beschwichtigend die Hände, um wieder Ruhe in den Raum einkehren zu lassen. »Hier noch eine Neuigkeit!« Es kostete ihn sichtlich Mühe, sich das Lächeln zu verkneifen. »Ihr erinnert euch, dass Lenny die 6. Klasse unterrichtete und außerdem Schulrätin war? Nun, niemand soll uns hier in Redwood vorwerfen können, dass wir nicht mit der Zeit gingen.«

Die Lehrer, die bereits ihre Taschen und Mäntel aufgenommen hatten, hielten inne.

»Ratet mal?« Billson strahlte. »Wir haben beschlossen, eine neue Stelle für eine Schulrätin einzurichten. Eine Vollzeitstelle! Und ratet mal, wen wir dafür auserwählt haben?«

Niemand kam darauf.

»Eine Frau namens Breanna!« Billson fing an zu johlen, so begeistert war er. »Sie ist Psychologin und die Ehefrau von unserem Warren Woodford hier!«

»Na so was!«, riefen alle im Raum und »gratuliere, Warren!«.

Warren lehnte sich zurück und verbeugte sich.

Fancy Zing

Als Fancy am ersten Schultag Cassie abgesetzt hatte und wieder nach Hause zurückkehrte, blieb sie hinter der Eingangstür stehen und betrachtete den Staubsauger. Sie hatte ihn im Flur neben den Schirmständer abgestellt, als kryptische Botschaft an Radcliffe, dass sie von seiner Affäre wusste.

Der Staubsauger starrte zurück, sein Schlauch lag ordentlich aufgerollt an seiner Seite. *Ich war einmal kaputt*, sagte er. *Ich erstickte an den Trümmern einer Ehe. Die Geliebte des Mannes hatte ein Glas zerbrochen; der Ehemann hat MICH benutzt, um es aufzusaugen. Aber nein, ich bin an seinem Betrug erstickt. Jetzt hat mich der Reparaturdienst wieder hergerichtet: Ob man wohl das Gleiche von der Ehe sagen kann?* Die Botschaft war offenbar bei Radcliffe noch nicht angekommen.

Fancy schob ihn ein bisschen weiter in den Flur hinein: Wenn Radcliffe darüber stolperte, würde er es vielleicht kapieren. Ihr eigentlicher Plan war natürlich viel konsequenter, und jetzt, wo Cassie wieder zur Schule ging, konnte sie ihn auch verwirklichen.

Zuerst einmal lief sie nach oben, kroch um das Bett herum und starrte in das Dunkel darunter, um zu sehen, ob es noch weitere Anhaltspunkte für eine Affäre gab. Wie gewöhnlich fand sie dort nichts. Sie ging wieder in den Flur und griff zum Telefonhörer. Das Herz schlug ihr bis zum Hals.

»Radcliffe!«, sagte sie, als er antwortete. »Ich wollte dir nur sagen, dass ich in die Stadt fahre. Ich gehe jetzt los. Ich muss für Mum etwas erledigen. Du brauchst also nicht zum Mittagessen nach Hause zu kommen. Ich werde den ganzen Tag weg sein.«

Radcliffe bedankte sich, und sie legte auf. Als sie aus der Haustür trat, setzte sie sich einer Ballerina gleich auf die Veranda, kerzengerade, den

Kopf in einem merkwürdigen Winkel geneigt. *Mein Mann hat eine Affäre.* Sie lächelte in sich hinein und umklammerte ihre Knie. Ihr fehlte eigentlich nur noch das Tutu.

Der Kanadier saß nicht auf der Veranda. Sie wünschte sich, es würde wieder schneien. Man stelle sich einmal vor, dachte sie, man stelle sich vor: Dies ist ab jetzt eine Stadt mit Schnee. Man stelle sich vor, dass sich damit alles ändert: Es gibt Rentiere, Karibus, Eisbären und Eichhörnchen. Bei dieser Vorstellung halfen ihr Cassies Fußstapfen im Matsch des Vorgartens. Sie hatten fast etwas Klauenhaftes: Bärenspuren!

Man stelle sich vor, dachte Fancy, eine Schwarzbärin bewegt sich anmutig die Straße hinunter, als ob sie Drüsenfieber oder ihr Mann eine Affäre hätte. Sie kommt an offenen Vorhängen, geparkten Autos und »zu verkaufen«-Schildern vorbei, steckt ihre Schnauze in Briefkastenschlitze, wetzt sich die Klauen an Telegrafenmasten. Im Schnee sind ihre Bewegungen völlig lautlos. Hin und wieder bleibt sie stehen und lauscht den Geräuschen in der Ferne: einem LKW auf der Autobahn; einer Fliegengittertür, die jemand öffnet.

Ein Mann in Jeans und einem verblichenen grauen T-Shirt, der unerklärlich still bei dem Nachbarhaus verharrte, wollte nicht so recht in Fancys Fantasie passen. Wenn der Bär noch näher käme, müsste sie den Mann warnen.

Es war der Kanadier, der die Fassade seines Hauses betrachtete.

»Hallo«, rief sie.

Er drehte sich langsam um und winkte. »Ich such bloß nach Rissen«, rief er. »Ich hab gerade eine klitzekleine Explosion in meinem Keller ausgelöst. Ham Sie nix davon gehört?«

»Nein!«

»Gut.«

Er wandte sich wieder der Wand zu und suchte weiter. Nach einer Weile drehte er sich zu Fancy um, winkte, lächelte noch einmal und verschwand wieder im Haus.

An diesem Tag harrte Fancy bis 15 Uhr auf der vorderen Veranda aus, aber der Kanadier ließ sich nicht mehr blicken. Genauso wenig wie Radcliffe und seine Geliebte.

Über die nächsten Wochen folgten Fancys Tage einem bestimmten Muster. Sie fuhr Cassie zur Schule, kehrte nach Hause zurück, rief Radcliffe an, um ihm zu erzählen, dass sie ausging, und legte sich dann auf die Lauer. Ein paar Tage später fiel ihr wieder ein, dass Gemma aus dem Lohnbüro nur nachmittags arbeitete. Das gestattete ihr, ihre Mission schon mittags zu beenden. Rendezvous fanden höchstwahrscheinlich vorher statt.

Das war auch gut so, weil sie die Nachmittage für die Arbeit an ihrem preisträchtigen Roman nutzen wollte oder um etwas für das Familiengeheimnis der Zings zu erledigen oder um ins Fitnessstudio zu gehen. Ihre Schwester Marbie tauchte inzwischen immer öfter unerwartet zur Abendessenszeit auf und wollte dringend juristische Fragen mit ihnen erörtern.

Eher selten erschien der Kanadier während ihrer Morgenwache auf seiner Veranda und setzte sich an den Frühstückstisch. Dieser Tage aß er Blaubeermuffins und Brotfrucht zum Kaffee. Er wunderte sich offenbar nie über Fancys Anwesenheit drüben, er plauderte einfach mit ihr, und Fancys Hals erschien ihr schlank und ihre Hände sahen aus wie Schmetterlinge.

Eines Tages trug er eine kleine Stereoanlage zusammen mit seinem Blaubeermuffin heraus. »Hey, Fancy«, rief er, »könnten Sie mir mal helfen?«

»Okay«, rief sie erfreut.

Es stellte sich heraus, dass man ihn aus irgendeinem Grund gebeten hatte, zwei verschiedene Versionen von »Love Cats« zu vergleichen. Die eine war das Original von The Cure. Die andere war eine aktuellere Cover-Version von einem, der sich Tricky nannte. Was für ein Wirrwarr aus geheimnisvollen Worten und Namen! Fancy war ganz aufgeregt.

»Welche finden Sie glatter?«, rief der Kanadier. »Welche hat mehr Power? Welche ist schöner? Welche bringt Sie zum Tanzen? Welche halten Sie für sexier?«

Er spielte die beiden Songs immer wieder, drehte die Lautsprecher in ihre Richtung, und die Lücke zwischen ihren Häusern füllte sich mit Drumbeats. Fancy beantwortete ernsthaft bemüht alle seine Fragen, und er notierte ihre Anmerkungen und nickte interessiert.

»Mir gefallen beide Versionen«, sagte Fancy.

»Ich sag Ihnen was«, bot der Kanadier an, »ich mach Ihnen eine Kopie.«

»Danke«, sagte Fancy, und die Tränen traten ihr in die Augen.

Radcliffes Auto erschien nicht ein einziges Mal in der Auffahrt, ebenso wenig wie Gemma auftauchte und ihr lila Söckchen zurückverlangte. Fancys preisträchtiger Roman war inzwischen zum Erliegen gekommen. Sie hatte das Buch über Liebe und plötzliches Verlassen noch einmal gelesen und eine Entdeckung gemacht. Der Autor hatte nicht nur Arten des Verlassens aufgelistet, er hatte außerdem Informationen dazu zusammengetragen – es gab ganze Abschnitte in dem Buch, die dem Verschwinden und der Beschleunigung gewidmet waren.

Es ging nicht bloß darum, Listen aufzustellen, wurde Fancy klar, es ging um Sprachwelten. Wenn ein Leser am Ende eines preisgekrönten Romans angelangt war, hatten er oder sie neue Sprachkenntnisse erworben. Zum Beispiel: die Sprache der Fotografie, Geografie, Topologie. Die Sprache des Fliegenfischens, Maltas oder des Brotbackens.

Fancy war sich nicht sicher, ob sie Sprachen beherrschte, deren Kenntnisse es wert waren, vermittelt zu werden. Währenddessen dezimierte jede Veröffentlichung eines preisgekrönten Romans eben diese Sprachauswahl – die besseren unter den Büchern, die den Booker Prize gewannen, bedienten sich oft gleich vier oder fünf verschiedener Sprachen. Es musste sich natürlich um eine leicht verständliche Sprache handeln. Fancy hatte viel um die Ohren. Die Antarktis stand für ihre Sprache mit Sicherheit nicht zur Auswahl. Sie besaß weder Zeit noch Neigung, in die Antarktis zu segeln.

Eines Tages holte Fancy Cassie von der Schule ab und ging mit ihr zur Vorsorgeuntersuchung beim Zahnarzt.

»Hier geht's nicht zum Zahnarzt«, stellte Cassie fest, als Fancy rechts abbog.

»Du hast ein ausgezeichnetes Gedächtnis, mein Schatz«, bestätigte Fancy. »Stimmt. Das ist nicht der übliche Weg, aber wir werden einen anderen Zahnarzt am Round Corner ausprobieren. Erzähl mir doch mal, wie's in der Schule läuft, bis wir da sind.«

»Na gut«, willigte Cassie ein. »Ich muss da ein

Stück für die Klasse schreiben, und ich vergesse es immer wieder.«

»Möchtest du, dass ich dich daran erinnere?«

»Ja. Danke.«

»Und wie geht's Ms Murphy? Magst du sie immer noch?«

»Mhm. Ich find sie sogar sehr nett.«

»Mmm, meinst du, dass sie sich mit den anderen Lehrern an der Schule gut versteht?«

»Also«, sagte Cassie und sah aus dem Fenster, während sie nachdachte. »Sie hat zwei Freunde. Mrs Barker und Mr Woodford.«

»Mr Woodford, was? Hmm. Er unterrichtet auch in der 2. Klasse, oder? Wie ist er denn so?«

»Er ist komisch«, erläuterte Cassie und drehte sich abrupt vom Fenster weg. »Alle lachen andauernd über seine Witze.«

Beim Zahnarzt hielt Fancy ihr die Zahnbürste hin. »Hier«, sagte sie, »lauf zur Toilette am Ende des Gangs und putz dir die Zähne.«

Cassie nahm die Zahnbürste, und die Frau am Empfang fragte sie: »Cassie, hättest du gerne eine Belohnung?«

Mit einer Belohnung meinte die Frau das winzige Plastikzebra, das sie in der Hand hielt. Cassie wollte kein winziges Plastikzebra, aber sie sagte: »Okay.« Das Plastikzebra konnte ja nur ein Trick sein. Die Frau hielt vielleicht einen Tim-Tam-Schokokeks in der anderen Hand.

Fancy saß im Wartezimmer und kramte ihr Handy hervor. Sie wählte die Nummer ihrer Mutter.

»Ich bin da«, murmelte sie. »Niemand sonst im Wartezimmer. Alles läuft nach Plan. Perfektes Timing.« Sie legte auf.

Fast im gleichen Moment klingelte das Telefon am Empfang.

»Round Corner Dentalzentrum«, sagte die Sprechstundenhilfe. »Wie kann ich Ihnen behilflich sein? Aha? Ach, du meine Güte! Moment mal. Nein, ich – bleiben Sie, wo Sie sind, ich komme!«

Sie sprang hoch und lief in den Flur. Die Aufzugstüren glitten auseinander und schlossen sich wieder.

Fancy schlüpfte hinter den Empfangstisch, zog die oberste Schublade eines silbernen Aktenschrankes heraus und wühlte sich durch die Unterlagen. Bei *MURPHY, Cath* verharrte sie. Sie griff nach der Akte und warf einen flüchtigen Blick in den Raum. Sie öffnete den Ordner, hielt ihre Armbanduhr über das erste Dokument, und dann drückte sie auf etwas seitlich an der Uhr. Ein Blitz zuckte. Sie drehte um zur zweiten Seite und klickte noch einmal. Sie schloss die Kartei, hängte sie in die Schublade zurück und nahm wieder im Wartezimmer Platz.

Als die Sprechstundenhilfe zurückkam, blätterte Fancy in einer Zeitschrift. »So was!«, sagte die Sprechstundenhilfe zu Fancy, während sie sich hinter den Schreibtisch setzte, »eine Fahrerin hat gerade angerufen, dass sie beim rückwärts Ausparken mit ihrem Lieferwagen in unserer Einfahrt stecken geblieben ist und nicht mehr rauskommt. Aber bis ich unten war, war sie weg. Anscheinend hat sie es doch alleine geschafft.«

»Oh«, pflichtete Fancy ihr bei. »Sieht ganz danach aus.«

Cassie fühlte sich winzig in dem Behandlungsstuhl, weil der Zahnarzt ein Riese war. »Na!«, sagte er mit seiner Riesenstimme, keuchte und beförderte sie per Knopfdruck brummend in Liegeposition. Gegen einen Zahnarztbesuch an sich wäre ja gar nichts einzuwenden, wenn bloß der Zahnarzt nicht da wäre und man in aller Ruhe mit dem Stuhl spielen könnte.

»Na!«, dröhnte der Zahnarzt noch einmal und ließ mit einem anderen Knopf den Stuhl langsam brummend nach oben fahren. Sie stieß beinahe an den Deckenstrahler. Die Decke selbst war in Ordnung, bemerkte Cassie. Sie war grün, wie der Dschungel, mit jeder Menge Elefanten, Affen, Löwen und Giraffen darauf. Damit man etwas hatte, was einen ablenkte.

Cassie überlegte, ob sie dem Zahnarzt ihren eigenen Wattestopfen gegen sein Keuchen anbieten sollte, aber dann würde er ihn sich in den Mund stecken.

»Wie alt bist du denn, Cassie? Sieben, acht, neun etwa?«

»Sieben«, antwortete Cassie in ihrem klebrigen Lederstuhl.

»Sieben!« Der Zahnarzt fand das anscheinend ungeheuer lustig. »Lass uns mal nachsehen, okay?« Er gluckste vor sich hin und beugte sich über sie mit einem umgarnenden: »Weit aufmachen.«

Jetzt spielte der Zahnarzt mit ihren Zähnen statt mit dem Stuhl.

Cassie dachte über das Stück für die Klasse nach.

Wovon sollte es handeln? Das war der Knackpunkt.

»Ausspülen«, sagte der Zahnarzt.

Cassie wollte nicht ausspülen, weil das Wasser rosa und warm war, aber sie musste wohl oder übel.

»Mrs Zing?« Der Zahnarzt trocknete sich die Hände an einem Handtuch in der Nische ab.

»Wie sieht's aus? Ist alles in Ordnung?« Ihre Mutter machte einen fröhlichen Eindruck.

»Ein winziges kleines Loch, nur das eine«, dröhnte der Zahnarzt mit einem Glucksen, wahrscheinlich dachte er immer noch an ihr Alter.

»Na dann«, sagte ihre Mum. »Lassen wir's dabei. Wir können einen neuen Termin ausmachen und ein anderes Mal wiederkommen.«

»Ich kann das gleich erledigen, wenn Sie möchten«, schlug der Zahnarzt vor. »Dauert nicht mal eine Minute. Sollen wir Lachgas benutzen? Danach noch die Fluorbehandlung und fertig.«

»Fluor«, sagte Cassie im Stuhl. »Mum, du weißt doch genau, dass ich davon weinen muss.«

Ihre Mum lachte nur, war mit Lachgas einverstanden und ging fröhlich wieder ins Wartezimmer.

Cassie atmete langsam in die Lachgasmaske, sank tiefer in den Stuhl und starrte das Dschungelgemälde an der Decke an. Sie versetzte sich für kurze Zeit vom Stuhl in den Urwald und kehrte wieder zurück.

Die dröhnende Stimme des Zahnarztes wechselte über zum Surren einer Küchenmaschine, und Cassie beschloss, es einfach zu ignorieren. Sie dachte über das Klassenspiel nach. Sie stellte sich vor, wie sie durch den Stuhl hindurch in den Boden sank. Sie erhob sich vom Boden und schwebte zur Decke. Ein Schimpansenpaar rannte gemeinsam zum Rand der Decke. Die anderen Tiere schenkten ihnen keine Beachtung und ließen sich nicht stören.

Und da war sie – die Idee für das Klassenspiel. Sie hatte die ganze Zeit über da oben an der Decke gehangen.

In diesen ersten Wochen nach den Ferien, die Fancy morgens auf der Veranda verbrachte, traten Schwierigkeiten im Zusammenhang mit dem Familiengeheimnis auf. Genauer gesagt, Marbie weigerte sich, an den Versammlungen teilzunehmen oder Wartungsarbeiten zu erledigen. Das bedeutete auch, dass die Kamera in Cath Murphys Esszimmerfenster weiterhin nicht funktionierte. Die andere Kamera in der Wohnung war noch nie zu etwas nutze gewesen.

Inzwischen erschien Marbie immer häufiger unangekündigt zur Abendessenszeit auf der Türschwelle und wollte verzweifelt juristische Fragen erörtern.

»Sie ist Juristin«, sagte sie noch an der Haustür bei einer dieser Gelegenheiten. »Warum haben wir das nie in Betracht gezogen?«

»Sie ist keine Juristin«, belehrte sie Fancy und trat beiseite, um Marbie hereinzulassen. »Sie ist Lehrerin. Sie studiert nur Jura und auch das nur nebenher.«

»Es macht keinen Unterschied«, Marbie hielt Fancy eine Flasche Wein hin, »sie wird uns trotzdem verklagen. Kann ich zum Essen bleiben?«

»Sie wird nichts merken«, sagte Fancy, »und deshalb wird sie uns auch nicht verklagen. Natürlich kannst du zum Essen bleiben.«

»Wenn sie es herausfindet, verklagt sie uns.«

»Wofür denn?« Radcliffe erschien hinter Fancy

und drückte sogar sein Kinn in ihre Schulter. »Wofür soll sie uns verklagen? Wie lautet die Anschuldigung?«

»Hey«, rief Marbie und ging durch zur Küche, wo Musik lief, »du hörst schon wieder ›Love Cats‹. Ich liebe diesen Song.«

An einem anderen Abend beim Spinatsoufflé sagte Marbie: »Sobald sie Anwältin ist, wird sie Anklage erheben.«

»Weswegen?«, entgegnete Radcliffe, wie abzusehen war. »Mit welcher Begründung?«

»Wer verklagt wen?« Cassie hatte die Hände um ihr Glas Orangen-Erdbeersaft gelegt und wollte eben davon trinken.

»Niemand«, erklärte Fancy und warf Marbie einen vielsagenden Blick zu. »Wie findest du den Saft, Cassie? Das ist eine neue Geschmacksrichtung.«

»Warte«, sagte Cassie, »ich probier.«

»Schon mal was von der Konvention zum Schutz des Individuums in Bezug auf automatische Verarbeitung persönlicher Daten gehört?«, sprudelte es aus Marbie heraus.

»Ach du meine Güte!«, bemerkte Fancy. »Gibt es das wirklich?«

»Das«, sagte Radcliffe spöttisch, während er den verbrannten Käse vom Rand der Auflaufform abkratzte, »hat etwas mit computergestützter Verarbeitung zu tun. Mit Datenbanken der Regierung und derartigen Dingen. Das betrifft große Firmen und nicht uns.«

»Oh«, sagte Marbie, »tatsächlich? Aber ich nehme mal an, es ist illegal einzubrechen –«

»Wer sagt denn, dass wir einbrechen?«, unterbrach sie Radcliffe. »Wir sind die Vermieter, und es steht alles genau im Mietvertrag. Zwar im Kleingedruckten, das gebe ich zu, aber: … es soll Zugang gewährt werden blabla zu Wartungszwecken blabla … alles schön dehnbar formuliert.«

»Schmeckt gar nicht schlecht«, sagte Cassie, stellte das Saftglas ab und wischte sich über den Erdbeermund. »Probier auch mal.«

Fancy, Radcliffe und Marbie langten gleichzeitig nach ihren Gläsern.

Keiner wusste recht, was in Marbie vor sich ging, aber alle vermuteten, dass es mit Vernon zusammenhing. Er war tatsächlich immer noch nicht zu ihr zurückgekehrt. Alle zeigten sich bestürzt darüber, und wie musste es dann erst in Marbie aussehen? Sie machte sich vermutlich Sorgen, er würde das Geheimnis in irgendeiner Form gegen sie verwenden. Niemals, da waren sich alle einig – allerdings mit einem etwas mulmigen Gefühl.

Radcliffe bot sich an, Marbie bei den Wartungsarbeiten zu vertreten, aber Fancy sagte, das sei keine wirklich gute Idee. Sie und Marbie arbeiteten perfekt zusammen. Außerdem, fügte sie versöhnlich hinzu, hatte Radcliffe in letzter Zeit genügend Stunden mit Desktop-Publishing zugebracht. Alle fanden die letzte Ausgabe der *Elfenepistel* wirklich gelungen. Schon alleine diese Hochglanzseiten!

»Trotzdem, Vernon überrascht mich. Ich hätte schwören können, dass er ihr inzwischen vergeben hätte.«

»Tatsächlich, hättest du das«, sagte Fancy eisig.

»Na ja«, Radcliffe knackte Pistazien und reihte die Schalen auf seinem Oberschenkel auf, »du etwa nicht?«

»Ich vermisse es, mit Listen zu quatschen«, sagte Fancy aus heiterem Himmel.

Am nächsten Tag traf Fancy zufällig Listen im Fitnessstudio. Sie hatte bereits eine halbe Stunde auf dem Stepper absolviert.

Noch zwei Minuten, zeigte das Gerät an.

Das hoffe ich doch, dachte Fancy und stieg weiter Treppen.

Das Gerät spuckte ihre Trainingsbilanz aus und entließ sie. Am Wasserspender wäre sie beinahe mit Listen zusammengestoßen.

»Hal-lo!«

»Hi, Fancy!« Listens Augen leuchteten, und sie schwitzte. Sie sah niedlich aus in Trainingshose und Top, um das Handgelenk trug sie einen Silberreif.

»Du gehst doch nicht etwa hier zum Fitnesstraining?«

»Nein, ich nehme Kletterunterricht«, erklärte Listen. »Da drin – siehst du die nachgebaute bunte Felswand? Die bin ich gerade hochgeklettert.«

»Na so was! Du bist mir ja vielleicht eine! Mission Impossible! James Bond!« Sie lächelten sich einen Moment lang an.

»Jedenfalls mach ich mich jetzt besser auf die Socken«, sagte Listen. »Vernon holt mich ab. Grüß Cassie von mir, bitte. Ich sehe sie manchmal in Redwood, aber sie ist immer sehr beschäftigt.«

»Mach ich, klar. Wir vermissen dich alle sehr, Listen, ganz besonders Cassie. Ich hoffe, wir sehen dich bald wieder.«

Listen rannte die Treppe hinauf zum Ausgang des Studios, ihr Pferdeschwanz wippte hinter ihr her, und sie drehte sich noch einmal um und grinste verlegen.

Nachdem sie wochenlang auf der Veranda ausgeharrt hatte, beschloss Fancy, sich eine neue Taktik zuzulegen. Radcliffe hatte seine Affäre offensichtlich an einen anderen Ort verlagert. Vielleicht hatte der Zwischenfall mit dem Staubsauger ausgereicht, ihn zu vertreiben. Angesichts der bisherigen Vorfälle war es nicht ganz ohne, eine so ungeschickte Frau wie Gemma mit nach Hause zu bringen. Wahrscheinlich verbrachten sie die meiste Zeit bei Gemma und zerdepperten *ihr* Geschirr.

Die Erkenntnis kam ihr eines Donnerstagnachmittags, als sie wieder einmal auf der Veranda saß und dem Postboten zuwinkte. Er schob sein Fahrrad vorbei und hatte gerade eine Hand voll Briefe in ihren Kasten gesteckt. Fancy stand auf, winkte und dachte: *Ich brauche eine neue Taktik*. Sie lief über den Rasen, um die Post zu holen. Dabei fiel ihr auf, dass ihre Bewegungen nicht mehr anmutig waren. Sie wirkten linkisch, unsicher und ruckartig, wie bei einer Marionette an ungleich langen Schnüren. Sie blinzelte, und selbst ihr Blinzeln war ein unrhythmisches Zucken.

Das ist das Problem, dachte sie, als sie die Post herausholte, und sie beruhigte sich wieder. Sie war drauf und dran, die Affäre abzuhaken. In der letzten Woche hatte sie sich öfter gefragt, wie sie überhaupt auf die Idee kommen konnte; es gab Tage, an denen sie zu bezweifeln wagte, dass ein lila Söckchen mit einem Gänseblümchen eine derart tragende Bedeutung haben konnte; es gab sogar Tage, an denen sie komplett vergaß, dass ihr Mann eine Affäre hatte.

Sie musste sich konzentrieren, sie musste der Affäre die angemessene Aufmerksamkeit angedeihen lassen, sie klar eingrenzen, sie mit Sandsäcken beschweren. Ansonsten würde sie sie nicht mehr in den Griff kriegen, die Affäre würde ihr entgleiten und für immer verloren davonschweben, wie ein Luftballon.

Als sie auf die Post in ihrer Hand hinunterschaute, kam ihr die Antwort. Sie entdeckte sie in Form eines Flugblatts, das oben auf dem Stapel der Briefumschläge lag.

PAARTHERAPIE
- erschwinglich
- diskret
- vertraulich
- garantiert erfolgreich

Winston Hills Familientherapiezentrum (Kontaktinformationen auf der Rückseite)

Na klar! Der Plan war ihr einfach so zugeflogen: Sie würde mit der Therapeutin ein paar Sitzungstermine vereinbaren. Sie würde Radcliffe überraschen. Sie würde ihm erzählen, dies sei ein Geschenkgutschein für ihre langjährige Ehe, wie die Fahrt in ein Wellness-Wochenende. Tatsächlich ging es darum, einen Anker, eine Struktur, eine überschaubare Umgebung zu gewährleisten. In dieser Umgebung würde sie Radcliffe offenbaren, dass sie von seiner Affäre wusste. Durch die Beratung konnte sich die Affäre nicht einfach in Luft auflösen. Der Erfolg war »garantiert«. Sie ging gleich ins Haus und machte einen Termin für nächsten Dienstag aus.

Erleichtert darüber, dass der anmutige Schwung

wieder in ihre Bewegungen zurückgekehrt war, beschloss sie, die Wäsche aufzuhängen. Es war windig und sonnig, die Kälte war kaum noch spürbar. Sie bückte sich und klammerte, bückte sich und klammerte und ging dann auf die andere Seite der Wäscheleine hinüber, wo die getrocknete Wäsche von gestern hing.

Ihr fiel auf, dass die Grevilleen blühten, als sie eine ihrer sonnengetrockneten, apricotfarbenen Unterhosen aus Baumwolle abhängte. Der Frühling hatte eindeutig Einzug gehalten. Die Rückkehr des graziösen Schwebegefühls brachte es mit sich, dass sie nicht wirklich fest zugriff, so dass eine vorbeiwehende Windbö leichtes Spiel hatte, ihr die Unterhosen aus den Fingern zu pusten und sie durch die Luft zu wirbeln. Hui! Auf und davon! Hui! Über den Zaun und in Nachbars Garten. Sie rannte hinterher und kam gerade rechtzeitig, um zu sehen, wie ihre Unterwäsche dem Kanadier von nebenan ins Gesicht wehte. Dann trudelte sie langsam zu Boden. Er war zwar überrumpelt worden, aber schaffte es dennoch, die Unterhose zu fangen, bevor sie ins Gras fiel. In der Hand hielt er ebenfalls eine Klammer. Er war dabei gewesen, seine eigene Wäsche aufzuhängen.

Genauer gesagt hängte er drei Damenunterhosen auf: winzige knallbunte Tangas, die aussahen wie schillernde Eidechsen. Er drehte sich nach Fancy um und hielt ihre Unterhose hoch.

»Und *Sie*«, rief sie abwehrend, »mit all der hübschen Reizwäsche!« Dann wunderte sie sich über das, was sie gerade gesagt hatte.

Aber er lachte und trottete über den Rasen zum Zaun. »Ihr Slip?«, erkundigte er sich freundlich.

Sie nahm ihm die Unterhose ab und dachte, dass das Wort »Slip« wohl das Intimste war, was sie seit langem gehört hatte. Und das sie, eine Erotikautorin! »Tut mir leid, dass ich sie auf Sie losgelassen habe.«

Er legte den Kopf zurück und lachte, lehnte sich gegen den Zaun, und beide drehten sich nach seiner Leine um und starrten auf die Reizwäsche. Da hatte es Fancy vor Augen: ein einzelnes lila Söckchen, das am Ende der Schnur, mit einer Wäscheklammer befestigt, sanft im Wind flatterte.

»Entschuldigung«, sagte sie, »aber darf ich mir mal das Söckchen ansehen?«

»Klar doch«, antwortete er und trottete wieder zu seiner Wäscheleine hinüber. Bereitwillig entfernte er die Klammer von der Socke und trug sie zum Zaun.

Genau die war es. Zusammen bildeten sie ein Paar. Ein Paar lila Söckchen mit aufgestickten Gänseblümchen.

»Wo haben Sie die her?« Sie bemerkte, dass ihre Stimme melodramatisch vibrierte.

»Das ist aber ’ne seltsame Frage.« Dennoch blieb er freundlich. »Ich hab sie heute ganz unten in der Waschtrommel entdeckt. Völlig unerwartet. Gehört meiner ehemaligen Freundin. Ehemalige Exfreundin, um genau zu sein. Schätze, sie hat was von ihrer Wäsche dagelassen und die Socke lag wohl schon ein Weilchen ganz hinten in der Maschine versteckt. Sie wissen ja, wie das geht mit Socken.«

»Nun ja, es ist nur …«, sagte Fancy, »es verhält sich so, dass ich vor ein paar Wochen die andere Socke zu dem Paar bei mir im Schlafzimmer gefunden habe.«

»Tatsächlich, im Ernst?«

Sie standen einen Moment lang regungslos da, während der Wind an ihrer Kleidung und ihren Haaren zupfte. Sie starrten auf die Baumwollunterhose in Fancys linker Hand und auf die lila Socke in ihrer rechten.

»Schätze«, sagte der Kanadier nachdenklich, »dass es Tammys Socke irgendwann mal über den Zaun geweht hat, so wie's heute mit Ihrem Slip passiert ist. Schätze, ich hab die einzelne Socke zum Trocknen aufgehängt, während die andere in der Waschmaschine geblieben ist, und die von der Leine hat's über den Zaun in Ihre Wäsche vertrieben.«

Fancy hatte noch Zweifel. Ihr schwebte etwas Ausgefalleneres vor: ein flotter Dreier mit Radcliffe, seiner Affäre und dieser Tammy zum Beispiel. Oder: ein abartiger Kanadier, der sich mitten in der Nacht in ihr Schlafzimmer schlich und das Söckchen seiner Exfreundin unterm Bett versteckte.

»Ich nehme an, so könnte es gewesen sein«, gab sie sich schließlich geschlagen. »Ich sortiere die Wäsche wirklich manchmal im Schlafzimmer, und vermutlich habe ich genau das getan, und dabei ist die lila Socke heruntergefallen und unter dem Bett gelandet.«

Sie blieben noch einen Moment lang so stehen und genossen die Sonne auf ihren Schultern.

»Schon komisch«, sagte der Kanadier, »dass ich ausgerechnet an dem Tag die Socke in der Waschmaschine finde, an dem Ihr Slip zu mir rübergeweht wird.«

»Soll ich Ihnen die andere Socke holen, damit Sie sie Tammy schicken können?«, bot Fancy an.

»Ach, vergessen Sie's«, er zuckte mit den Achseln, »ich nehm an, Tammy kommt auch ohne ihre lila Gänseblümchensöckchen aus. Sie war nicht gerade die Netteste. Gina dagegen ...«, fuhr er fort und warf einen Blick auf die Reizwäsche. »Aber die musste zackig nach Neapel zurück. Ich schick ihr ihre Wertsachen nach«, fügte er zweideutig hinzu.

»Sagen Sie doch bitte mal ›auf und davon‹«, bat Fancy aus heiterem Himmel.

»Auf und davon, wieso«, kam er ihrem Wunsch nach. Aber als er wieder zur Wäscheleine hinüberschlenderte, drehte er sich noch einmal um, lachte »au-auf und davo-hon, aus den Augen, aus dem Sinn!« und verdrehte die Augen.

Es gibt kein lila Söckchen, dachte Fancy und lächelte den Kanadier voller Dankbarkeit an. Es gibt kein lila Gänseblümchensöckchen, das einer Frau gehört, die bei Radcliffe im Lohnbüro arbeitet. Radcliffes Affäre – dachte sie dann mit einem plötzlichen Ruck, wie wenn ein Buch vom Nachttisch fällt –, Radcliffes Affäre ist zu Ende.

Mein Mann hat keine Affäre.

Marbie Zing

An dem Tag nach dem Picknick auf dem Wohnzimmerboden hatte Marbie den Wecker gerade auf »dösen« gestellt, als das Telefon klingelte. Es war der Luftfahrtingenieur.

»Ruf mich nicht zu Hause an«, zischte sie und vermittelte den Eindruck, Listen und Vernon stünden noch um sie herum.

»Wenn dein Freund rangegangen wäre, hätte ich einfach aufgelegt. Okay? Bleib ganz ruhig, okay? Kannst du sprechen?«

»Nein.«

»Kannst du dann einen Augenblick zuhören? Marbie, du bist wirklich zum Schreien. Du kommst an, erzählst mir eine Geschichte von einer Grundschullehrerin, die ihr ausspioniert, und tanzt wieder zur Tür hinaus. Du hast nicht mal mein Picknick angerührt. Ich dachte, wer war das denn?«

»Also«, antwortete Marbie, »das war ich.«

»Wie dem auch sei, ich wollte dir nur eines sagen: Du bist einfach toll, und ich bin froh über meine Entscheidung, die ich gleich zu Anfang getroffen habe, vor Ewigkeiten, als ich dich im Night Owl Pub gesehen habe.«

»Das ist mehr als eines. Und du hast mich nicht im Night Owl Pub kennen gelernt, sondern bei der Arbeit.«

»Ah ja. Daran kann ich mich auch erinnern. Deine Papierflieger! Hoho! Riskant! Aber von was ich eigentlich rede, ist meine Entscheidung. Im Night Owl Pub? Als ich dich da sitzen sah? All deine Freundinnen waren weg, und mein Auto war gerade abgeschleppt worden. Also hab ich dich nach der Uhrzeit gefragt, und du hat gesagt ›fünf Uhr‹, mit dieser Stimme – und sofort traf ich eine Entscheidung, die beste Entscheidung, die ich je getroffen habe.«

»Welche Entscheidung?«

»Die Entscheidung, ein Taxi zu nehmen. Plötzlich dachte ich – und es hat mich erwischt wie ein

Schlag, *Pardauz!* Da hab ich gedacht: *Ich nehme ein Taxi!* Ich war spät dran für den nächsten Termin, und ich hab gewusst, wenn ich noch länger bleibe, verpasse ich den Bus. Ich hätte schon fast ›bis dann‹ gesagt, aber dann kam's mir: *Pardauz*, ein Taxi wäre jetzt genau das Richtige. Und es war die beste Entscheidung, die ich je getroffen habe.«

»Na dann, super. Ich glaube, ich lege jetzt besser auf.«

»Klar. Das ist sowieso alles, was ich dir sagen wollte. Nur das.«

»Okay.«

»Oh, und Marbie, du musst heute Abend mal bei mir vorbeikommen und mir erklären, was du gestern damit gemeint hast. Du kannst nicht einfach so einen Spionagethriller anfangen und mich dann in der Luft hängen lassen. Hörst du?«

»Kann ich nicht?«

»Nein.«

»Ich dachte, ich könnte. Ich dachte, du könntest ganz einfach vergessen, dass ich je ein Wort darüber gesagt habe, und so tun, als wüsstest du nichts davon. In Ordnung?«

»Das geht nicht, weil ich jedes Wort verstanden habe, und jetzt brauche ich eine Erklärung. Wer weiß, was sonst passiert. Ich seh dich heute Abend. Und noch was, wenn du jetzt nicht alleine bist, sag einfach, jemand hat sich verwählt.«

»Das ist doch blöd.«

»Okay, meine Einfachtolle. Tschüs.«

Marbie legte auf und drückte das Kissen fest gegen ihre Brust. Sie wusste schlicht und ergreifend nicht, warum sie mit dem L.I. geschlafen, geschweige denn, warum sie ihm das Geheimnis verraten hatte. Verstört sah sie sich im Zimmer um. Am vorherigen Abend war ihr plötzlich ganz klar gewesen, dass sie es ihm erzählen musste und dass dies die Lösung sein würde. Aber wie konnte sie nur? Da war sie, Marbie Zing, und sie flirtete mit einer irrationalen Existenz. Sie sah auf das Kissen in ihren Armen herab und dachte, *mein Dasein ist ein Kissen*. Sie wusste nicht einmal, was das bedeuten sollte.

Sie warf das Kissen beiseite und wählte Vernons Nummer, aber es ging keiner ran. Sie hinterließ eine Nachricht, in der sie mitteilte, dass sie Listen noch einmal viel Glück für ihren ersten Tag in der Redwood-Grundschule wünschte, und außerdem, wenn Listen etwas brauchen sollte, nun ja, sie, Marbie, wäre immer für sie da.

Die Siebtklässlerinnen der St-Carmel-Oberschule marschierten den Pfad entlang über das Gelände der Redwood-Grundschule. In der Aula hatte eine Begrüßungsfeier stattgefunden, und nun gingen sie hinüber zu den Containern, die ihnen als Klassenzimmer dienten.

»In Zweierreihen!«, riefen die Lehrer. »Stellt euch in Zweierreihen auf!«

Aber eigentlich scherten sich die Lehrer wenig darum, ob sie wirklich in Zweierreihen gingen, und Chloe, die neben Listen hertrottete, ließ sich zurückfallen, um mit den beiden Mädchen hinter ihr aufzuschließen. Listen hatte gerade gefragt »wie waren deine Ferien?«, aber in diesem Moment hatte jemand geschrien »GIB MIR DEN HUT«, so dass Chloe sie nicht gehört hatte.

Die Grundschulkinder klebten an den Fenstern und starrten hinaus. Listen versuchte, sich zwischen das Paar vor ihr zu quetschen, damit die Kleinen nicht dachten, sie wäre alleine, aber sie schaffte es nicht, weil sie sich so breitmachten, dass sie den ganzen Weg für sich beanspruchten.

Drei sind eine zu viel. So dachte sie traurig, als ein Sonnenstrahl auf die Schnalle ihrer Schultasche fiel, und noch einmal ging ihr durch den Kopf: Drei sind eine zu viel! Aber bestimmt gab es in ihrer Klassenstufe eine Gruppe von drei Freundinnen. Also, drei sind eine zu viel, deshalb brauchten sie eine Vierte. Sie konnte doch die Vierte sein.

Die Lehrer versuchten ihren Unterricht wie gewöhnlich durchzuziehen, doch die Mädchen alberten herum, als ob sie noch Ferien hätten. Es war ja eigentlich auch wie Ferien, der erste Schultag in der Grundschule.

»Das bedeutet nicht, dass ihr euch auch wie Grundschüler aufführen müsst«, sagten die Lehrer immer wieder. Als die Glocke zur Pause ertönte, war es nicht das elektrische Klingeln der Highschool, sondern ein merkwürdiges Scheppern.

Auf dem schlammigen Gras vor den Containern zog Listen die Pulloverärmel lang, so dass sie ihr über die Hände reichten, und sagte »hi, Kelly«.

Kelly Favorolo, die gerade vorbeikam, sah überrascht aus und sagte ebenfalls »hi«.

Listen schickte kaum vernehmbar schnell hinterher: »Kann ich heute nicht mit euch rumhängen, wenigstens für diesen Tag?«

Kelly sah sich nach ihren beiden Freundinnen Amber Tang und Sasha James um, und alle drei zogen die Augenbrauen hoch.

Dann sagte Kelly: »Sicher, doch, okay.«

Rasch und höflich pflichteten ihr die anderen beiden bei: »Klar, Listen, ja!«

Listen sagte ernsthaft: »Sagt einfach nein, wenn ihr es nicht wollt.«

»Sei nicht albern.« Kelly zwirbelte Listens Pferdeschwanz um ihre Finger. »Warum sollten wir denn etwas dagegen haben?«

Marbie musste dringend zu dem L.I. und ihre Fehler wieder ausbügeln. Vielleicht konnte sie einfach »April, April!« rufen und das Ganze zu einem Scherz erklären. Aber es war nicht April, und als sie ankam, erkannte sie sofort, dass sie keine Gelegenheit haben würde, ihm etwas vorzuspielen.

Schon beim Öffnen der Tür sah sie die Gier in seinen Augen blitzen.

Deshalb erläuterte sie ihm, als sie aufrecht in seinem Clubsessel saß, das Geheimnis noch einmal weniger detailreich und mit mehr Gewicht auf der Vertraulichkeit. Sie sprach leise und ernst, um ihm zu vermitteln, dass keine fieberhafte Aufregung angebracht war, sondern Hochachtung. Er bemühte sich, ein hochachtungsvolles Gesicht zu machen. Schließlich erklärte sie ihm, er habe gerade eine besondere Ehre erfahren, die selten jemandem zuteil wurde. Er lächelte und sagte, er sei dieser Ehre würdig. Dann servierte er Lasagne, und alles ging den Bach hinunter.

Nachts im Wohnwagen raste Listens Herz voller glückseliger Hoffnung. Diese Taktik könnte aufgehen. Sie hatte zum Mittagessen bei Kelly und den anderen am Tisch gesessen, und Kelly hatte ihr Haar bewundert. Es ist so weich und glänzend, hatte Kelly festgestellt. Dann wollte sie ihr einen Französischen Zopf flechten. Amber erzählte eine lange Geschichte von ihrem Vater, der gekündigt werden sollte und stattdessen seinen Chef dazu überredet hatte, ihm eine Gehaltserhöhung zu zahlen. Sasha sagte nicht viel, aber Listen dachte, sie könnte ihr ein paar Fragen über Ballett stellen. Sasha war versessen aufs Balletttanzen und trug die ganze Zeit ihre Ballettschuhe wie ein lang herabhängendes Armband mit sich herum.

Marbie hatte gerade eine Gabel Lasagne in den Mund geschoben, als sie merkte, dass der L.I. die Stirn runzelte. Er starrte auf seine Gabel, und auf seiner Stirn zeigten sich mindestens dreizehn verschiedene Falten und Furchen. Derart viele Falten und Furchen waren vollkommen unnötig.

»Also ihr spioniert dieser Frau nach, ohne irgendeine Regierungsbefugnis oder sonstige Erlaubnis oder, was weiß ich, polizeiliche Rückendeckung? Richtig?«

»Richtig. Wir machen das auf eigene Verantwortung, aber nachspionieren ist der falsche Ausdruck –«

»Und im Grunde genommen ist diese Frau nicht nur Grundschullehrerin, sondern auch noch Anwältin, wie du sagst.«

»Nicht wirklich Anwältin. Sie studiert nebenher Jura.«

Seine Stirnrunzeln glichen einem Spiegel, der soeben zersprungen war. »Sie studiert nebenher Jura? Ich muss schon sagen, Marbie, ihr spielt da mit dem Feuer. Was passiert, wenn sie es herauskriegt? Denk bloß nicht, dass ein Anwalt sich bei so etwas zurückhält.«

»Wer sagt denn, dass sie etwas merkt?«

»Tja«, sagte der L.I. mit einem irritierenden Achselzucken. Dann nahm er sich noch etwas von der Lasagne und sagte: »Komm mit ins Bett.«

»Nein«, erwiderte Marbie. »Trotzdem, danke.«

Am zweiten Schultag nach den Ferien fühlte sich Listen ängstlich und sicher zugleich. Die Pausen und die Mittagszeit verbrachte sie draußen in der späten Wintersonne und plauderte mit Kelly Favorolo, während sich Sasha und Amber beim Armdrücken versuchten. Sie ließ ihre Tüte mit Valerio Honig-und-Senf-Chips kreisen, und jede nahm einen.

Am nächsten Morgen, während die Geschichtslehrerin aus einem Buch vorlas, drehte sich Judith Sierra, die eine Zahnspange trug und deren Pony kerzengerade geschnitten war, herum und flüsterte: »Listen?«

»Ja?«, antwortete Listen flüsternd.

»Mit wem hängst du denn so ab?« Judith sah sie vorsichtig an.

»Kelly Favorolo und Sasha und Amber.«

Judith sah betroffen aus. »Mmh«, flüsterte sie. »Sie haben nämlich vorm Unterricht mit mir gesprochen und haben mir erzählt, sie haben gedacht, du willst nur für einen Tag mit ihnen zusammen sein – aber nicht, dass du gemeint hast, na ja, für immer.«

»Es galt auch nur bis heute«, erklärte Listen schnell. »Sie müssen sich keine Sorgen machen, nur bis heute, und das war's.«

Judith sah erleichtert aus. »Ich sag ihnen Bescheid. Sie waren echt beunruhigt. Kelly mag dich, aber Amber und Sasha sind sich nicht so sicher, deshalb fühlt Kelly sich schuldig, weil sie es war, die gesagt hat, dass du dich ihnen anschließen kannst.«

»Okay«, sagte Listen. »Danke.«

Sie lächelte zur Bekräftigung, und Judith lächelte ebenfalls.

Während der letzten Wochen verfiel Marbie in einen Trott. Sie kam von der Arbeit nach Hause, rief Vernon an, sprach auf seinen Anrufbeantworter und ging zum L.I. Der L.I. stellte komplizierte Fragen über das Geheimnis und versuchte sie zu überreden, mit ihm ins Bett zu gehen. Am nächsten Tag schaute sie gewöhnlich bei Fancy vorbei, um Antworten auf die Fragen des L.I.s zu erhalten, damit sie am nächsten Tag wieder zum L.I. gehen konnte.

Es war erschöpfend, aber sie sah keine Möglichkeit, damit aufzuhören. Der L.I. wusste um das

Geheimnis und legte damit kleine Buschbrände, die sie dann wieder löschen musste.

⊸o⊷

Als sie eines späten Nachmittags den Boden in der Banana Bar schrubbte, fiel Listen auf, was sie die ganze Zeit unbewusst vor sich hinsummte: *Drei sind eine zu viel! Drei sind eine zu viel!* In einer fröhlich-spöttischen Weise. *Also gut, der Plan ist fehlgeschlagen, deshalb musst du es nicht auch noch singen.* Sie sah zu Vernon hinüber, der an der Kasse stand und das Geld zählte, und dachte *Drei sind eine zu viel* plötzlich mit einem dumpfen Stich. Darum haben sich Marbie und Vernon getrennt: Ich bin die eine zu viel!

Sie wischte einen Augenblick lang wie wild, und die Tränen traten ihr in die Augen. Dann beruhigte sie sich wieder, weil sie wusste, was Vernon sagen würde, wenn sie ihm so etwas erzählte. Sie wusste, dass sie sich albern verhielt. Sie würde Vernon erst gar nicht damit belästigen.

Aber sie würde ihn noch einmal dies fragen: »Vernon«, sagte sie, und er sah auf und zählte leise *dreiundzwanzig* dabei. »Vernon, weswegen hast du dich mit Marbie gestritten?«

»Wegen ab-so-lut gar nichts«, sagte Vernon lächelnd und widmete sich wieder der Kasse.

Sie drückte den Mopp im Eimer aus. Es war mehr als ein Zufall: ein Zauber, bei dem zwei glückliche Menschen wegen rein gar nichts einen Mordsstreit vom Zaun brechen! Selbst wenn sie sich in Erinnerung rief, dass es so was wie Zauberei nicht gab und dass, soweit sie das beurteilen konnte, die ersten beiden Zauber keine Wirkung gezeigt hatten (ein Zauber, der jemanden dazu bringt, ein Taxi zu nehmen, ein Zauber, der dafür sorgen sollte, dass ein Staubsauger kaputtging), war das hier dennoch mehr als bloßer Zufall.

Die einzige Hoffnung, die ihr blieb, war das Versprechen auf dem Buchumschlag: *Dieses Buch wird dich fliegen lassen, es wird dich stark und zufrieden machen. Und mehr noch, dieses Buch wird dein gebrochenes Herz wieder heilen.* Wenn sie alle Zauber ausführte, musste das Buch die Fehler wieder ausbügeln.

Sie fragte sich, ob die nächsten drei Zauberformeln funktionieren würden. Soweit sie das verstanden hatte, sollten alle drei zur gleichen Zeit in ein paar Wochen wirksam werden. Ein Zauber, der jemanden dazu bringt, jemand anderem eine Rose zu schenken (vielleicht würde Vernon Marbie eine Rose schenken?); ein Zauber, bei dem jemand etwas Unerwartetes in der Waschmaschine findet (hmm?); und ein Zauber, der jemanden dazu bringt, ein Stück Schokoladenkuchen zu essen (vielleicht würde Marbie auf ein Stück Kuchen in der Banana Bar vorbeischauen?).

Wenigstens konnten diese Zauber, falls sie überhaupt wirkten, keiner Fliege etwas zuleide tun.

⤚○⤙

»Du spielst mit dem Feuer«, sagte L.I. und wollte wieder über das Geheimnis sprechen. »Es wird über dir einbrechen wie ein Kartenhaus.«

»Was meinst du denn damit?« Marbie schnitt gerade eine Zwiebel in Scheiben. »Das Kartenhaus wird Feuer fangen? Oder das Kartenhaus wird uns auf den Kopf fallen? Stell dir das mal vor. Ein Kartenhaus könnte noch nicht mal einer Fliege etwas zuleide tun.«

L.I. saß auf seiner Küchenbank, trommelte mit den Fersen gegen den Küchenschrank und sah Marbie beim Zwiebelschneiden zu. Mitten auf seiner Stirn zeigten sich wieder die tiefen Furchen.

»Dann eben wie eine Tonne Ziegelsteine«, besserte er nach. »Es bricht über euch zusammen wie eine Tonne Ziegelsteine. Glaub bloß nicht, dass eine Anwältin gnädig sein wird.«

»Wie lautet die Anklage?«, konterte Marbie. »Was für einen Anklagepunkt hat sie?« Sie musste sieben Mal niesen, was ihr natürlich die Pointe verdarb.

»Heuschnupfen?«, fragte der Luftfahrtingenieur.

»Na und?«, gab Marbie trotzig zurück.

»Wahrscheinlich bist du erkältet, und es ist gar

kein Heuschnupfen. Was die Anklage betrifft«, fuhr er fort, »hast du schon mal was von der Konvention zum Schutz des Individuums in Bezug auf automatische Verarbeitung persönlicher Daten gehört? Hmmm?«

»Was um alles in der Welt bringt dich auf die Idee, ich könnte jemals von so etwas gehört haben!«, rief Marbie inmitten eines Gestöbers von Zwiebelschalen aus.

Der Luftfahrtingenieur atmete nur ruhig weiter.

»Das hast du dir ausgedacht.«

Er drehte die Handflächen nach oben. »Hab ich das?«

Die Redwood-Grundschule hatte ihre Nachteile. Es gab zum Beispiel keine Labore oder Kücheneinrichtungen, was hieß, dass sie in Natur- und Lebensmittelkunde dieses Schuljahr nur Theorie durchnahmen. Eine Menge Mädchen beschwerten sich darüber und über die Auswirkungen, die es auf ihre Zukunft haben könnte. Außerdem schafften es manche Lehrer nicht rechtzeitig zum Unterricht, obwohl Redwood mit dem Auto nur fünf Minuten von St Carmel entfernt lag. Deshalb hatten sie oft eine Vertretungsstunde, und einmal hatten sie sogar einen Grundschullehrer, der Ökonomie unterrichtete. Er hieß Mr Bel Castro. Seine Klasse sei gerade beim Sportunterricht, sagte er.

»Entschuldigen Sie«, sagte Donna Turnbull und tat sehr artig. »Kann ich Sie mal was fragen?«

»Nur zu«, sagte Mr Bel Castro, ebenfalls höflich.

»In welcher Klasse unterrichten Sie normalerweise?«

»Fünfte«, antwortete er.

»Also dann«, fuhr Donna bedächtig fort, »verstehen Sie mich nicht falsch oder so, aber könnten Sie mir mitteilen, ob Sie irgendwelche Erfahrung mit der Oberschule haben – ich meine, mit Schülerinnen wie uns?«

Besorgt sah sie sich im Klassenzimmer um, als ob ihr das Wohl ihrer Klassenkameradinnen am Herzen läge. Caro kicherte neben ihr.

»Erfahrung mit dem Unterrichten von Schülerinnen wie euch?«, fragte Mr Bel Castro und bückte sich, um einen Marker aufzuheben. »Na ja, ich weiß nicht, ob mit Schülerinnen wie euch. Ich habe in der Riverview Highschool die 11. und 12. Klasse fünf Jahre lang in Wirtschaft unterrichtet, bevor ich hierherkam. Deshalb weiß ich nicht genau, was deiner Meinung nach euch mehr entspricht – meine Oberstufe der Riverview Highschool oder meine Fünftklässler hier?«

Alle lachten, und jemand sagte: »Ha, Donna, der hat's dir aber gegeben.«

Mr Bel Castro schrieb seinen Namen auf die Weißwandtafel und ging gleich zum Unterricht über. Danach sagten alle, er wäre besser als ihr eigentlicher Oberschullehrer. In der Tat schien er eine ganze Unterrichtsstunde allein mit Fragenstellen bestreiten zu können.

»Hattet ihr schon die Werbung behandelt?«, fing er an. »Konsumverhalten und Verbraucherinformation? Also, wer von euch ist der Meinung, dass das Valerio-Imperium uns etwas suggerieren will?«

Er lachte, als alle »*Wie bitte?*« riefen und bald darauf Valerio-Produkte aufzählten, die sie zu Hause hatten oder kannten, darunter Valerio Spiele, Kuchen, Autos, Computer, Fernsehserien und Putzmittel. Dann wartete er, bis sie die Valerio-Jingles und ganze Zeilen aus Nikolai Valerios kürzlich erschienener Autobiografie, die die Verkaufszahlen der Harry-Potter-Bände bereits zwei Wochen nach Erscheinen übertroffen hatte, rezitiert hatten.

»Okay, eure Köpfe sind voller Valerio-Jingles, und in euren Regalen steht Valerios Buch. In euren Fernsehern laufen Valerio-Filme, und aus euren Briefkästen quillt Valerio-Reklame. Wer von euch glaubt, dass das Valerio-Imperium in seine Privatsphäre eindringt?«

Dies führte zu einer lebhaften Diskussion darüber, ob es möglich war, in jemandes Privatsphäre einzudringen, indem man ihm Produkte und Wörter in den Kopf pflanzte. Und ob es sich irgendwie auswirkte, wenn man die Produkte kaufte und die Filme sah. Kelly Favorolo wies darauf hin, dass man manchmal gar keine Wahl hatte, weil die Valerio-Shows das einzig Spannende waren, was lief.

»Ein wichtiger Punkt«, gab Mr Bel Castro zu.

Dann sagte Angela Saville: »Aber ist es nicht eigentlich genau umgekehrt – und wir dringen in die Privatsphäre der Valerio-Familie ein?«

»Ah-ha!«, rief Mr Bel Castro. »Interessant! Na dann lasst uns mal schauen, was wir von der Valerio-Familie wissen. Zuerst einmal, wer gehört denn dazu?«

Natürlich wussten alle, wer zur Familie zählte: Nikolai, seine Frau Rebekka und ihre drei gut aussehenden erwachsenen Söhne. Nikolai und Rebekka waren natürlich pensioniert und spielten in ihrem Herrenhaus in South Dakota Tennis und Bridge. Sie besaßen eine eigene Kegelbahn! Nikolai war einst ein hübscher junger Automechaniker aus New York mit einem Kleckser Schmieröl auf der Nase gewesen, bevor er von einem Filmregisseur entdeckt wurde. Die sieben Filme, die er gedreht hatte, wurden weithin als die Besten der Filmgeschichte betrachtet. Gleich nach seinem ersten Film wurde er zum Sexsymbol, zum Idol erhoben. Er kreierte die Valerio-Unterwäscheserie – ein sofortiger Hit. Als er Rebekka, ein rumänisches Model, nach seinem ersten Film heiratete, stürzten sich weltweit die Frauen aus den Fenstern. Es gab ein berühmtes Vermählungsfoto von Nikolai und Rebekka, die den Hochzeitswalzer in einer Wiese voller Butterblumen tanzten, *barfuß*. Bienen summten haarscharf an ihren nackten Füßen vorbei, aber das Paar war mit Glück gesegnet und wurde nicht gestochen.

Inzwischen führten ihre drei Söhne das Familienimperium weiter, auch wenn sie noch sehr jung waren. Jeder der Söhne hatte in der Vergangenheit Probleme wegen Drogen oder Ladendiebstahls gehabt, aber nach Behandlungen in einem Schweizer Kurort kehrten sie geheilt zurück. Der Älteste war gerade erst einundzwanzig, doch man kürte ihn schon wieder zum Junggesellen des Jahres.

»Also, glaubt ihr im Ernst, Rebekka darf ihre Fußnägel lackieren, ohne dass es jemand erfährt? Kann Nikolai Hamburger essen gehen? Könnte egal welcher der drei Valerio-Söhne eine Gitarre in die Hand nehmen, ohne dass ihr es rauskriegt?«

»Ja, da ist sicher was Wahres dran«, sagte Donna, »aber wenn ich nur ein Viertel von ihrem Geld hätte, würde ich es in Kauf nehmen, immer unter Beobachtung zu stehen.«

»Sie sind die Königsfamilie der gesamten Welt«, warf Angela ein, »und weil Nikolais sieben Filme in sieben verschiedenen Ländern produziert wurden, ist es so, als ob er sich über die ganze Welt verteilt hätte, wie Erdnussbutter, und alle lieben ihn.«

»Aber nicht alle mögen Erdnussbutter«, bemerkte jemand klugerweise.

Listen hielt sich zurück und dachte daran, wie aufwändig es war, sich vor den Mädchen ihres Jahrgangs und den Lehrern zu verstecken. Sie musste sich verstecken, denn wann immer sie sie sahen, sahen sie zugleich ein Mädchen, das keine Freundinnen hatte. Wenn Listen erst einmal fest in dieser Schublade steckte, würde sie niemand mehr herausholen. Es würde sich nichts mehr ändern, egal wie sehr sie sich auch anstrengte.

»Ich glaube nicht, dass es das wert ist«, sagte sie und machte sich gar nicht erst die Mühe, sich zu melden. »Man verlernt, man selbst zu sein.«

»Ja«, sagte Angela, »aber Nikolai *wollte* Filmschauspieler sein.«

»Das ist nur die eine von vielen Möglichkeiten«, sagte Listen. »Danach hat die Welt beschlossen, dass er und Rebekka so perfekt sein sollen, dass Bienen sie nicht stechen können, und sie haben ihnen keinen Raum gelassen, sich zu verändern. Sie waren wie König und Königin, weil man genau das in ihnen sehen wollte. Dann bekamen sie auch noch drei Söhne, und fertig war das Märchen. Jetzt sind sie eine Märchenfamilie, ob es ihnen gefällt oder nicht.«

Alle waren still und überrascht. Listen redete selten vor allen.

»Na so was«, sagte Mr Bel Castro. »Tut mir leid, ich kenne eure Namen nicht. Du bist…?«

»Sie heißt Listen Taylor«, sagte Angela.

»Sie heißt nicht wirklich Listen«, warf Donna ein.

»In Wirklichkeit heißt sie Alissa«, fügte Caro hinzu. »Sie nennt sich bloß Listen.«

Mr Bel Castro blickte von Angela zu Donna zu Caro und wieder zu Listen. »Sie nennt sich bloß Listen?«, fragte er. »Das gefällt mir.« Er lächelte Listen an und nickte ihr zu, als ob er sie beglückwünschen wollte.

⤙○⤚

Eines Abends, während *Law & Order: Die Aufrechten* lief, lachte der Luftfahrtingenieur über irgendetwas, was Marbie gerade gesagt hatte, und murmelte: »Maribelle, du bist eine Wucht!«

»Wer ist Maribelle?«, fragte Marbie, die auf dem Boden saß, wo sie immer saß, wenn sie fernsah.

Ohne seinen Blick vom Fernseher abzuwenden, lehnte er sich auf dem Sofa zurück und sagte nach einer Weile: »Heißt du denn nicht Maribelle?«

»Nein, tue ich nicht.«

»Wofür könnte Marbie sonst stehen?«

»Wofür sonst?! Und du nennst dich Visionär?

Es ist die Abkürzung von Marbleweed. Wie Boretschkraut.«

»Marbleweed!« Er lachte so laut, dass er den Fernseher übertönte und auf stumm schalten musste. »Warum solltest du Marbleweed heißen?«

Marbie erzählte ihm von ihrer Mutter – wie sie ihre Kinder mit ihren Namen beschenken wollte. Fancy bekam Fantasie, und Marbie bekam Glück.

»Glück!«, rief der Luftfahrttechniker aus. »Mit einem Namen wie *Marbleweed*?«

Marbie erläuterte, dass »Marble« in der Tat für ausgezeichnetes Glück stand, laut einem Buch über Hexerei, das ihrer Mutter einmal gehört hatte. Wenn »Marble« wie Kraut hochschoss, dachte ihre Mutter, würde sie Glück im Übermaß haben.

»Und«, sagte Marbie, »es hat funktioniert. Ich hatte mein Leben lang unverschämtes Glück.« Dann zog sie einen Moment lang die Stirn kraus, dachte darüber nach und räusperte sich.

»Marbleweed«, flüsterte er und schüttelte verdattert den Kopf. Dann kicherte er und sang immer und immer wieder ihren Namen.

Ein paar Tage später schlief der Luftfahrtingenieur der Länge nach ausgestreckt auf dem Sofa ein, während Marbie auf dem Boden eine Wiederholung von *Survivor All-Stars* sah. Als sie zu Ende war, versuchte sie ihn zu wecken, um ihm mitzuteilen, dass die Konvention zum Schutz des Individuums in Bezug auf automatische Verarbeitung persönlicher Daten nicht die Zings betraf. Sie war in diesem Zusammenhang bedeutungslos. Und selbst wenn sie rein technisch gesehen zuträfe, dachte sie aufgebracht, was hätten selbst dann das Gesetz oder was hätten juristische Unterlagen mit ihrer Familie und deren Treffen im Geräteschuppen zu tun? Das Familiengeheimnis der Zings war eine reine Privatangelegenheit, die allen Regeln widersprach, weil sie viel zu komplex, emotional, intim, zerbrechlich und zart war.

»Hey«, sagte sie, »hey, aufwachen!«

Er hielt im Schlaf die Luft an, murmelte »hä?, was?, hä?« und drehte sich auf die Seite. Ein Kissen fiel herunter.

»Wach auf.«

Er vollführte eine weit ausholende Drehung, um ihr den Rücken zuzuwenden. Sie fand dieses ganze Theater affektiert.

»Oh, vergiss es«, sagte Marbie und ging nach Hause.

Eines Abends bei Fancy fragte Marbie ihre Schwester, wann Vernon zurückkehren würde. »Du hast gesagt, dass er bald wiederkommt«, beschwerte sie sich.

»Na ja«, sagte Fancy fröhlich, »hat er schon eine Affäre gehabt?«

Marbie verschlug es die Sprache.

»Weil«, erklärte Fancy, »das jetzt sein gutes Recht ist. Und ich glaube nicht, dass er zurückkommen wird, bevor er selbst eine Affäre hatte.«

»Aber ich habe nur ein einziges Mal mit dem L.I. geschlafen!«, rief Marbie empört.

»Und du triffst ihn auch nicht mehr, oder?«

»Nein!«, log sie.

»Trotzdem ist das eine Formfrage. Als du mit deinem Luftfahrtingenieur geschlafen hast, hast du gleichzeitig Vernon das Recht eingeräumt, mit einer anderen zu schlafen. So lautet die Regel.«

Obwohl Marbie sie bat, ihre Meinung zu ändern, blieb sie hartnäckig.

»Er muss es tun. Sonst fehlt das Gleichgewicht. War dir das nicht von Anfang an klar?«

»Ich würde sterben, wenn Vernon eine andere auch nur berührte.«

»Daran hättest du mal früher denken sollen.«

»Hör auf, Fancy. Das ist nicht witzig. Ich will nicht, dass er eine Affäre hat. Ich bitte dich.«

»Ich kann da nichts dran drehen. Er hat ein Recht auf Rache.«

Oh Gott!, dachte Marbie, und ihr stockte der Atem. Vernon, Hand in Hand mit einer anderen Frau, Vernon, Oberschenkel an Oberschenkel mit einer anderen Frau. Vernon, beim Astronautenspiel, wie er schwerelos über das Bett einer anderen läuft! Warum hatte sie nicht vorher daran gedacht?

Wenn er sich schon rächte – und Marbie nahm an, dass es so sein musste, weil Fancy sich damit auskannte –, wenn er sich also rächte, konnte es dann nicht auf eine andere Art geschehen?

Am nächsten Tag schlief Marbie noch einmal mit dem L.I.

Er war wochenlang vollkommen zufrieden damit gewesen, sie gelegentlich zu fragen, ob sie es mal wieder probieren wollten. Immer wenn er sie fragte, tat sie, als ob sie es ernsthaft in Erwägung ziehe, und sagte dann höflich: »Nein, trotzdem danke.« Aber eines Tages kam sie an und fand ihn in Boxershorts und Krawatte vor, mit einer Flasche Champagner in der Hand.

»Marbie«, sagte er, als sie mit hochgezogenen Augenbrauen eintrat, »Marbie, so kann es nicht weitergehen.«

»Nein?«, fragte sie.

»Nein, meine Hübsche, kann es nicht. Du kannst nicht einfach einmal mit mir schlafen und dann nie wieder. Du kannst mir nicht einfach mit diesem Schmollmund deinen Familienskandal erzählen und dann diesen Mund von meinem fernhalten. Du kannst nicht Abend für Abend hier antanzen mit diesen sexy Beinen und dieser verführerischen Stimme und nicht mehr mit mir schlafen.«

Sie stierte ihn einen Moment lang an. »Also

gut«, sagte sie, »nur nicht wieder auf dem Fußboden.«

Sie probierten es mit dem Schlafzimmer.

Diesmal kam es Marbie so vor, als wolle der L.I. sein ganzes Können unter Beweis stellen. Es bestand aus einer meisterhaften Choreographie – elegante traditionelle Rhythmen, durchbrochen von überraschender Agilität. Er wirbelte sie beispielsweise plötzlich herum, sprang auf die Füße und winkte sie zum Schrank hinüber. »Oh Mann«, dachte sie, »eigentlich war ich ganz zufrieden, dort, wo ich war.« Aber sie spielte mit. Er bearbeitete sie fast zwei Stunden lang, packte sie bei den Handgelenken oder forderte sie auf, ihn anzusehen, und blickte ihr tief in die Augen.

Sie verstand, dass er sich beweisen wollte. Beim ersten Mal auf dem Teppich im Wohnzimmer, mit dem drohenden Eissturm vor der Tür, war er nicht sehr geschickt vorgegangen. Um fair zu bleiben, sie war auch nicht gerade besonders wendig gewesen, nachdem der Teppich sie zum Niesen gereizt hatte.

Während der L.I. um sie herumtanzte, entschied sie, ohne selbst davon überzeugt zu sein: *Ich habe deshalb eingewilligt, um uns beiden eine zweite Chance zu geben.*

Wie auch immer, fügte sie irritiert hinzu, was sonst sollte denn der Grund dafür sein, dass sie jeden zweiten Abend den L.I. besuchte und ihn ihren Namen, ihre Familie und das Geheimnis kritisieren ließ, wenn nicht wenigstens Sex dabei heraussprang? Ganz besonders jetzt, wo sie wusste, dass Vernon eine Affäre haben musste.

Die nächsten Tage blieb Marbie zu Hause. Sie erklärte dem L.I., sie habe noch die 147 Steuererklärungen für die verschiedenen Geschäftsprozesse der Zing-Familiengeheimnis-Unternehmungen zu erledigen. (Das stimmte sogar: Sie besaß einen ausgeprägten Sinn für Unternehmensstrukturen und Formalien.) Sie rief Vernon an und schlug ihm vor, sie könne, wie sonst auch, die Steuererklärung der Banana Bar übernehmen, aber er sagte, er hätte schon einen Berater damit beauftragt.

Als sie den Luftfahrtingenieur das nächste Mal im Night Owl Pub traf, waren ihre Kolleginnen schon gegangen. Er setzte sich gar nicht erst. Er flüsterte ihr ins Ohr: »Ich lade dich ein. Um unser zweites Mal zu feiern.« Und er stellte ihr einen Krug Bier vor die Nase. Dann gab er ihr eine Rolle Papier, die von einer rosa Schleife zusammengehalten wurde, und fügte hinzu »eine meiner neuesten Visionen«, bevor er verschwand. Marbie öffnete die Rolle und las. Irgendwie ließ sie diese Vision kalt.

Visionen eines Luftfahrtingenieurs
Vision #1562

Gefangen in den Spinnweben meines kontra-intuitiven Kinns
sehe ich dies, sehe ich dies, sehe ich dies.
Ich sehe mit erstaunlicher Klarheit, nur für den Hauch eines Augenblicks:
bidirektionale evolutionäre strukturelle Optimierung.

Der folgende Donnerstag war ein kritischer Tag für Marbie: Sie rief jemanden an, um eine Nummer zu erfahren, und kritzelte die Nummer auf einen gelben Post-it-Zettel, den sie dann nicht wiederfand. Zum Mittagessen bestellte sie ein Salatsandwich, und als das Mädchen hinter der Theke sie fragte: »Salz und Pfeffer?«, antwortete sie »nur Pfeffer bitte«, woraufhin das Mädchen ihr einen betrübten, jämmerlichen Blick zuwarf, der bedeutete, *das sagen sie alle.* Aus Versehen biss sie sich beim Sandwichessen in die Backe, und das bei fast jedem weiteren Bissen. Außerdem juckten ihre Nase und ihre Augen, und sie stand ständig kurz davor zu niesen.

Sie war fast erleichtert, als der L.I. am Nachmittag anrief und sie bat, sich freizunehmen und ihn in einem Café in der Nähe zu treffen.

Um dem bisherigen Tagesverlauf eine Wende

zu geben, bestellte sie dort ein Stück Schokoladentorte.

»Wahnsinn!«, sagte der Luftfahrtingenieur beim ersten Anblick der Schokotorte. Die Bedienung lächelte stolz, als hätte sie es als Kompliment für sich verstanden. »Willst du das alles alleine aufessen?« Er selbst hatte nur einen Espresso.

»Du kannst gerne was davon abhaben«, sagte Marbie höflich.

»Riiieeesig.« Der Luftfahrtingenieur pfiff durch die Zähne und schüttelte den Kopf. »Ach, nein, danke.«

Marbie rückte ihren Stuhl zurecht und nahm den Löffel in die Hand.

»So groß ist es nun auch wieder nicht«, sagte sie nach einer Weile, worauf er gluckste: »Hau rein, wir haben nicht den ganzen Tag Zeit. Andererseits, wenn du's dir mit einer Hunger leidenden Nation teilen würdest, könntest du vielleicht –«

Sie berührte seinen Oberschenkel, um ihm zu verstehen zu geben, dass er aufhören solle.

»Ho Ho!«, sagte er und sah auf ihre Hand auf seinem Schenkel hinab. »Ho-hoh!«

Zurück bei der Arbeit ging der Tag genauso weiter, wie er angefangen hatte. Wenn nicht sogar schlimmer: Einer ihrer Zehennägel schien plötzlich eine scharfe Kante entwickelt zu haben und schnitt jedes Mal, wenn sie zum Kopierer ging, in den Zeh daneben.

Später am Abend fuhr sie zum L.I., um dort fernzusehen.

»Ich habe Hunger«, sagte sie in einer Werbepause.

»Nach *dem* Stück Schokotorte!«

»Das ist Stunden her«, klärte Marbie ihn auf.

Er zog eine Augenbraue hoch. »Ich habe keinen Hunger«, erklärte er.

»Dir ist doch wohl bewusst«, sagte Marbie trotzig, »dass die Tatsache, dass du keinen Hunger hast, dich nicht besser macht als mich.«

Er gluckste und lehnte sich auf der Couch zurück, hielt eine Hand ausgestreckt, als ob er rückwärts einparken wollte. Marbie erhob sich und starrte ihn an.

Er schnitt eine Auweia-Grimasse. »Was ist'n los? Geht's dir nicht so gut heute?«

Sie verkündete sehr förmlich: »Ich gehe jetzt. Tut mir leid, aber es ist aus.«

»Komm schon«, sagt er gequält. »Du machst Schluss wegen eines Stücks Schokotorte?«

»Wegen eines Stücks Schokotorte«, nickte sie und raffte ihre Schuhe und Tasche zusammen.

Fancy Zing

Als Fancy Zing elf war, ging ihr Vater für ein Jahr nach Irland. An dem Tag, an dem er zurückkehren sollte, saß sie am Küchentisch und schrieb ihm ein Gedicht:

> »Heute! Heute kommt mein Daddy nach
> Hause!
> Endlich! Endlich! Holt Käse und Honigwaben!«

Durch ein Wackeln des Tisches glitt der dicke schwarze HB-Bleistift beim »s« vom »Käse« aus und ging in »Daddy« über.

Fancy untersuchte den Tisch. Er war rissig und vollgekritzelt mit Dingen wie »MARBIE ZING« und »BLÖDE KUH!«. Sie drückte die Hände flach auf den Tisch und ruckelte hin und her, um herauszufinden, wo der Schwachpunkt lag. Dann riss sie eine Ecke von ihrem Gedicht ab und kniete sich neben das Tischbein. Beim Hinunterbücken ließ sie den Rock um ihre Beine wirbeln, so dass er wie ein Fallschirm auf dem Boden landete.

Es war ein nagelneuer Rock, extra zu Ehren von Daddys Rückkehr.

Ihre Mutter hatte gefragt: »Willst du neue Jeans?«

Und Fancy hatte geantwortet: »Ich glaube, ich hätte gern einen Rock.«

»Einen Rock!«, hatte Mummy ausgerufen. »Na, wenn da nicht jemand erwachsen wird.«

Dann holte sie fast das gesamte Geld aus der St-Vincent-de-Paul-Kiste, die immer oben auf dem Kühlschrank stand, nahm Fancys kleine Schwester Marbie bei der Hand, und sie fuhren zu dritt mit dem Bus nach Castle Hill.

Fancys Mutter erstand ein hellgrünes Halstuch, das federleicht in der Luft schwebte, während sie es hin und her warf und noch überlegte, ob sie es kaufen sollte. (Sie beugte sich zu Fancy hinunter und erklärte ihr: »Etwas rosa Lippenstift und ein hellgrüner Schal, und die Männer werden dir zu Füßen liegen.« »Tatsächlich?«, staunte Fancy.) Für Marbie kauften sie ein lila T-Shirt und für Fancy einen Rock in den Regenbogenfarben eines Gebirgspapageis.

Jetzt stand Fancy anmutig wie ein Flamingo vom Boden auf und spürte den Rock um ihre Beine flattern. Der Tisch wackelte nicht mehr, als sie sich wieder hinsetzte, und sie nahm den Bleistift in die Hand. Aber hier lag das Problem. Sie durfte das Gedicht nicht zu schnell schreiben, denn sie musste noch daran arbeiten, wenn ihr Vater eintraf. Sie wollte am Küchentisch sitzen, aus ihrem Bleistift sollte Poesie fließen, und sie würde stirnrunzelnd die letzten Worte hinschreiben.

Er würde durch die Tür treten und sagen: »Fancy, hi! Machst du Hausaufgaben?«

Und sie würde antworten: »Ich schreibe ein Gedicht für dich zur Begrüßung.«

Beim Aufstehen würde ihr der Papageienrock in einem Farbenwirbel über die Beine fallen, und er würde bemerken: »Du bist aber erwachsen geworden!«

Sie würde ihn würdevoll mit »willkommen zu Hause, Daddy« begrüßen und ihm das Gedicht reichen.

Deshalb saß sie am Tisch und malte winzige Blümchen zwischen die Zeilen. Dann schrieb sie den Titel »WILLKOMMEN DADDY« und verlieh den kringeligen Buchstaben noch zusätzlich einen 3D-Effekt, indem sie die Ränder schraffierte.

Das Telefon klingelte, und Mummy rief aus der Waschküche: »Gehst du ran, Fancy?« Aber Marbie schlüpfte durch die Hintertür und grabschte ihr den Hörer unter der Hand weg. »Hallo«, sagte sie.

Fancy flüsterte ihr streng zu: »Guten Tag, hier spricht Marbie Zing.«

Marbie schüttelte ihr schmutzverschmiertes Gesicht und drehte sich zur Wand. »Ja«, sprach sie in den Hörer. Dann »J-a-a! Klar!« Und: »Mhm-mhm, mhm-mhm. Okay. Tschüss.«

Fancy sagte: »Du bist völlig schlammverspritzt, Marbie. Wer war das?«

»Niemand.« Marbie zwängte sich an ihr vorbei und lief den Flur hinunter.

»Es kann nicht niemand gewesen sein«, murmelte Fancy vor sich hin. Sie folgte Marbie in einem gemäßigten Tempo.

»Wer war dran?«, fragte Mummy.

»Rate mal.«

Mummy erhob sich langsam von dem Wäschekorb, Marbies Shorts in der Hand. Sie fasste nacheinander in beide Shortstaschen und beförderte zerknüllte schmutzige Taschentücher zu Tage. »Marbie«, sagte sie und schüttelte den Kopf, »guck mal auf dein hübsches neues T-Shirt.«

Marbie sah an sich herunter und sagte »auweia« zum T-Shirt, das ebenfalls mit Schlamm bespritzt war.

»Genau, auweia, meine Dame.« Mummy fischte einen Apfelgriebsch aus Marbies Shortstasche.

»Wer war dran?«, drängte Fancy. »Am Telefon?«

Marbie leckte sich die Finger ab und begann den Schlamm wegzukratzen.

»Hör auf damit«, sagte Mummy, »du machst es nur noch schlimmer. Zieh es gleich aus, und ich wasche es bei der nächsten Ladung mit. Marbie, wer war das am Telefon, Süße?«

Marbie zog sich das T-Shirt über den Kopf und sagte hinter dem Lila: »Daddy.«

»Daddy?«, schrie Fancy.

»Warte mal«, sagte Mummy. Sie hatte etwas ganz unten in der Waschmaschine entdeckt und beugte sich tief in die Trommel. Marbie und Fancy warteten. »So was«, sagte sie und tauchte mit einer Socke in der Hand wieder auf. Sie warf sie in den Korb und drehte sich um und nahm Marbie das T-Shirt ab.

»Jawohl«, sagte Marbie. »Es war Daddy, und er hat gesagt, er ist noch am Flughafen, weil das Flugzeug Verspätung hatte, aber er kommt jetzt bald nach Hause. Okay?«

»Na dann«, sagte Mummy und beugte sich wieder über den Wäschekorb. »Dann können wir genauso gut anfangen zu essen. Es nützt ja niemandem, wenn wir verhungern, oder?«

»Ich mach schon, Mummy«, bot Fancy an.

Das Huhn und die Pommes lagen in einem großen weißen Bündel auf der Bank. Fancy nahm das Backblech mit den angebrannten Keksflecken und ließ das Hühnchen und die Pommes aus der Tüte drübergleiten. Dann schaltete sie den Ofen ein, stellte den Timer und schob das Blech auf die mittlere Schiene.

Feierlich setzte sie sich an den Tisch, nahm ihren HB-Bleistift und legte über dem Gedicht die Stirn in Falten.

Marbie Zing

Als Marbie fünf war, ging ihr Vater für ein Jahr nach Irland. Jede Nacht, in der er weg war, schlich sich Marbie auf das Schulgelände und zog ihre mitternächtlichen Runden im Schwimmbecken nebenan. Während der Tage, die er weg war, richtete sie den Rasensprenger auf das Trampolin aus, damit sie mit dem pulsierenden Wasserstrahl springen konnte, und in der Küchenspüle ließ sie Papierschiffchen schwimmen.

Am Tag, als ihr Vater heimkehrte, schrieb Fancy ein Gedicht, ihre Mutter wusch die Vorhänge, und Marbie spritzte den Gemüsegarten mit dem Schlauch ab.

Marbie war es, die ans Telefon ging, als er vom Flughafen aus anrief.

»Da ist Marbie dran, stimmt's?«

»Ja.«

»Erinnerst du dich an deinen alten Dad?«

»Ja-a-a, klar!«

Zum Abendessen gab es Hühnchen und Pommes, und ihre Mutter sagte: »Lasst uns hier alles perfekt vorbereiten für euren Dad.«

Fancy warf die Hühnerknochen und Marbie aus Versehen Fancys Gedicht mit weg.

Mummy hängte die frisch gewaschenen Vorhänge im Küchenfenster auf und trat einen Schritt zurück. »Was meint ihr, Mädchen?«

Fancy sagte: »Wuuunderschööön.«

Marbie fand die Vorhänge krumpelig.

»Hat jemand mein Gedicht gesehen?«, fragte Fancy und durchwühlte die Zeitschriften.

Mummy trat noch einen Schritt zurück und stieß mit Fancy zusammen. »Vielleicht hast du Recht. Ich sollte sie bügeln.«

»Sie sehen schön aus, Mummy«, sagte Fancy. »Lass sie hängen. Aber ich kann mein Gedicht nicht finden. Hat jemand mein Gedicht gesehen?«

»Ich weiß nur nicht, ob ich überhaupt die Zeit dazu habe.« Mummy sah auf die Küchenuhr, die Vorhänge und die Eingangstür. »Ach je.«

»Vielleicht solltest du die Vorhänge einfach wegwerfen«, schlug Marbie vor.

»Das ist auch keine Lösung, mein Schatz«, sagte Mummy, und dann: »Fancy, was machst du da?«

Fancy hatte den Küchenabfall ausgeleert. Sie saß inmitten von Hühnerknochen, Konservenbüchsen, Servietten, Thunfisch, Karottenschalen und Mais.

»Mein Gedicht!«, schrie Fancy, »ich kann mein Gedicht nicht finden.«

»Der Fußboden!«, schrie Mummy.

Scheinwerfer drangen durch die Küchenvorhänge, und in der Auffahrt brummte ein Motor.

»Er ist da!«, schrie Fancy, und Mummy und Marbie sprangen auf.

»Und wie ich aussehe, und ich finde mein Gedicht nicht, und –« Dann fand sie ihr Gedicht.

»Mein Gedicht!« Jetzt weinte sie richtig. »Wie es aussieht! Voller Hühnerfett, und SEHT EUCH MAL MEINEN ROCK AN!«

Deshalb sah Daddy, als er aus Irland zurückkehrte, als Erstes Fancys Rock an.

»Da ist Thunfisch oder so was auf deinem Rock, Fancy, oder?«

Das waren seine ersten Worte. Er trug einen großen braunen Koffer, und sein Gesicht sah aus wie ein riesiger rosa Ballon, fand Marbie. Fancy richtete sich auf, der Müll fiel von ihr herab, und sie rannte schluchzend aus dem Zimmer.

»Ich hoffe, du hast keinen Hunger«, verkündete Mummy. »Wir haben alles aufgegessen, das ganze Hühnchen und die Pommes.«

»Hast du Geschenke mitgebracht?«, fragte Marbie.

»Aber sicher habe ich Geschenke mitgebracht!«, sagte Daddy. »Ich stelle eben meinen Koffer weg, und dann setzen wir uns alle ins Wohnzimmer.«

»Na, komm schon, Marbie«, Mummy schaufelte den Müll in den Eimer zurück, »hilf mir.«

Im Wohnzimmer verteilte Daddy die Geschenke: Smarties-Packungen und Chipstüten. Sie warteten hoffnungsfroh, aber dabei blieb es, deshalb fingen sie mit den Smarties an. Daddy sah sich im Zimmer um und fing an, Gegenstände in die Hand zu nehmen und wieder hinzulegen.

»Lass das mal«, sagte Mummy plötzlich, aber Daddy hatte gerade einen Bilderrahmen zurückgestellt, und als er eine Zeitschrift hochnahm, fiel dabei eine getrocknete Blume heraus.

»Oh«, sagte Daddy, »tut mir leid«, und versuchte, die zerbrochenen Stücke der Blume aufzuheben. »Lass einfach liegen«, sagte Mummy.

Fancy saß auf dem Teppich in ihrem schmutzigen Rock und schniefte: »Ich habe dir ein Gedicht geschrieben, aber es ist im Müll gelandet, und nun ist es ruiniert.«

»Komm her, setz dich auf meinen Schoß«, schlug Daddy ihr vor. »Du kannst mir ja noch ein Gedicht schreiben, wenn du möchtest.«

»Kann ich nicht…« Fancy brach in Tränen aus, so dass niemand verstand, was folgte.

»Wir verstehen dich nicht«, sagte Marbie, »du musst aufhören zu weinen.«

Fancy weinte weiter, und Mummy sagte »schhh« und beugte sich vor, um ihr über das Haar zu streichen.

»Ich kann nicht auf deinem Schoß sitzen, Daddy.« Diesmal verstanden sie es alle. »Mein Rock ist zu schmutzig.«

»So ein Müll!«, rief Daddy.

»Tatsächlich«, erläuterte Marbie, »Müll auf ihrem Rock.«

»Mach schon.« Daddy klopfte sich auf die Knie. »Ich finde, dass du an diesem besonderen Tag ruhig auf meinem Schoß sitzen kannst, oder etwa nicht?« Und genau das machte Fancy.

»Wo warst du das ganze Jahr lang, Daddy?«, fragte Fancy und wischte sich die Tränen weg.

»Auf ein paar Inseln, Fancy, westlich von Irland.«

»Wie viele Inseln waren es, Daddy?«

»Drei.«

»Wie heißen sie denn?«

»Inishmore, Inishmaam, Inisheer.«

»Wie ist es dort? Schön?«

»Die Erde ist mit Steinen gepflastert«, sagte Daddy, räusperte sich und fuhr fort, »so dass manchmal nichts außer riesigen Steinen zu sehen ist, mit Klüften, in denen sich das Vieh die Knochen bricht. Es gibt nur Kalkstein, und Marmor für die Gräber, aber zwischen den Felsen liegt hervorragendes Weideland, so dass Rindfleisch, Kalb und Hammel besser schmecken und früher auf dem Tisch landen als sonst wo.«

»Interessant«, sagte Mummy.

»Jawohl«, stimmte Daddy ihr zu.

»Was hast du auf den Inseln gemacht, Daddy?«

»Ich habe einen Roman geschrieben, Fancy.«

»Kann ich deinen Roman mal sehen, Daddy?«

»Nein. Nachdem ich den Roman fertig hatte, habe ich Seite für Seite zu Papierschiffchen gefaltet und sie aufs Meer hinausgeschickt. Weil, Fancy, der Roman mich von meiner Familie fortgeführt hat. Deshalb habe ich ihn von den Wellen wegspülen lassen.«

»Daddy!«, flüsterte Fancy da. »Willkommen zu Hause.«

Sie weinte abermals und schlang ihre Arme um seinen Hals.

»Kleine Fancy«, flüsterte Daddy, »kleine Fancy.«

Marbie saß auf dem Teppich, knabberte Smarties und blinzelte so lange, bis sie weinte. »Was ist los, Marbie?«, fragte ihre Mutter. »Sag bloß nicht, dass du gegen den Teppich allergisch bist.«

Donnerstag Nacht

Spät am Donnerstagabend schloss Cath die Tür hinter Warren und setzte sich hin, um zu fantasieren.

Sie war nach der Personalversammlung direkt nach Hause gefahren, ohne die Rose in ihrem Fach auch nur anzufassen, und hatte dann atemlos darauf gewartet, dass Warren vorbeikam. Als er eintraf, riss sie die Tür auf und sagte *Was ist los?* Dann musste sie über ihre eigene Melodramatik lachen: Er hatte bestimmt eine gute Erklärung parat.

Er hatte keine. Sein ernstes Gesicht sagte alles: Breanna würde am Montag in der Redwood-Grundschule anfangen zu arbeiten. Er konnte tatsächlich noch nicht einmal heute Abend bleiben. Er musste nach Hause, aufräumen. Ihre Möbel würden am nächsten Tag geliefert. Die Affäre war hiermit offiziell beendet.

»Warum hast du nicht schon früher was gesagt?«, fragte sie.

»Ich habe erst heute erfahren, dass es feststeht.«

»Aber warum musste ich es von Billson erfahren?«

»Ich habe versucht dich zu warnen. Ich habe dir eine Rose ins Fach gelegt.«

»Aber warum hast du es mir nicht selbst gesagt?«

»Es tut mir leid«, sagte Warren. »Du hast vollkommen Recht. Aber bis heute morgen war alles unklar, und ich wollte nicht, dass es wahr wird. Ehrlich. Ich habe dir eine Rose ins Fach gelegt.«

»Aber an unserer Schule! Warum hast du es nicht verhindert?«

»Ich konnte nichts dagegen tun – wie hätte das denn ausgesehen? Als es vor ein paar Wochen zur Sprache kam, dachte ich nicht im Ernst, dass etwas daraus wird. Ich hab's nicht fassen können, dass es wirklich so weit kommt.«

Sie verbrachten den Abend auf dem Sofa, wo

Cath versuchte zu weinen. Sie schaffte es einfach nicht. Es gab nichts zu beweinen. Er saß hier neben ihr. Die Vorstellung, er könnte nicht mehr hier neben ihr sitzen, war absurd.

»Es ist nur so, ich glaube, ich liebe dich«, murmelte sie an seiner Schulter. Dann brach sie in Panik aus: Es war das erste Mal, dass einer von ihnen es gesagt hatte. Es war das erste Mal, dass *sie* es zuerst gesagt hatte.

»Ich denke, ich liebe dich auch«, erwiderte er und strich ihr die Haare hinter die Ohren.

»Es scheint so unmöglich«, sagte sie.

Warren stimmte ihr zu. Er klang traurig und doch gefasst. »Ich bin mir sicher, eines Tages werden wir zusammen sein«, sagte er. »Schon bald wird alles gut werden.«

»Vergiss nicht, du bist verheiratet«, erinnerte sie ihn mit weinerlicher Stimme, aber einem heldenhaften Lächeln.

»Ja«, erwiderte er. »Aber es ist sowieso alles in Auflösung begriffen.«

Bevor er ging, hielt er noch einmal an der Tür inne. Sie sahen sich tief in die Augen, und dann lachten beide, und er legte seine Hand auf ihre Stirn, als ob er prüfen wollte, ob sie Fieber hatte.

Cath setzte sich wieder aufs Sofa und versuchte sich vorzustellen, dass die Affäre zu Ende war. Um ihrer Fantasie nachzuhelfen, dachte sie sich einen Zug, der kreischend bremste und mit einem

Ruck und einem Tick-tick-tick langsam zum Stehen kam. (Darauf folgte das Geräusch eines Fensters, das quietschend heruntergeschoben wurde, und ein Passagier, der polterte: *Was ist denn jetzt?*) Aber in ihrer Fantasie setzte sich der Zug fast unmittelbar wieder in Bewegung. Sie konnte es sich nicht vorstellen, dass der Zug einfach stillstand.

Es würde zu einer intellektuellen Herausforderung werden, beschloss sie, aber sonst nicht weiter wehtun. Es war ja nicht so, als ob er sie verlassen hätte. Er würde nur vorübergehend zu seiner Frau zurückkehren.

Die Nächte mit ihm würden ihr natürlich fehlen, und der Sex. Sie hatten von Anfang an vereinbart, dass ihr Kontakt abbrechen würde, wenn Breanna nach Sydney käme. Sonst müssten sie sich heimlich treffen, wie Leute, die eine Affäre hatten. Und obwohl sie mit Sicherheit seinen Körper vermissen würde, wäre es dennoch etwas völlig anderes als die altbekannten Herzschmerzen. Schließlich waren sie ja ineinander verliebt. Sie hatten es sich gegenseitig eingestanden. Bald würde seine Ehe in die Brüche gehen.

Warren wäre immer noch für sie da. Sie könnte ihn weiterhin sehen, mit ihm reden, ihm ihre Geheimnisse anvertrauen. »Alles wird gut werden, stimmt's?«, wollte sie von Violin bestätigt wissen.

Spät am Donnerstagabend stand Fancy hinter dem hohen schmalen Fenster ihrer Eingangstür und starrte auf die dunkle Rasenfläche.

Radcliffe war zum Eckladen gefahren, um Milch zu kaufen, und Cassie schlief. Zum ersten Mal an diesem Tag hatte sie Gelegenheit zu ergründen, wie sie sich dabei fühlte, dass die Affäre ihres Mannes beendet war.

Stattdessen dachte sie über Hotelhallen nach.

Ah, dachte sie, *Empfangshallen!* Die elegante Verschmelzung von Lifttüren, Marmorböden und einer Rezeption aus Granit!

Der Portier hinter seiner hilfreichen kleinen Brille, deren Gläser im Licht des Kronleuchters glitzern. Die Vitrinen der kleinen Shops mit ihren Grünpflanzen und adretten Schriftzügen: *Armani, Gucci, Dolce & Gabbana.* Die geschwungene Weintheke aus Edelstahl mit elektrisierenden blauen Farbklecksern (Martinigläser!); und die Badezimmer, ganz besonders die Badezimmer! Das Milchglas und die raffinierten Armaturen, die weißen Handtücher in akkuraten Stapeln, Trockenblumen und Sensorentechnik. Überall Sensoren! Händetrockner, Toilettenspülungen, Türen!

Wie meistens, wenn Fancy an Empfangshallen dachte, beruhigte sich ihr Atem. Sie war danach endlich entspannt genug, um gedanklich zu ihrem eigenen Eingangsbereich zurückzukehren. *Dein Mann hat keine Affäre,* erinnerte sie sich. Aber während sie den Rasen betrachtete und den Gangwechseln der vorbeifahrenden Autos lauschte, wanderten ihre Gedanken plötzlich wieder in das Fantasie-Foyer. Unverzüglich stieß sie mit einem Mann in einem verblichenen grauen T-Shirt zusammen. Das war ihr in ihrem Hotel noch nie passiert.

Küssten sie sich leidenschaftlich? Nein, sie würde sich an ihn schmiegen, ihn dann küssen, und er würde davonlaufen! Sie sah diesen Mann (nicht unbedingt sein Gesicht, mehr sein T-Shirt), und sie sehnte sich nach seiner Berührung; bitte, fass mich beim Handgelenk. Aber er zögerte.

Ruckartig kehrte sie mit ihren Gedanken in ihr Zuhause zurück. Sie schüttelte sich heftig, berührte ihre Arme mit den Fingerspitzen und spürte dem Druck nach, den sie sich von dem Fremden gewünscht hätte.

War er das? War er ihr aus ihren Tagträumen gefolgt? Da kam ein Auto!

Sie sah durch ihr Türfenster-Spiegelbild hindurch in die Nacht. Ein Wagen fuhr die Auffahrt hinauf. Ein deutliches Klicken war zu hören, als die Scheinwerfer erloschen. Der Motor verstummte. Er war es! Der Mann aus der Hotelhalle! Mit seinen starken Händen öffnete er den Sicherheitsgurt, mit dem Daumen drückte er den Knopf am Autoschlüssel: *Bip-Bip!*

Seine Schuhe betraten den Kies – ein leises

Knirschen, ein paar eilige Schritte die Stufen hinauf –, gleich musste er klopfen! »Sie waren das also in der Empfangshalle«, würde er sie geheimnisvoll bezichtigen.

»Wollen Sie nicht auf einen Drink –«

Fancy zuckte zusammen, als sie Schlüssel gegen die Fensterscheibe schlagen hörte.

»Ein Fan von Fancy ist da!«, rief eine Stimme, »und Fancy selber ist auch da!«

Radcliffe beugte sich mit einem Grinsen zur Tür herein, in der Hand eine Tüte Milch.

Spät am Donnerstagabend fuhr Marbie vom L.I. nach Hause, erleichtert, dass sie endlich einen Schlussstrich unter die Affäre gezogen hatte.

Sie ging durch den Flur ihrer leeren Wohnung, schaltete sämtliche Lichter an und sah hinter die Türen, ob es Eindringlinge gab. Dann fiel sie im Wohnzimmer in einen Sitzsack und dachte nach.

Der L.I. war weder besonders attraktiv noch nett, intelligent oder interessant. Hauptsächlich war er nervig. Trotzdem hatte sie zweimal mit ihm geschlafen, ihm das Geheimnis verraten und mehrere Nächte bei ihm verbracht. Dennoch hatte sie die ganze Zeit über eine leise, aber beharrliche Stimme vernommen, die sie fragte: *Entschuldige mal bitte, aber bist du noch ganz bei Trost?* Sie hatte die Stimme behandelt wie jemanden, der fragte:

Was riecht denn da so angekokelt? Man dreht sich vielleicht kurz um zur Küche und widmet sich dann wieder dem Fernseher.

Jetzt musste sie die Konsequenzen tragen. Sie erwachte jeden Morgen in dem Bewusstsein, dass sie unaufmerksam gewesen war, während ihr Haus brannte.

9

Der Heißluftballon

Es war einmal ein Mann namens Monsieur Blanchard, der von Heißluftballons besessen war. Und wie es das Schicksal wollte, verliebte er sich in eine Frau (Madame Blanchard), die ebenfalls für Ballons schwärmte.

Gemeinsam zogen die beiden alle in ihren Bann mit ihrem Ballonzauber, den sie in ganz Frankreich am Himmel darboten.

Madame Blanchard war eine empfindsame Seele, die Lärm nicht ertragen konnte. Oft ließ sie noch spät am Abend ihren Ballon steigen und blieb alleine mit dem Mond dort oben bis zur Morgendämmerung.

Bei einem tragischen Ballonunfall kam Madame Blanchard leider ums Leben. Es ereignete sich während eines Feuerwerk-Spektakels über dem Jardin de Tivoli in Paris. Aus dem Korb ihres Ballons warf Madame Blanchard *Gold!* und *Silber!* in einem Sternenregen herab, zum Vergnügen der

Menschen unter ihr, und dann schickte sie ihnen einen riesigen Feuerball hinterher.

Die Menge jubelte begeistert und verstand nicht, dass diese Feuersbrunst unbeabsichtigt war und eine Katastrophe ankündigte. In der Tat hatte der Ballon Feuer gefangen.

Sie stürzte auf ein Haus in der Rue de Provence und brach sich das Genick.

Maude Sausalito, nun älter und verheiratet (und eigentlich auch gar nicht mehr Maude Sausalito), trug ihre Haare inzwischen lang und gerade, wie eine Stola. Sie erzählte ihrem Mann von den Blanchards, die alten Ballonfahrer-Legenden, während er seine Schuhe putzte.

Sie selbst verzierte auf der einzigen freien Stelle des Küchentischs kleine Törtchen mit Zuckerguss. Über den Rest hatte er Zeitungspapier ausgebreitet und nickte vor sich hin, wenn er die Bürste in die Schuhcreme tauchte. In dem Laden für Männermode, wo er arbeitete, hatte man ihn gerade zum Assistenten der Geschäftsleitung befördert, und deshalb waren ordentlich geputzte, glänzende Schuhe für ihn enorm wichtig.

Als Maude erzählte, wie Madame Blanchard zum Himmel ihres Lebens emporstieg, gluckste ihr Mann David und meinte: »Nicht schlecht, diese Vorstellung.«

Sie blickten beide auf ihr erstes Kind, Fancy,

hinab, die in der Wiege lag und schlief. Neuerdings begann sie zu zahnen, und damit wurden die Nächte zu heiklen Angelegenheiten: Anstatt zu schlafen, verbrachten sie sie in angespannter Erwartung. Die Schreie des Babys waren so herzzerreißend, dass beide regelrecht spürten, wie der Zahn durchbrach.

Maude und David hatten vor zwei Jahren geheiratet und ihre Flitterwochen im Hunter Valley verbracht. Maude hatte heimlich für den zweiten Tag eine Ballonfahrt in der Morgendämmerung arrangiert, aber beim Hochzeitsempfang spielte Davids Bruder immer wieder scherzend auf dessen Akrophobie an.

»Was ist Akrophobie?«, flüsterte Maude.

»Höhenangst«, entgegnete David ebenfalls flüsternd.

Er hatte ihr nie davon erzählt! Sie sagte den Flug stillschweigend ab.

Seitdem erwähnten sie nie wieder seine Höhenangst, aber beide waren sich ihrer insgeheim bewusst – als sich beispielsweise Maudes Drachen am Schornstein verfing, kletterte sie selbst hinauf, um ihn wieder loszumachen, während David zitternd und blass von unten zusah.

Im Allgemeinen freute sich David über ihre Ballongeschichten, doch nach dem Ende der Geschichte der Blanchards sagte er streng: »Sie ist bei einem Ballonunfall getötet worden? Das ist keine nette Geschichte, Maude. Warum erzählst du mir so etwas?«

»Also gut, hier kommt eine schönere Geschichte«, sagte Maude sofort. »Über Monsieur Blanchard, ihren Ehemann, und wie er den Ärmelkanal im Ballon überquerte. Schubs mal ein wenig die Wiege an. Wir nehmen sie ein bisschen ›auf den Arm‹, damit sie wieder einschläft.«

Als sie die Geschichte von Monsieur Blanchard erzählte, träumte Maude von der Reise, die sie in einem Heißluftballon unternehmen würden, wenn David erst einmal von seiner Höhenangst kuriert wäre. (Vielleicht brauchte sie ihm nur genügend Ballongeschichten zu erzählen …?)

Der Pilot hätte langes lockiges Haar, das ihm fast bis zu den Schultern reichte. Vom knarrenden Korb des Ballons aus würde er ihnen eines Nachts eine mächtige Eule zeigen. »Ist das tatsächlich ein Vogel?«, würde David fragen, »nicht bloß ein bisschen Staub?« Aber der Pilot griff mit seinem muskulösen Arm nach oben und zurrte ein Seil fest, prüfte den Wind und bestätigte mit einem kleinen, nur für sich selbst bestimmten Nicken seine eigene Vermutung. Er steuerte näher auf den Staub zu, der sich als eine mächtige Eule erwies. Er würde ihr einen Blick zuwerfen, um zu sehen, wie sie reagierte, einen Augenblick lang verschämt wirken, um sich dann schelmisch grinsend wieder der Navigation seines Ballons zuzuwenden.

Errötend würde Maude ihren Blick senken und auf die Limonenscheibe richten, die über dem Rand ihres Martiniglases thronte.

10

Cath Murphy

In der nächsten Woche fand Cath heraus, was für ein Gefühl das Ende ihrer Affäre war.

Es setzte sich zusammen aus: Anspannung, Angst, Überraschung, Verwirrung, Selbstverständnis und Abscheu und kam alles in allem Verzweiflung recht nahe. Diese Gefühle traten einzeln oder gehäuft auf, und manchmal streifte man nur kurz die Oberfläche des einen, bevor man zu einem anderen überging. Am Montag, dem ersten Tag danach, überwogen ANSPANNUNG und ANGST. Es ereigneten sich drei bemerkenswerte Dinge:

1. Sie sah zum ersten Mal Breanna.
2. Sie wurde Breanna vorgestellt.
3. Sie ging mit Breanna Kaffee trinken.

Bei der Montagsversammlung saß sie auf ihrem üblichen Platz und hielt versehentlich Anspannung & Angst noch für die Art von erwartungsfroher Aufregung, wie bei einer Theatervorstellung, bevor sich der Vorhang lüftet. Warren kam wie gewöhnlich zu spät und setzte sich neben sie, mit einem freundlichen, aber nichtsdestotrotz verhaltenen »hey, hey«. Er sah finster drein und war grau im Gesicht, und ihre Unruhe wuchs. Sie überhörte Billsons einleitende Worte, schaltete sich aber wieder zu, als ihr bewusst wurde, dass er nicht mehr sprach, sondern unangenehm ins Mikrofon hauchte.

»Ich warte«, sagte er und hielt seinen linken Daumen und dann seinen Zeigefinger hoch. Er war dabei, bis zehn zu zählen, und die Kinder flüsterten und kicherten. »Also gut«, sagte er, gelangweilt von der Vorführung. »Lasst uns zeigen, wie wohlerzogen wir hier in Redwood sind! Eine Runde Applaus für unsere neue Schulrätin, Breanna Woodford!«

Und da war sie endlich: Warrens Frau! Sie trat an den Bühnenrand und war dem ersten Eindruck nach fröhlich und unbeschwert – aber zugleich, wie Cath auffiel, schien es sie extrem nervös zu machen, auf der Bühne zu stehen. Dies versetzte Cath einen merkwürdigen Stich, und sie musste ihren Blick abwenden.

Nach der Versammlung auf dem Spielplatz brach Cath in Panik aus, als Billson auf sie zusteuerte und Breanna bat, ihm zu folgen. Breanna würde sie bestimmt sofort durchschauen! Oder es an ihrer Stimme merken? Oder sie anhand ihrer Schulterhaltung entlarven?

»Oh, *Sie* sind Cath Murphy«, sagte Breanna freundlich. »Ich habe schon so viel von Ihnen gehört!« Sie holte mit dem rechten Arm aus, als ob sie ihr die Hand schütteln wollte, fasste aber stattdessen unbeholfen ihre eigene Linke wie zum Händeklatschen.

Verwegen entgegnete Cath: »Ich habe auch eine Menge von Ihnen gehört.«

»Ich hatte mich schon so darauf gefreut, Sie bei den Carotid Sticks zu treffen«, sagte Breanna. »Erinnern Sie sich? Was für eine Schande, dass ich es nicht rechtzeitig geschafft habe.«

»Ja, ich weiß!«, rief Cath aus, aber Billson wurde ungeduldig, und er wollte ihr Breanna entreißen und sie noch anderen vorstellen.

»Wollen wir nach der Schule zusammen Kaffee trinken gehen?«, rief ihr Breanna über die Schulter zu, worauf Cath antwortete: »Prima Idee!«

Als sie Breanna davoneilen sah, spürte Cath wieder diesen Stich in der Brust. Mit einem »ich weiß« hatte sie den Abend abgetan, an dem sie sich fast begegnet wären, und »prima Idee« sagte sie zum Kaffeetrinken. Es war alles so billig und verlogen.

Beim Kaffee zog Breanna das Sofa dem harten Stuhl vor und machte es sich darauf bequem, als ob nichts sie davon abhalten konnte, endlich zu entspannen. Sie saßen im Einkaufszentrum gegenüber der Schule, mit Blick auf die Schnellstraße.

»Ich bin so erleichtert, dass ich diesen Job gekriegt habe«, sagte Breanna und rührte in ihrem Kaffee. »Ich wusste nicht, wie lange ich es noch ertragen würde, die Wochentage ohne Warren zu verbringen. Wissen Sie, was ich meine? Es ist einfach nicht gut für eine junge Ehe.«

Cath sog einen Moment lang tief Luft ein, während ihr Verstand eine Rolle rückwärts versuchte, um eine Antwort zu finden. Was würde ich in einer solchen Situation normalerweise sagen, wenn diese Situation die wäre, die es sein sollte?

»Mmm«, sagte sie nur und wollte dann das Thema wechseln. »Sie haben also schon vorher mit Kindern gearbeitet?«

»Es ist ein paar Jahre her«, sagte Breanna. »Und es waren hauptsächlich Teenager. Aber meine Dissertation handelte vor allem von Neun- bis Zwölfjährigen.«

Cath zog das Thema in die Länge, so gut es ging. Sie fragte Breanna nach dem Titel ihrer Dissertation, wo sie studiert hatte, welches ihre Lieblingslehrer gewesen waren, ob sie auch immer eifrig mitgeschrieben hatte. Die Unterhaltung machte ihr Spaß. Sie hatte schon fast vergessen, wer Breanna eigentlich war, aber Anspannung & Angst lauerten dicht unter der Oberfläche.

»Wie dem auch sei, Warren hat mir erzählt –«

»Oh, Moment!« Cath reagierte panisch. »Hatten Sie schon davon gehört, dass wir hier an der Schule Siebtklässlerinnen einer nahe gelegenen Oberschule beherbergen? Weil ihre Klassenräume überschwemmt wurden? Denken Sie, Sie könnten für sie die Vertrauensperson werden?«

Breanna wusste von den Siebtklässlerinnen, aber sie wusste nicht, ob dies in ihren Bereich fiel. Wahrscheinlich hatten sie an der Oberschule eigene Berater.

»Es geht darum«, sagte Cath, »dass ich eines der Mädchen beobachtet habe, weil sie mit einem Mädchen aus meiner Klasse irgendwie verwandt ist. Und jedes Mal, wenn ich sie sehe, ist sie alleine. Es wäre möglich, dass sie gar keine Freunde hat.«

»Also«, sagte Breanna, »ich sehe keinen Grund, warum ich da nicht helfen sollte. Wissen Sie, wie sie heißt?«

Oh Gott, dachte Cath, *es gibt nichts, was man an ihr nicht mögen könnte. Sie ist nett und zuvorkommend, sie hat hübsche Augen und flinke Hände, und es gibt nichts, aber auch rein gar nichts, was man an ihr nicht mögen könnte.*

Dann kam Breanna wieder auf Warren zu sprechen. »Warren ist genauso aufgeregt wie ich darüber, dass ich nach Sydney ziehe«, sagte sie. »Wie ein kleiner Junge. Und wissen Sie was? Er hat sogar heimlich ein neues Bett gekauft, für mich zur Begrüßung, und mich damit überrascht. Ein Himmelbett. Er hat einen Zettel drangehängt, auf dem *WILLKOMMEN ZU HAUSE* stand. Ist er nicht wunderbar?«

Nach diesen drei Ereignissen verstrich der Rest der Woche im Nebel, und Cath ging immer ein paar Schritte neben sich.

Zweimal beobachtete Cath, wie Warren Breanna bei der Hand nahm und mit ihr über die Straße rannte. Einmal sah sie, wie Warren Breanna über den Spielplatz hinweg zu sich winkte und etwas von einer kleinen Tüte Schokorosinen in Breannas Hand schüttete. Sie sah außerdem, wie Warren Breanna die Kaffeemaschine im Lehrerzimmer erklärte. Breanna stand neben ihm und war so konzentriert dabei, dass Warren lachen musste und meinte, es ginge dabei nicht um Leben und Tod. Breanna lachte ebenfalls verschämt und zuckte mit den Schultern, um sie zu lockern.

Inzwischen hörten die anderen Lehrer auf, von Warren zu reden, und gingen zu »Warren-und-Breanna« über. Sie erzählten Cath, wie nett sie Breanna fanden und wie schön es war, endlich Warrens »bessere Hälfte« kennen zu lernen.

Cath fühlte sich, als ob der Boden unter ihr leicht schwankte und der Himmel nicht ganz an die Erde anschloss. *Also dann*, dachte sie und versuchte ruhig zu bleiben, *wer bin ich? Wo gehöre ich hin? Wer sind noch mal meine Freunde?*

Sie dachte an ihre drei besten Freundinnen aus der Highschool, die es seltsamerweise alle in völlig entlegene, exotische Gegenden verschlagen hatte: Lucy nach Nepal, Kristin in die Mongolei und Sarah in die Sahara. Sie beschloss, den Dreien eine lange E-Mail zu schicken mit der Betreffzeile »HILFE!«, aber Lucy, Kristin und Sarah hatten selten Zugang zum Internet, deshalb rechnete Cath frühestens in einem Monat mit einer Antwort.

Vor ihrem geistigen Auge tauchte immer wieder dasselbe Bild auf, von einem Mann in einer Fernsehkochserie, der zwei Messer wetzte. Der Bildschirm war ein einziges Wirbeln aus Geblinke und Geklirre. Nachts ging sie nicht mehr zu Bett, sondern saß auf der Couch und sah fern, bis sie einschlief.

Sie versuchte, in ihren Juraunterlagen zu lesen, aber konnte sich nicht darauf konzentrieren. Als sie zum Beispiel das Kapitel über Diebstahl studierte, stellte sie sich vor, dass sie Warren seiner Frau wegnehmen würde:

> »A bat B, ihm einen Schilling zu borgen. B war einverstanden und gab A eine Münze. Beide dachten, es handele

sich um einen Schilling, aber später stellte sich heraus, dass es ein Sovereign war, eine 20-Schilling-Münze. A behielt den Sovereign.«

Aha! (Sie sah von ihrem Buch auf.) Sie würde Breanna fragen, ob sie ihr einen Sovereign leihen könne, und aus Versehen würde Breanna ihr dann Warren dafür geben. Cath würde mit ihm auf einem Schimmel davonreiten, von heimtückischem Gelächter begleitet; zu spät würde Breanna ihren Irrtum bemerken.

Es gab einen Tag in dieser Woche – wahrscheinlich war es der Mittwoch –, den sie als den Tag der Briefe bezeichnete. Den ersten Brief erhielt sie auf dem Spielplatz noch vor der Schule. Cassie Zing rannte vorbei, bremste plötzlich ab und sagte: »Ich hab vergessen, Ihnen diesen Brief von meiner Mum zu geben!« Sie zog einen Umschlag aus der Tasche und reichte ihn ihr.

Liebe Ms Murphy,

ich wollte Ihnen nur mitteilen, wie sehr ich mich darauf freue, Sie beim Elternabend am Freitag zu sehen.

Alles Gute und herzliche Grüße!
Fancy Zing

Cath sah überrascht auf. Dieser Brief war so herzlich und komplett unnötig! Ein so netter, nicht notwendiger Gedanke von einer Fremden. Sie fühlte sich von Trost ummantelt – *alles würde gut werden*. Aber dann sah sie Breanna lächelnd auf sie zukommen und zerknüllte den Brief in ihrer Hand. *Du hast diese Zuwendung nicht verdient*, dachte sie.

Das bestätigte die E-Mail in ihrem Posteingang von Kristin aus der Mongolei: »CATH! DU ARMES SCHÄTZCHEN. FÜHL DICH NICHT SO SCHULDIG. DU KANNST NICHTS DAFÜR. ES WAR SEINE WAHL. ES IST ALLEIN SEINE SCHULD. ICH SCHREIBE DIR BALD AUSFÜHRLICHER. MIR GEHT DAS GELD AUS!!!!!!!«

»Es ist aber meine Schuld«, sagte sie zum Bildschirm. Sie hatte nie versucht ihn aufzuhalten. Er hatte sie gebeten, stark zu bleiben.

Dann fand sie in ihrem Fach im Lehrerzimmer ein großes rosa Kuvert, das in Lila beschriftet war. Zuerst war sie ganz aufgeregt, aber dann öffnete sie es und las:

Sehr geehrte Ms Murphy,

ich weiß etwas über Sie.
Etwas Geheimes und Ungehöriges.
Treffen Sie sich mit mir am Freitag, um

13 Uhr, im Valerio Couch Potato Café, direkt gegenüber von Ihrer Schule.

Ein Fremder

Also stimmte es wirklich. Sie war durch und durch schlecht, und man konnte ihr nicht verzeihen. Sie spürte, wie ihr die Selbstverachtung eiskalt den Rücken hochkroch. Dann las sie den Brief noch einmal und geriet in Panik: Worum ging es hier? Um Erpressung? Sie und Warren waren sich sicher gewesen, dass niemand etwas davon mitbekommen hatte. Sie waren sogar stolz auf ihre Gerissenheit gewesen. Wie konnte jemand etwas herausgefunden haben?

Es musste jemand von der Schule sein. Wer sonst könnte davon wissen?

Sie bückte sich über ihr Fach, untersuchte den Brief und sah sich dann verstohlen im Raum um: Heather Waratah aß einen Blaubeermuffin. Joe Bel Castro las die Zeitung. Sie sahen beide vollkommen unschuldig aus.

Zuerst dachte sie daran, Warren zu suchen und ihm den Brief zu zeigen, aber dann überlegte sie es sich anders. Alles, was ihr und Warren noch blieb, war ihr Geheimnis. Außerdem würde sie es nicht ertragen, wenn er Panik bekam, weil Breanna es spitzkriegen könnte. Sie, Cath, würde alleine mit der Erpressung fertig werden.

Zu Hause fand sie an diesem Abend einen vierten Brief vor. Er war von ihrem Vermieter, der schrieb, dass er die zwei angrenzenden Wohnungen ebenfalls gekauft hatte. Er plante, die gemeinsamen Wände aller drei Wohnungen einzureißen und daraus eine einzige große Wohnung zu machen. Natürlich könne Cath auch weiterhin in der großen Wohnung bleiben, die dann ein Nähzimmer und eine Sauna enthalten würde. Weiter stand da:

Leider wird die Renovierung mit Lärm und anderen Unannehmlichkeiten verbunden sein, weshalb wir Ihnen für diesen Zeitraum freie Unterkunft in einer Penthouse Suite im Winston Hills Tudor Arms zur Verfügung stellen würden.
Wir versichern Ihnen, dass trotz des zusätzlichen Komforts, den wir Ihnen durch diese Umbauten bieten möchten, Ihre Miete für die Dauer Ihres Vertrages nicht steigen wird.

Cath las den Brief noch einmal. Ein Nähzimmer! Eine Sauna! Was sollte sie denn damit anfangen?

Aber es klang aufregend, und sie wollte gerade zum Hörer greifen und Warren anrufen, als ihr einfiel, dass das nicht ging.

Vielleicht zeigte sich darin ein allgemeines Phänomen von Beziehungsenden – dieses Etwasnicht-mehr-Dürfen. Schon früher, erinnerte sie sich, wenn ihr Freunde das Herz gebrochen hatten, war es immer am schlimmsten gewesen, dass sie sie bei einem Wiedersehen nicht mehr hatte berühren dürfen. Nicht mehr ihre Augenbrauen glatt streichen, ihre Hand an der Ampel halten oder ihre Nasenspitze betasten. Sie konnte sie nicht mehr anrufen und ihnen einfach erzählen: »Also, du wirst nicht glauben, was passiert ist!« Stattdessen musste man sich ständig erklären. Man musste sagen: »Hallo, hier ist Cath. Wie geht es dir?« Vorausgesetzt, man durfte sie überhaupt anrufen.

Selbstverständlich hatte sie noch nie öffentlich Warrens Hand halten können – aber jetzt konnte sie ihn auch nicht mehr unter der Woche abends sehen oder anrufen.

Zum Trost las sie den Brief noch einmal – *wenigstens schien ihr Vermieter sie zu mögen* –, und dabei fiel ihr die blasse winzige Fußnote rechts unten auf. »Projekt 78«, stand da.

Projekt 78. Woran erinnerte sie das?

Sie rannte in die Küche, durchwühlte Schubladen, schüttelte Kochbücher und fand es: einen Brief, den sie vor ein paar Monaten erhalten hatte, in dem ein kostenloser Kochkurs für gesundes und leckeres Essen für Junge und jung Gebliebene angeboten wurde. (Sie hatte das Angebot nicht wahrgenommen und es in der Schublade mit den Rezepten vergessen.)

Und da war sie: die blasse winzige Fußnote rechts unten auf der Seite. »Projekt 75«, stand da.

Einen Moment lang überfiel sie eine eigenartige Beklemmung – was hatte ihr Vermieter mit einem ortsansässigen Kochstudio zu tun –, aber dann musste sie lächeln: welch ein Zufall!

Der Zufall tröstete sie. Er sprach von einer Welt, in der alles durch feine gestrichelte Linien verbunden war. Es gab ein übergeordnetes System für alles, eine sanfte, lenkende Vorsehung. Das Dasein bestand aus einer Aneinanderreihung von Projekten – aus blassen winzigen Fußnoten rechts unten. Projekt 75, Kochkurse; Projekt 78, Renovierungen.

Sie ging wieder zum Esstisch hinüber und las abermals den Brief mit den vorgeschlagenen Renovierungen. Sie fuhr die einzelnen Buchstaben von *Projekt 78* nach. Dinge, die sein sollten, würden geschehen. Eines Tages ergab irgendwie alles einen Sinn.

Sie hätte beinahe wieder zum Hörer gegriffen und Warren angerufen, um es ihm mitzuteilen.

Nach dem Tag der Briefe entdeckte Cath, dass diese Woche unter dem Gefühl WUT stand.

»Was ist hier los?«, fragte sie Warren, der sich vor der großen Pause alleine im Klassenzimmer befand. Er befestigte Zeichnungen mit Reißzwecken an der Wand und bereitete alles für die Elterngespräche am nächsten Abend vor.

»Ich glaube«, sagte Warren, »es dauert jetzt nicht mehr lange. Alles ist sowieso in Auflösung begriffen. Bree und ich merken beide, dass etwas nicht stimmt.«

»Mmm«, machte Cath. Und als er fortfuhr, Bilder an die Wand zu heften, sagte sie: »Warum hast du ein neues Bett gekauft und ein ›Willkommen zu Hause‹-Schild daran gehängt, wenn sowieso alles in Auflösung begriffen ist?«

»Das hat sie dir erzählt?«

»Mhm.«

Warren schwieg und starrte auf die Reißzwecke in seiner Hand.

In der Mittagspause entdeckte Breanna Cath im Lehrerzimmer, setzte sich zu ihr und sagte munter: »Ich wollte Ihnen nur erzählen, dass ich mit der Siebtklässlerin, mit Listen Taylor, gesprochen habe. Die, wegen der Sie besorgt waren.«

»Wow«, sagte Cath, »das ging aber schnell.«

Breanna sah geschmeichelt aus, als ob sie sich freute, und Cath lobte sie weiter. »Im Ernst, vielen Dank, dass Sie sich gekümmert haben. Das war sehr nett, und Sie sind sehr tüchtig!«

»Auf jeden Fall glaube ich, Sie hatten Recht«, und sie öffnete dabei ihr abgepacktes Mittagessen. »Sie kommt mir unglücklich vor – nicht dass sie zugegeben hat, keine Freunde zu haben. Sie ist bei ihrem großen Bruder aufgewachsen. Ihre Eltern sind anscheinend gestorben, als sie noch ein Baby war. Armes kleines Ding.«

Dann stockte Breanna kurz der Atem, und sie sagte leise: »Oh Cath, tut mir leid. Ihnen ist ja genau das Gleiche passiert, nicht wahr? Ihre Eltern kamen ebenfalls ums Leben, als Sie noch klein waren. Bei einem Hausbrand?«

»Ja«, sagte Cath stirnrunzelnd und versuchte dann ihren kritischen Blick in ein Lächeln umzumünzen. »Aber ich hatte keinen Bruder, bei dem ich aufwachsen konnte – ich wurde adoptiert.«

»Und das Einzige, was Sie noch von Ihren leiblichen Eltern haben, ist ein verblasstes Foto. Stimmt das?«

»Mmm«, machte Cath, und dann fiel ihr ein, dass sie das Klassenzimmer für den Elternabend herrichten musste.

Warren stand auf der Schwelle zu seinem Klassenzimmer und fragte »alles in Ordnung?«, als er sie sah.

»Klar«, höhnte Cath eingeschnappt. »Du hast ihr erzählt, dass ich adoptiert bin. Du hast ihr von dem Foto meiner Eltern erzählt.«

»Tut mir leid, Cath. Ich wusste nicht, dass es ein Geheimnis ist.«

»Du wusstest nicht, dass es ein Geheimnis ist?

Ich habe es dir um drei Uhr morgens erzählt. Ich habe das Foto aus einem verschlossenen Schmuckkästchen geholt. Wir haben beide geweint. Und das kam dir nicht, wie soll ich sagen, ein bisschen vertrauenswürdig vor?«

»Cath, ich kann nur noch einmal wiederholen, es tut mir leid.«

»Hör auf, mich ständig beim Namen zu nennen«, herrschte Cath ihn an. »Ihr nennt beide dauernd meinen Namen, du und deine Frau, sie macht das auch ständig.«

Warren sah erstaunt aus, und Cath sagte: »Das kannst du einfach nicht tun« – ihre Stimme begann zu beben –, »du kannst nicht eine Affäre mit mir haben und dann so mir nichts, dir nichts zu deiner Frau zurückkehren, du kannst nicht einfach sagen, es ist alles in Auflösung begriffen, und dann losgehen und ein Himmelbett kaufen. Das ist nicht erlaubt.« Sie streckte die Hand nach ihm aus, und er wich einen Schritt zurück.

»Sorry, okay? Ich kann nichts mehr daran ändern – es würde Breanna umbringen. Ich weiß, es klingt arrogant, aber Tatsache ist, dass sie wirklich in mich verliebt ist.«

»Ach, hör doch auf damit«, sagte Cath. »Sie ist nicht in dich verliebt. Sie kennt dich ja noch nicht mal.«

»Na ja«, sagte er sanfter, »wir sind seit drei Jahren verheiratet.«

»Sie kennt dich nicht«, wiederholte Cath. »Du bist ein Mann, der seine Frau betrogen hat. Sie weiß nichts davon, also kennt sie dich nicht wirklich.«

Er senkte den Blick, und Caths aufgebrachtes Schnaufen erfüllte den Raum.

»Ich kann sie nicht verlassen«, flüsterte er nach einiger Zeit.

»Ich bitte dich ja auch gar nicht darum, sie zu verlassen«, schrie sie fast. »Ich mag sie. Sie ist nett. Ich will gar nicht, dass du sie verlässt. *Du* hast gesagt, es ginge in die Brüche.«

»Tut es auch«, sagte er. »Wir brauchen's nur abzuwarten.«

»Also, musst du sie dann immer anfassen, während wir abwarten? Musst du ständig ihre Hand halten? Ich habe gesehen, wie du ihr die Füße massiert hast. Hast du mal daran gedacht, wie es mir dabei geht?«

»Bitte, nicht weinen«, flehte er.

»So etwas bringt mich noch lange nicht zum Weinen!« Erhobenen Hauptes verließ sie den Raum.

An diesem Nachmittag versuchte sie, für Strafrecht zu lernen, aber stattdessen beschloss sie, Warren Woodford umzubringen. Sie würde ihn unter bestickten Lesezeichen begraben oder ihm grinsend dabei zusehen, wie er im Schmalz seiner eigenen Worte ertrank. Sie wählte ihre Verteidigung im Voraus: Provokation (Kapitel 5): Die Angeklagte wurde von Leidenschaft hingerissen und war eindeutig nicht Herrin ihrer Sinne.

Später nachts, nachdem sie auf dem Sofa eingeschlafen war, träumte sie, dass Warren ihr erzählte, er hätte sich wieder in Breanna verliebt. »Es ist aus zwischen uns!«, gestand er ihr überglücklich. »Ich habe mich wieder in meine Frau verliebt!«

Sie schrie und hieb auf ihn ein: »Du bist nicht in deine Frau verliebt! Du bist in mich verliebt! Kapier's doch endlich, Warren! Es ist nicht wahr. Du meinst nur, du hast dich in deine Frau verliebt, weil sie so glücklich und so intelligent und so empfindsam und so süß ist. Ich dagegen! Sieh mich an! Ich wirke so kalt und verbittert, so sauer und so traurig, aber das bin ich nicht, Warren, wenn du nur zu mir zurückkämst, wäre *ich* die Fröhliche, die du dir wünschst, wenn du nur, wenn du nur, so spröde bin ich gar nicht – Warren, das zählt jetzt nicht.«

Immer weiter argumentierte sie in ihrem Traum: leidenschaftlich, entschlossen, ausdrucksstark, genial. Ihre Argumente zerschnitten die Luft wie blitzblanke Messerschneiden. Er lächelte nur weiterhin zufrieden vor sich hin und schüttelte den Kopf.

Am Freitag war sie bei VERZWEIFLUNG angelangt.

Als sie morgens aus dem Fenster ihres Klassenzimmers sah, kamen Warren und Breanna gerade vom Parkplatz. *Ich hasse dich*, dachte sie. Er hatte den Blick abgewandt. *Sieh mich an*, dachte sie, *dreh dich um.*

Stattdessen streckte er seine Hand nach hinten aus, lockte Breanna, und sie reagierte spontan darauf und ergriff sie.

Ich liebe dich, dachte Cath wehmütig. Er schwenkte Breannas Arm an der Hand.

Zur Mittagszeit saß Cath ruhig im Valerio Couch Potato Café und wartete auf ihren Erpresser. Sie nahm einen Schluck Kaffee und setzte plötzlich die Tasse wieder ab: *Ich hasse diese Kaffeehausketten.* Warum trifft der Erpresser mich nicht in einem ECHTEN Café? Aber was sie eigentlich beschäftigte, war: Wie konnte Warren es wagen, seiner Frau meine Geheimnisse zu verraten!

Sie erinnerte sich an die Nacht, in der sie ihm erzählt hatte, dass sie adoptiert war. Er hatte an diesem Nachmittag Fußball gespielt und war direkt nach dem Spiel zu ihr gekommen, seine dünnen Beine mit Schlamm bespritzt und in Socken, die sich über den Schienbeinschützern ausbeulten. Er hatte zwei kalte Biere dabei. Während er sich mit ihr unterhielt, öffnete er eins und reichte es ihr, öffnete dann seins und setzte sich aufs Sofa. Dann sprang er wieder hoch, um zu demonstrieren, warum der Angriff misslungen war und wie sein Knie sich beim Spiel verdreht hatte.

»Siehst du, so«, sagte er und drückte sein verdrecktes Knie gegen ihres, um es ihr vorzuführen. »Siehst du, was da schiefgelaufen ist?«

Sie hatten Nudeln gekocht, und er hatte sich an einem Olivenkern ein Stück Zahn ausgebissen. Später hatte sie ihm das Foto von ihren leiblichen Eltern gezeigt, und er war mit dem Finger behutsam ihre Konturen nachgefahren und auch die des mutigen, stämmigen Feuerwehrmanns, und die Tränen waren ihm in die Augen getreten.

Mit glasigem Blick sah Cath auf ihre Armbanduhr. Es war 14 Uhr, und weit und breit zeigte sich kein Erpresser.

Später, als ihre Klasse beim Musikunterricht war, versuchte sie sich auf ihre Notizen zu den Grundlagen der Gesetzesinterpretation zu konzentrieren.

»*Ejusdem generis*, ›von gleicher Art‹«, und dahinter hatte sie rätselhafterweise angemerkt: »Ist ein Brecheisen einer Maske, einer Verkleidung oder einem Brief gleichzusetzen?«

Ihre Aufzeichnungen enthielten keinerlei Erklärung. Stattdessen gingen sie in Bilder über. Sie hatte eine elegante Larve gezeichnet, ein wallendes Cape, einen Brief mit Wachssiegel und ein

Brecheisen. Das Brecheisen befand sich etwas abseits von den anderen, eher romantischen Gegenständen.

Es ist ein Brecheisen, dachte Cath traurig bei sich: Es wird niemals der gleichen Kategorie angehören wie eine Maske, eine Verkleidung oder ein mit Wachs versiegelter Brief. Die ganze Zeit über hatte sie geglaubt, ihre Affäre sei etwas Wunderbares und Geheimnisvolles: ein Detektivroman, ein Mantel-und-Degen-Abenteuer. Aber eine Affäre, wurde ihr nun bewusst, ist so stumpf und gewöhnlich wie ein Brecheisen.

Am Nachmittag saß sie im Lehrerzimmer, korrigierte Klassenarbeiten und wartete darauf, dass es Zeit wurde für die Elterngespräche. Ein Stück weiter den Tisch hinunter saßen Warren und Breanna, blätterten durch den Ikea-Katalog und kicherten über Einrichtungsfotos.

»Nein«, murmelte Breanna, »nein, du kannst kein Chrom ins Wohnzimmer stellen – der Couchtisch ist aus Kiefernholz, erinnerst du dich?«

»Du hast Recht«, gab Warren zu. »Mir gefallen nur diese Regale so gut.«

»Ich mach dir einen Vorschlag«, bot ihm Breanna an. »Wie wär's mit dem Arbeitszimmer?«

»Nicht zu groß dafür?«

»Nein, sieh mal, hier stehen die Maße. Siehst du den Maßstab?«

»HERVORRAGEND«, schrieb Cath in ein Arbeitsheft, »GUT GEMACHT!«, und sie setzte einen riesigen Haken quer über die ganze Seite.

»Hey, Cath«, sagte Warren und drehte sich in seinem Stuhl neben Breanna um. »Wir sollten los, oder?«

Cath pflichtete ihm bei. Es war fast 17 Uhr, und die Eltern würden langsam eintrudeln.

Breanna sagte: »Oh Cath, bevor Sie gehen, wollte ich Ihnen nur sagen, dass ich einer neuen Siebtklässlerin heute Nachmittag die Schule gezeigt habe, und ich habe sie für alle Fälle mit Ihrer Listen Taylor bekannt gemacht. Man weiß ja nie. Vielleicht werden sie Freunde?«

»Na so was«, sagte Cath. »Das ist großartig, Breanna. Danke.«

»Ich sehe dich dann zu Hause, in Ordnung, Warren?«, Breanna nahm ihre Tasche auf. »Ich gehe bei dem Haushaltswarenladen vorbei und überrasche dich mit Vorhangringen!«

Die Gespräche der 2. Klassen fanden in Caths Klassenzimmer statt: Raum 2B. Warren stellte hinten im Zimmer einen Tisch auf, und Cath benutzte ihr Pult.

Zuallererst stellte sich ein Mann namens Radcliffe vor. »Ich bin Cassie Zings Dad!«, sagte er noch vor der Türschwelle. Er trat sich die Füße an der Fußmatte ab. »Nennen Sie mich ruhig Radcliffe. Und Sie sind wohl Ms Murphy.«

»Richtig«, stimmte Cath ihm zu und linste an ihm vorbei. »Ihre Frau?«, sagte sie, »kommt sie nicht? Sie schreibt mir immer ...«

»Tatsächlich?«, rief Radcliffe, blieb einen Moment lang stehen und stemmte die Hände in die Hüften. Dann grinste er und trat ein. Schweigend stand er vor Cath und schüttelte langsam den Kopf. Dann riss er sich zusammen. »Ach ja, Fancy, meine Frau. Ist leider was dazwischengekommen, und die arme alte Fancy kann nicht. Cassie hat – na ja, es gab einen kleinen Unfall mit Cassie, aber das wird schon wieder, Fancy hat sie zum Arzt gebracht.«

Seine Worte brachte er in einem abgehackten Gestammel hervor. Er nahm sich einen Stuhl, drehte ihn um und setzte sich, die Arme über der Stuhllehne.

»Also dann«, sagte Cath und nahm einen ernsten Ton an. »Danke, dass Sie gekommen sind, Mr – äh, Radcliffe. Wir bewundern Cassie alle sehr – sie hat einen ausgeprägten Charakter. Im Lesen ist sie –«, aber sie hielt inne, weil der Mann sie anstarrte und sich dabei leicht hin und her wiegte.

»Sie sind also Cassies Lehrerin?«, fragte er plötzlich, als hätten sie noch gar nicht miteinander geredet. »Cath Murphy, was? Wunderbar, Sie kennen zu lernen.« Er streckte die Hand aus, als ob er ihre schütteln wollte, aber sie war zu erstaunt, um darauf zu reagieren. »Sie macht Ihnen hoffentlich keinen Ärger?« Er versuchte, wieder in seinen Wiegerhythmus zurückzufinden.

»Ärger«, wiederholte Cath mit Mühe. »Nein, nicht direkt.«

»Nicht direkt.« Er strahlte sie an.

»Ich mache mir nur ein bisschen Sorgen«, erklärte Cath. »Manchmal kommt es mir so vor, als hadere sie mit der gesamten Welt. Und sie benutzt – unangebrachte Worte. Sie singt unangebrachte Worte vor sich hin.«

»Ach ja, dieses Spiel, das sie immer spielt«, pflichtete Radcliffe ihr bei. »Das kenne ich! Sie sucht sich ein Wort aus und wiederholt es pausenlos? Weder ich noch meine Frau haben den blassesten Schimmer, was wir dagegen tun könnten.«

»Ich habe bereits Verschiedenes ausprobiert«, sagte Cath – einer musste sich ja professionell geben –, »aber nichts davon hat bisher funktioniert. Ich habe auch darüber nachgelesen und herausgefunden, dass Kinder möglicherweise eine Art Besessenheit entwickeln für Dinge, die ihnen verboten sind, wenn man sie ausschließt, wenn es – Entschuldigung, ich meine nicht unbedingt, dies würde auch auf Ihre Familie zutreffen –, aber es tritt manchmal auf, wenn innerhalb der Familie eine verbotene, dunkle Region von Familienwissen existiert.«

Radcliffe starrte sie nur weiter an.

»Jedenfalls«, fügte sie verlegen hinzu, »waren dies die Worte, die im Artikel benutzt wurden, den ich gelesen habe, und ich mag sie, diese Worte – das Verbotene, das Dunkle –«

»Ist das wahr?«, unterbrach sie Radcliffe fasziniert. »Sie behaupten, dass Kinder Familiengeheimnisse erahnen und – wie haben Sie das genannt? Eine Art Besessenheit für Verbotenes entwickeln? Ist das der Fall hier?«

»Selbstverständlich«, prahlte Cath, »will ich damit nicht sagen, dass *Ihre* Familie ein Geheimnis hat, ich habe mich nur gefragt, ob …« Sie versuchte es mit einem Themenwechsel. »Es hat mich sehr gefreut, dass Cassie sich angeboten hat, das Klassenschauspiel zu schreiben. Beim Schreiben kommt sie gut voran. Obwohl sie anscheinend noch gar nicht damit begonnen hat …«

Aber der Mann starrte sie einfach nur immerzu an. Sie senkte den Blick und suchte nach anderen Themen, doch als sie wieder aufsah, stand er vor ihr, als ob sie jetzt alles geklärt hätten. Oder als ob er zu aufgeregt wäre, um sitzen zu bleiben. *Du liebe Zeit*, dachte Cath und erhob sich ebenfalls.

»Hier«, sagte Radcliffe und langte in seine Innentasche. »Hier ist meine Visitenkarte. Wenn Sie sich über Cassie unterhalten wollen, rufen Sie mich bei der Arbeit an. Ich rate Ihnen, meine Frau da rauszuhalten. Sie steht momentan ziemlich unter Stress – also am besten, bei Weitem am besten, wäre es, wenn Sie mich anriefen. In Ordnung?« Er drückte ihr seine Karte in die Hand. »Es war einfach wunderbar, Sie kennen gelernt zu haben!«

Und dann befand er sich wieder außerhalb des Klassenzimmers, hatte aber den Blick immer noch nach drinnen gerichtet und trat sich verwirrt abermals die Füße auf der Matte ab. »Ha, ha«, sagte er und zeigte nach unten. Dann wirbelte er herum, winkte und rief »scheint Regen zu geben!« und verschwand in der Dunkelheit.

»Meine Güte«, murmelte Cath und warf einen Blick nach hinten. Warren hatte noch keine Eltern empfangen und hatte mit schief gelegtem Kopf dem Gespräch gelauscht. Jetzt grinste er und riss die Augen auf, und sie riss als Antwort ebenfalls die Augen auf. Er zog dieses Gesicht, bei dem er eine Seite des Mundes nach unten zog und die andere nach oben.

Oh Gott, dachte Cath und lachte. *Ich bin immer noch in ihn verliebt und er immer noch in mich.* Dann trafen mehrere Eltern gleichzeitig ein.

Hinterher, als die letzten Eltern ihre Schirme an der Tür aufspannten und sich für den Regen rüsteten, kam Warren zu ihr nach vorn. Draußen war es dunkel, und es regnete heftig. Drinnen war es warm und der Raum von einem eigenartigen orangen Leuchten erfüllt. Cath spürte seinen Atem und seinen Körper ganz nah und glaubte, dass er sie gleich küssen würde. Sobald die Stimmen der Eltern nicht mehr zu hören waren, würde er die Kluft zwischen ihnen überbrücken.

Aber als die Stimmen verstummt waren, blieb Warren ihr fern und sah dem Regen zu. Langsam und schwerfällig sagte er: »Ich weiß nicht, was ich machen soll.«

»Nein«, bestätigte Cath.

In Wahrheit wusste sie es genau: Überbrücke die Kluft, Warren, das reicht aus.

Warren stand regungslos am Rand der Kluft, und Cath stand neben ihm mit hängenden Armen und wartete.

Fancy Zing

Die Idee war ihr beim Zahnarzt gekommen, sie hatte sie regelrecht aus dem Dschungel an der Decke heraus angesprungen, nur wusste sie nicht, was für einen Ausgang diese Geschichte nehmen sollte.

»Kann ich noch mal zum Zahnarzt, Mum?«

»Warum denn das, in aller Welt?«

Es war Montagmorgen. Sie waren gerade beim Schultor vorgefahren, und der Motor lief.

»Ach nur so«, sagte Cassie. »Aber kann ich?«

»Hast du Zahnschmerzen, Liebling? Du musst es mir gleich sagen, wenn dir der Zahn wehtut.«

»Welcher Zahn?«, fragte Cassie.

»Egal welcher, Cassie. Welcher auch immer. Hast du deinen Regenschirm? Hast du den Brief für Ms Murphy?«

»Ja«, sagte Cassie teilnahmslos.

»Ja, Regenschirm, oder ja, Brief? Vergiss bloß nicht den Brief. Gib ihn Ms Murphy, sobald du sie siehst, okay? Liebling, deine Uniform ist verdreht.«

Cassie stand auf dem Gehweg vor der Schule und zerrte so lange an ihrer Schuluniform, bis ihre Mutter zufrieden war. Nachdem ihre Mutter weg war, drehte sie sie wieder andersherum. So war es wärmer.

Am Montagnachmittag vor dem Feinkostladen beobachtete Fancy, wie ein dicker Mann in einem aschgrauen Anzug die Straße entlangspazierte und auf einen dünnen Mann zuging, den er kannte. Der dicke Mann strahlte über das ganze Gesicht, breitete die Arme aus und blieb mitten auf dem Gehweg stehen. Gleichzeitig rief der dünne Mann beiläufig »hi!«, kein bisschen erstaunt, dennoch freundlich, und ging weiter. Er zog so schnell an dem dicken Mann vorbei, dass er auf der zweiten Hälfte seines »hi« schon über die Schulter blicken musste – und erst dann bemerkte er, dass der dicke Mann die Arme ausgebreitet hatte und ihn umarmen wollte. Der dünne Mann überlegte einen Augenblick, aber beschloss dann, doch nicht anzuhalten, und schritt stattdessen teils entschuldigend, teils hämisch grinsend weiter. Der dicke Mann ließ die Arme sinken und trottete davon.

Auf der Fahrt nach Hause weinte Fancy, wegen des dicken Mannes.

Nach Fancys Meinung musste etwas unternommen werden, wenn der Ehemann etwas Unschönes getan hatte. Genauer gesagt: Man musste ihm gegenüber entweder grausam sein, stark bleiben oder schmollen.

»Grausam sein« bedeutete, etwas ebenso Unschönes direkt zurückzugeben.

Und »stark bleiben« hieß zu beschließen, sich einfach nichts daraus zu machen. Aber dazu musste man ein bisschen von der Liebe, die man für den Ehemann empfand, aufbrauchen. Man musste so viel von der Liebe weghobeln, dass es zum Vergeben ausreichte. Nach einer Weile wuchs dieses Stück nach, manchmal aber auch nicht. Und wenn man all die weichen Stellen abgeschabt hatte, blieb nur noch scharfkantige Liebe übrig.

»Schmollen«: Man schmollte. Schmollen war eigentlich nichts weiter als das Herausschieben der Entscheidung zwischen »grausam sein« oder »stark bleiben«.

Als sie Montagabend fernsahen, sagte Fancy: »Das ist so hinterfotzig, wie sie das machen.« Ihr Kommentar bezog sich auf den Talkmaster einer TV-Show, der vorgab, beim Auftauchen einer kleinen Schildkröte besonders überrascht zu sein. Der Besitzer ging hinter seiner Schildkröte her, stolz, aber nervös, und bereit, etwas über die Schildkröte zu erzählen.

»Weißt du, was mir aufgefallen ist?«, fragte Radcliffe. »Wenn du das Wort ›hinterfotzig‹ benutzt, kriegst du immer so einen komischen, selbstgefälligen Ausdruck um die Mundwinkel. Du bist ganz schön stolz darauf, dass du so ein tolles Wort kennst, was?«

Grausam sein, stark bleiben oder schmollen? Meistens entschied sich Fancy fürs Schmollen.

Als Fancy am Dienstagmorgen aufwachte, fiel ihr ein, dass sie einen Termin zum Eheberatungsgespräch hatten. Sie blieb einen Moment niedergeschlagen im Bett liegen, denn sie hätte absagen müssen, weil der Grund dafür nicht mehr existierte: Radcliffe hatte keine Affäre. Trotzdem war es schon merkwürdig, wie lange sie daran festgehalten hatte.

Und gleich stellte sie sich ein Gespräch mit der Therapeutin vor. »Ich habe dieses Treffen arrangiert, weil ich dachte, mein Mann hätte eine Affäre. Schön dumm, was? Ich hatte absolut keinen

Anlass, so etwas zu glauben, aber ich konnte einfach nicht anders!«

Die Beraterin würde leicht zusammenzucken: »Oh, Fancy, es tut mir leid, Ihnen das sagen zu müssen, aber Frauen wissen immer, wann ihre Männer sie betrügen. Selbst wenn es anscheinend keinen Beweis dafür gibt; sie spüren es einfach.«

»Tatsächlich?«, fragte Fancy daraufhin, den Tränen nahe.

»Tatsächlich.«

Mit einem Hoffnungsschimmer rief Fancy Radcliffe im Badezimmer zu: »Hast du heute viel zu tun? Ich muss mal mit dir reden.«

Erstaunlicherweise freute sich Radcliffe geradezu über die Eheberatung, obwohl es doch recht kurzfristig kam. »Na so was«, sagte er, nackt unter der Dusche, beide Hände an den Wasserhähnen. »Ein Auffrischungskurs für die Ehe, was? Warum denn nicht?«

Aber im apfelgrünen Büro des Winston Hills Beratungszentrums lief alles ganz anders, als Fancy es sich vorgestellt hatte. Zum einen war der Therapeut ein blasser dünner Mann mit Glatze, der die Beine übereinanderschlug und dazu noch die Füße kreuzte, als wolle er seine Beine flechten.

Mutig begann Fancy mit ihrer Rede: »Also, ich habe dieses Treffen arrangiert, weil ich dachte, mein Mann hätte eine Affäre. Schön dumm, was? Ich hatte absolut keinen Anlass, so etwas zu glauben –«

Radcliffe, der neben ihr saß, klappte der Unterkiefer herunter. »*Fance*«, stammelte er, »was um alles in der Welt –«

Der Berater unterbrach ihn, indem er langsam die Knoten in seinen Beinen löste. »Also«, sagte er und lächelte Fancy freundlich zu, »dies ist eine Sache, die wir aufarbeiten müssen. Zuallererst einmal lassen Sie mich Ihnen versichern, Fancy, unbegründete Ängste wie diese treten sehr häufig auf in dieser Phase der Ehe. Sie gehen jetzt auf Ihre Lebensmitte zu, und ich kann mir vorstellen, dass Sie Angst haben, Ihr Mann würde das Interesse an Ihnen verlieren. Sie befürchten, dass er sich mit Ihnen langweilt und nach einer anderen Ausschau hält – stimmt's?«

Radcliffe und der Berater blickten Fancy erwartungsvoll an. »Auf die Lebensmitte zugehen«, murmelte sie vor sich hin. »Hören Sie, ich bin gerade mal vierunddreißig.«

Beide Männer dachten, sie hätte einen Witz gemacht, und lachten gebührend.

Der Berater brachte einige Zeit damit zu, Fancy nach ihrem Tagesablauf und ihren Bewältigungsstrategien zu befragen.

»Meine Bewältigungsstrategien?«

»Wo Sie hinflüchten, wenn Sie in Anbetracht Ihres fortgeschrittenen Alters die Panik überfällt.«

Fancy gab zu, dass sie sich öfter vorstellte, wie sie aufgebrachte Möwen besänftigte. Und dass sie sich gern in die Empfangshalle eines Hotels versetzte. Dann erwähnte sie noch, sie erinnere sich manchmal auch an Radcliffes Heiratsantrag.

Beide Männer schwiegen andächtig, während Fancy ihre Bewältigungsstrategien auflistete, und als sie bei dem Heiratsantrag angelangt war, spürte sie, wie sich ihr eine Hand auf die Schulter legte. Es war Radcliffe: Sie wandte sich ihm zu und sah, dass sein Blick verschleiert war.

»Dies ist nur die Einstiegsrunde«, erinnerte sie der Therapeut. »Bitte erwarten Sie nicht, dass alle Probleme an einem Tag gelöst werden. Fancy, wir werden uns mit Ihren Stresssymptomen beschäftigen, so viel kann ich Ihnen versichern, und wir werden an Ihren Bewältigungsstrategien arbeiten. Im Moment decken wir erst einmal den Tisch.« Er gab jedem einen Notizblock und einen Bleistift und bat sie aufzuschreiben, was ihnen am anderen missfällt.

»Missfällt?«, rief Fancy empört.

»Missfällt. Vertrauen Sie mir. Okay?«

Fancy und Radcliffe saßen nebeneinander im Büro des Therapeuten, die Notizblöcke auf dem Schoß. Radcliffe knabberte an seinem Bleistift, gluckste leise vor sich hin und fing an zu schreiben. Fancy zögerte noch. Es konnte nicht richtig sein, die Dinge zu notieren, die sie störten. War sich der Berater der Auswirkungen bewusst? Radcliffe würde sich entscheiden müssen zwischen grausam, stark oder schmollen. Sie ebenso. Wenn einer von ihnen grausam auswählte, begaben sie sich in einen Teufelskreis.

Wahrscheinlich ging es hier darum, dass man möglichst clever etwas darstellte, was man nicht mochte, und dadurch die Tiefe seiner Liebe offenbarte. Wie bei einem Vorstellungsgespräch, bei dem man nach seinen Schwächen gefragt wurde.

Auf der anderen Seite wollte der Therapeut den Tisch gedeckt wissen. Vielleicht dachte er, es ginge ihnen besser, wenn sie ihre Ärgernisse loswurden? Also gut dann, sie würde sich äußern, aber so verschlüsselt, dass Radcliffe niemals dahinterkäme.

Lieber Radcliffe,

immer wieder! Immer wieder!
Lass sein! Lass sein! Ich mach das schon!
Tock, tock, tock.
Tock, tock, tock.
Fancy! Ha! Mein Hund –
Fancy! Grrr-hrr, ich räuspere mich nur!
Lass sein! Lass sein! Ich mach das schon!
Tock, tock, tock.
Tock, tock, tock.
Immer wieder! Immer wieder!

In Liebe, Fancy

Liebe Fancy,

ich würde eigentlich viel lieber darüber schreiben, was ich an dir mag, Fance. Leider lautet die Aufgabe, die Dinge aufzuzählen, die mich stören. Dann mal los:

- Um ganz ehrlich zu sein, mag ich deine Leberflecke nicht.
- Manchmal fragst du gar nicht, wie mein Tag war.
- Du solltest beim Abwasch nicht so viel stöhnen. Mach es oder lass es sein, aber stöhn nicht dabei.
- Ich kann deinen Rosinenkuchen nicht ausstehen.
- Es ist verschwenderisch, dass du den Wein, den ich dir einschenke, nie austrinkst. Ist es hygienisch, ihn zurückzugießen? Nein.
- Manchmal bist du etwas langweilig und wiederholst dich.
- Du weckst mich zu selten, indem du mir einen bläst.

Mit all meiner Liebe, Radcliffe

Am Mittwoch lieferte Fancy ihren Wagen zur Radauswuchtung und Spureinstellung bei der Valerio-Autowerkstatt ab und fuhr mit dem Bus nach Hause.

Während sie im Bus darauf wartete, für ihren

Fahrschein zu bezahlen, bemerkte sie das Foto auf dem Ausweis des Busfahrers, der vom Rückspiegel herunterhing. Das Bild zeigte einen Mann Mitte fünfzig mit einem ansehnlichen, gut geschnittenen Gesicht und einem gewinnenden Lächeln. Aber als sie dran war zu bezahlen, sah Fancy ein völlig anderes Gesicht.

Das heißt, sie sah eigentlich schon den Mann mit dem ansehnlichen, gut geschnittenen Gesicht, nur dass es von einem mürrischen Ausdruck überschattet war.

Während der gesamten Fahrt beobachtete Fancy den Fahrer, doch er verzog keine Miene. Sie versuchte sich die Zeit vorzustellen, zu der das Foto gemacht wurde: wie sich der Mann vielleicht gefreut hatte, den Job zu kriegen, wie er sich möglicherweise sein Leben lang danach gesehnt hatte, Busfahrer zu werden, und endlich ging sein Traum in Erfüllung! Sie gaben ihm eine Uniform und schossen ein Foto von ihm für seinen Ausweis: Er scherzte mit dem Fotografen und strahlte vor Freude!

Was passierte danach? Handelte es sich um eine persönliche Tragödie? Oder war es das tagtägliche Mahlen der Gangschaltung, das Auf- und Zufalten der Türen, das Signal der Klingelknöpfe, das ihm befahl anzuhalten, die Fahrkarten, Kontrolleure, Teenager, die vorgaben, jünger zu sein, um weniger zahlen zu müssen, Leute, die sich vorbeugten, um ihn zu fragen, wo sie aussteigen mussten, Füße auf den Sitzen und verschüttete Cola? War es nur dieses Tagein-Tagaus-Einerlei?

Fancy weinte den ganzen Nachhauseweg über.

Mittwochnachmittag arbeitete sie an ihrem preisträchtigen Roman. *Suche nach Charakteren aus dem Alltag.* Sie erinnerte sich, dies irgendwo gelesen zu haben.

Sie dachte an den mürrischen Busfahrer und fragte sich, ob er eine Romanfigur abgäbe. Es könnte ja eine Art öffentlicher-Verkehr-Geschichte werden. Das Transportsystem wäre dabei die Sprachwelt, die sie ihren Lesern vermitteln wollte. Aufgeregt begann sie unter »Transportmittel« im Internet zu recherchieren. Sie notierte sich die Adressen verschiedener nützlich erscheinender Websites: Und wenn sie zu Beginn eines jeden Kapitels die URLs auflistete? Warum denn nicht – und sie geriet noch mehr aus dem Häuschen –, *warum sollte sie nicht einfach ihre Leser an Google verweisen?*

»Wenn Sie an einem der Themen in diesem Roman interessiert sind, geben Sie bitte die folgenden Suchbegriffe bei Google ein: Bus, Bahn…«

»Hmm.« Fancy stoppte ihr manisches Gekritzel, sah hoch und zog die Stirn kraus.

Ein Geräusch im Hintergrund erregte ihre Aufmerksamkeit. Cassie stand schon eine ganze Weile an der Tür zum Arbeitszimmer und klopfte leise an.

»Hallo, Cassie«, sagte sie.

»Hallo, Mum«, antwortete Cassie und nickte. »Darf ich bitte meine Zimmerdecke anmalen?«

»Wie würdest du sie denn gerne anmalen?«, fragte Fancy und schwang in ihrem Schreibtischstuhl herum.

»Ganz bunt«, erklärte ihr Cassie. »Es soll ein Urwald werden. Es müssen Affen, Elefanten und Schimpansen dabei sein …« Cassie zählte die Tiere an ihren Fingern auf, aber ihre Stimme verlor sich.

»Also«, sagte Fancy, »warum eigentlich nicht?«

Sie fuhr mit Cassie zum Haushaltswarenladen, wo sie Farbe, Pinsel und eine Trittleiter kauften. Dann verbrachten sie einen sehr angenehmen Nachmittag. Fancy überredete Cassie dazu, den Dschungel auf die Wand statt an die Decke zu malen, damit sie sich nicht die Hälse verrenkten.

Sie stand ganz oben auf dem Tritt und zauberte ein paar Sterne in den Urwaldhimmel, während Cassie im Schneidersitz auf dem Boden saß und Marienkäfer ins hohe Gras setzte, als Radcliffe nach Hause kam.

Sie hörten seinen Wagen in der Auffahrt halten.

Dann hörten sie ihn rufen: »Ein Fan von Fancy ist da! Und Fancy selber ist auch da!«

Cassie hielt einen Augenblick ihren Pinsel in

der Luft und sah nach oben: »Mum«, sagte sie, »wieso sagt er nie: ›Ein Fan von Cassie ist da! Und Cassie selber ist auch da‹?«

Fancy sah zu ihrer Tochter hinunter.

»Oder wenigstens«, sagte Cassie und malte weiter, »›kennen Sie Cassie, Cassie ist da‹. Warum sagt er das nie?«

»Das ist eine gute Frage, Cassie«, stellte Fancy fest.

Am Freitagmorgen brachte Fancy ein paar unverfängliche FGZ-Unterlagen zum Kopierladen in Castle Hill.

Ein junger Mann mit Bart, prominenten Wangenknochen und Haarsprayfrisur saß hinter der Theke und lächelte Fancy hocherfreut entgegen, als sie durch die Tür trat.

»Die erste Kundin«, sagte er euphorisch.

»Danke«, entgegnete Fancy unangemessen. Und dann: »Ich hätte gerne Kopien davon.«

»Null Problemo«, sagte der junge Mann. »Folgen Sie mir.«

Zu Fancys Überraschung führte er sie die Treppe hinauf, schloss eine Tür auf und führte sie in einen kleinen dunklen Raum. Er begann die Lichtschalter durchzuprobieren und murmelte dabei: »Was zum Teufel? Wo geht es denn hier an?«

Fancy wurde langsam nervös, aber dann fand er den richtigen Knopf, und es wurde hell in dem

Raum voller Kopierer. Der Mann wählte einen davon aus und schaltete ihn ein.

»Könnte eine Weile dauern, bis er warm ist«, entschuldigte sich der Mann. »Ich sehe hin und wieder nach Ihnen. Haben Sie denn viel zu kopieren?«

»Also«, erklärte Fancy zögerlich, »ich wollte es eigentlich nicht selbst erledigen. Normalerweise lasse ich die Kopien von jemandem machen.«

Daraufhin entflammte unerwartet schreckliche Verlegenheit auf dem Gesicht des jungen Mannes. Er schaltete den Kopierer und das Licht aus und drängte Fancy aus dem Raum und wieder die Treppe hinunter.

»Pardon«, sagte er merklich kühler, als er hinter seiner Theke stand. »Das ist mein erster Tag hier.«

Den restlichen Tag über weinte Fancy, wegen des Mannes im Kopierladen. *Ist schon in Ordnung,* tröstete sie ihn, *es war nur ein Versehen. Sie brauchen nicht gleich die Lust an Ihrem Job zu verlieren. Bitte bleiben Sie fröhlich.*

Sie versuchte sich selbst Trost zu spenden, indem sie sich vor Augen hielt, dass sie heute Abend Cath Murphy sehen würde. *Zum ersten Mal im Leben werde ich Cath von Angesicht zu Angesicht gegenüberstehen.* Aber gerade deswegen musste sie noch mehr weinen.

Am Nachmittag probierte Fancy verschiedene Ohrringe aus, um die passenden für das Elterngespräch zu finden, als Cassie im Schlafzimmer erschien und still vor sich hin nieste.

»Hallo, Cassie«, sagte Fancy und betrachtete sie im Spiegel. »Ich dachte, du spielst draußen.«

»Hallo, Mum«, sagte Cassie und hustete.

Fancy fuhr fort, sich unterschiedliche Ohrringe anzuhalten.

»Mum?«, sagte Cassie nach einer Weile.

»Ja, meine Süße?«

»Kann ich dir mal meinen Fuß zeigen?«

»Ich habe deinen Fuß schon mal gesehen!«, scherzte Fancy, aber als darauf Schweigen folgte, drehte sie sich um und sah ihre Tochter an. »Also gut, dann lass uns mal deinen – mein Gott, Cassie, was hast du denn gemacht?«

Cassies rechter Fuß hatte die Größe eines Brotlaibs.

»Eine Biene hat mich gestochen«, erläuterte Cassie. »Und ich reagiere allergisch auf Bienenstiche, stimmt's, Mum?«

Dann rutschte sie am Türrahmen herunter auf den Boden und flüsterte: »Ich kriege kaum Luft.«

Radcliffe kam gerade von der Arbeit nach Hause, als Fancy ihre Tochter zum Auto trug.

»Bienenstich!«, rief sie und spurtete zu ihrem Auto. »Ich fahre mit ihr ins Krankenhaus.«

Radcliffe schlug seine Autotür zu. »Hast du ihr die Spritze gegeben?«, fragte er.

»Und Antihistamine hat sie auch genommen«, nickte Fancy. »Es geht ihr schon besser, stimmt's, mein Schatz? Wir wollen nur, dass der Arzt es bestätigt.«

Radcliffe kam und hielt Fancy die Autotür auf. »Aber ihre Augen! Cassie, alles in Ordnung mit deinen Augen?«

»Sie jucken einfach nur«, sagte Fancy leichthin und schlug die Tür auf Cassies Seite zu.

»Es wird schon besser«, rief Cassie durch das Fenster.

»Entspann dich, Cass«, riet ihr Fancy und setzte sich hinters Steuer.

Radcliffe tänzelte besorgt um sie herum und sagte: »Ich bleib besser hier, oder soll ich mitkommen?«

Fancy legte den Rückwärtsgang ein und trat das Gaspedal durch.

Bis sie zurückkamen, war es 22 Uhr, und Cassie schlief tief und fest. Fancy trug sie in ihr Zimmer, zog ihr den Schlafanzug an und setzte sich noch einen Moment auf die Bettkante und sah ihrer Tochter beim Schlafen zu.

Radcliffe schwebte herein und flüsterte: »Geht's ihr gut?«

Fancy nickte.

Sie gingen in die Küche und setzten Teewasser auf.

»Übrigens«, sagte Radcliffe, während er den Kessel füllte. »Ich kann mir vorstellen, dass du ziemlich sauer bist, weil du das Elterngespräch verpasst hast.«

»Au!«, sagte Fancy, als es ihr wieder einfiel.

»Na ja«, meinte Radcliffe, »ich habe gute Neuigkeiten! Ich habe in der Schule angerufen und mit Cath gesprochen. Ich habe ihr erklärt, dass du es nicht schaffst, und sie um einen anderen Termin gebeten. Sie hat versprochen, zurückzurufen und etwas mit dir auszumachen.«

»Du hast mit ihr gesprochen!«

»Nur ganz kurz und nur am Telefon«, antwortete Radcliffe bestimmt. »Mach dir keine Sorgen, Fance. Es bleibt bei dem, was wir ausgemacht hatten: Du wirst die Erste sein, die Cath persönlich kennen lernt. In Ordnung? Und du kannst allein hingehen.«

»Also!«, Fancy war gerührt. »Vielen Dank, Radcliffe.«

Radcliffe nickte ihr zu und sah einen Moment lang ernst drein. »Wie deine Mutter schon sagt«, verkündete er, »die Zurückhaltung, die du dieses Jahr gezeigt hast, ist wirklich vorbildlich. Es wäre dir ein Leichtes gewesen, eine Ausrede zu finden, um sie zu treffen. Aber nein, du warst vorsichtig und hast den passenden Zeitpunkt abgewartet.

Jetzt musst du dich nur noch ein wenig länger gedulden, und sie wird dich anrufen.«

Fancy blinzelte. Tränen waren ihr in die Augen getreten.

»Aber erzähl mir von dem Krankenhausfiasko«, sagte Radcliffe. »Die haben euch die ganze Zeit warten lassen?«

»Ja«, sagte Fancy, »kannst du dir das vorstellen?«

Marbie Zing

Am Montag in der Mittagspause gab Listen vor, irgendwohin zu gehen, aber in Gedanken kletterte sie die Wand des Redwood-Hauptgebäudes hoch. Überall an dem Gemäuer konnte man sich festhalten und abstützen – es gab Simse, hervorstehende Ziegelsteine, Wasserrohre –, und sie war inzwischen bestens geübt durch ihren Kletterkurs.

Man stelle sich vor: Da oben auf dem Fensterbrett sitzt ein Erstklässler fest; Listen steigt an der Außenwand hoch und rettet den Kleinen in Sekundenschnelle; die meisten Siebtklässler sehen ehrfurchtsvoll vom Schulhof aus zu.

Oder, man stelle sich vor, nach der Mittagspause im Naturkundeunterricht: Ein Eindringling überrascht sie und will die Klasse als Geiseln nehmen; ganz leise stiehlt sich Listen von ihrem Platz. »Bleibt unten«, flüstert sie den Mädchen zu, die mit weit aufgerissenen Augen hinter ihren Tischen kauern. Listen nimmt Anlauf und hebt ab – mit einem gesprungenen Seitwärtskick durch das gesamte Klassenzimmer! Sie fliegt mit einem gewaltigen Tritt gegen die Tafel, das lenkt den Eindringling ab, so dass sie ihn als Nächstes unter einem Bombardement von gedrehten Hakenschnapptritten, Grätschen, geraden Seitwärtstritten, gesprungenen Eselstritten und doppelhändigen Scherenblöcken begräbt.

Atemlos, einen Fuß auf dem Brustkorb des perplexen Eindringlings (der nun rücklings flachliegt), wirft Listen einen Blick in die Klasse. Alle wimmern vor Angst und Erleichterung, aber klatschen auch Beifall.

Und noch etwas: Dieser Redwood-Lehrer – Mr Bel Castro – unterrichtet zufällig gerade, und sein Blick ist voller Bewunderung, und er sagt: *Das gefällt mir.*

Lieber Vernon,

nur eine kurze Nachricht, um dir etwas mitzuteilen, weil du ja immer auflegst, wenn ich dich anrufe.

Also ich wollte dir nur sagen, dass du witzig, nett, klug und attraktiv bist, und wenn du die Stirn kraus ziehst, ist da immer diese kleine Falte zwischen deinen Augenbrauen, die wie ein »Y« aussieht.

In Liebe,
Marbie

Nachdem sie den Brief eingeworfen hatte, ließ sich Marbie, wie so oft, in ihren Sitzsack fallen und dachte mit wachsender innerer Unruhe darüber nach, wie sehr sie ihn vermisste. Sie erinnerte sich an den Tag, an dem sie in Castle Hill verabredet waren und sie zufällig Listen und Vernon schon eine halbe Stunde vor der vereinbarten Zeit von Weitem erblickt hatte. Vernon hatte sie seinerseits entdeckt und seine Einkaufstaschen fallen lassen und die Arme ausgebreitet, und mit einem enormen wunderbaren Lächeln hatte er den Kopf geschüttelt, als ob er sagen wollte: »*Sieh mal, wer da ist!*« Listen neben ihm hatte gekichert.

Marbie erinnerte sich auch daran, wie geduldig er mit ihren Albträumen und ihrem Schlafwandeln umging. Wie sie angsterfüllt von einem Albtraum hochschreckte und Vernon im Dunkeln neben ihr ganz ruhig auf sie einredete und sie fragte: »Alles in Ordnung?«

Sie erinnerte sich, wie sie ihm, während er sich

unterhielt, eine Hand aufs Knie oder auf den Unterarm legte und er weiterredete, aber nebenbei seine Hand mit leichtem Daumendruck auf Marbies legte.

Sie erinnerte sich auch an die zärtlichen Gefühle, die sie hegte, wenn sie ihn über ein Stück Papier gebeugt beim Pläneschmieden für die Banana Bar beobachtete. Oder wenn sie sah, wie liebevoll er mit seiner Schwester umging – wie ernst er ihre Erziehung und Ausbildung nahm und alle Namen und Hobbys ihrer Freundinnen kannte. Er war enttäuscht gewesen, als Listen dieses Jahr plötzlich aufhörte, über die Schule und ihre Freundinnen zu reden, aber hatte eines späten Abends über die Sache nachgedacht und beschlossen: »Ich schätze mal, sie wird erwachsen und hat einen Anspruch auf ihr eigenes Leben. Selbst wenn ich ihre Geschichten vermisse, es muss ihre Entscheidung sein, ob sie sie erzählen will.«

Marbie wusste, dass es an der Zeit war, sich der Angelegenheit zu stellen. Warum hatte sie eine Affäre mit einem Luftfahrtingenieur angefangen? Sie sank tiefer in den Sitzsack und schloss die Augen. (Irgendjemand hatte ihr einmal erzählt, dass Einfälle und Lösungen kurz vor dem Einschlafen kamen.)

Obwohl der L.I. nicht gerade attraktiv war, hatte es da mit Sicherheit ein seltsames unterschwelliges

Kribbeln zwischen ihr und ihm gegeben, von dem sie annahm, dass es »Chemie« war. Warum hatte sie nicht die Willensstärke gehabt, es zu ignorieren? Man musste nur abwarten, sich fernhalten, und nach einer Weile würde die Anziehungskraft abebben. Es musste an noch etwas anderem gelegen haben.

Sie zwang sich dazu, Tonis Theorie in Erwägung zu ziehen. »Weil du gerade erst mit Vernon und seiner Schwester zusammengezogen bist«, hatte Toni vermutet. Konnte es durch Vernon ausgelöst worden sein? War es eine unbewusste Reaktion auf die Anzeichen gewesen, dass so der Rest ihres Lebens verlaufen würde? Schließlich hatte sie ja mit ihm gemeinsam die Wohnung gekauft, *und* sie hatte ihm das Familiengeheimnis anvertraut. Der Grad an Verbindlichkeit war eindrucksvoll und vielleicht sogar übermächtig.

Das ist Unsinn! Ich war ja geradezu aus dem Häuschen darüber, mit Vernon zu leben. Ich hielt ihn für perfekt. Ich hatte schreckliche Angst, ihn zu verlieren. Ich wollte das Glück um jeden Preis bewahren – deshalb war ich wie besessen von Leitern und schwarzen Katzen! Ich hatte Angst vor der geringsten Entscheidung – was ich zur Arbeit tragen sollte, ob ich die Büroklammern unter dem Tisch liegen lassen durfte –, für den Fall der Fälle, dass eine klitzekleine Begebenheit das Ende herbeiführen könnte. Ich mochte vor Angst kaum atmen. Hinter jeder Ecke lauerte eine Katastrophe, und die Anspannung hat mich fertiggemacht.

Und da war es.

Marbies Augenlider begannen zu flattern, als sie ihr Gewicht im Sitzsack etwas verlagerte. Einen Moment lang war alles sonnenklar. Wenn sie Vernon sowieso irgendwann in der Zukunft verlieren würde, dann besser jetzt gleich. Wenn eine Katastrophe mit Riesenschritten nahte, sollte sie sich ihr lieber so früh wie möglich stellen.

Sie merkte, dass der Schlaf sie langsam übermannte. Ihre Offenbarung war bereits dabei, sich in Wirrnis aufzulösen. Sie rang um Worte, aber fand nichts mehr in ihrem Kopf als kleine gezackte Bilder, die wie die Spitzen von winzigen Büroklammern durch die Luft wirbelten.

Am Mittwochmorgen wurde Listen während der Anwesenheits-Abfrage von einer Frau in Strickjacke und Holzohrringen aus der Klasse gerufen. »Darf ich mir Listen Taylor von Ihnen ausleihen?«, fragte die Frau an der Tür, und die Lehrerin, die die Anwesenheit kontrollierte, sagte: »Warum nicht?«

Die Frau stellte sich Listen vor, als sie über das Schulgelände gingen. Sie hieß Mrs Woodford und war die neue Schulrätin. Sie hatte ein winziges Büro, ungefähr so groß wie ein Besenschrank, aber alle Oberflächen waren von Papierlaternen, Papierschwänen, Papierbären und Briefbeschwerern bedeckt. An der Wand hing ein Bild von einem Fuchs.

Obwohl Mrs Woodford anscheinend ganz nett war, wusste Listen nicht, was sie in ihrem Büro zu suchen hatte.

Nachdem sie darüber geplaudert hatten, wie warm es wurde und dass der Sommer bald käme und es bereits schwerfiel, sich an den Schnee zu erinnern, fragte Mrs Woodford Listen, was ihre Eltern machten. Listen erklärte ihr, dass beide bei einem Unfall ums Leben gekommen waren, als sie noch ganz klein war, und dass sie bei ihrem großen Bruder aufwuchs, der eine Bananenbar betrieb. Außerdem, fügte sie hinzu – da die Schulrätin anscheinend scharf darauf war, noch mehr zu erfahren –, hatten sie mit der Freundin ihres Bruders, Marbie, zusammengewohnt, aber vor kurzem seien sie wieder in den Wohnwagen zurückgezogen.

»Oh!« Mrs Woodford schien darüber bestürzt zu sein.

In der Tat war sie so entsetzt, dass Listen sie beruhigen musste: »Es ist in Ordnung, es macht mir nichts aus, im Wohnwagen zu leben. Ich meine, Marbie fehlt mir schon. Aber sonst ist es in Ordnung.«

Mrs Woodford spielte mit einem Viereck Zeichenpapier und verwandelte es in eine Rose.

»Cool«, sagte Listen. »Wie haben Sie das gemacht?«

»Also«, sagte Mrs Woodford, ohne zu antworten. »Wie geht es dir eigentlich in der Schule?«

Listen sah die Rose an und sagte: »Gut.«

»Mhmm. Also du hast jede Menge Freundinnen, mit denen du abhängst?«

Abhängen?, dachte Listen. Was sollte das wohl heißen? »Ja«, sagte Listen kurz angebunden und starrte die Papierrose an, die vielleicht doch mehr wie ein Kohlkopf aussah.

»Ich gehe nach der Schule noch zu Taekwondo und zum Klettern. Dort habe ich ein paar gute Freunde.«

»Und hast du auch Freunde hier an der Schule?«

»Na ja, es ist eine Grundschule, und das ist schon etwas anderes«, probierte sie es.

»Nein, ich meinte, in deinem Jahrgang. In deiner eigenen Klasse?«

»Ja«, sagte Listen. »Jede Menge.«

Danach plapperte Mrs Woodford davon, wie froh sie sei, Schulrätin an der Redwood-Grundschule zu sein, und dass Listen sie jederzeit besuchen könnte, und damit entließ sie sie zurück in ihre Klasse.

Es stimmte, dass sie außerhalb der Schule Freunde hatte: zwei neue. Beim Taekwondo unterhielt sie sich manchmal mit Carl Vandenberg, der den schwarzen Gürtel hatte. Vor einiger Zeit hatte sie ein Abzeichen der Bellbird Highschool auf seiner Tasche bemerkt und ihm erzählt, dass sie jeden Freitagabend in dem Haus nebenan verbrachte. Carl sagte, sie solle mal Ausschau nach ihm halten, weil er jeden Freitag am späten Nachmittag Geigenunterricht hatte. Sie fand keine Gelegenheit mehr, ihm zu erklären, dass sie mittlerweile die Freitagabende gar nicht mehr bei den Zings verbrachte, denn die anderen hatten angefangen, Carl auszulachen, weil er mit einem schwarzen Gürtel Geige spielte.

Außerdem gab es beim Steilwandklettern ein Mädchen namens Samalia Janz, die einen Pferdeschwanz trug und immer »hi« und »bis bald« zu Listen sagte, als ob sie dazugehörte. Listen war sich ziemlich sicher, dass sie bald Freundinnen werden würden.

Nach der Schule holte Listen die Post aus ihrem Postfach, aber es lagen nur zwei Briefe für Vernon darin. Sie brachte die Briefe mit in die Banana Bar und unterließ es, den Knopf an der Ampel zu drücken. Stattdessen rannte sie mitten auf die Straße, wartete, bis der Laster an ihr vorbeigebraust war, und rannte weiter.

Vernon saß in dem leeren Laden auf dem Tresen, wippte mit den Füßen und aß gerade eine Banane mit Schokoladenüberzug. »Was hast du da?«, fragte er und versuchte auf die beiden Umschläge zu schielen.

»Nichts.« Listen setzte sich neben ihn auf den Tresen. Er lehnte sich nach hinten und reichte ihr ebenfalls eine Schokobanane.

»He«, sagte er, nachdem er den ersten Umschlag geöffnet hatte. »Das ist von deiner Schule. Wusstest du, dass sie das planen?«

»Was denn?«

»Ein Ferienlager«, sagte Vernon. »Sie haben eure Klassenzimmer so weit fertig, dass ihr in ein paar Wochen wieder zurückkönnt. Und sie wollen mit euch übernächstes Wochenende in die Berge fahren, weil ihr so feine Kerle seid und so prima mitgemacht habt. Feine Kerle. Hier steht's. Siehst du?«

»Na so was«, sagte Listen.

»Ich wusste schon immer, dass du ein feiner Kerl bist, Listen«, sagte Vernon. »Und nun steht es hier schwarz auf weiß. Warte mal. Hier steht noch, dass sie ein paar zusätzliche Unterrichtsstunden im Lager geben werden, als Ausgleich für die ausgefallenen. Das heißt, das Ferienlager ist Pflicht.«

»Pflicht?«, fragte Listen. »Das kann doch nicht wahr sein.«

»Was denn nun?«, sagte Vernon. »Ist es eine Belohnung, weil ihr so feine Kerle seid, oder ist es obligatorisch, weil ihr so weit hinterher seid?«

Er hielt den Brief hoch und schüttelte ihn: »Entscheide dich …«

»Von wem ist der andere Brief?«

Vernon nahm das zweite Kuvert in die Hand. Es war braun und mit Einsprengseln aus Schnur und Rinde durchsetzt.

»Von niemandem«, sagte er und steckte es in die Hosentasche.

Lieber Vernon,

also! Ich hoffe, du hast meine letzte Nachricht erhalten, und ich hoffe, diese »natürlichen« Umschläge gefallen dir. Sie sind eigenartig, oder?

Ich wollte dir nur schreiben, um dir zu sagen, wie leid es mir tut, dass ich dich betrogen habe, und dass ich mir wirklich wünsche, ich hätte es nicht getan. Ich finde dich so unbeschreiblich toll, dass es wehtut.

Alles Liebe,
Marbie

Auf der Fußmatte lag ein großer rosa Umschlag, auf dem einzig und allein »Marbie« in schwungvoller lila Schrift stand.

Als sie sah, dass der Brief von dem L.I. war, blickte sie finster drein. »Noch mehr Gedichte«, stöhnte sie.

Im Umschlag befand sich, wie sie es vorhergesehen hatte, eine weitere Vision des L.I.s.

Visionen eines Luftfahrtingenieurs
Vision #1563

Tief im Inneren der Mautstraßen meiner köstlichen Ente
sehe ich dies, sehe ich dies, sehe ich
QUAL, ein GEBROCHENES HERZ!
Verlassenheit!
Außerdem sehe ich einen Mann mit einem Hut auf dem Kopf.
Und einem Zopf auf dem Kopf,
und einem Topf auf dem …
Nein, halt. Das ist nicht von mir.
Vergiss, dass ich was gesagt habe.

»Na ja«, sagte Marbie laut. »So viel zu seinem gebrochenen Herzen.«

Dann entdeckte sie eine kleine Notiz, die auf der Rückseite der Vision klebte.

Marbleweed, du fehlst mir, komm zu mir zurück!
Falls nicht, siehe unten:

BETREFF: DEIN FAMILIENGEHEIMNIS
ICH HABE MICH FÜR FREITAG 13 UHR MIT CATH MURPHY VERABREDET. ICH HABE VOR, IHR BEI DEM TREFFEN ALLES ZU ERZÄHLEN!
LIEFERE $ 50.000 IN BAR BIS MORGEN MITTAG BEI MIR ZU HAUSE AB, UND ICH WERDE DAS TREFFEN ABSAGEN.
FALLS DU DICH NICHT DARAN HÄLTST, IST DAS SPIEL AUS!!!!!!
DU HAST DIE WAHL.

»Oje«, sagte Marbie und nieste, als ob sie Heuschnupfen hätte. Es wäre ja auch zu schön gewesen, wenn sie einfach vor dem L.I. und all den dazugehörigen kleinen Krisenherden hätte davonlaufen können.

Sie stand in der Tür und las den Brief noch einmal. Mit absoluter Sicherheit würde sie sich nicht einfach von ihm erpressen lassen. So viel war klar. Sie rechnete damit, dass sie ihre abendlichen Besuche bei ihm wieder aufnehmen musste. Sie würden weiter fernsehen, seine dröge Lasagne essen und den Dauerstreit über das Geheimnis führen.

»Aber ich will nicht mehr mit ihm schlafen«, betonte sie.

Allmählich dämmerte ihr, dass sie doch mit ihm schlafen müsste. Wenn sie ihn weiterhin besuchte, würde er sie wieder in Boxershorts und Krawatte empfangen und sagen: »Marbie, so kann es nicht weitergehen.«

»Nein«, würde Marbie sagen und die Augenbrauen heben, »kann es nicht.« Er hatte sie ja schon die ganze Zeit erpresst. Es war ihr bloß noch nicht aufgefallen.

Sie ging zurück ins Haus und klatschte leise in die Hände, was ihre Art des Nachdenkens war. Dann setzte sie sich an ihren Rechner und fing an zu tippen.

Sehr geehrter Herr,

ich schreibe Ihnen bezüglich einer meiner Patientinnen (Marbleweed Zing). Ms Zing hat mich vor kurzem davon unterrichtet, dass sie mit Ihnen eine ›Beziehung‹ eingegangen ist. Ich war hocherfreut, davon zu hören, da ihr Zustand normalerweise alle in die Flucht schlägt.
Wie sie Ihnen wahrscheinlich schon mitgeteilt hat, leidet Ms Zing unter gravierenden paranoiden Wahnvorstellungen, die sich im Allgemeinen um den Geräteschuppen ihrer Eltern

drehen. Wenn sie gerade eine solche Sinnestäuschung überkommt, glaubt sie Dinge wie, dass der Schuppen nur da ist, wenn es regnet; der Schuppen als Stützpunkt dient, um einer Grundschullehrerin aufzulauern; dass Außerirdische den Schuppen aufgefressen haben (katalogisierte Wahnvorstellung: #32, #49, #102) und so weiter.

Ich hoffe, dass Ms Zing sich nicht in Ihrer Gegenwart einer dieser Wahnvorstellungen hingegeben hat; aber sie tendiert dazu, ein wenig geistesabwesend zu sein, und vergisst hin und wieder ihre Medizin.

Mir kam der Gedanke, dass Sie ihr vielleicht dabei behilflich sein könnten. Gelegentliche dezente Hinweise reichen manchmal schon aus – wie Sie zweifellos wissen, ist sie immer etwas genant, was ihre Pillen angeht (sie sind unscheinbar, klein und rot), sie versteckt sie zwischen ihren Heuschnupfentabletten. Nehmen Sie sie aus der Folie und halten Sie sie ihr wohlwollend unter die Nase! Klopfen Sie ihr mit der Packung auf den Kopf! Kleinigkeiten wie diese können Wunder bewirken.

Zu guter Letzt hat mir Ms Zing noch anvertraut, dass Sie Visionen aufschreiben, weil in Ihrem Inneren eine Art künstlerisches Biest hause, das herauswolle. Von meiner Warte aus betrachtet, würde ich Ihnen raten, lassen

Sie die Poesie sausen und treiben Sie stattdessen Sport. Wie wär's mit der Jagd?
Bitte setzen Sie sich mit mir in Verbindung, falls Sie in Bezug auf Ms Zing Fragen haben. Gemeinsam knacken wir diese Nuss schon noch!

Hochachtungsvoll
Doctor Arthur G. Gravestein, Mag. mult., Dr. Dr. phil, habil. rer.nerv., a.o. Prof. (Psych.), Cons. h.c.

Zum Glück verfügte Marbie über die nötige Software, über entsprechende Briefköpfe, schweres weißes Papier und Respekt einflößende Stempel, die den Brief echt wirken ließen. Die Zings besaßen tonnenweise Ausstattung dieser Art.

Zudem passte es gut, dass sie von Haus aus gewohnt war, bei anderen einzudringen. In der Tat waren das Eindringen und die Wartung eigentlich ihr Spezialgebiet gewesen, bis Cath sich den Kater anschaffte, der bei Marbie Niesanfälle hervorrief und damit ihre Arbeit beeinträchtigte.

Obwohl der L.I. eine echte Plage war, hatte sie Freude daran, der guten alten Zeiten wegen noch einmal einen Einbruch auszuführen. Um 2 Uhr morgens fuhr sie in seine Gegend, parkte einen Block entfernt von seinem Haus, brach durch das Badezimmerfenster ein und schmuggelte eine Packung ihrer Heuschnupfentabletten in die oberste Schublade der Badezimmerkommode. Zwischen den herkömmlichen Pillen hatte sie auch zwei kleine rote versteckt.

Über den Flur hinweg hörte sie den schlafenden L.I. murmeln und grummeln. »Tssst«, sagte sie zu sich selbst und kletterte hinaus auf die Straße. Um 2.15 Uhr war sie wieder zu Hause.

Später, als die Adrenalinausschüttung abebbte, lag Marbie im Bett und wunderte sich über sich selbst. Es war schon blöd genug gewesen, sich mit dem L.I. einzulassen, aber warum hatte sie sich noch tiefer reingeritten, indem sie ihm das Geheimnis verraten hatte? Vor Vernon hatte sie noch nie jemandem davon erzählt, und als sie um die Erlaubnis bat, es *ihm* zu verraten, kam es ihr vor wie ein drastischer Einschnitt in ihr Leben. Fancy und ihre Mutter hatten einen Unterausschuss gebildet, der sehr schnell zu dem Schluss kam, dass die Bindung zwischen ihr und Vernon stark genug war, dass er sie genug liebte, dass er durch und durch wunderbar war und dass sie es ihm deshalb anvertrauen durfte.

Es war wie die Bekanntgabe einer Verlobung. Alle gratulierten ihr, und Radcliffe äußerte geheimnisvoll: »Jetzt hast du ihn für immer an dich gebunden – das Geheimnis übt eine unglaubliche Faszination auf uns Normalos aus.«

Wie sie dem L.I. davon erzählt hatte, war ihr weniger deutlich im Gedächtnis geblieben. Sie erinnerte sich an die Dringlichkeit, den Drang, den sie verspürte, es ihm zu verraten. Zugleich musste sie sich des Risikos bewusst gewesen sein. Er hätte es benutzen können, um ihre Familie zu zerstören. Wollte sie schuld sein an der Zerstörung ihrer Familie?

Ihr schläfriger Verstand fing an, Bilder aufzuwirbeln: wie ihre Mutter die Schuppentür zuzog; wie ihr Vater die Überwachungsausrüstung prüfte; wie Fancy gekonnt vom Fenstersims in einen Baum sprang. Sie war irritiert. Es lag etwas so Zerbrechliches in diesen Bildern. Ihre Familie, so kam es ihr nun vor, bewegte sich permanent am Rande einer Katastrophe.

Selbstverständlich, so war es. Ihr gesamtes Leben baute auf einem Geheimnis auf. Ein einziger Ausrutscher – und das Gerüst brach zusammen. *Diese ständige Anspannung*, sagte Marbies Verstand ihr gerade, *bringt dich um.*

Es war eine vertraute Idee: dem Unglück zuvorkommen, indem man ihm die Tür öffnet. Womöglich, sinnierte sie, hatte die lebenslange Anspannung wegen des Geheimnisses bereits jeden Winkel ihres Lebens durchdrungen.

Marbies Vorstellung löste sich wieder in Einzelteile auf: Sie sah Seeigel, die unter dem Sand auf dem Meeresboden versanken; sie sah Fancy als

Teenager im Strandbungalow, wo sie verkündete, sie hätte etwas Schreckliches getan. Draußen vor einem Imbiss am Strand stand eine Tafel; Regen fiel darauf und wusch langsam die Angebote fort.

Liebster Vernon,

ich nenne dir eines von vielen Dingen, die ich an dir liebe:
Wie du in einem Laden zwei Büchsen Cola aus dem Kühlschrank nimmst und sie mit einer Hand zur Kasse trägst. Du kannst zwei Coladosen, eine für mich und eine für dich, in einer Hand tragen.

In Liebe
Marbie

Freitag früh fiel Listen ein: Sie durfte den nächsten Zauber ausüben. Vernon war bereits in der Banana Bar, deshalb saß sie alleine im Wohnwagen. Ihr fiel auf, dass in dem Buch nur noch ein paar Seiten übrig waren, und der Zauber begann damit, sich gezielt als drittletzter Zauber zu präsentieren.

Echt wahr, nur noch zwei Zauber nach diesem! Und dann? Alles wird gut! Wieso?, fragst du dich vielleicht? Frage nicht, und ich erzähle dir keine Lügen. Die Neugier und die Katze, was? Wer wird denn schon über verschüttete Milch weinen? Das ist zwecklos! Wische sie einfach weg! Übrigens ist nach diesem Zauber der nächste am folgenden Donnerstag dran.

Was war bloß mit dem Zauberbuch los? Es war völlig wild geworden.

Wurscht. Hier ist ein Zauber, der dazu führt, dass jemand von einer Biene gestochen wird.

Listen hielt inne, sie hatte sich geschworen, keinen Zauber mehr auszuführen, der anderen Schaden zufügte, und Bienenstiche taten weh.

Andererseits gab es nur noch zwei Zauber danach, und dann sollte alles gut werden. Und außerdem wurde dauernd irgendjemand von einer Biene gestochen – es war nichts Besonderes.

Zutaten

- **du**
- **ein völlig Fremder**

Methode
Stelle dich einem völlig Fremden vor, indem du ihm die Hand gibst, »hi!« sagst und deinen Namen nennst. Dann sage Folgendes zu der fremden Person (genau in dieser Reihenfolge):

- **Bist du der Zauberer?**
- **Hast du vielleicht den fliegenden Teppich?**
- **Hast du zufällig die Zutaten für Möhrenkuchen dabei?**
- **Denk mal darüber nach, Fremder: Ich habe kaum deinen Namen vernommen, und doch glaube ich, all deine Gedanken zu kennen. Was kann das bedeuten?**

»Mannomann«, sagte Listen und warf das Buch auf den Boden des Wohnwagens.

Später am selben Tag, als gerade die Glocke zum Unterrichtsende ertönte, steckte die Schulrätin wieder den Kopf zur Tür herein und fragte: »Kann ich mir noch einmal Listen Taylor ausleihen?«

Listen folgte ihr über den Schulspielplatz, aber diesmal gingen sie nicht in ihr Büro. Stattdessen hielten sie vor der Tür zur Bücherei. Die Redwood-Schulbücherei bestand aus einem kleinen Raum mit verglasten Wänden, durch die man

Bilder von Comic-Nilpferden an der gegenüberliegenden Wand erkennen konnte. Ein riesiges ausgestopftes Spielzeugzebra aß die Blätter eines Krepppapierbaums, und darunter waren aufgeschlagene Bilderbücher ausgestellt.

Direkt vor der Tür zur Bücherei stand ein Mädchen, dessen Pony so lang war, dass er fast ihre Augen bedeckte, sie trug zerrissene Jeans und ein kleines goldenes Piercing in dem Grübchen zwischen Unterlippe und Kinn.

»Da bist du ja wieder«, sagte Mrs Woodford und lächelte, als trüge das Mädchen kein goldenes Piercing über dem Kinn.

»Listen Taylor, ich möchte dich mit einer neuen Siebtklässlerin bekannt machen – dies ist Annie Webb. Sie ist gerade erst hierher gezogen und geht ab nächster Woche auf deine Schule. Ich habe Annie schon kurz herumgeführt, aber ich dachte, vielleicht magst du es übernehmen, ihr alles über Redwood und insbesondere natürlich über St Carmel zu erzählen. In Ordnung?«

»Okay«, willigte Listen zuvorkommend ein.

Mrs Woodford lächelte ihnen zu und eilte in Richtung Lehrerzimmer davon.

Annie Webb trat einen Schritt von der Tür zurück, so dass sie beide mitten im Flur standen und sich argwöhnisch beäugten.

»Na dann«, sagte das neue Mädchen und kratzte sich am Kinn unterhalb des Piercings.

»Mmm«, pflichtete Listen ihr bei.

»Tja«, sagte das Mädchen.

Sie lachten beide.

»Wie war deine letzte Schule?«, versuchte es Listen.

»Ein mieses Dreckloch«, erwiderte Annie.

»Ja«, sagte Listen, »diese hier auch. Es ist zwar nur vorübergehend wegen der Überschwemmung, aber das soll nicht heißen, St Carmel wär irgendwie besser.«

Das neue Mädchen nickte bedächtig und drehte sich auf den Absätzen hin und her. »Ich komme wahrscheinlich gar nicht auf eure Schule«, sagte sie. »Ich habe dieser Lehrerin nichts davon erzählt, aber ich klappere mit meiner Mum noch mehr Schulen in der Umgebung ab. Damit wir die richtige Wahl treffen. Wie auch immer, wie heißt du noch mal?«

Na dann, dachte Listen, *ich habe nichts zu verlieren*.

»Hi«, sagte sie und streckte dem neuen Mädchen die Hand hin. »Ich bin Listen Taylor. Bist du der Zauberer? Hast du vielleicht den fliegenden Teppich? Hast du zufällig die Zutaten für Möhrenkuchen dabei? Denk mal darüber nach, Fremde: Ich habe kaum deinen Namen vernommen, und doch glaube ich, all deine Gedanken zu kennen. Was kann das bedeuten?«

Annie Webb starrte sie an. Nach einer Weile

hauchte sie: »Hast du gerade nach den Zutaten für Möhrenkuchen gefragt?«

Listen biss sich auf die Unterlippe.

»Wow«, sagte Annie. »Glaubst du wirklich, du kennst all meine Gedanken?«

Listen wusste nicht genau, was sie darauf antworten sollte oder wie sie es erklären konnte, ohne den Bann zu brechen. Sie versuchte es mit einem geheimnisvollen Gesichtsausdruck.

»Ich muss jetzt los.« Annie entfernte sich rückwärts von ihr. Sie brauchte anscheinend nicht zu sehen, wohin sie trat. Sie ließ Listen nicht aus den Augen. »Meine Mum wartet, ich muss los. Ich seh dich vielleicht nächste Woche, falls ich mich für diese Schule entscheide. Obwohl ich sagen muss, dass es wahrscheinlich nicht der Fall sein wird. Die Uniform sieht zum Kotzen aus.«

Listen nickte ihr anerkennend hinterher.

Anaphylaktischer Schock, sagte Marbie zu sich selbst. Es war spät am Freitagabend, als Fancy sie von einer Telefonzelle im Krankenhaus anrief, um ihr mitzuteilen, dass Cassie von einer Biene gestochen worden war.

»Aber sie weiß doch, dass sie allergisch reagiert«, sagte Marbie aufgebracht. »Warum war sie denn barfuß draußen?«

Fancy erklärte ihr, dass sie tatsächlich Sandalen

angehabt hatte, aber dass laut Cassie die Biene sie absichtlich gestochen hatte.

»Was ich nicht verstehe, ist, warum eine Biene überhaupt jemanden stechen will. Sterben die nicht daran?«

Fancy gab zu, dass es eigenartig war, aber erklärte es sich damit, die Biene werde davon einfach keine Ahnung gehabt haben.

Marbie saß in ihrem Sitzsack und dachte über Bienen, Wespen, Erdnuss-Pestizide und Trichterspinnen in ihrem Turnschuh nach. Sie dachte daran, wie man über das Kabel eines Elektrorasenmähers fahren oder auf einem Eiswürfel ausrutschen und in Ohnmacht fallen oder aus Versehen das Gas anlassen und komatös entschlummern konnte. Es konnte einen ein Sonnenschirm zwischen die Augen treffen. Und man konnte in genau diesem Sitzsack ersticken.

Donnerstagabend

Zwei Wochen später, es war schon fast Mitternacht, lag Cath in ihrem Daunenquilt und wartete.

»Wir müssen nur abwarten«, hatte Warren gerade erst heute Morgen wieder versprochen. »Die Lage spitzt sich ernsthaft zu – wir lieben uns nicht mehr. Es ist vorbei. Die Liebe ist vorüber.«

Cath setzte sich abrupt auf die Bettkante und stampfte in einem plötzlichen Wutanfall auf den Boden. Dann beruhigte sie sich und kroch zurück unter die Decke. Geduldig lag sie da und wartete.

Eine Dampfwalze setzte bei ihren Zehen an und klonkte gegen die Schrauben in ihren Knien. Kurz darauf waren ihre Oberschenkel und ihr Bauch platt und ihr Hals und ihr Gesicht zerquetscht.

Kurz vor Mitternacht am selben Donnerstag saß Fancy Zing auf dem Fußboden im Wohnzimmer und blätterte eifrig durch die Seiten eines preisgekrönten Romans.

Radcliffe kam in Boxershorts und Tennissocken herein, nickte ihr zu und nahm sich die Häkeldecke von der Couch.

»So ist's gut.« Er legte sich auf das Sofa, breitete sorgfältig die Decke über sich aus und schloss die Augen.

»Du hast noch nichts von Cath gehört, oder?«, bemerkte er nach einer Weile.

»Nein«, sagte sie und blätterte wieder um, »ich warte immer noch.«

»Also sie hat versprochen, dass sie anruft. Ich

bin sicher, das wird sie. Gute Nacht.« Er kuschelte sich in die Couch.

Fancy las noch einen Moment lang. Dann sah sie zu Radcliffe auf – seine gerippten Socken mit dem Loch, durch das man seinen großen Zeh sah. Seine Ellbogen, die die Decke ausbeulten. Seine Augen, die er verschämt geschlossen hielt.

»Ich liebe dich, Fancy«, murmelte Radcliffe plötzlich schläfrig, ohne die Augen zu öffnen.

»Danke«, sagte sie höflich, atmete tief ein und fügte hinzu: »Ich dich auch.«

Radcliffe gluckste und drehte sich zur Wand, ein Stück der Decke rutschte zu Boden.

Cassie lag unterdessen im Bett und dachte über die allgemeine Gereiztheit nach, die in der Luft lag. Sie war so präsent, dass sie sie knistern hörte.

Zuerst war sie ihr in der Schule aufgefallen: Ms Murphy hatte mit viel zu lauter Stimme gesprochen, wie in einer Werbung für K-Mart-Supermärkte. »Okay«, hatte sie gesagt, »dann wollen wir mal über Dinosaurier reden!«

»Wie wär's, wenn wir ein paar Dinosaurier für Arbeitspräsentationen mitbringen würden?«, schlug Mark Baxter vor.

Ms Murphy kreischte, als ob Mark ihr eine Tarantel gezeigt hätte. Aber das Kreischen stellte sich als Lachen heraus.

Zu Hause hatte Cassies Vater den ganzen Abend von Fußgängerübergängen geredet. Ihre Mutter hatte im Geschirrspüler alle Kaffeetassen zur einen Seite aufgereiht, den Spüllappen auf den Boden geworfen und danach alle Tassen zur anderen Seite geräumt.

Jetzt konnte Cassie den kritteligen, ungehaltenen Ton der Gereiztheit regelrecht hören. Es war ein Geräusch, das sich am Rand aller anderen Geräusche entlanghangelte. Wenn sie sich beispielsweise im Bett umdrehte, hörten sich das Rascheln ihrer Bettdecke und das elastische Federn ihrer Matratze übertrieben laut an. Sogar die Geräusche, die sie selbst machte – sie brummte »hmmm« zum Ausprobieren und klatschte in die Hände –, selbst diese Geräusche klangen lauter als sonst und nahmen die Gereiztheit um sie herum auf. Es war wie an den Tagen, an denen sie Asthma hatte und es zuerst nicht merkte – sie würde fröhlich umhergehen und dann irgendwann bemerken, dass ein zusätzliches Geräusch, ein pfeifendes Keuchen, sich durch ihren Atem hindurchzwängte.

Am selben Donnerstag kurz vor Mitternacht zuckte und klickte Marbie im Schlaf. Sie träumte von einem Brief, den sie auf der Arbeit schrieb: Der vorletzte Absatz dieses Briefes hatte sich im

Traum vom Rest gelöst, und die Worte klickerten wie Murmeln zu Boden.

Marbie wachte mit einem Ächzen auf und starrte in die tiefe Frühlingsdunkelheit im Zimmer. Sie wartete darauf, dass die Schatten Gestalt annahmen.

Im Wohnwagen hinter der Banana Bar lag Listen wach und brütete über: Pausen, Mittagszeit, nach der Schule, vor der Schule, Freundinnensuche, Teambildung. Am allerschlimmsten war: *Camping mit der Schule.*

Morgen früh sollte es losgehen. Es würde das ganze Wochenende und den halben Montag dauern. Sie hatte versucht, Vernon dazu zu überreden, ihr eine Entschuldigung zu schreiben, aber er nahm ihre Erziehung und Ausbildung viel zu ernst.

»Ich könnte hierbleiben und im Café aushelfen«, hatte sie ihm angeboten, »und für die Schule nacharbeiten. Am Ende hätten wir beide etwas davon.«

»Ich lasse dich doch kein Ferienlager verpassen, damit du im Café aushilfst«, hatte Vernon ihr ruhig entgegnet. »Was wäre ich denn für ein Bruder? Mach dir keine Sorgen. Du wirst eine prima Zeit dort haben. Donna und die anderen sind auch dabei, oder?«

Listens Kopf war so schwer, dass sie sich wunderte, wie das Kissen ihn tragen konnte. Sie dachte daran rauszugehen, einen Strommast hinaufzuklettern und sich einen Schlag zu holen. Oder unter den Wohnwagen zu kriechen und sich von einer Giftschlange beißen zu lassen. Alles war besser als ein Wochenende auf Sitzplätzen im Bus, in Hütten, mit Freizeit und mit Schlafenszeit:

- Bussitzplätze: Sie würde durch den Mittelgang des Ferienlagerbusses stolpern, vorbei an den Mädchen, die ihre Taschen oder Beine auf den Sitzen neben sich abgelegt hatten, was so viel hieß wie: *Der Platz ist für meine Freundin reserviert.*
- Hütten: Mädchen, die um ein Anschlagbrett versammelt standen und zehn Namen eintrugen, zehn Freundinnen pro Hütte.
- Freizeit – »Okay«, sagten die Lehrer, »Schluss für heute, lasst uns einfach den lieben langen Tag in Frieden!« Und die Mädels würden ausschwärmen, in die Büsche, in die Waschräume, zum See.
- Schlafenszeit – »Okay«, sagten die Lehrer, »Licht aus und Ruhe!« Und die Mädels würden sich zusammenrotten

und Séancen halten, rauchen oder aus
den Fenstern klettern.

Der Radiowecker, der immer auf der Wohnwagenspüle stand, zeigte 23.56. Sie war um 22 Uhr ins Bett gegangen und schlief immer noch nicht. Nur noch vier Minuten bis Freitag, dachte sie traurig.

Dann fiel ihr ein, dass dies zugleich bedeutete, ihr blieben nur noch vier Minuten vom Donnerstag – und sie hatte den nächsten Zauber noch nicht ausgeführt. Der vorletzte Zauber. Sie war vom Ferienlager so abgelenkt gewesen, dass sie ihn komplett vergessen hatte. Jetzt würde es schon zu spät dafür sein. Sie konnte im Leben keinen Zauber in vier Minuten vollführen.

Es sei denn, es war einer dieser kurzen Zauber. Sie holte das Buch unter ihrem Kissen hervor und angelte sich die Taschenlampe vom Boden.

Noch im Schlaf wartete Cath hoffnungsvoll weiter.

Fancy sah von ihrem Roman auf und erinnerte sich an eines ihrer Lieblingsgespräche mit dem kanadischen Nachbarn. Es hatte direkt nach dem Schneesturm stattgefunden.

»Hatte ich Ihnen schon erzählt, dass meine Mutter den gesamten Schnee auf ihrer Veranda mit Schippe und Besen aufgefegt hat?«, hatte sie ihn eines Morgens gefragt. »Sie hat ihn zu den Küchenabfällen geschüttet.«

Der Kanadier lachte: »Davon werd ich zu Hause berichten«, sagte er.

»Wo ist denn zu Hause?«, hatte sie gefragt.

»Kanada.«

»Nein, ich meinte, wo in Kanada?«

»Wo Kanada ist?«, er blickte sie besorgt an.

»Nein, nein. Wo *in* Kanada?«

»Oh!« Er war offensichtlich erleichtert. »Ich hab hier und da gelebt, zuletzt in Montreal.«

»Montreal. Schneit es in Montreal?«

Der Kanadier lachte wieder. »Ob's in Montreal schneit?«, wiederholte er für sich, leise, sanft.

»Also gut«, sagte Fancy. »Wie ist es in Montreal, wenn es schneit?«

Gehorsam überlegte er. »Manchmal«, sagte er, »liegt der Schnee zwei Meter hoch. Hat nichts mehr mit Deko zu tun, wenn's so weit kommt. Das verändert alles. Das gesamte Terrain.«

»Das Terrain«, pflichtete Fancy ihm entzückt bei. »Es verändert das … Terrain.« Und weil sie das an etwas erinnerte, fügte sie hinzu: »Ich habe gestern Abend eine Schokoladen-Terrine gemacht. Möchten Sie etwas davon zum Kaffee?«

Er war erstaunt, aber willigte ein, und ein jeder saß auf seiner Veranda, aß von der Schokoladen-Terrine und sah dem Schnee beim Schmelzen zu.

Selbstverständlich fiel das noch in die Zeit, als Radcliffe seine Affäre mit einer Frau mit lila Gänseblümchensöckchen hatte. Jetzt war das alles vorbei.

Fancy kehrte zu ihrem Roman zurück. Sie war auf der letzten Seite angelangt. Das Buch handelte von einem alten verheirateten Paar, und es gab einen rührenden Schlusssatz, in dem der alte Mann der alten Frau trotz ihrer Senilität seine Liebe eingestand und sie ihm, in einem seltenen Anflug von Klarheit, erklärte, dass sie ihn ebenfalls liebte.

Ein ergreifender und schöner Moment, wenn man mit den Figuren so vertraut war wie Fancy.

Sie stand auf, ging durch das Zimmer und würdigte Radcliffe auf der Couch keines Blickes. Sie hörte, wie er tief einatmete und dabei den ganzen Sauerstoff für sich alleine beanspruchte.

Cassie stand auf, knipste ihre Nachttischlampe an und holte ein Heft aus ihrer Schulmappe. Sie schrieb den Schluss des Klassenspiels auf dem Boden ihres Zimmers liegend, wo ihr Stift über die Seite glitt und all die überreizten Geräusche einfing.

Marbie dämmerte wieder weg und träumte unvermutet von kleinen scharfen Vogelschnäbeln, Reißzwecken und Splittern von Tintenfischschalen.

Sie nieste und klickte sich im Schlaf den Rachen frei.

Ein Zauber, durch den sich jemand erkältet!

Lege einfach das Buch unter dein Kopfkissen und denke dir drei scharfe Gegenstände aus.
Morgen früh kannst du den nächsten – den letzten – Zauber vollführen.

Listen gehorchte und schaffte es gerade noch so vor Mitternacht. Dann schlief sie ein und dachte an *Vogelschnäbel, Reißzwecken, Tintenfischschalen, Bussitze, Hütten, Freizeit, Schlafenszeit, Vogelschnäbel, Reißzwecken, Tintenfischschalen.*

11

Fancy Zing

Kurz nachdem ihr Vater aus Irland zurückgekehrt war, fuhr Fancy mit ihrer Familie für einen Monat ans Meer. Sie wohnten in einem Haus auf einem Hügel.

Jeden Morgen suchten sie ihre Handtücher, Eimer, Schippen, T-Shirts, Sonnencreme und Sonnenschirm zusammen und stolperten den Hügel hinunter.

Jeden Abend stellte sich Fancy mit dem Rücken vor den Spiegel und schaute über ihre Schulter. Sie trug einen lila Sarong, den sie auf verschiedene Weisen band: zwischen ihren Beinen hindurch, über ihre Schulter oder um ihre Taille, so dass er ihr silbernes Fußkettchen streifte. Ihre Schultern wurden allmählich goldbraun, wie sie beim Betrachten feststellte.

Eines Tages schickten ihre Eltern sie alleine mit Marbie zum Strand. »Wir wollen hier nur mal ordentlich aufräumen«, sagte Mummy. »Macht euch keine Gedanken.«

»Bleibt beim Schwimmen hinter der Absperrung«, sagte Daddy.

»Oder in den Felsenbecken?«, fragte Marbie.

»Genau«, pflichtete Mummy ihr bei. »Ich habe euch Butterbrote geschmiert, und zu Mittag könnt ihr euch Pommes kaufen. Gib ihnen ein bisschen Geld mit, David.«

»Bleibt am Strand, bis sie die Flaggen einholen«, erinnerte sie Dad.

Zwei Rettungsschwimmer in rot-gelben Bademützen marschierten an den Mädchen vorbei, die Fahnenstangen über den Schultern, und Marbie fragte: »Sind die Flaggen jetzt unten?«

Fancy, die aus Marbies Handtuch einen Beduinenschleier gebunden hatte, stimmte ihr zu. »Ja, lass uns gehen.« Sie warf einen missmutigen Blick auf ihre goldverbrannten Schultern, die sich schälten.

»Kann ich was von deiner Haut abziehen?«, fragte Marbie und wirbelte ihren Beduinenschleier umher.

Fancy gestattete ihr drei Hautstücke.

Sie wuschen sich den Sand von den Füßen und gingen auf dem Schotterweg nach Hause. Fancy schleppte den Sonnenschirm, die Sonnencreme und die Taucherflossen, Marbie hielt ihre Flipflops.

»Zieh die Flipflops an, sonst stößt du dir die Zehen.«

»Nein«, sagte Marbie, »weil meine Füße nass sind, und das macht die Flipflops rutschig. Wessen Auto ist das?«

Vom Fuß des Hügels blickten sie hinauf zu ihrem Haus, aber es wirkte merkwürdig fremd. In der Auffahrt stand ein langer silberner Wagen. Sie näherten sich langsam und sahen, dass das Auto funkelte und getönte Scheiben hatte. Die Heckscheibe trug einen Aufkleber, »SEELÖWE«, und die Stoßstange einen Sticker: »Wenn Sie dieses Schild lesen können, nehmen Sie Abstand«.

Sie rannten die Treppe zur Veranda hinauf und blieben vorm Wohnzimmerfenster stehen. Drinnen sahen sie ihre Mutter auf dem Sofa, kerzengerade, den Kopf interessiert ein wenig zur Seite geneigt. Neben ihr saß ihr Vater und, auf Küchenstühlen aufgereiht, drei schwarz gekleidete Männer, ihre Rücken den Mädchen zugewandt. Einer der Männer tippte nervös mit einem polierten schwarzen Schuh auf den Boden.

Fancy und Marbie standen am Fenster und sahen zu, wie Daddy in seine Faust hustete, wie Mummy lachte und wie jeder der drei Männer einen Aktenkoffer vom Boden aufhob. Stühle wurden beiseitegerückt und Hände geschüttelt, dann öffnete sich die Haustür, und das Licht und die Stimmen drangen auf die Veranda hinaus.

»Oh!«, sagte Mummy, als sie die Mädchen erblickte.

»Wir haben gewartet, bis sie die Flaggen eingeholt haben«, sagte Marbie.

Die drei Männer senkten die Köpfe. Einer von ihnen sagte »Mädels« und nickte Fancy und Marbie zu, aber die anderen schienen sie gar nicht wahrzunehmen. Einer von ihnen schloss das Auto auf und öffnete zuvorkommend den anderen beiden die Tür. Die Männer stiegen ein.

Die Familie Zing stand nach Mücken schlagend auf der Veranda nebeneinander und sah dem davongleitenden Auto hinterher.

»Wer war das?«, fragte Fancy.

»Niemand«, sagte ihr Vater.

Marbie Zing

Kurz nachdem ihr Vater aus Irland zurückgekehrt war, fuhr Marbie mit ihrer Familie für einen Monat ans Meer.

Jeden Tag knotete ihre Schwester Fancy aus Marbies Handtuch einen Turban, eine Krone oder einen Beduinenschleier. Sie musste den Kopf gerade halten, sonst rutschte ihr das Handtuch über die Augen und ließ die Welt in einem weißen, gefleckten Licht erscheinen. Wenn sie ein wenig zitterte, streifte ihr das Handtuch wie langes Haar über die Schultern.

Eines Tages durften Fancy und Marbie alleine zum Strand, bis die Flaggen eingeholt wurden. Am nächsten Tag wachten sie auf, und ihre Mutter war weg.

Ihr Vater saß am Ende des Tisches und erwartete sie schon. Er hatte einen Karton Schokopops zur Milch gestellt. Der Tisch war gedeckt mit drei Schüsseln und Löffeln, die ganz exakt daneben platziert waren.

Förmlich erklärte er ihnen: »Mummy musste für ein paar Tage weg. Sie vermisst euch sehr.«

»Ist sie nach Irland?«, fragte Marbie, und ihr Vater gluckste.

Die drei gingen wie immer zum Strand und aßen dort Fish & Chips zu Mittag. Daddy wollte an ihren Strandspielen teilhaben. Er half ihnen bei einer Sandburg, aber er wollte sie immer höher bauen und das Schloss dann mit Meertrauben und Eiscremepapier verzieren. Die Mädchen langweilten sich und gingen schwimmen.

Als die Sonne sich an diesem Tag neigte und sie sich auf den Heimweg machten, fragte Marbie:

»Wird Mummy da sein, wenn wir zurückkommen?«

»Nein. Aber in ein paar Tagen ist sie wieder da.«

Während Fancy den Küchentisch für das Abendessen deckte, drehte sich Marbie im Kreis. Sie blieb an einem Stuhl hängen, taumelte, löste sich wirbelnd wieder von dem Stuhl und kam mit gespreizten Beinen zum Stehen, suchte ihr Gleichgewicht. Doch dann begann der Raum sich zu drehen, die Fenster kippten zur Seite, die Couch kenterte, und der Wäscheständer voller Badeanzüge hüpfte.

Sie fiel gegen den Stuhl, der zu Boden krachte.

»Marbie!«, schrie Fancy.

Daddy stand in der Küchentür und sagte: »Hör auf damit, Marbie. Dir wird noch übel.«

Aber ihr wurde davon nie übel.

Zum Abendessen gab es Würstchen, die Daddy mit viel Qualm, einem Geschirrhandtuch und finsterer Miene zubereitete. Sie rückten ihre Stühle zurecht und setzten sich schweigend. Daddy nahm eine Gabel, verteilte die Würstchen auf den Tellern und schnitt eine Tomate in drei Teile. Fancy und Marbie warfen sich Blicke zu wegen der Tomate.

In dieser Nacht lag Marbie wach im Bett und stellte sich vor, das Meeresrauschen vom Strand sei das Geräusch des silbernen Autos, das Mummy zurückbrachte. Daddy hantierte noch in der

Küche, klapperte mit den Tellern, spülte die Messer und Gabeln, fegte den Boden und knipste das Licht aus, bevor auch er zu Bett ging.

Die nächsten Tage verliefen recht gleichförmig. Am Strand durften sie Splice-Eis, Schokoherzen und Würstchen essen. Daddy türmte seine Sandburgen immer höher. Die Mädchen schwammen zwischen den Flaggenposten hin und her und kehrten gelegentlich zum Strand zurück, um Daddys Bauten zu bestaunen.

Mummy kam eines Morgens, als sie beim Frühstück saßen, mit einem Taxi nach Hause.

Fancy und Marbie rannten hinaus in ihren Nachtkleidern, Daddy kam langsam hinter ihnen her. Der Taxifahrer war aufgeregter als sie. Er plapperte, lachte und öffnete die Autotüren.

Mummy hantierte noch im Taxi.

»Mädchen«, sagte Daddy, »wartet mal einen Augenblick.«

Er beugte sich zu Mummy hinunter, richtete sich wieder auf und hielt etwas, das aussah wie eine rosa Einkaufstasche. Marbie dachte, es könnten Geschenke sein.

»Da wären wir!«, rief der Taxifahrer. »Seht mal, was wir da haben! Seht mal, Mädchen, was euch eure Mummy mitgebracht hat! Hier ist ihre Tasche, und hier ist ihre Kiste, und hier kommt's. Seht mal, was wir da haben!«

Fancy trat einen Schritt vor und sagte: »*Es ist ein Baby.*«

»Nicht nur irgendein Baby!«, rief der Taxifahrer, aber dann verstummte er, weil Daddy ihm die Fahrt bezahlen wollte.

»Wessen Baby ist das, Mummy?«, fragte Marbie. »Wo hast du das Baby her?«

»Einen Augenblick, mein Schatz«, sagte Mummy.

Der Taxifahrer quasselte wie ein Wasserfall, bis er bei der Fahrertür angelangt war: »… Herzlichen Glückwunsch! … Alles Gute! … Passt schön auf eure Mummy auf!« Offenbar redete er immer noch, während er davonfuhr.

Fancy und Marbie trugen die Kiste, Daddy das Baby und Mummy trug nichts.

Drinnen, auf dem Sofa, hielten Fancy und Marbie abwechselnd das Baby. Marbie wurde es bald zu langweilig: Das Baby lag einfach nur in seinem Körbchen, und man konnte sich nicht am Knie kratzen. Aber Fancy kniff die Augen zusammen und flötete: »Hallo, kleines Baby, hallo, kleines süßes Baby, hallo, kleines Baby.« Mummy setzte sich neben sie und sah vornübergebeugt zu.

Daddy und Marbie öffneten die Kiste, darin lag ein neuer Korb für das Baby, und Daddy holte Tücher und Windeln aus einer Kommode, die Marbie noch nie aufgefallen war.

»Ich wusste nicht, dass du schwanger warst,

Mum«, sagte Fancy, ganz erwachsen und beiläufig, zwölf Jahre alt.

»Das liegt einfach daran, dass ich sowieso schon üppig bin«, erläuterte Mummy. »Dadurch fällt es nicht so auf, siehst du? Niemand wusste davon, mein Liebling. Mach dir keine Sorgen.«

»Ist es unser Baby?«, fragte Marbie.

»Ja und nein«, sagte Mummy. »Ihr müsst jetzt mal gut zuhören.«

Fancy saß auf der Couch und hielt das Baby. Marbie saß neben der leeren Kiste auf dem Boden, und Daddy stand mit verschränkten Armen in der Küchentür.

»Dieses Baby«, sagte Mummy und blickte den Mädchen fest in die Augen, »ist ein geheimes Baby. Versteht ihr das?«

Fancy und Marbie sagten, sie hätten verstanden.

»Nein«, sagte Mummy. »Es ist noch viel wichtiger. Es ist wichtiger als irgendetwas jemals zuvor. Es ist das ganz besondere Familiengeheimnis der Zings. In Ordnung?«

Fancy und Marbie nickten.

»Dieses Baby«, fuhr Mummy fort, »wird nur eine Woche bei uns bleiben.«

»Nein!«, rief Fancy. »Nur eine Woche?« Sie küsste das Baby auf die Stirn.

»Ich hoffe, ihr werdet mir helfen, das Baby diese Woche zu versorgen«, sagte Mummy.

»Selbstverständlich«, entgegnete Fancy.

»Also gut«, sagte Marbie und dachte: *Was wird aus dem Strand?*

»Wie heißt sie denn?«, fragte Fancy. »Wie heißt denn das neue Baby?«

Mummy sah das Baby an und zog die Decke glatt. Nach einer Minute sagte sie: »Ich habe beschlossen, dem Baby ein normales Leben zu schenken. Deshalb nenne ich es Catherine.«

»Wirklich?«, hauchte Fancy.

»Ja«, antwortete ihre Mutter.

12

Der Heißluftballon

Maude backte gerade Kekse, als ihr Mann ihr eröffnete, er werde sie verlassen.

Es war nichts Besonderes, dass sie Torten und Kekse backte: Sie stellte damals ständig Feingebäck her. Sie war die offizielle Konditormeisterin der Confiserie vor Ort, von drei Cafés in der Umgebung und zwei Restaurants in der Stadt. Sie konnte kaum noch einen kreisrunden Gegenstand betrachten, ohne sich zu fragen, ob er als Ausstechform taugen würde: Teetassen, Frühstücksschalen, Lenkräder, Ballonkörbe.

»Hmm«, machte sie unbestimmt, als David seine Ankündigung absonderte. Sie knetete die Butter ins Mehl – ihre Lieblingsbeschäftigung beim Backen –, zupfte sie mit den Fingerspitzen, bis sich feine Brösel bildeten, die weder Mehl noch Butter waren.

»Es tut mir so leid«, sagte David sanft. Es war nach Mitternacht, und die Mädchen schliefen.

Jetzt schenkte ihm Maude endlich ihre Aufmerksamkeit. »Du kannst nicht einfach so weggehen!«, rief sie aus.

Er erklärte ihr, dass er keine andere Wahl hatte, und während er darüber sprach (wie er Zeit für sich selbst brauchte, um den Dingen auf den Grund zu gehen; wie er hoffte, es würde nicht zu lange dauern, dieses Herausfinden; wie er zudem hoffte, sie würde ihn wieder aufnehmen, wenn er damit fertig war; wie ihm durchaus bewusst war, dass dies möglicherweise nicht der Fall sein würde), während er all das zu ihr sagte, sank Maude langsam auf einen Küchenstuhl und dachte: *aber selbstverständlich*.

Offenbar hatte die Bäckerei sie dermaßen abgelenkt. Ihr Mann schwand dahin. Wo war der lebhafte, muntere Junge geblieben mit all seinen enthusiastischen Erwartungen? Sie erinnerte sich, wie er durch die Gänge von Kaufhäusern gesprungen war, auf der Suche nach Eingebung, und wie er allmählich anfing, langsamer und bedächtiger umherzustreifen. Seine Streunerei geriet immer desinteressierter, bis er schließlich gar nicht mehr umherzog, außer auf dem Flur ihres Hauses. Hie und da hob er geistesabwesend ein Spielzeug von Marbie oder Fancy auf und legte es wieder auf den Teppich.

Seine Begabung für elektronische Vorrichtungen hatte er nie verloren, genauso wenig wie seine umsichtige Lebensweise. Seine Geschicklichkeit mit Geräten setzte er ein, um die Radiowecker der Mädchen zu reparieren oder Schlösser an den Türen anzubringen. Was seine Fürsorge anging – noch vor ein paar Tagen hatte Maude mit Grippe im Bett gelegen. Als sie aufwachte, lag auf dem Boden ein Zettel in Davids Handschrift: »HIER LANG GEHT'S ZUM FRÜHSTÜCK«, mit einem Pfeil, der zur Schlafzimmertür hinauswies. Sie folgte dem Pfeil den Flur entlang, wo noch mehr Hinweise sie zur Küche lenkten. »GUT SO!«, sagte ein Zettel auf dem Küchenboden, »FAST GESCHAFFT«. Es folgte ein triumphales »FRÜHSTÜCK!« neben einem Tablett auf dem Tisch, das ein gekochtes Ei und einen kleinen Teller mit Erdbeeren enthielt und einen Zettel, der verriet, der Orangensaft befinde sich in der Kühlschranktür.

Davids Talent ging im Familienalltag unter, das begriff Maude jetzt. Hier war ein ausgewachsener Zing, der noch nie etwas erfunden hatte. Seine Eltern und Verwandten äußerten sich hin und wieder dazu, aber immer liebenswürdig und nachsichtig. Irgendwo musste der Erfindungsreichtum ja mal aufhören!, sagten sie. Warum also nicht bei David? Er hatte immerhin zwei niedliche Mädchen geschaffen. Das genügte doch.

Aber David brachte Stunden damit zu, fernzusehen oder Fancys Donkey-Kong-Videospiel zu spielen. Seine Höhenangst verschlimmerte sich noch – zu dem Zeitpunkt konnte er nicht mal mehr das Kino besuchen, weil die Stühle so steil standen, dass er befürchtete, in die Leinwand zu stürzen.

Während David redete und sich entschuldigte, zog Maude all dies in Erwägung und spielte dabei mit ihrem mehlverstaubten Ehering. Schließlich nahm sie ihn ab und warf ihn mitten auf den Tisch. David stockte der Atem, und er ließ den Kopf auf die Arme sinken. Maude betrachtete den Ehering und überlegte automatisch, ob sie damit auch Teig ausstechen könnte. Tausende von winzigen Teigdeckeln für tausende winziger gedeckter Kuchen.

»Also gut«, sagte sie und überraschte ihn durch die Sanftheit in ihrer Stimme. »Ich verstehe, dass du gehen musst. Aber wir werden sagen, du bist nach Irland gereist. Wir werden erzählen, du willst malen oder Gedichte schreiben oder gar einen Roman.«

Wieso Irland?, wollte David wissen.

Maude verband damit die romantische Vorstellung von einem Ort, an den man floh, um kreativ zu sein. »Auf diese Weise«, erläuterte sie behutsam, »kannst du, falls du nichts erfinden solltest, einfach zu uns zurückkehren und –«

»Aber die Leute werden mich über Irland ausfragen, wenn ich zurückkomme«, tat David die Idee ab und wollte das Thema wechseln.

»Du kannst dir ein Buch aus der Bücherei leihen und alles nachlesen«, schlug ihm Maude vor. Sie stand auf und kehrte zur Arbeitsfläche zurück, wo der Kuchenteig wartete. Dann änderte sie ihre Meinung, sank auf den Küchenboden nieder und weinte.

Als Abschiedsgeschenk für die Mädchen hängte David eine Schaukel vom höchsten Ast des Kritzel-Eukalyptus hinterm Haus auf. An diesem Baum gab es keine tief wachsenden Äste. Er stellte eine Leiter dagegen, um an den niedrigsten Ast heranzukommen, und kletterte dann den Rest hinauf. Das war das Mutigste, was er je getan hatte.

Fancy, die damals eine ernste kleine Elfjährige war, winkte ihm, als er im Taxi davonfuhr, und wünschte ihm viel Glück auf seiner Reise nach Irland. Sie hoffte, dass sein Roman gelingen würde. Sie hoffte, er käme bald wieder. Sie würde ihn sehr vermissen. Aber Marbie war gerade mal fünf und wünschte ihm gar nichts.

Nachdem David weg war, nutzte Maude die Zeit, um ihr Konditoreigeschäft anzukurbeln. Sie hängte überall Bekanntmachungen an den Anschlagsbrettern der Gemeinden aus und sprach bei mehreren Bäckereien vor. Dass sie eines Tages, als sie nach einem neuen Staubsauger Ausschau hielt, die Anzeige in der *Trading Post* entdeckte, war allerdings reiner Zufall: »GESUCHT: zwölf Konditormeister für kurzfristige Vollzeitbeschäftigung.«

Es war kein Geheimnis, dass Nikolai Valerios zweiter Film (*Pie in the Sky*, Luftschlösser) heimlich in den westlichen Vororten von Sydney gedreht worden war. Tatsächlich sickerten trotz sorgfältigster Geheimhaltung die Neuigkeiten bis zur Presse durch, als die Aufnahmen schon fast beendet waren, woraufhin sich Massen von hysterischen Fans sammelten. Man musste den Drehort nach Lord Howe Island verlagern, um die Sache zu Ende zu bringen.

Der Film wurde ein zeitloser Klassiker – leichte Kost, aber nicht ohne einen gewissen Anspruch; gefährlich, aber auch unbeschreiblich herzergreifend. Wie alle Filme mit Nikolai Valerio hatte er sämtliche Preise in Cannes abgestaubt, ebenso bei der Oscar-Verleihung in jenem Jahr, und viele Valerio-Kritiker hielten ihn für seinen besten. Durch seinen ersten Film war er auf Hochglanz getrimmt und gestählt worden – dennoch strahlte er die Naivität eines ölverschmierten Automechanikers aus. Später verlor er etwas von dieser Unschuld, trotzdem blieb er immer ein hervorragender Filmschauspieler. *Pie in the Sky* war auf jeden Fall Valerio erster Güte.

Natürlich wusste Maude, wer Nikolai Valerio war, und hatte wie die meisten Frauen seinen ersten Film gleich mehrmals gesehen. Wie die meisten anderen Frauen auch hatte sie sich heimlichen Fantasien hingegeben, in denen sie sich Nikolai mit seinem berühmten Ölfleck auf der Nase vorstellte, wie er sie in der Autowerkstatt empfing. Aber als sie sich um den Konditormeisterjob bewarb, hatte sie keine Ahnung, dass es dabei um einen Valerio-Film ging – das wurde noch geheim gehalten. Sie war davon ausgegangen, sie solle bei einer Reihe Fernsehwerbespots für Mamas gefrorene Nachspeisen aushelfen.

Maude trug ein silbernes Alice-im-Wunderland-Haarband. Ihre Töchter schliefen, und sie saß im Wohnzimmer und sah aus dem Fenster. David, ihr Mann, war jetzt schon fast ein Jahr weg (in Irland einen Roman schreiben), und sie, Maude, hatte eine Affäre angefangen. Genauer gesagt, sie hatte eine Affäre mit Nikolai Valerio.

Nikolai Valerio hatte auch eine Affäre mit ihr, allerdings nur rein formal gesehen: Er hatte vor kurzem Rebekka geheiratet. Wenn man erst einmal so berühmt war, galten andere Regeln.

Die Affäre bestand aus einzelnen Fragmenten:

aus verschlüsselten Botschaften; einem Kaminfeuer in einem Sandstein-Pub; dem Ausschütteln von nassen Haaren; aus einem Kompliment für einen Kirschkuchen; einer Frangipani-Blüte, die sie zwischen den Seiten einer Zeitschrift trocknete; Küssen in einer Wanne mit Löwenpranken; seidener Bettwäsche; den Bademänteln aus ägyptischer Baumwolle.

Sie saß im Wohnzimmer und rief sich die ersten Tage der Dreharbeiten ins Gedächtnis. Alle zwölf Konditormeister bebten vor Aufregung, bis sie erfuhren, dass sie ihre Tage in einem düsteren Wohnwagen zubringen sollten, in dem alle um einen langen Tisch herum arbeiteten und in der Hitze der Backöfen schwitzten. Auf jedem Platz lagen ordentlich aufgereiht Zutaten und Backutensilien.

Die Pausen verbrachten sie stehend auf dem vertrockneten staubigen Gras, in der Hoffnung, einen Blick auf Nikolai zu erhaschen. Wie sich aber herausstellte, waren die Schauspieler selten vor Ort, wenn ein Film gedreht wurde. Die meiste Zeit über wanderte die wenig spektakuläre Film-Crew auf und ab. Sie maßen etwas aus, besprachen sich, bastelten an der Kulisse, sahen in den Anweisungen nach, warfen kritische Blicke gen Himmel, brüllten Befehle und schienen alles in allem irgendein fantastisches Hochhaus bauen zu wollen.

Erst als der Szenenaufbau so weit war, wurden Nikolai und die anderen Stars in Limousinen mit getönten Scheiben angekarrt. Selbst dann waren nur Einzelteile – ein Haarschopf, ein ausgestreckter Arm – über die Ansammlung von Kameras und Assistenten hinweg zu sehen.

Es dauerte bis zur dritten Drehwoche, bis Maude das erste Mal Nikolai zu Gesicht bekam. Sie war gebeten worden, ein paar Torten für die Szene aufzustellen – *Pie in the Sky* verlangte regelrecht nach einer ordentlichen Torten-Kulisse. Apfelkuchen, Kürbiskuchen, Kirschkuchen und Pekannusskuchen, ein jeder mit goldbrauner Kruste, tauchten kunstvoll über alle Kameraeinstellungen verteilt im ferneren Hintergrund auf, wie jeder Filmstudent wusste.

Maude trug gerade einen dampfenden Kirschkuchen in jeder Hand, als die Limousine neben ihr anhielt. Ein Fenster wurde heruntergekurbelt, und Nikolai Valerio lächelte sie an.

Die Frau neben ihm beugte sich über ihn hinweg. »Er will was von Ihnen!«, rief sie. »Können Sie ihm was von Ihrem Kuchen abgeben?«

Alle im Auto lachten, während Nikolai weiterhin Maude anlächelte.

»Pardon«, sagte er mit seinem einstudierten Akzent. »Pardon, aber ich sehe überall diese Kuchen herumstehen. Haben Sie die alle selbst gebacken?«

Maude erläuterte, dass sie nur eine von zwölf Konditormeistern war. Er neigte interessiert den Kopf zur Seite und fragte: »Meinen Sie, ich könnte ein Stück davon haben? Da sind doch keine Walnüsse drin, oder? Ich bin nämlich allergisch gegen Walnüsse, und meine Lippen schwellen davon an wie Luftballons!«

Sie schüttelte den Kopf zu den Walnüssen, aber dann wusste sie nicht mehr weiter: Sie hatte kein Messer, um ein Stück abzuschneiden, und keinen Teller oder Löffel, um es zu servieren.

»Hier«, sagte er und streckte die Hand aus dem Fenster. »Ich breche mir einfach ein Stück ab – aua, der ist ja noch heiß –, und dann – oh, das ist Kirschkuchen, ich kann Ihnen gar nicht sagen, wie glücklich mich das macht –, Gott im Himmel, so ein schöner Kuchen – und jetzt ziehen wir einfach den Rand etwas herum und voilà! Er sieht immer noch gut aus … als ob ihn nie jemand angerührt hätte.«

Die anderen im Wagen hatten alle schweigend zugesehen, und jetzt lachten sie. »In Ordnung, Nikolai?«

»Alles bestens«, sagte Nikolai und lächelte Maude wieder an. »Dies ist der beste Kirschkuchen, den ich jemals gegessen habe. Haben Sie diesen Kuchen gebacken oder jemand von den anderen elf?«

»Ich«, sagte Maude.

»Und wie heißen Sie?«

»Maude«, sagte sie. »Maude Zing.«

Dann setzte sich der Wagen langsam wieder in Bewegung.

Sie sah ein paar Tage lang fast nichts von ihm, erst spät eines Abends, als der größte Teil der Mannschaft schon weg war. Nikolai und die weibliche Hauptrolle blieben am Drehort für die lange gemächliche mitternächtliche Kahn-Szene. Maude blieb ebenfalls – ihre Mädchen hatte sie für diese Nacht bei einer Nachbarin untergebracht –, zusammen mit einem anderen Konditormeister hatte sie alle Hände voll zu tun. Gedeckte Kuchen mussten entlang des gesamten Flussufers aufgestellt werden. Zudem sollte jeder Kuchen frisch gebacken aussehen, von den exakt gezogenen Ritzen in jeder Kruste musste sich Dampf emporschlängeln.

Es lag etwas äußerst Intimes an dem Filmen mit nur den beiden Hauptdarstellern und einer Mindestbesatzung: Zum ersten Mal konnte Maude sehen und hören, wie sich eine Szene langsam entfaltete.

Darüber hinaus war sie sogar noch ein Teil dieser Entfaltung. Ein Assistent bemerkte: »Der Kaffee duftet aber verlockend« – und damit meinte er den Kaffee, den sie soeben gebrüht hatte!

Daraufhin schlenderten die beiden Schauspieler und die versammelte Mannschaft zu Maude hinüber, die gerade die Kuchen drapierte.

»Hallo, Maude Zing«, sagte Nikolai, der sich an ihren Namen erinnerte und ihn einen atemlosen Moment lang mit seinem stilisierten Akzent in der Luft schweben ließ.

Die Hauptdarstellerin war weniger freundlich und beschwerte sich beim Regisseur. »Komm mal mit hier rüber«, sagte der Regisseur leise zu ihr.

Nikolai und eine Visagistin versuchten Maude dazu zu überreden, ihnen einen von ihren Kuchen abzugeben, doch sie weigerte sich höflich, aber bestimmt. Sie merkte, dass sie Nikolai gegenüber gar nicht mehr nervös war. Er war ein ganz gewöhnlicher Mensch mit einem Akzent. Sie plauderte mit ihm! Sie brachte ihn zum Lachen!

Dann schrie die Hauptdarstellerin wütend und stolzierte davon.

»Oh, hör doch auf!«, rief der Regisseur. »Es geht doch um nichts. Wir streiten uns hier um rein gar nichts. Komm schon, das meinst du nicht im Ernst!«

Aber die Hauptdarstellerin weigerte sich zurückzukommen und verschwand in einer langen schwarzen Limousine.

Der Regisseur war völlig entnervt. Der Mondschein spiegelte sich perfekt auf dem Fluss, und die Szene war schon fast im Kasten.

Maude versuchte ihre Kuchen wieder einzusammeln, um sie im Ofen warmzuhalten, als sie merkte, dass der Regisseur sie anstarrte. »Drehen

Sie mal den Kopf ein wenig«, wies er sie an, »jetzt wieder zurück, nach rechts, nach links.«

Es stellte sich heraus, dass Maudes Haare, ihr Nacken und ihre fein geschwungenen Wangenknochen genau denen der Hauptdarstellerin entsprachen. Sie würde als Double einspringen, teilten sie ihr mit.

Und so verbrachte Maude fast die ganze Nacht in einem langen schmalen Kahn, der von Nikolai Valerio den Fluss auf und ab gestakt wurde. Nikolai plauderte mit ihr, während er die Stange eintauchte, und setzte seinen entwaffnenden Akzent bei jedem Wort ein, das er sprach. Er fragte Maude nach ihren Töchtern und nach ihrem Leben, erzählte witzige kleine Anekdoten über Hollywoodstars, mit denen er persönlich eng befreundet war.

Die Nacht wurde kälter, deshalb ließ sie der Regisseur Portwein trinken, damit ihnen wieder warm wurde. Der Port machte sie schwerfällig, und so brachte Nikolai, als er sich zu Maude beugen wollte, um ihr eine Haarsträhne aus dem Gesicht zu streichen, den Kahn zum Kentern. Das führte dazu, dass nasse Haare ausgeschüttelt wurden und man unter den Decken zusammenrückte, es führte zu Zittern und Gekicher und nachsichtiger Belustigung vonseiten des Regisseurs und der Kameracrew, die einpackten und sich auf den Nachhauseweg machten.

Nikolai schlug Maude vor, ihn in seiner Limousine zum Hotel zu begleiten. Dort konnte sie ein Bad nehmen, im Bademantel vor dem Feuer sitzen und sich die Haare mit seinem Handtuch trocknen. So begann die Affäre.

Ein paar Wochen danach fühlte sich Maude in ihrem Sessel, als ob sie schwebte. Nikolai würde jeden Augenblick eintreffen. Sie hatten schon mehrere sorgfältig ausgeklügelte geheime Nächte in seiner Hotelsuite verbracht. Sie hatte in seiner Löwenprankenwanne gebadet und den Heißwasserhahn mit dem großen Zeh aufgedreht, während er ihr dabei zusah. Er hatte ihren Heißluftballon-Geschichten gelauscht und geschworen, sie eines Tages in einem vergoldeten Ballon zu entführen. Nun hatte er darauf bestanden, sie in ihrem eigenen Heim zu besuchen. Er sagte ihr, dass er alles über sie erfahren wollte, während seine Hände den Kurven ihres Körpers folgten. Er schien ihren Körper wirklich zu lieben.

Sie hatten ausgemacht, er solle im Lieferwagen eines Klempners, auf dem *NOTRUF – 24 STD.-SERVICE* stand, kommen, damit die Nachbarn keinen Verdacht schöpften. Er wollte selbst fahren, sich einen Schnauzbart ankleben und eine blonde Perücke tragen. Sie würde ihm in der Küche Pfannkuchen zubereiten, während ihre Töchter schliefen.

Sie liebten sich, sie und Nikolai, aber wussten auch, dass ihr Verhältnis keine Zukunft hatte. Sie sprachen oft voller Verwunderung über ihre sonderbare Affäre: Sie war sowohl essenziell als auch unmöglich. Sie konnte nicht andauern, denn sie schwebte zwischen ihren unvereinbaren Realitäten. Seine Realität war seine Karriere und seine schöne Frau. Ihre war die Feinbäckerei, ihre Töchter und ihr Mann, David, der erst vor kurzem angerufen und sie gefragt hatte, ob sie ihn zurücknehmen würde.

Und obwohl Maude wusste, dass sie die Affäre beenden mussten, und mit den Tränen kämpfte, wollte sie gleichzeitig nicht daran glauben, es würde jemals geschehen, denn dafür war das Königreich ihrer Beziehung viel zu prächtig. Er würde jeden Moment kommen und ihr beim Pfannkuchenbacken helfen. Er würde ihr ehrfurchtsvoll zusehen, wie sie die Eier aufschlug und das Mehl abmaß. Das war alles, was in ihrem Reich wirklich etwas bedeutete. Momente wie dieser in ihrer Küche. Sie liebte ihn so sehr, dass sie sich vorstellte, wie sie zusammen zu einem Pfannkuchenteig verschmolzen. Ineinander verschlungen würden sie in die Pfanne gleiten, und ihr Atem würde vereint durch jede neue, langsam aufgehende Blase strömen.

Während sie so auf Nikolai wartete, machte sie sich einen Spaß daraus, ihn mit einem Mann zu vergleichen, über den sie viel gelesen hatte. Unter den Ballonfahrern galt er als Held, und er hieß Vincent Lunardi.

Vincent Lunardi war der kühne Sekretär der Neapolitanischen Botschaft in London und war außerdem mehr oder minder der erste Mensch, der jemals den Himmel Englands überflogen hatte. Die Fahrt hatte am 15. September 1784 in einem blau-roten Ballon stattgefunden. Mit in seinem Ballon führte er eine Taube (die entkam), eine Katze, einen Hund, eine Flasche Wein und eine Hühnerkeule.

Sein Mut, seine ausgezeichnete Statur, der Erfolg dieser Fahrt und seine *Fähigkeit* zu fliegen, all dies machte Vincent Lunardi zum begehrten Objekt tausender Träume. In ganz England schlugen die Herzen höher, schlossen die Frauen seufzend die Augen und gingen dazu über, eine speziell entworfene Haube zu tragen, die *Lunardi*.

Indem sie Nikolai Valerios Herz erobert hatte, meinte Maude gewissermaßen, das Herz des großen Ballonfahrers Lunardi erobert zu haben. Dies war genauso essenziell wie unmöglich.

Sie, Maude, legte den Kopf an Lunardis Schulter (in ihrer Fantasie entsprach sein Gesicht natürlich dem Nikolais), drückte den rechten Arm in die Kante des Korbs (später würden auf ihrem Arm interessante Furchenmuster auftauchen, die darauf zurückzuführen waren) und hob den linken Arm zum Winken an. Unter ihnen weinten die Frauen und sehnten sich und hatten doch nur ihre Hauben, mit denen sie sich begnügen mussten.

Der Mond heute Abend, dachte Maude, als sie träge mit Nikolai durch den Nachthimmel gondelte, war rund wie ein Tablett. Er würde sich hervorragend zum Teigausstechen eignen. Tatsächlich wäre Fancys Hula-Hoop-Reifen, der durch das Fenster im Gras leuchtete, mindestens ebenso gut geeignet. Oder das Ziffernblatt ihrer Uhr an ihrem Handgelenk, die sie darauf aufmerksam machte, dass Nicolai bereits eine Stunde zu spät dran war.

Am nächsten Tag erhielt sie eine Nachricht vom Leiter der Requisite. Sie war an eine künstliche Rose geheftet und informierte Maude darüber, dass *Pie in the Sky* an einen geheimen Ort verlegt worden war. Obwohl man sie vermissen werde (hieß es weiter), bestehe kein Bedarf mehr für ihre Kuchen.